Poppy J. Anderson

Geheimzutat Liebe
Taste of Love

Über die Autorin:

Poppy J. Anderson hatte schon immer eine große Schwäche für das Geschichtenerzählen, ihre ersten schriftstellerischen Versuche brachte sie bereits mit zwölf Jahren zu Papier. Nach ihrem Studium nahm sie allen Mut zusammen und stellte endlich einen ihrer Texte einem größeren Publikum vor. Mit umwerfendem Erfolg: Ihre witzigen Romane, die alle in den USA spielen und von der großen Liebe handeln, begeisterten so viele Leser, dass Poppy als erste deutsche Selfpublisherin zur Auflagenmillionärin wurde.
Wenn sie nicht gerade schreibt oder über neue Geschichten nachdenkt, reist sie gerne an die abgelegensten Orte der Welt oder spielt zu Hause in einer rheinländischen Großstadt mit ihren beiden Hunden Anton und Zipi.

POPPY J. ANDERSON

Geheimzutat Liebe

TASTE OF LOVE

Roman

LÜBBE

BASTEI LÜBBE TASCHENBUCH
Band 17 468

Dieser Titel ist auch als Hörbuch und E-Book erschienen

MIX
Papier aus verantwortungsvollen Quellen
FSC® C014496
FSC
www.fsc.org

Originalausgabe

Lektorat: Bettina Steinhage
Textredaktion: Ulrike Strerath-Bolz
Umschlaggestaltung: ZERO Werbeagentur, München
unter Verwendung eines Motivs von
© FinePic®, München
Satz: Urban SatzKonzept, Düsseldorf
Gesetzt aus der Scala Pro
Druck und Verarbeitung: GGP Media GmbH, Pößneck
Printed in Germany
ISBN 978-3-404-17468-3

4 5 3

Für meinen Opa,
der mir mein erstes Buch geschenkt und
die Liebe fürs Lesen vererbt hat

1

Andrew Knight ignorierte seine Assistentin, die ihm im Nacken saß und von Sekunde zu Sekunde mehr Unwillen auszustrahlen schien. Um sich ein wenig abzuschirmen, hielt er sich das Handy ans Ohr und lauschte mit aller Geduld, zu der er momentan fähig war, den schier endlosen Ausführungen seiner Tante.

Eigentlich hatte er genug zu tun und ahnte nach einem kurzen Blick auf seine Armbanduhr, dass ihm der größte Stress des Tages noch bevorstand, auch ohne dass Tante Daisy ihm kostbare Zeit raubte. Da sie jedoch nicht nur seine Tante, sondern auch seine Managerin war, blieb ihm gar nichts anderes übrig, als das eindimensionale Gespräch fortzuführen und zu hoffen, dass ihr bald die Stimme versagte. Das atemlose Krächzen, das sie mittlerweile ausstieß, während sie ihm von ihrer neuesten Idee berichtete, ließ jedenfalls vermuten, dass sie in nicht allzu ferner Zukunft auflegen würde.

Stumm und zudem wenig begeistert hörte sich Andrew an, was Tante Daisy zu sagen hatte, und marschierte währenddessen durch sein Restaurant, das jetzt am Vormittag noch menschenleer war. Missmutig runzelte Andrew die Stirn, als er an den kunstvoll abgewetzten Chesterfieldsesseln des Empfangsbereichs vorbeilief und dabei an den Künstler dachte, der unbedingt heute mit ihm über die Möglichkeit sprechen wollte, seine Bilder in Andrews Restaurant auszustellen. Normalerweise hätte Andrew einem solchen Termin niemals zugestimmt, doch da der Maler der Freund des Bruders seiner Ex war, hatte er zähneknirschend versprochen, ihn zu treffen.

Seit er vor einigen Monaten sein Restaurant *Knight's* in Boston eröffnet hatte, häuften sich die Anrufe alter Schulfreunde, ehemaliger Freundinnen und längst vergessener Bekannter, die ihn um irgendwelche Gefallen baten. Andrew wusste selbst, dass er auf solche Anfragen nicht eingehen sollte, doch in diesem Fall war es anders: Diese Frau hatte ihn nackt gesehen und auf seinen damaligen Wunsch hin Dinge getan, die in einigen Bundesstaaten gegen das Gesetz verstießen. Wenn sie ihn jetzt um einen Gefallen bat, konnte er schlecht Nein sagen.

»Die Produzenten sind begeistert, Andrew! Wir haben …«

»Moment, Tante Daisy«, unterbrach er nun doch den Monolog seiner Tante und blieb an der glänzend polierten Bar stehen. Mit zwei Handgriffen korrigierte er die Position von einem der Barhocker, der nachlässig und völlig schief an den Tresen geschoben worden war, runzelte die Stirn und brummte in den Hörer hinein: »Du hast bereits mit einem Produzenten gesprochen?«

Das Seufzen seiner übereifrigen Tante klang entschuldigend. »Ich weiß, dass ich das erst einmal mit dir hätte besprechen müssen, Andy, aber die Gelegenheit ergab sich völlig spontan. Man soll das Eisen schmieden, solange es heiß ist, nicht wahr?«

Andrew fielen sofort zwei Dinge auf: Erstens nannte Tante Daisy ihn nur dann Andy, wenn sie ihn weichkochen und von einer Idee überzeugen wollte. Und zweitens verlegte sie sich immer dann auf Sprichwörter, wenn sie sich ertappt fühlte. Dass ihr Treffen mit einem TV-Produzenten spontan abgelaufen war, kaufte Andrew ihr deswegen nicht eine Sekunde lang ab. Da er seine Tante jedoch trotz ihrer nervtötenden und teilweise übergriffigen Art sehr liebte, hielt er sich mit Verdächtigungen gentlemanlike zurück.

Stattdessen versuchte er es mit der Vernunft. »Tante Daisy, das mag eine tolle Idee sein, aber das Restaurant frisst meine komplette Zeit auf. Ich weiß ja nicht einmal, wie ich ...«

»Aber, Andrew, bedenke doch, was das für deine Karriere bedeuten würde! Du hättest eine eigene TV-Show, eine *landesweite* TV-Show«, betonte sie mit der Aufregung einer Schülerin, die sich für ihren ersten Schulball schminkte und in ein viel zu enges Kleid quetschte. »Dein Name würde noch bekannter werden, was wiederum von Vorteil wäre, falls du eine Restaurantkette eröffnen willst.«

»Wer sagt denn, dass ich eine Restaurantkette eröffnen will?«, fragte er ehrlich überrascht.

Seine Tante ging auf den Einwand gar nicht ein, sondern flüsterte geradezu ehrfürchtig: »Denk an Martha Stewart, Andrew.«

»Ich tue Tag und Nacht nichts anderes«, erwiderte er übertrieben feierlich. »Allerdings wüsste ich nicht, was Martha Stewart damit zu tun haben soll, dass du mir eine TV-Show vorschlägst.«

»Also, bitte!«, rief seine Tante empört. »Martha Stewart ist *die* amerikanische Ikone schlechthin, was das Kochen betrifft. Und sie ist ständig in diversen TV-Shows zu sehen.«

Andrew konnte ein Ächzen nicht unterdrücken. »Außerdem war sie ziemlich oft vor Gericht zu sehen und durfte bestimmt hinter Gittern für ihre Mithäftlinge kochen, Daisy.

Soll ich mir tatsächlich Martha Stewart zum Vorbild nehmen? Dann darfst du mir später einmal einen Kuchen mit integrierter Feile backen und in den Knast schmuggeln.«

»Das eine hat doch mit dem anderen nichts zu tun.« Tatsächlich klang Daisy derart verständnisvoll, als wäre Martha Stewart wegen eines ausgespuckten Kaugummis im Gefängnis gelandet. »Sei nicht so negativ. Wenn dir Martha Stewart nicht gefällt, denk von mir aus an Jamie Oliver und Gordon Ramsay.«

Andrew seufzte schwer und ließ seinen Blick über die Reihen von dezent ausgeleuchteten Flaschen wandern, während er sich in Gedanken eine Notiz machte, mit dem Sommelier über die letzte Lieferung des Pinot Gris zu sprechen, der eine Katastrophe gewesen war. Dann fragte er gottergeben nach: »Was ist mit Jamie Oliver und Gordon Ramsay?«

»Was soll mit ihnen sein?«, empörte sich Tante Daisy. »Du weißt sehr gut, welchen Bekanntheitsgrad die beiden haben – dank ihrer TV-Shows. Auf der ganzen Welt kennt man ihre Namen, kauft ihre Bücher und besucht ihre Restaurants. Der Grund ihres Erfolges ist ihre mediale Präsenz. Wenn du deine eigene TV-Show hättest, wäre das nicht nur ein Grundstein für einen nationalen, sondern auch für einen internationalen Durchbruch, Andrew.«

»Die beiden kommen aus Großbritannien«, brummte Andrew und konnte den abfälligen Tonfall in seiner Stimme kaum unterdrücken. »Du weißt, was ich von der britischen Küche halte.«

»Dann denk an Mario Batali, um Himmels willen«, fuhr sie ihn an. »Der Mann verdient sich dumm und dämlich.«

Vor lauter Schreck verschluckte sich Andrew, als er plötzlich das Bild des rothaarigen, übergewichtigen Fernsehkochs vor Augen hatte, der vor der Kamera nicht nur billige Plastiksandalen trug, sondern sich gerne für Fotos Ketten aus Salamis um den Hals hängte. Er musste husten.

»Geld ist nicht alles, Daisy.«

Mal abgesehen davon, dass Andrew weder dadurch bekannt werden wollte, dass er vor laufender Kamera ein Schwein schlachtete, noch dass er seine Mitarbeiter anschrie und sie zum Heulen brachte wie Gordon Ramsay, hatte er überhaupt kein Interesse daran, sein Gesicht ständig im Fernsehen oder auf Kochbüchern zu sehen. Er war Koch und kein Showmaster oder Entertainer. Anstatt sich auf seine mediale Präsenz zu konzentrieren, wie Tante Daisy es vorschlug, wollte er seine Zeit und Energie in sein Restaurant stecken, irgendwann zum besten Küchenchef der Stadt werden und in der Zwischenzeit seine Gäste anständig bewirten. Das ganze Drumherum machte ihm bereits genug zu schaffen, ohne dass er jetzt auch noch zum TV-Koch werden musste. In den letzten Monaten fühlte er sich ohnehin zunehmend ausgebrannt. Er hatte von Anfang an von morgens bis spät in die Nacht geschuftet, um sicherzugehen, dass sein Restaurant gut lief und keinen Schiffbruch erlitt.

Und jetzt, da alles so gut – fast schon zu gut – lief, war er vollkommen erschöpft.

In seinen kühnsten Träumen hätte er nicht gedacht, dass er jemals so viel Erfolg haben würde. Tatsächlich war es erschreckend, was momentan auf ihn zukam, und wenn er ehrlich war, musste er zugeben, dass ihm der ganze Rummel über den Kopf wuchs. Er wollte eigentlich nur das tun, was er wirklich gut konnte und was ihn glücklich machte. Und das war nun einmal das Kochen. Am Herd stehen, verschiedene Geschmacksrichtungen miteinander kombinieren, sich immer neue Gerichte auszudenken und seine Vision eines gut funktionierenden Restaurants umzusetzen – das alles lag ihm viel mehr, als seinen Kopf vor eine Kamera zu halten oder Bussi Bussi mit berühmten Gästen zu machen.

Seit der Eröffnung des *Knight's* war das Restaurant täglich ausgebucht, die Wartelisten für einen Tisch wurden immer länger und es verging keine Woche, in der es nicht in einer Zeitung, einem Fernsehbericht oder irgendwo im Internet erwähnt wurde. Zudem gaben sich die Promis der Stadt die Klinke in die Hand und schwärmten in den sozialen Netzwerken vom Hummer auf Passionsfruchtsalat, von pochierten Wachteln an Süßkartoffelgratin oder von der Crème Brûlée von der Tonkabohne, die der allerletzte Schrei war und ständig bestellt wurde.

Alles hätte ganz wunderbar sein können, aber Andrew spürte, dass er nicht wirklich zufrieden war.

Er wusste selbst nicht, was mit ihm los war. Seit Jahren hatte er auf dieses Ziel hingearbeitet, hatte Rückschläge überwunden, sich selbst immer wieder anspornen müssen und hart gearbeitet, um jetzt mit fünfunddreißig Jahren Besitzer und Chefkoch eines der angesagtesten Restaurants in Boston zu sein. Er galt als die große Hoffnung der amerikanischen Küche, durfte sich monatlich über schwarze Zahlen freuen und genoss ein erstklassiges Renommee. Außerdem mangelte es ihm nicht an schönen Frauen, die sich ihm an den Hals warfen und ihn baten, ihnen sein preisgekröntes Pistazienmousse auf gesalzenem Karamellbiscuit ans Bett zu bringen.

Aber irgendwie hatte die Wirklichkeit nicht viel mit seinem Traum zu tun. Statt sich in der Küche auszutoben, musste er sich ständig mit Dingen befassen, die ihm auf die Nerven gingen. Und dazu gehörte auch, über eine Kochshow zu diskutieren, auf die er keine Lust hatte.

Tatsächlich erschien ihm eine Kochshow ungefähr so verlockend wie eine Kastration. Aber wie sollte er das Daisy beibringen? Er versuchte es in einem sehr zurückhaltenden Ton: »Tante Daisy, ich bin kein Fernsehkoch und möchte es auch nicht werden.«

»Aber Andy, du bist so telegen und hast so ein süßes Grübchen, wenn du lächelst!«

Er schnitt eine Grimasse. Mochte er auch leidenschaftlich gern kochen, guten Wein lieben und stundenlang an dem perfekten Rezept für eine Bouillabaisse herumexperimentieren, war er doch trotzdem ein Mann. Und als solcher hörte er es nicht gerne, dass er ein süßes Grübchen besaß, wenn er lächelte – schon gar nicht von seiner älteren Tante.

Während sich Daisy weiterhin über die Vorzüge einer Kochshow ausließ und von Sekunde zu Sekunde ekstatischer klang, gab Andrew dem Drang nach, in den Spiegel oberhalb der Bar zu schauen. Seine Augenringe tat er mit einem innerlichen Schulterzucken ab, das war nun einmal Teil des Jobs. Doch beim Blick in den glänzend polierten Spiegel fiel ihm auf, dass seine Assistentin Alice inzwischen ihren entschlossensten Gesichtsausdruck aufgesetzt hatte: Die Art, wie sie den Stapel Papiere in ihren Händen umklammerte und dabei auf ihrer Unterlippe nagte, sagte ihm, dass schon wieder irgendein Notfall ins Haus stand. Alice tat immer so, als wäre jede Kleinigkeit wahnsinnig wichtig, und trieb ihn mit ihrem Ehrgeiz beinahe in den Wahnsinn. Da Daisy gerne mal genörgelt hatte, er bräuchte unbedingt eine Assistentin, hatte er die erstbeste Anwärterin auf den Job eingestellt. Leider hatte sich schnell herausgestellt, dass Alice ein wenig zu ehrgeizig war und sich bei ihrem Job mit militärischer Effizienz bevorzugt auf reine PR-Gags konzentrierte. Ginge es nach ihr, hätte er vermutlich schon fünf Kochshows hinter sich. Dass er sie nicht längst entlassen hatte, lag einzig und allein daran, dass er keine Lust hatte, sich wieder auf die Suche zu machen.

Also ertrug er Alice tapfer und setzte seinen Souschef auf sie an, wenn sie ihm zu sehr auf die Nerven fiel.

»Warum triffst du dich nicht einfach mit dem Produzenten und sprichst mit ihm, Andrew? Ich bin mir sicher, dass dir seine Ideen gut gefallen würden«, unterbrach Tante Daisy seine Gedanken.

Da war er nicht so sicher. Aber da er schon viel zu lange mit ihr telefonierte und dringend in der Küche nach dem Rechten sehen musste, gab er sich endlich geschlagen: »Sprich mit Alice, sie soll nachschauen, wann ich Zeit für einen Termin hätte.«

»Wunderbar«, erwiderte seine Tante euphorisch und ein klein wenig zu schrill. »Du wirst es sicher nicht bereuen.«

»Hör zu, Tante Daisy, ich muss jetzt wirklich ...«

»Ja, ich weiß«, flötete sie fröhlich in den Hörer. »Ich melde mich bei dir, sobald ich mehr weiß.«

»Mach das«, entgegnete Andrew knapp und beendete das Gespräch.

Während er sein Handy mit einer steifen Bewegung in die Hosentasche seiner Jeans schob, winkte er mit der anderen Hand Alice zu, die beinahe über ihre eigenen Füße fiel, als sie ihm den Stapel Papiere reichte.

»Der Großlieferant hat angerufen und gesagt, dass es ein Problem mit der Fischbestellung für das Wochenende gibt, Mr. Knight.«

»Was für ein Problem?«, hakte Andrew misstrauisch nach und ging mit gesenktem Kopf den Stapel Papiere durch, der vor allem aus Bestellformularen für den Großmarkt bestand.

»Nun ... er sagte, er könne die Lieferung der Belon-Austern nicht garantieren.«

Das hatte ihm gerade noch gefehlt!

Mürrisch schnappte sich Andrew einen Kugelschreiber und

begann die Bestellformulare zu unterschreiben. In seinem Kopf ratterte es, während er sich die Warenlieferungen ansah und mit den sorgfältig geplanten Menüs für das Wochenende abglich, deren Zusammenstellung ihn zwei ganze Nächte gekostet hatte. Gleichzeitig überlegte er fieberhaft, welcher Lieferant in der Lage wäre, ihm auf die Schnelle Belon-Austern zu besorgen. Da er sich auf die Fahnen geschrieben hatte, seinen Gästen nur allerbeste Qualität zu bieten, würde er einen Teufel tun und nun auf eine andere Austernsorte zurückgreifen, die zwar bedeutend leichter zu bekommen und auch viel preisgünstiger war, jedoch nicht den exquisiten Geschmack besaß, den Andrew so sehr schätzte.

»Rufen Sie gleich bitte Mike Flannagan an, Alice. Richten Sie ihm aus, dass er mir noch einen Gefallen schuldet und dass ich mich darauf verlasse, dass er mir Belon-Austern besorgen kann, ohne dass ich dafür ins Armenhaus komme.«

Aus den Augenwinkeln bemerkte Andrew, dass sich Alice keine Notizen machte, sondern bewegungslos neben ihm stand. Mit einem unterdrückten Seufzer schaute er auf und begegnete ihrem auffordernden Blick.

»Was gibt es denn, Alice?«

»Sie sollten sich heute Abend mit dem Bürgermeister fotografieren lassen, Mr. Knight«, rief sie ihm in Erinnerung. Bedeutungsvoll musterte sie seine Kleidung. »Wenn Sie es wünschen, kann ich einen Anzug herkommen lassen.«

Beinahe hätte er den Stift von sich geworfen, da er momentan für alles einen Kopf hatte, aber sicher nicht für den geltungssüchtigen Bürgermeister, der in diesem Wahljahr ständig bei ihm auftauchte, um sich den Bauch vollzuschlagen, großkotzige Reden über soziale Gerechtigkeit zu schwingen und danach ein miserables Trinkgeld zu geben.

Da Andrew selbst aus einer Politikerfamilie kam, wusste er,

wie der Hase lief, und hatte keinen Bedarf, sich mit dem feisten Kerl fotografieren zu lassen. Alice schien dies anders zu sehen, da sie ihn weiter unerbittlich anstarrte.

Nicht weniger unerbittlich starrte Andrew zurück und schnarrte: »Die Belon-Austern, Alice. Kümmern Sie sich darum, nicht um den Bürgermeister. Ich werde in der Küche gebraucht.«

»Das Foto würde ...«

»Rufen Sie zuerst Mike Flannagan an und teilen Sie unserem Lieferanten anschließend mit, dass wir uns einen anderen suchen müssen, wenn er seinen Job nicht machen kann. Vor einem Monat hat er norwegischen Lachs geliefert, obwohl ich schottischen bestellt hatte. Jetzt die Sache mit den Austern. Meine Geduld ist bald am Ende.«

Allmählich schien Alice zu begreifen, dass er nicht in der Stimmung war, mit ihr über den Bürgermeister zu diskutieren. Zögernd machte sie sich ein paar Notizen, bevor sie mit klackernden Absätzen und einer Miene, die an ein schmollendes Kleinkind erinnerte, kehrtmachte, um ihren Aufgaben nachzugehen.

Andrew fragte sich, was heute wohl sonst noch auf ihn zukommen würde. Es war noch keine zwölf Uhr, und er war sehr nah dran, den Kopf auf die edle Holzplatte der Theke zu legen. Sein sehnsuchtsvoller Blick glitt zur Bar, und er überlegte, ob es wohl noch zu früh für einen Entspannungsdrink war.

In letzter Zeit kam es immer häufiger vor, dass er vor lauter Hektik nicht mehr wusste, wo ihm der Kopf stand. Doch im Gegensatz zu früher, als er richtiggehend aufgeblüht war, wenn er gefordert wurde, machte sich von Mal zu Mal mehr Lustlosigkeit in ihm breit. Zwar zwang er sich jeden Tag dazu, sein Bestes zu geben – etwas anderes hätte sein eigener

Ehrgeiz gar nicht zugelassen –, doch allmählich wurde ihm schmerzhaft bewusst, dass ihm die alte Leidenschaft für seine Arbeit abhandenzukommen drohte. Trostlos fielen seine Mundwinkel hinab, während er seinen Blick durch das Restaurant schweifen ließ.

Noch schlimmer war die Tatsache, dass auch seine Liebe fürs Kochen schwand. Noch vor einem halben Jahr war er morgens nach wenigen Stunden Schlaf aus dem Bett gesprungen und hatte es kaum abwarten können, ins Restaurant zu fahren, um sich dort ans Werk zu machen. Mit der gleichen Leidenschaft, die er fürs Kochen empfand, hatte er sich um administrative Aufgaben gekümmert und seine Küchenbrigade geleitet. Jeder Kleinigkeit war er mit Herzblut nachgegangen und hatte schon bald erleben können, welchen Erfolg er mit seinem Restaurant hatte.

Das *Knight's* war ein Restaurant, auf das wirklich jeder Koch stolz gewesen wäre und in dem die meisten Köche, die etwas auf sich hielten, nur zu gerne gearbeitet hätten. Aber Andrew sah den Tagen inzwischen nur noch mit wenig Freude entgegen. Irgendetwas konnte tatsächlich nicht mit ihm stimmen, wenn er nicht mehr darauf brannte, in seine Küche zurückzukehren, um dort die Ansagen zu machen und sein Team zu Höchstleistungen anzuspornen. Bisher war es noch nie vorgekommen, dass er sich nicht an den Herd gesehnt hätte. Während andere Menschen in den Urlaub fuhren, um sich zu entspannen, hatte Andrew lediglich seine Küchenutensilien, einen Herd und ein paar Lebensmittel benötigt, um sich von einem stressigen Tag zu erholen. Nirgends hatte er sich so wohlgefühlt wie in einer Küche. Beim Kochen konnte er abschalten und sich entspannen. Selbst der Stress, der in einer Restaurantküche nun einmal an der Tagesordnung war, hatte an dieser Entspannungsmethode nichts geändert – bis jetzt.

Bei der Erkenntnis, dass er allmählich Widerwillen empfand, sobald er ans Kochen dachte, tat sich vor ihm ein riesiges Loch auf. Andrew wollte nicht darüber nachdenken, was tatsächlich passieren würde, wenn seine Leidenschaft für seinen Beruf verschwand, diese Vorstellung erschreckte ihn mehr, als er vor sich selbst zugeben wollte. Entschlossen griff er nach dem Rest der Papiere, die Alice dagelassen hatte.

Doch nur wenige Sekunden später seufzte er und schleuderte den Blätterstapel beiseite. Wem machte er hier eigentlich etwas vor? Allmählich klang er schon wie diese Yogaanhänger, die ihre Wohnungen nach dem Feng-Shui-Prinzip ausrichteten oder einen Lifecoach engagierten, um ihre goldene Mitte zu finden. Er dagegen war nicht der Typ, der an Modekrankheiten wie den berühmt-berüchtigten Burnout glaubte und sich einredete, er müsse mit dem Fahrrad durch Indien fahren, um wieder einen Sinn im Leben zu finden. Andrew wusste, was der Sinn seines Lebens war, auch ohne jemals in Indien gewesen und auf einem Elefanten am Taj Mahal vorbeigeritten zu sein. Er brauchte weder ein Buch aus der Selbsthilfeecke einer Buchhandlung noch einen Film mit Julia Roberts, in dem eine desillusionierte Großstädterin tonnenweise Eiskrem in sich hineinfutterte und die Welt bereiste, um zu wissen, wer sie war. Er war Koch, ein Küchenchef, um genau zu sein, und er war verdammt gut darin.

Wenn er sich momentan ausgebrannt und lustlos fühlte, dann kam das höchstwahrscheinlich davon, dass er vor lauter Arbeit zu wenig Schlaf fand und sich nur unter Schwierigkeiten an den letzten guten Sex erinnern konnte. Selbst der Dalai Lama hätte ihm vermutlich gesagt, dass seine Frustration daher kam, dass er zu viel arbeitete und zu wenig Zeit im Bett verbrachte. Vielleicht sollte er ab und zu früher Schluss machen, die Küche seinem Souschef Nick überlassen und wirklich der einen oder anderen Frau Dessert im Bett servieren. Eigentlich ein ganz verführerischer Gedanke.

Das Problem an diesem Szenario lag leider darin, dass Andrew Bedenken hatte, das Feld seinem Souschef Nick zu überlassen: Denn der bestellte anscheinend Lebensmittel, die Andrew nicht angefordert hatte. Auf den Bestellformularen, die hier vor ihm lagen, sah man das ziemlich deutlich. Um mit Nick ein Hühnchen zu rupfen, schnappte sich Andrew die Papiere und machte sich auf den Weg in die Küche.

Während es in den Gasträumen des Restaurants noch himmlisch ruhig war und lediglich der Duft eines dezenten Putzmittels in der Luft lag, herrschte in der riesigen Küche des *Knight's* rege Betriebsamkeit. Küchenhilfen schwirrten umher, trugen Lebensmittel zu den verschiedenen Stationen und schnitten Gemüse klein, während auf den Herden und in den Öfen die unterschiedlichsten Gerichte zubereitet wurden. Obwohl es den Anschein hatte, als wäre es in der Küche brechend voll, stand niemand dem anderen im Weg, da jeder seinen Platz kannte. Andrew liebte die gut durchdachte Ordnung in seiner Küche und war extrem stolz darauf, ein dermaßen eingespieltes Team hinter sich zu haben, auf das er sich voll und ganz verlassen konnte. Obwohl er erst jetzt die Küche betrat, konnte er sicher sein, dass jeder auf seinem Platz war und seiner Arbeit nachging.

Auch sein dunkelhaariger Souschef stand bereits am Herd und probierte mit hochkonzentrierter Miene eine Rotweinreduktion, während der Saucier auf ihn einredete.

Andrew runzelte die Stirn, nickte einer Küchenhilfe grüßend zu und ging auf die beiden Köche zu, die gerade über das perfekte Rezept eines Bœuf Bourguignon fachsimpelten, während ihr Boss bereits am Duft erkennen konnte, dass es der

Saucier wieder mal mit den Blutorangenzesten in seiner Sauce maltaise übertrieben hatte.

»Hallo, Chef«, begrüßte ihn sein Souschef fröhlich, ohne Andrews ärgerlicher Miene Beachtung zu schenken, und legte den Probierlöffel beiseite. »Die Bordelaise scheint Calvin heute besonders gut zu gelingen. Willst du probieren?«

Manchmal bereute Andrew es, dass in seiner Küche kein streng hierarchischer Ton herrschte und er einen lockeren Umgang mit seinen Mitarbeitern pflegte. Sein Souschef bedachte ihn mit einem unbekümmerten Lächeln und tat so, als könnte er kein Wässerchen trüben. Allerdings ließ Andrew sich nicht so einfach ablenken, deswegen ignorierte er den Saucier und hielt stattdessen die Bestellformulare in die Höhe, bevor er drohend wissen wollte: »Du hast Meermandeln bestellt?«

Das unbekümmerte Lächeln wich nicht einen Millimeter vom Gesicht des Souschefs. »Erst letztens habe ich ein neues Rezept mit Meermandeln auf einem Fenchel-Carpaccio ausprobiert, Chef. Du wirst vor Glückseligkeit sterben, wenn du es probierst!«

Der Einzige, der hier sterben würde, wäre Nick, schwor sich Andrew – jedoch nicht vor Glückseligkeit. Auch wenn Nick in den letzten Monaten sein Kumpel geworden war, mit dem er ab und zu ein paar Körbe warf und etwas trinken ging, hieß das nicht, dass sich der Souschef mehr herausnehmen konnte als die anderen Angestellten.

Mühsam beherrscht grollte er daher: »Und wann wolltest du mich darüber informieren, dass du ein neues Gericht auf *meine* Karte setzen willst? Waren wir uns nicht darüber einig, dass ich der Küchenchef und somit auch verantwortlich für die Speisekarte bin, Nick?«

Aus den Augenwinkeln sah er, wie der Saucier den Kopf

einzog und einen Schritt beiseitetrat. Andrew konnte es ihm nicht einmal verübeln, schließlich hatte seine Stimme alles andere als freundlich geklungen. Während der Geräuschpegel um sie herum deutlich leiser wurde, runzelte der Souschef lediglich die Stirn und erwiderte unbeeindruckt: »Ich dachte, dass wir etwas Neues probieren sollten, Chef.«

»So, dachtest du das«, schnaubte Andrew aufgebracht. »Hast du vielleicht auch daran gedacht, das vorher mit mir zu besprechen? Du kannst nicht einfach hingehen und die Karte ändern!«

»Ich hätte dir das Gericht vorher zum Probieren gegeben.«

»Oh, danke, sehr gnädig«, spottete Andrew. »Du weißt genau, dass die Auswahl der Speisen meine Sache ist.«

Uneingeschränkt fröhlich stellte Nick fest: »Meermandeln auf Fenchel-Carpaccio würden perfekt zum Sommer passen. Wieso bieten wir sie nicht auf einer zusätzlichen Sommerkarte an?«

Andrew runzelte finster die Stirn und bemerkte, dass er Kopfschmerzen bekam. Erst hatte er einem Termin für eine Kochshow zugestimmt, auf die er keine Lust hatte, dann war er mit seiner Assistentin fast aneinandergeraten, weil sie meinte, aus ihm den neuen besten Freund des unsympathischen Bürgermeisters machen zu wollen, und jetzt sah er sich mit einem Souschef konfrontiert, der ihm mit jungenhaftem Grinsen die gesamte Planung durcheinanderbrachte.

Für einen kurzen Moment presste Andrew die Lippen aufeinander. Eigentlich wollte er sich in der Küche und vor der gesamten Mannschaft auf keine solche Debatte einlassen, aber eine Antwort musste sein. »Erstens wäre eine zusätzliche Karte kompletter Bullshit, schließlich haben wir neben unseren regulären Menüs auch noch Tageskreationen. Und zweitens bieten wir genügend Fischgerichte an! Für das

Wochenende planen wir neben Austern auch noch Langusten, Venusmuscheln und Jakobsmuscheln zu den anderen Fischsorten. Wozu brauchen wir Meermandeln?«

»Die Meermandel hat völlig zu Unrecht einen schlechten Ruf«, widersprach Nick gut gelaunt. »Richtig gegart stellt sie die Jakobsmuschel problemlos in den Schatten, Chef!«

Andrew sah ihm in die Augen. Er fühlte sich auf einmal sehr, sehr alt. »Keine Sommerkarte. Keine Meermandeln. Das ist mein letztes Wort.«

»Okay«, lachte Nick. »Du weißt nicht, was du versäumst.«

»Ich kann es mir denken«, entgegnete Andrew und verdrehte die Augen, bevor er sich an den Saucier wandte. »Und du hast schon wieder zu viel Blutorange in die Sauce maltaise gegeben, Calvin. Willst du, dass man den Spargel nicht mehr schmeckt?«

»Hey, Chef«, unterbrach Nick ihn unbekümmert. »Weißt du, was fabelhaft zur Sauce maltaise schmecken würde?«

Wieder schnitt Andrew eine Grimasse und ächzte ironisch: »Lass mich raten: Meermandeln?«

Das Lachen seines Souschefs verfolgte Andrew bis zur Kühlkammer.

Als Andrew seine Wohnung betrat, lehnte er sich mit dem Rücken gegen die Tür und ließ das Kinn auf die Brust fallen.

Erst mal tief durchatmen! Er schloss die Augen und genoss die Ruhe, die ihn in seiner Wohnung erwartete, weil sein Schädel schmerzhaft pochte. Der Abend war hektisch und anstrengend gewesen. Obwohl: Im Grunde war der heutige Tag nicht anstrengender oder hektischer als jeder andere Tag im Restaurant, nur Andrew fühlte sich heute ausgelaugter und ausgebrannter als sonst. Für den restlichen Abend hatte er sich nichts anderes vorgenommen, als noch einen Happen zu essen, eine heiße Dusche zu nehmen und ins Bett zu fallen, um bis morgen Mittag durchzuschlafen. Vermutlich würde er es nicht einmal bis in die Dusche schaffen, sagte er sich erschöpft und gähnte herzhaft, da er sicher sein konnte, unbeobachtet zu sein.

Wenn man den ganzen Tag in einer Küche stand und ständig von Dutzenden Augenpaaren beobachtet wurde, war es eine großartige Abwechslung, in eine leere Wohnung zu kommen und dort tun und lassen zu können, was man wollte. Herzhaftes Gähnen gehörte dazu, ebenso wie mit der eigenen Gabel im Topf herumzurühren und nicht jedes Mal einen neuen Probierlöffel zu benutzen. Dass man in seiner Wohnung nur in Unterwäsche herumlaufen konnte, hatte ebenso seine Vorzüge, sagte er sich, stieß sich von der Tür ab und schlüpfte aus seiner Lederjacke sowie aus seinem Hemd. Leider war er meistens nur zum Schlafen in seiner Wohnung und konnte die Vorzüge seines einsamen Apartments viel zu selten genießen.

Mit einem weiteren Gähnen trottete er in seine Wohnung hinein und fuhr sich mit einer Hand durch die blonden Haare, während er den heutigen Tag in seinem Kopf Revue passieren ließ.

Nachdem er seinem Souschef den Kopf geradegerückt (oder es zumindest versucht) hatte, waren diverse andere Katastrophen über ihn hereingebrochen. Zum einen hatte er ein wenig zufriedenstellendes Gespräch mit seinem Lieferanten geführt, nur mit größter Mühe und Not jemanden gefunden, der Belon-Austern liefern konnte, und dann auch noch mit ansehen müssen, wie ein Lehrling den Lachs zerkochte, den der Bürgermeister bestellt hatte. Zum anderen war ihm nichts anderes übriggeblieben, als dem Maler eine Absage zu erteilen, nachdem der ihm seine grauenhaften Bilder präsentiert hatte. Da es Andrews Exfreundin Mia extrem wichtig erschienen war, dass er dem Nachwuchskünstler eine Chance gab, ahnte er, wie viel Stunk jetzt aus ihrer Ecke zu erwarten war. Trotzdem: Er würde ganz bestimmt kein Bild in seinem Restaurant aufhängen, das wie eine abstrakte Peniskarikatur aussah. Zwar war er nicht prüde und behauptete auch nicht, über Kunstgeschmack zu verfügen, jedoch war sich Andrew sicher, dass niemand dreihundert Dollar für ein Menü bezahlen wollte, während ihm neonrosa Penisse von den Wänden entgegenleuchteten. Er verband wirklich sehr hübsche Erinnerungen mit den heißen Wochenenden, die er mit Mia in Santa Barbara verbracht hatte. Und diese Erinnerungen hatten auch durchaus etwas mit dem Thema der Bilder zu tun. Aber man musste wissen, wie weit man gehen durfte.

Andrew hatte sich stumm die Fotos der Gemälde angesehen, die ihm der junge Maler euphorisch zeigte, und sich gleichzeitig den Kopf zerbrochen, was er bloß angestellt haben könnte, dass Mia ihm so etwas antat. Schließlich hatten sie sich im Guten getrennt. Ganz bestimmt hatte er es nicht verdient, dass sie ihm nun solche Leute auf den Hals hetzte. Bunte Penisse, die zudem eine gewisse Ähnlichkeit mit Charlie Chaplin hatten. Also wirklich.

Schaudernd hob er die Schultern, schüttelte den Kopf und sah sich in seiner Wohnung um. Seine Sachen ließ er auf den Stuhl neben der Wohnungstür fallen und warf seine Schlüssel in die dekorative Schale, die auf dem kleinen Sekretär gleich daneben stand.

Andrew hätte alles dafür getan, jetzt eine Massage zu bekommen. Stattdessen ging er die Post durch, die ihm der Portier gerade in die Hand gedrückt hatte, und schlenderte Richtung Fenster.

Da die wirklich wichtige Post, die das Restaurant betraf, in sein Büro geschickt wurde, handelte es sich bei den Briefumschlägen, die er lustlos durchging, lediglich um diverse Werbung: Kreditanträge, Botoxbehandlungen und Partnervermittlungen. Da er weder für das eine noch für das andere Interesse hatte und dank seiner Arbeit auch gar keine Zeit für die Suche nach einer Partnerin hatte, warf er die Briefumschläge in den Müll, als er die offene Küche betrat.

Lediglich einen Brief öffnete er, wenn auch stirnrunzelnd. Es war die Einladung zur Wahlkampfparty seines Bruders, der in die Fußstapfen ihres Vaters treten und Politiker werden wollte.

Nachdenklich lehnte sich Andrew gegen seinen doppeltürigen Kühlschrank und überflog ein zweites Mal die formelle Einladung, die auf edlem Papier und in akkurater Formulierung davon sprach, dass sein Bruder Richard Henry Knight zur Wahl des Generalstaatsanwaltes von Massachusetts antreten würde und ihn bat, ihn auf seiner Wahlkampffeier seiner Unterstützung zu versichern.

Andrew zerknüllte mit der rechten Hand das Schreiben und verzog den Mund, während er sich fragte, warum sein Bruder nicht einfach zum Telefonhörer greifen und ihn anrufen konnte. Stattdessen schickte er ihm wie vermutlich jedem x-beliebigen Bekannten einen offiziellen Brief. Oder besser gesagt: Er ließ ihm einen Brief schicken. Dafür hatte er sicher seine Leute. Überhaupt wäre es äußerst nett gewesen, wenn Andrew in die Pläne seines Bruders eingeweiht worden wäre: Es war ja nicht so, als wüsste er nicht, wie eine solche Feier ablief, immerhin war er als Sohn eines Politikers mit unzähligen Veranstaltungen dieser Art aufgewachsen. Selbst wenn er sich entschieden hatte, Koch zu werden, änderte das nichts daran, dass ihn die politischen Ambitionen seiner Familie interessierten. Er wollte auch weiterhin wissen, wie es in der Kanzlei seines Vaters lief, ob seine Schwester mittlerweile zur Partnerin ernannt worden war und wie die politischen Pläne seines Bruders aussahen. Nur weil er sein Jurastudium an den Nagel gehängt hatte, bedeutete dies noch lange nicht, dass er nicht mehr wissen wollte, wie es seiner Familie erging.

Leider hatte sich sein Vater jedoch auch nach elf Jahren noch nicht damit abgefunden, dass Andrew die Anwaltsrobe gegen die Kochschürze eingetauscht hatte.

Andrew ahnte, dass sich sein Vater dafür schämte, seinen jüngsten Sohn in einem dienstleistenden Gewerbe zu wissen. Die Tatsache, dass sein Sohn Essen kochte, anstatt über Gesetzestexten zu sitzen oder politische Reden zu schwingen, lag Henry Carlisle Knight schwer im Magen. Die Knights waren nicht nur eine wohlsituierte und einflussreiche Familie der Ostküste, sondern betätigten sich seit dem Sezessionskrieg am politischen Geschehen der Vereinigten Staaten. Dass einer seiner Söhne nicht in die Fußstapfen seiner Ahnen trat, sondern sich dafür begeisterte, an einem Herd zu stehen und Fleisch zu braten, konnte Andrews Vater nicht akzeptieren.

Seit Andrew mit vierundzwanzig Jahren beim alljährlichen Thanksgivingessen verkündet hatte, er habe sich exmatrikuliert und werde eine Ausbildung bei einem Sternekoch in New York beginnen, waren das Unverständnis und der Zorn seines Vaters ungebrochen.

Obwohl er seinen Vater in den vergangenen Monaten mehrmals in sein Restaurant eingeladen hatte, war dieser nicht ein einziges Mal dort aufgetaucht. Lediglich Andrews Mom und seine Schwester hatten sich blicken lassen und waren nach einem Drei-Gänge-Menü wieder hastig verschwunden, nachdem sie nur kurz sein Thunfischtartar gelobt hatten. Besonders wohl hatten sie sich anscheinend nicht gefühlt. Da seine Mom sich nur in der Küche blicken ließ, um nach dem Rechten zu sehen und mit ihrer Köchin über die Menüfolge zu sprechen, war Andrew klar, wie verwundert sie darüber sein musste, dass ihr eigener Sohn seinen Lebensunterhalt als Küchenchef verdiente.

Aber für ihn war es in den vergangenen Jahren nicht nur wichtig gewesen, seinen Traum zu verwirklichen und Koch zu werden, sondern seiner Familie zu beweisen, dass er erfolgreich sein konnte, ohne ein Juraexamen in der Tasche zu haben. Ihn hatte der brennende Ehrgeiz angetrieben, seinem Vater zu zeigen, dass er etwas aus sich gemacht hatte. Noch immer klang ihm die abfällige Warnung in den Ohren, dass er sich die Zukunft ruinieren würde, wenn er sein Studium schmiss, um anderer Leute Essen zu würzen. Weder Andrews hervorragende Ausbildung in einem Sterne-Restaurant noch seine kometenhafte Karriere als jüngster Küchenchef von Los Angeles oder die beeindruckende Tatsache, dass er Inhaber eines mehr als gut gehenden Restaurants war, schien etwas an der Enttäuschung seines Vaters zu ändern. Sein Sohn war nun einmal kein Anwalt geworden – alles andere zählte nicht.

Andrew öffnete missmutig den Kühlschrank, nahm eine Flasche Bier heraus und ging in sein luxuriöses Wohnzimmer hinein. Mit langsamen Bewegungen hob er die Flasche an die Lippen und nahm einen tiefen Schluck, während er zu der verspiegelten Fensterfront schaute, von der man einen großartigen Blick auf den Charles River hatte. Niemand Geringerer als sein Vater war der Grund dafür gewesen, dass er sich diese Wohnung gekauft hatte, obwohl sie viel zu groß für jemanden war, der sich sowieso kaum zu Hause aufhielt. Die reinste Verschwendung. Eine kleinere und weniger teure

Wohnung hätte es sicherlich auch getan, aber Andrew hatte nur daran gedacht, dass ein Penthouse direkt am Charles River zwischen Beacon Hill und Back Bay gelegen ein großartiges Statussymbol darstellte. Eine solche Wohnung zu besitzen bedeutete in Boston nun einmal, es geschafft zu haben, also hatte Andrew nicht lange gezögert und zugeschlagen. Er hatte gedacht, dass sein Vater so endlich kapieren würde, was sein Sohn erreicht hatte.

Das Problem war nur, dass es seinen Vater überhaupt nicht zu interessieren schien, was er tat, wo er wohnte und wie er lebte. Richards politische Ambitionen dagegen standen auf einem ganz anderen Blatt. Es mochte armselig sein, sich mit fünfunddreißig Jahren nach der Anerkennung seines Vaters zu sehnen, aber Andrew ahnte, dass er weitaus zufriedener wäre, wenn seine Familie seinen Erfolg bemerken würde.

Mit dem Bier in der Hand ging er zum Fernseher und machte ihn an. Müde zappte er durch die Kanäle, konnte jedoch weder den aufdringlichen Shoppingsendern etwas abgewinnen noch die unzähligen Realityshows ertragen, die den ganzen Tag über gesendet wurden. Schließlich blieb er bei den Nachrichten hängen, die von einer Katastrophe nach der anderen berichteten.

Wenig interessiert schaltete er den Ton aus, starrte einen kurzen Moment auf die eingeblendete Wetterkarte und drehte seinem Fernseher anschließend den Rücken zu, um zum Anrufbeantworter zu gehen und ihn abzuhören. Während er aus seiner Bierflasche trank und sich dumpf fragte, ob er überhaupt noch Lust darauf hatte, sich einen Snack zu machen, ließ er den ersten Anruf ablaufen.

Ausgerechnet die Stimme seiner Exfreundin erscholl piepsig durch das Wohnzimmer, als sie mit viel zu viel Euphorie kicherte: »Hallo Andrew, hier spricht Mia. Ich wollte nur wissen, wie es heute gelaufen ist. Ruf mich doch mal an. Tschüssi!«

Nein, das würde er sicher nicht tun, sagte er sich entschlossen, schüttelte den Kopf und löschte die Nachricht. Leider besaß Mia neben ihrem Entgegenkommen im Bett auch das Talent, die schlimmsten und lautesten Szenen aufzuführen, die Frauen ihren Männern antun konnten. Er hatte sich nicht von ihr getrennt, um sich jetzt schon wieder von ihr anschreien zu lassen.

Daher schaute er relativ gelassen der nächsten Nachricht entgegen. Sie stammte von seiner Tante, die nicht minder euphorisch in den Hörer keuchte.

»Andy, ich wollte dich nicht bei der Arbeit stören und spreche dir deshalb aufs Band. Alice war leider nicht zu erreichen, daher gebe ich dir am besten die Nummer des Produzenten, damit du ihn anrufen und einen Termin mit ihm ausmachen kannst. Morgen wäre es sicher nicht zu früh! Tschüs, mein Lieber.«

Während Tante Daisy die Nummer herunterrasselte, blieb Andrew einfach stehen und trank den nächsten großen Schluck. Zwar löschte er die Nachricht nicht, jedoch würde er Tante Daisys Produzenten nicht anrufen, so viel war klar.

Auch die nächste Nachricht gehörte in die Kategorie, die er sich hätte sparen können.

»Mr. Knight, hier spricht Ihr Bankberater, Irving Sandler. Wir würden sehr gern mit Ihnen über einige interessante Anlagemöglichkeiten sprechen. Ich würde mich über einen Rückruf freuen.«

Diese Nachricht zu löschen war in der Tat keine schwere Entscheidung, sagte er sich und lehnte sich mit der Hüfte gegen die Kommode, auf der der Anrufbeantworter stand. Die nächste Nachricht.

»Hallo, Mr. Knight. Mein Name ist Shaw und ich schreibe für den *Ledger*. Falls Sie Interesse an einem Interview hätten, würde ich gerne einen Termin mit Ihnen ausmachen.«

Andrew verdrehte die Augen, nahm einen weiteren Schluck Bier und hörte gleich darauf wieder die Stimme seiner Tante.

»Ich bin es noch einmal, Andy. Hast du auch die Einladung zu Richards Wahlkampfparty bekommen? Wusstest du, dass dein Bruder zur Wahl antreten will? Bis später!«

Zähneknirschend starrte er den Anrufbeantworter an. Seine Tante hatte ein wirkliches Talent, den Finger in die Wunde zu legen, das musste er ihr lassen. Er löschte auch diese Nachricht, nur um gleich darauf die fröhliche Stimme seines Souschefs zu hören.

»Hi, Drew! Ich bin's, Nick. Nichts für ungut, aber können wir noch einmal über die Meermandeln quatschen? Vielleicht bei einem Bier?«

Frustriert rieb sich Andrew mit der kalten Bierflasche über die Stirn und ließ die Schultern sinken. Was hatte er bloß in einem seiner früheren Leben verbrochen? Eigentlich war er davon ausgegangen, nach diesem katastrophalen Tag ein wenig Ruhe verdient zu haben, doch kaum hörte er seinen Anrufbeantworter ab, rauschte ihm das Blut in den Ohren und er wünschte sich auf eine einsame Insel.

Auch die nächste Nachricht trug nicht wirklich zu seiner Beruhigung bei. »Andrew, hier ist noch mal Mia! Kannst du mir sagen, was du dir dabei gedacht hast, Peter und seine Bilder einfach abzuweisen? Ich erwarte deinen Rückruf!«

Er ließ den Kopf sinken und stöhnte auf.

»Hi, Drew, altes Haus! Ich hoffe, dass du nicht vergessen hast, dass ich morgen eine Party schmeiße und dich hier erwarte. Ach, und bring niemanden mit, es kommen nämlich genügend Single Ladys!« Das war sein Kumpel Aaron, und in der Tat hatte er die Einladung vergessen oder besser: verdrängt. Er hatte nicht die Absicht, diese Party zu besuchen. Momentan wäre er kein besonders guter Gast, und er verspürte nicht die geringste Lust, sich unters feierwütige Volk zu mischen.

Resigniert starrte er auf den Anrufbeantworter, sah die blinkende Neun, die ihm neun weitere Nachrichten auf Band ankündigte, und schaltete das Gerät kurzerhand aus. Er fühlte sich plötzlich uralt, ausgelaugt und absolut lustlos.

Der Gedanke an eine Party widerstrebte ihm.

Der Gedanke an die Wahlkampffeier seines Bruders widerstrebte ihm ebenfalls.

Der Gedanke an eine eigene TV-Show widerstrebte ihm noch mehr.

Und zu seinem Erschrecken widerstrebte es ihm am meisten, morgen wieder ins Restaurant zu gehen und dort in der Küche zu stehen.

Wieso kam ihm plötzlich alles so sinnlos vor? Und warum besaß er nicht mehr das kleinste Quäntchen Lust aufs Kochen?

Andrew ließ sich auf seine Couch sinken, starrte vor sich hin und fragte sich, was bloß mit ihm los war. Zwar mochte er sich dazu zwingen, morgen wieder ins Restaurant zu gehen, doch besonders glücklich oder zufrieden war er nicht. Er ahnte, dass er etwas ändern musste, bevor er den Verstand verlor. So konnte es nicht weitergehen.

Vielleicht brauchte er tatsächlich eine Pause.

Resigniert rümpfte er die Nase und schwor sich, dass er auf keinem Elefanten am Taj Mahal vorbeireiten würde.

Als Andrew vor zwei Stunden die Staatsgrenze von Maine überquert und dort das Schild »Welcome to Maine – the way life should be« gelesen hatte, hatte er die Lippen noch zynisch verzogen und die Augen verdreht, doch mittlerweile atmete er die salzige Meeresluft ein, schaute durch die Windschutzscheibe seines SUVs auf eine zerklüftete Küste und genoss den spektakulären Sonnenuntergang.

Obwohl er keine Ahnung hatte, was er hier wollte, ob sein Restaurant gerade abbrannte und wann seine Mailbox explodieren würde, freute er sich unbändig über das seltsame Gefühl, keine Sorgen zu haben und Stress für ein Fremdwort zu halten.

Nach einer schlaflosen Nacht war er morgens zu der Erkenntnis gelangt, dass er eine Auszeit brauchte. Spontan hatte er seine Tasche gepackt, in seiner Wohnung die Elektrogeräte ausgeschaltet und seinem Souschef eine Nachricht geschickt, dass er für ihn einspringen müsste. Außerdem hatte er ihm zu verstehen gegeben, er solle Tante Daisy davon in Kenntnis setzen, dass ihr Neffe in Urlaub fuhr. Die beiden verstanden sich ja ziemlich gut.

Anschließend hatte er sein Handy einfach ausgeschaltet. Und das hatte sich verdammt gut angefühlt.

Ohne festes Ziel war Andrew in sein Auto gestiegen und einfach losgefahren. Zunächst hatte er sich Richtung New York bewegt, um alte Freunde zu besuchen, aber dann hatte er über sich selbst den Kopf geschüttelt. Seine alten Freunde waren ebenfalls Köche und arbeiteten in Restaurants. Andrew jedoch wollte endlich seine Ruhe haben und nicht ständig an seine Arbeit denken. Also war er einfach umgedreht und hatte den Weg Richtung Maine eingeschlagen, wo er als Kind mit seinen Eltern Urlaub gemacht hatte. Wo konnte man sich schließlich von der Hektik der Großstadt besser erholen als auf dem Land?

Obwohl er nicht wusste, was er während seiner Auszeit tun

wollte, sagte er sich, dass er für ein, zwei Tage einen Tapetenwechsel brauchte, um dann wieder mit neuer Energie zurück nach Boston zu fahren. Ein bisschen Entspannung würde ihm guttun, keine Frage.

Zufrieden lenkte er seinen SUV über die hügelige Straße und nahm eine Linkskurve, während er in Richtung Meer starrte und sich sagte, dass nach spätestens zwei Tagen seine Akkus wieder aufgeladen sein würden. In dieser kurzen Zeit würde sicherlich kein Unglück geschehen und Nick könnte ganz bestimmt keinen Unsinn im *Knight's* anstellen.

Er hatte den Gedanken noch nicht vollendet, als er plötzlich geblendet wurde und ein Hupen ertönte, das ihn beinahe taub machte.

Erschrocken bemerkte er, dass er viel zu weit links fuhr und auf die Gegenspur gekommen war, auf der ihm ein schrottreifer Kleinlaster entgegenkam und wie wild die Scheinwerfer aufblendete. Reflexartig riss Andrew sein Lenkrad herum und trat gleichzeitig auf die Bremse. Sein SUV schlingerte wie betrunken über die Straße und kam auf dem halb befestigten Seitenstreifen zum Stehen, nachdem sich das Auto einmal um sich selbst gedreht und der rechte Kotflügel Bekanntschaft mit einem Baum gemacht hatte. Ein lauter Knall sowie eine ruckartige Bewegung sagten Andrew, dass irgendetwas mit seinem linken Vorderreifen nicht stimmte.

Doch davon nahm er kaum etwas wahr, weil ihm der eigene Herzschlag in den Ohren dröhnte und er mit zitternden Händen das Lenkrad umklammerte. Scheiße, das hätte ins Auge gehen können! Er hätte ...

»Haben Sie völlig den Verstand verloren, Sie Idiot? Sie hätten mich umbringen können«, fauchte jemand in sein linkes Ohr.

Noch immer schwer atmend und wie unter Schock drehte

Andrew den Kopf nach links, wo ein erzürntes Gesicht am geöffneten Seitenfenster seines Autos erschien und ihn wütend anstarrte. Blaue Augen blitzten auf, während die Besitzerin des erzürnten Gesichts ihn aufgebracht fragte: »Haben Sie Ihren Führerschein im Lotto gewonnen oder macht es Ihnen einfach nur Spaß, mir einen Herzinfarkt zu bescheren?«

Sprachlos starrte er sie an, öffnete den Mund und spürte zu seinem Schrecken, dass ihm überhaupt keine Antwort einfiel.

2

Brooke Day zitterte vor Schreck. Sie war nur knapp dem Tod entronnen, jedenfalls fühlte es sich so an. Gerade eben war sie auf dem Weg von der Wäscherei ihrer besten Freundin Lauren nach Hause gewesen, hatte sich den Kopf darüber zerbrochen, was sie tun konnte, um das Restaurant ihrer Eltern aus den roten Zahlen zu bekommen, und hatte sich gähnend über die Augen gerieben, als sie plötzlich einen protzigen Geländewagen wie aus dem Nichts auf ihrer Spur entdeckte. Innerhalb weniger Sekunden war ihr komplettes Leben vor ihrem inneren Auge vorübergezogen, während sie auf die Bremse des Kleinlasters ihres Dads getreten war und ihre Hände um das Lenkrad gekrallt hatte.

Tausend Gedanken waren durch ihren Kopf gerast, angefangen damit, dass sie ihrer Mom nie gebeichtet hatte, dass sie in der fünften Klasse bei einem Mathetest geschummelt hatte. Noch sehr viel schlimmer war jedoch die Erkenntnis gewesen, dass sie sich ihre Beine nicht rasiert hatte, während der Kleinlaster mit quietschenden Reifen über die Landstraße geschlittert war und sie davon ausgehen musste, dass sich der Wagen entweder überschlagen oder die Klippen hinuntersegeln könnte. Die Vorstellung, dass sie nach einem Unfall in der Notaufnahme landen könnte und dort als die Patientin bekannt würde, die nicht nur haarige Beine hatte, sondern zudem ein Höschen trug, auf dem das Superman-Logo prangte, hatte sie einfach nicht mehr losgelassen.

Ausgerechnet an dem Tag einen Unfall zu haben, an dem sie mit ihrer Wäsche im Rückstand war und notgedrungen zu dem Höschen gegriffen hatte, das Lauren ihr zur allgemeinen Belustigung zu ihrem letzten Geburtstag geschenkt hatte! Das wäre eine mittelschwere Katastrophe gewesen – abgesehen davon, dass sie es sich nicht leisten konnte, mit einem Gipsbein durch die Gegend zu humpeln oder gar im Restaurant auszufallen.

Aber sie war nicht verletzt und anscheinend mit einem Schrecken davongekommen, wie sie nach ihrer Vollbremsung bemerkte, als sie ihre zuvor zugekniffenen Augen öffnete und schwer atmend die Straße vor sich musterte. Der Herzschlag dröhnte ihr in den Ohren, während ihr die Magensäure in die Kehle stieg. Dieser Beinahe-Unfall hätte ihr nicht nur ein Gipsbein, sondern einen Aufenthalt in der nächsten Pathologie bescheren können.

Noch während sie darüber nachdachte, dass sie in dem schrottreifen Kleinlaster ihres Dads hätte sterben können, griff sie mit tauben Fingern nach ihrem Sicherheitsgurt und schnallte sich ab. Nie wieder, so schwor sie sich, würde sie sich übermüdet hinters Steuer eines Autos setzen. Nur langsam kam sie zu Atem und schaffte es kaum, ihre Hände zu beruhigen, die entsetzlich zitterten.

Obwohl – oder vielleicht auch weil – ihr der Schreck in allen Gliedern saß und sie wusste, dass sie beim Autofahren viel zu unaufmerksam gewesen war, stieg rasende Wut in ihr auf, als der zerbeulte SUV in ihr Blickfeld geriet. Dieser stand in einer Staubwolke auf dem rechten Seitenstreifen der Landstraße, die dank ihrer kurvigen Fahrbahn an der Küste zu einer beliebten Rennstrecke für versnobte Städter geworden war. Sie hätte draufgehen können, weil irgendein Idiot glaubte, die ganze Straße einschließlich der linken Spur gehörte ihm!

Normalerweise war Brooke eine jener Bewohnerinnen Maines, die die Touristen aus den Großstädten mit offenen Armen empfingen. Schließlich war sie auf diese Leute und ihr Geld angewiesen. Sie wurde nicht müde, nörgelnden Nachbarn und Bekannten zu erklären, dass zugeparkte Straßen und überfüllte Strände während der Hochsaison kein Grund für schlechte Laune seien, weil nun einmal viele Orte in Maine vom Tourismus lebten. Dennoch platzte ihr der Kragen, als sie das sauteure Auto mit dem Bostoner Kennzeichen in Augenschein nahm. Nur weil irgendein Snob aus der Stadt Langeweile hatte und sich selbst beweisen musste, was für ein toller Typ er war, wäre sie um ein Haar umgekommen. Dass sie selbst viel zu spät das auf sich zukommende Auto bemerkt hatte, weil ihre Müdigkeit sie abgelenkt hatte, schob sie erst einmal in den hintersten Winkel ihres Kopfes.

»Rücksichtsloser Arsch«, platzte es aus ihr heraus, während sie das imposante Auto näher in Augenschein nahm. Dieses musste eine schöne Stange Geld gekostet haben. Dass es nun einen Platten hatte und im Gegensatz zu ihrem Kleinlaster ziemlich viel abbekommen zu haben schien, milderte ihren Zorn nicht, schließlich hatte der Beinahe-Zusammenstoß sie vermutlich mehrere Jahre ihres Lebens gekostet. Auch ohne ihren Kopf näher zu betrachten, befürchtete sie, soeben komplett ergraut zu sein – und das mit Anfang dreißig!

Bevor Brooke wusste, was sie tat, stieß sie die Fahrertür auf, kletterte mit weichen Knien hinaus und marschierte wutschnaubend über die Straße.

All der Frust, der Ärger und die Unsicherheit der letzten

Monate ballten sich in ihrem Inneren zusammen, während sie über die Straße lief und an der Fahrerseite des Autos stehen blieb. Dort angekommen, stemmte sie die Hände in die Hüften und schob wie der Rächer der Enterbten den Kopf durch das geöffnete Seitenfenster, bevor sie geradezu fauchte: »Haben Sie völlig den Verstand verloren, Sie Idiot? Sie hätten mich umbringen können!«

Der blonde Mann am Steuer des Geländewagens machte keine Anstalten, ihr zu antworten. Er drehte lediglich den Kopf in ihre Richtung und atmete nicht weniger schwer als sie selbst. Wie es aussah, war sie nicht die Einzige, die einen üblen Schock erlitten hatte, schoss es ihr durch den Kopf, als sie sein bleiches Gesicht in Augenschein nahm. Das konnte Brooke jedoch nicht besänftigen. Ganz im Gegenteil! Sie sagte sich, dass sie sich nicht durch das besonders nett anzusehende Gesicht ihres Gegenübers ablenken lassen durfte. Von dem bemerkenswerten Augenpaar, das ihr gerade entgegenblinzelte, auch nicht! Sie stockte und überlegte für den Bruchteil einer Sekunde, ob die Augen des Fahrers nun braun oder grün waren, bevor sie sich innerlich eine Idiotin schalt und sich wieder auf etwas viel Essenzielleres konzentrierte – nämlich dem Mann vor sich die Leviten zu lesen.

Grimmig runzelte sie die Stirn und fuhr ihn an: »Haben Sie Ihren Führerschein im Lotto gewonnen oder macht es Ihnen einfach nur Spaß, mir einen Herzinfarkt zu bescheren?«

Brooke nickte ihm auffordernd zu, doch er schien besonders schwer von Begriff zu sein, da er noch immer keinen Ton von sich gab, sondern sie wie paralysiert anstarrte.

Misstrauisch verzog sie den Mund und hakte nach: »Sind Sie etwa betrunken?«

Sollte der Kerl wirklich betrunken sein, würde sie augenblicklich den alten Max Carpenter anrufen. Er war seit Urzeiten Polizeichief von Sunport und sowieso auf Touristen aus der Stadt nicht gut zu sprechen, nachdem seine Frau mit einem Versicherungsvertreter aus Chicago durchgebrannt war. Beinahe musste Brooke grinsen, als sie sich voller Schadenfreude ausmalte, wie der Mann vor ihr die kommende Nacht in der winzigen Zelle der Polizeistation verbringen würde, sollte Chief Carpenter ihn in die Finger bekommen.

Gerade als sie ungeduldig den Mund öffnen wollte, weil der Mann noch immer keinen Ton von sich gab, erklärte er mit heiserer Stimme: »Nein, ich bin nicht betrunken. Sind Sie in Ordnung?«

Brooke stockte einen Moment, bevor sie ein Schnauben ausstieß, das jedem Rhinozeros Ehre gemacht hätte. »Abgesehen davon, dass Sie mich beinah umgebracht hätten, geht es mir fabelhaft«, bemerkte sie sarkastisch.

Anstatt zu antworten, schnallte sich der Unfallverursacher ab und zwang Brooke dazu, ein paar Schritte zurückzugehen, da er ebenfalls ausstieg und sich zu ihr gesellte. Dass er dabei keinen Ton von sich gab, sondern mit nüchterner Entschlossenheit sein Auto inspizierte, löste in Brooke den Wunsch aus, ihm eins auf die Nase zu geben. Das Mindeste, was er hätte tun können, wäre gewesen, sich bei ihr dafür zu entschuldigen, dass er dermaßen rücksichtslos über die Landstraße gerast war.

Obwohl sie noch immer schäumte und die Hände in die Hüften gestemmt hielt, zwang sie sich dazu, tief durchzuatmen und nicht auf offener Straße einen Mord zu begehen. Sie gab dem Snob aus der Stadt, der in gebügelten Jeans und einem faltenfreien Poloshirt neben ihr stand, auch keine ruppige Antwort, sondern betrachtete ihn lediglich kritisch, wie er neben seinem Wagen in die Hocke ging und den platten Vorderreifen begutachtete.

Da sie fast ihr ganzes Leben in Sunport verbracht hatte und alle halbwegs annehmbaren Männer der Stadt längst in festen Händen waren, hätte sie dem blonden Kerl mit den außergewöhnlichen Augen und dem gut geschnittenen Gesicht unter normalen Umständen eigentlich besonders viel Aufmerksamkeit geschenkt, doch Brooke ignorierte geflissentlich, dass er hochgewachsen war, breite Schultern hatte und viel zu gut für ihr Seelenheil aussah. Ihr schwirrten viel zu viele Dinge im Kopf herum, als dass sie Zeit und Energie dafür gehabt hätte, sich um einen rücksichtslosen Snob aus der Stadt Gedanken zu machen. Egal, wie gut er nun aussah.

»Das Auto hat einen Platten.«

»Was Sie nicht sagen«, erwiderte sie gedehnt und erwiderte seinen Blick stoisch, als er den Kopf in ihre Richtung drehte und sie aus der Hocke heraus ansah.

Merkwürdigerweise ging er auf ihren feindseligen Tonfall nicht ein, sondern informierte sie weiter: »Ich bin zwar kein Mechaniker, aber der Kühlergrill sieht nicht gut aus. Außerdem ist der Kotflügel völlig hinüber.«

Brooke fragte sich, ob er ihr Mitleid wecken oder ihr Schuldgefühle verursachen wollte. Gleichzeitig stieg ein Funken Panik in ihr auf. Was, wenn der Mann von ihr erwartete, dass sie für den Schaden aufkam? Getreu dem Motto, dass Angriff die beste Verteidigung war, ging sie in die Offensive. »Wollen Sie mir etwa die Schuld daran geben, dass Ihr Auto ein paar Macken hat?!«

Stirnrunzelnd erhob er sich und öffnete den Mund, aber Brooke ließ ihn vorsichtshalber gar nicht zu Wort kommen. Überdeutlich erklärte sie: »*Sie* sind auf *meine* Spur gekommen – nicht umgekehrt!«

Der Großstadtsnob wirkte alles andere als eingeschüchtert oder reuevoll, da er die Arme vor der Brust verschränkte und ihr fest in die Augen sah. »Ich war für einen kurzen Moment abgelenkt.«

Brooke schluckte. »Soll das etwa eine Entschuldigung sein? ›Ich war für einen kurzen Moment abgelenkt!‹«, äffte sie ihn nach. »Ist das etwa Ihre Entschuldigung dafür, dass wir fast draufgegangen wären?«

Sein Blick gab ihr das Gefühl, die schlimmste Furie aller Zeiten zu sein. Als er dann auch noch ein leicht genervtes Seufzen hören ließ, sträubte sich ihr Nackenfell.

»Es ist ja nichts passiert. Reicht es Ihnen, wenn ich mich in aller Form dafür entschuldige, dass ich *Ihre* Fahrbahn gestreift habe?«

Dass er es nicht ernst meinte, sagten nicht nur sein ironischer Tonfall oder das übertriebene Verbeugen, sondern auch das gekonnte Augenverdrehen.

»Gestreift? Sie haben meine Fahrbahn nicht nur gestreift, sondern Sie sind auf ihr gefahren, als wären Sie ein Selbstmörder oder ein englischer Tourist«, erwiderte sie mit einer Stimme, die kurz davor war, sich zu überschlagen.

»Jetzt übertreiben Sie mal nicht«, wies er sie brummig zurecht und verzog das attraktive Gesicht zu einer finsteren Miene. »Erstens ist nichts passiert und zweitens hätten Sie auch ausweichen können.«

»Ausweichen?!« Empört funkelte sie ihn an und machte einen entschlossenen Schritt auf ihn zu, um direkt vor ihm stehen zu bleiben und den Kopf in den Nacken zu legen. Er war mindestens zwei Köpfe größer als sie. »Das hier ist keine Rennstrecke, und Sie sehen nicht wie Lewis Hamilton aus!«

»Was Sie nicht sagen«, ächzte der Mann. »Was wollen Sie eigentlich? Es ist doch nichts passiert.«

»Nichts passiert?«, fragte sie ungläubig und schnappte nach Luft.

Er hob eine Hand und winkte lässig ab. »Ich bin etwas aus der Kurve gekommen. Sie haben gebremst. Ich habe gebremst. Niemandem ist etwas passiert, also kommen Sie mal wieder runter.«

Bedeutungsvoll deutete Brooke mit ausgestrecktem Zeigefinger auf sein ramponiertes Auto. »Wenn nichts passiert ist, würde ich gerne wissen, wie Sie *das* nennen?«

Der Mann, dessen Augen nun grünlich schimmerten, schnitt eine Grimasse. »Ich nenne es einen Platten.«

»Aha!«

»Kein Aha«, wehrte er ab und rümpfte die Nase. »Warum regen Sie sich so auf?«

Brooke polterte los: »Ich rege mich auf, weil Sie nicht einmal einsehen, dass Sie ...«

»Herrgott noch mal«, unterbrach er sie. »*Mein* Auto muss abgeschleppt und repariert werden. Nicht Ihres. Also ...«

Nun war Brooke an der Reihe, ihn zu unterbrechen, was sie auch sofort tat. »Das nenne ich ausgleichende Gerechtigkeit, schließlich war dieser Beinahe-Zusammenstoß auch *Ihre* Schuld!«

Wieder wedelte er mit seiner Hand vor ihrem Gesicht herum und nickte bestätigend. »Können wir es dabei bewenden lassen? Wollen Sie nicht einfach wieder in Ihr Auto steigen und weiterfahren, anstatt mich auf offener Straße anzubrüllen?«

Eigentlich hätte Brooke ihn nun einfach stehen lassen können, sein überhebliches Gehabe ging ihr jedoch so sehr auf die Nerven, dass sie zischte: »Nach der Vollbremsung, die ich *Ihretwegen* hinlegen musste, wird mir nichts anderes übrigbleiben, als mein Auto ebenfalls in die Werkstatt zu bringen und kontrollieren zu lassen, ob noch alles okay ist.«

Als sein vielsagender Blick zu ihrem Auto glitt, als wollte er sie gleich fragen, ob an dieser schrottreifen Karre irgendetwas *nicht* repariert werden müsste, verschränkte Brooke die Arme vor der Brust und hob provozierend das Kinn. Es war sein Glück, dass er keinen der Gedanken aussprach, die ihm vermutlich durch den Kopf gingen, und er keine abfällige Bemerkung zu dem alten Laster ihres Dads machte.

Stattdessen legte er den Kopf schief und schlug beschwichtigend vor: »Hören Sie …?«

»Brooke«, informierte sie ihn fast schon widerwillig und kniff misstrauisch die Augen zusammen, als sich seine Lippen zu einem knappen Lächeln verzogen.

»Hören Sie, Brooke, es tut mir leid, dass ich etwas unaufmerksam war und dass Sie nun Ihr … ähm … Auto in die Werkstatt bringen müssen. Wenn Sie meine Entschuldigung annehmen könnten, würden Sie mir einen großen Gefallen tun.«

Das klang dermaßen unehrlich, dass sie am liebsten die Augen verdreht hätte. Stattdessen hörte sie sich sagen: »Entschuldigung angenommen …?«

»Drew«, erwiderte er ihre stumme Frage und nickte knapp.

Sie schwiegen einen Moment, in dem Brooke den Blickkontakt abbrach und sich dazu zwang, sich endlich zu beruhigen und dem rücksichtslosen Kerl nicht doch noch die Augen auszukratzen. Zwar hatte er sich nicht richtig bei ihr entschuldigt und wirkte auch nicht wie jemand, dem sein Verhalten leidtat, doch sie wollte ihre Zeit nicht damit vergeuden, sich mit einem Fremden auf offener Straße anzulegen, wenn zu Hause noch genügend Arbeit auf sie wartete. Sie war schon gehetzt genug gewesen und hatte nervös auf die Uhr geschaut, weil sie sich bei Lauren verquatscht hatte, jede weitere Verzögerung würde zu Lasten ihres Nachtschlafs gehen. Wenn sie nicht allmählich weiterfuhr, würde sie bis weit nach Mitternacht das Restaurant ihrer Eltern putzen und anschließend in der Küche stehen müssen, um die Vorbereitungen für den kommenden Tag zu erledigen.

Montags war Ruhetag im *Crab Inn,* was Brooke sehr nötig hatte, wenn man bedachte, dass sie das Restaurant momentan beinahe alleine schmiss. Ein paar Aushilfen gingen ihr zur Hand, doch auch diese mussten bezahlt werden, weshalb Brooke den Hauptteil der Arbeit selbst erledigte. Am heutigen Montag war sie zum Großmarkt gefahren, hatte mit der Bank telefoniert, um ihre Fühler nach einem neuen Kredit auszustrecken, und sich den Kopf wegen der katastrophalen Buchhaltung zerbrochen, bevor sie die Restaurantküche stundenlang geputzt hatte, damit dort alles wieder glänzte. Das *Crab Inn* mochte zwar seit Jahrzehnten nicht renoviert worden sein, aber das hieß noch lange nicht, dass Brooke dort Schmutz tolerieren würde. Ihr Anspruch war es, in ihrem Restaurant vom Boden essen zu können. Leider bedeutete das auch, dass sie wie eine Wahnsinnige schuften musste.

Noch vor wenigen Monaten hatte sie den Familienbetrieb zusammen mit ihren Eltern geführt und sich die Arbeit mit ihrer Mutter und ihrem Vater teilen können, doch das hatte sich schlagartig geändert, als ihre Mom krank geworden war. Seither war Brooke fast allein für das Restaurant verantwortlich, da ihr Dad mehrmals in der Woche nach Portland fuhr, um ihre Mom zur Dialyse zu bringen oder sie zu den Arztterminen zu begleiten. Jede Fahrt ins dortige Krankenhaus dauerte insgesamt vier Stunden, sodass Brooke an solchen Tagen auf sich allein gestellt war und dafür zuständig, das Restaurant über Wasser zu halten.

Die veränderte Situation hatte nicht nur zur Folge, dass Brooke mehr Arbeit als zuvor zu bewältigen hatte, sondern auch dass der finanzielle Rahmen ihrer Familie mehr als eingeschränkt war, denn die aufwändigen Behandlungen ihrer Mutter wurden nicht von der Krankenversicherung bezahlt. Schweren Herzens hatten sie im letzten Monat dem Koch Daniel kündigen müssen, der zusammen mit ihrem Dad in der Küche gestanden hatte. Und jetzt vermisste sie diese Hilfe schmerzhaft, wenn sie allein in der Küche stand und rotierte, weil sie nicht wusste, was sie zuerst machen sollte.

Dass sie sich die Finger wund arbeitete, machte ihr nicht einmal etwas aus. Wenn ihre Mom nur gesund werden würde, hätte Brooke mit Freuden in der Küche ihrer Eltern geschuftet. Zwar hatte sie so viel zu tun, dass sie gar nicht dazu kam, sich ständig Gedanken um den Gesundheitszustand ihrer Mutter zu machen, dennoch schwirrte die Frage durch ihren Hinterkopf, was passieren würde, wenn sich die Niereninsuffizienz verschlimmerte.

Über ihren Gedanken hatte sie den Mann neben sich völlig vergessen, der selbst in Betrachtungen seines Wagens versunken gewesen war und nun ihre Aufmerksamkeit mit einem langen Seufzer auf sich zog.

»Und? Was machen wir jetzt?«

Brooke blinzelte irritiert und starrte ihn für einen Moment sprachlos an, bevor sie bedeutungsvoll nachhakte. »*Wir?*«

Er nickte knapp. »Ja, wir. Was machen wir jetzt?«

»Ich weiß nicht, was *Sie* tun. *Ich* setze mich in meinen Kleinlaster und fahre nach Hause.«

Seine Miene sagte ihr, dass er keineswegs begeistert über diese Aussicht war, und seine nächsten Worte ließen sie empört nach Luft schnappen, da er merkwürdigerweise von ihr erwartete, ihm aus seinem Schlamassel herauszuhelfen.

»Mein Auto ist nicht mehr fahrtüchtig, wie Sie sehen. Könnten Sie mich nicht wenigstens in die nächste Stadt mitnehmen?«

Wenigstens?

Brooke hätte ihm am liebsten einen Vogel gezeigt, erklärte aber stattdessen sehr ruhig und geduldig: »Nein.«

»Kommen Sie schon, Brooke.«

Angesichts seines plump vertraulichen Tons kniff sie die Augen zusammen. Sein Lächeln sollte sie wahrscheinlich überzeugen, da er zwei Reihen weißer Zähne aufblitzen ließ und die Lippen zu einem charmanten Lächeln verzog. Sogar ein winziges Grübchen erschien über seinem linken Mundwinkel. »Ich wäre Ihnen sehr dankbar, wenn Sie mir diesen Gefallen tun könnten.«

Das Grübchen ließ sie einen kurzen Moment nach Worten ringen, da Grübchen bei Männern schon immer eine kleine Schwäche von ihr gewesen waren. Trotzdem fragte sie misstrauisch nach: »Ach ja?«

Er nickte bestätigend. »Ja, Sie würden mir einen großen Gefallen tun.«

Und er hätte ihr einen großen Gefallen getan, wenn er nicht wie ein Wahnsinniger über die Landstraße gerast wäre, dachte Brooke bei sich, bevor sie ihre Schultern sinken ließ und den Kopf schüttelte. »Ich bin sowieso spät dran und kann Sie wirklich nicht mitnehmen.«

Augenblicklich runzelte er finster die Stirn. »Soll ich etwa zu Fuß in die nächste Stadt laufen?«

Es war extrem schwierig, ihre Schadenfreude zu unterdrücken, als sie freundlich auf den Horizont deutete, über dem gerade die Sonne unterging. »Wenn ich Sie wäre, würde ich mich beeilen. Bis nach Sunport sind es vier Meilen.« Sie maß seine langen Beine mit einem fröhlichen Blick und konstatierte: »Aber in anderthalb Stunden sollten Sie dort ankommen.«

Fassungslos starrte er sie an, bevor er grollte: »Das ist doch nicht Ihr Ernst?!«

»Und ob!«

Das charmante Lächeln und auch das Grübchen waren verschwunden, als er mit einem Grollen erklärte: »Dann rufe ich einen Abschleppdienst an!«

»Viel Glück.« Brooke versenkte ihre Hände in den Taschen ihrer verwaschenen Jeans. »Montags ist Karaoke im Pub der Stadt.«

»Und?« Ungeduldig sah Drew sie an.

»An Karaoketagen kosten alle Drinks nur die Hälfte.«

Der Mann schob das Kinn vor. »Auch auf die Gefahr hin, mich zu wiederholen: Und?«

Jetzt geradezu ausgelassen hob Brooke das Kinn. »Glen liebt Karaoke und kann Drinks zum halben Preis nicht widerstehen, was bedeutet, dass er längst voll wie eine Haubitze sein wird.«

»Und weshalb ist das mein Problem?«

»Weil«, antwortete Brooke überdeutlich, »Glen der Mann ist, dem der Abschleppdienst gehört.«

Sein Stöhnen war wie Ambrosia für ihre Ohren. Eigentlich hätte sie sich nicht so sehr darüber freuen sollen, dass der Mann vor ihr in der Zwickmühle steckte, doch sie konnte gar nicht anders, als sich diebisch zu freuen. Arroganter Schnösel!

»Na, wunderbar«, ächzte er. »Wo bleibt nur die Gastfreundlichkeit der Bewohner von Neuengland, von der man ständig hört?«

Brooke zuckte mit den Schultern und erwiderte leichthin: »Die muss irgendwohin verschwunden sein, als ich auf die Bremse trat und mich darauf vorbereitete, meinem Schöpfer entgegenzutreten.«

»Kann es sein, dass Sie nachtragend sind?«

Obwohl sie nicht schnippisch erscheinen wollte, warf sie den Kopf zurück und schwieg missmutig.

Der Mann, dessen Miene von Sekunde zu Sekunde genervter aussah, griff in seine hintere Jeanstasche und holte sein Portemonnaie hervor. »Okay ... okay. Was muss ich Ihnen bezahlen, damit Sie mich zu einem Hotel fahren, in dem ich unterkommen kann?«

Brooke stockte und sah ihn verwirrt an, bevor sie ihn aufgebracht anfuhr: »Steht auf meiner Stirn etwa Taxi geschrieben?«

»Warum sind Sie so zickig?«

»Zickig?« In den Taschen ihrer Jeans ballte sie die Hände zu Fäusten, schob noch einmal das Kinn nach vorne und hoffte, ihn mit ihrer Drohgebärde einschüchtern zu können, als sie dicht an ihn herantrat und grollte: »Sie haben vielleicht Nerven!«

Seine Augen, die nun eher die Farbe dunklen Honigs angenommen hatten, senkten sich in ihre, während er ehrlich verwirrt wissen wollte: »Was habe ich denn getan? Ich dachte ...«

»Schon gut«, unterbrach sie ihn knapp, bevor sie eher zu sich als zu ihm murmelte: »Was will man von arroganten Snobs aus der Stadt auch erwarten?«

»Snob?« Seine Stimme klang nach einem unterdrückten Lachen. »Sie halten mich für einen Snob?«

Brooke machte eine wegwerfende Handbewegung. »Vergessen Sie's!«

Anschließend drehte sie sich auf dem Absatz um und marschierte zu ihrem Kleinlaster, als er ihr, jetzt wieder viel freundlicher, hinterherrief: »Können Sie mir wenigstens sagen, in welche Richtung ich laufen muss?«

Mit einem frustrierten Seufzer blieb sie an ihrem Laster stehen und schloss die Augen. Sie wusste, dass sie es bereuen würde und sie die größte Idiotin der Welt war, dennoch drehte sie den Kopf zur Seite und rief ihm zu, ohne ihn dabei anzusehen: »Steigen Sie schon ein!«

»Es sieht hier nicht wie in einer Stadt aus.«

Brooke verdrehte innerlich die Augen und erklärte fast schon unfreundlich: »Das kommt daher, dass das hier auch keine Stadt ist.«

»Sondern?«, fragte der Mann neben ihr sorglos, während er neugierig aus dem Autofenster sah und noch immer seine Reisetasche auf dem Schoß hielt. Seit zehn Minuten saß er nun schon neben ihr und raubte ihr den letzten Nerv. Seine Reisetasche hatte er aus dem Geländewagen geholt und diesen dann sorgfältig verschlossen. Brooke fragte sich ganz ernsthaft, was mit ihr nicht stimmte, dass sie den arroganten Schnösel zu sich ins Auto genommen hatte. Wahrscheinlich war es die Müdigkeit.

Wenigstens hatte er in den vergangenen Minuten größtenteils geschwiegen und nur einmal eine Bemerkung über das merkwürdige Rattern ihres Motors gemacht, die Brooke dahingehend beantwortet hatte, dass das merkwürdige Rattern erst seit einer gewissen Vollbremsung zu hören sei. Anschließend hatte er glücklicherweise die Klappe gehalten.

»Das ist das *Crab Inn*«, sagte sie jetzt steif und tuckerte über den großen Parkplatz ihres Restaurants, der mit Kies ausgelegt war, aber wie alles andere einer Grundrenovierung bedurfte. Sie liebte das Restaurant ihrer Eltern, das direkt auf einer Klippe stand und einen geradezu malerischen Ausblick über die Bucht bot. Und sie liebte auch die alte Holztreppe, mit der man an der linken Seite des Parkplatzes zum Strand hinabsteigen konnte, um dort Spaziergänge am Wasser oder durch die Dünen zu machen. Dennoch wusste sie, dass die meisten

Neuankömmlinge nur einen kritischen Blick auf die abgeblätterte Fassade und das Unkraut am Rande des Parkplatzes warfen und gleich den Rückzug antraten. Die wenigsten Menschen kamen auf die Idee, dass das heruntergekommene Haus ein Restaurant beherbergte, in dem die beste Hummersuppe, die beste Krabbenpastete und der beste Blaubeerkuchen von ganz Maine serviert wurden.

Im *Crab Inn* wurde noch immer nach den Rezepten gekocht, die Brookes Urgroßmutter aufgeschrieben hatte und die sich ganz klassisch an der Küche Neuenglands orientierten. Stolz konnte Brooke behaupten, dass das Essen, das sie ihren Gästen auftischten, immer außerordentlich gut war. Ihr Restaurant galt als absoluter Geheimtipp und war insbesondere bei den Einheimischen beliebt. Das Problem war nur, dass dieser Geheimtipp ein wenig zu geheim war – so geheim, dass sie zu wenige Gäste hatten, um all die anfallenden Rechnungen bezahlen zu können. Vor der Krankheit ihrer Mom waren sie noch ganz gut über die Runden gekommen, doch nun fehlte das Geld an allen Ecken und Enden.

Sie wusste, dass sie etwas verändern mussten, um Touristen anzulocken, die sich jetzt noch vom rauen Äußeren des Restaurants abschrecken ließen. Doch ihr Dad vertrat den Standpunkt, dass sich ein Lokal durch seine Speisen auszeichnete und nicht durch besonders hübsche Dekorationen.

Mit einem unmerklichen Seufzer dachte Brooke daran, wie oft sie mit ihrem Vater schon zu diesem Thema diskutiert hatte.

»Das *Crab Inn*«, wiederholte der Mann namens Drew ihre Worte und riss sie damit aus ihren trübseligen Gedanken heraus. »Und wir sind hier, weil …?«

»Weil Sie mir gesagt haben, dass Sie eine Unterkunft für die Nacht brauchen«, erwiderte Brooke müde und ziemlich angespannt, während sie ein lautes Gähnen unterdrückte und die Parklücke direkt neben dem Eingang anvisierte.

»Ah ja«, erklärte er ungläubig, bevor er unsicher nachfragte: »Ohne unhöflich sein zu wollen, aber ist das hier wirklich ein Hotel?«

Brooke schnitt eine Grimasse. Warum war sie bloß auf die Schnapsidee gekommen, den Mann nicht nur aufzulesen und mitzunehmen, sondern ihn auch noch in einem der Gästezimmer unterzubringen, die seit einigen Monaten leer standen?

Eigentlich hatte sich ihre Mom immer um die Vermietung der Zimmer gekümmert und damit vor allem in der Hochsaison zusätzliches Geld eingenommen, seit ihrer Erkrankung hatten sie die Zimmer allerdings nicht mehr angeboten. Brooke hätte das Geld zwar ausgerechnet jetzt besonders gut brauchen können, doch noch mehr Arbeit konnte sie wirklich nicht bewältigen.

»Das hier ist kein Hotel, sondern ein Restaurant«, erklärte sie leichthin und parkte direkt unter dem Schein einer der noch funktionierenden Laternen.

»Ein Restaurant?«

Sie ignorierte seinen zweifelnden Ton und schaltete die Zündung aus. »Über dem Restaurant befinden sich Gästezimmer. Sie können eines davon für vierzig Dollar die Nacht haben.«

Erst antwortete er nicht, doch dann gab er mit einem Seufzer zu: »Ein Hotel in der Stadt wäre mir eigentlich lieber.«

Und ihr wären eine Familienpizza mit doppelt Käse, ein gemütlicher Abend auf dem Sofa und eine Fußmassage ebenfalls sehr viel lieber als ein Abend mit extrem viel Arbeit und einem hastig zubereiteten Sandwich, dachte sich Brooke sarkastisch, während sie gespielt fröhlich erwiderte: »In Sunport gibt es ein Hotel, aber das ist wegen einer Regatta und einer Hochzeit komplett ausgebucht.«

»Was ist mit Pensionen?«

Nun drehte sie endlich den Kopf nach rechts und schaute in sein Gesicht, bevor sie sich vor Müdigkeit kurz mit der Hand über das Gesicht fuhr. Im Schatten der Laterne, die im Halbdunkel der nebligen Bucht ein gelbliches Licht spendete, wirkten die Gesichtszüge ihres unverhofften Gastes sehr viel markanter als noch vorhin auf der Landstraße. Vielleicht lag ihr Eindruck auch nur daran, dass sich seine Begeisterung in Grenzen hielt, in einem der Gästezimmer zu schlafen. Für einen Schnösel aus der Stadt, der mit seinem protzigen SUV über Landstraßen raste und eine Uhr trug, die mehr wert war als ihr Auto, war ein stinknormales Gästezimmer offenbar nicht gut genug. Männer wie er übernachteten in teuren Hotels oder exklusiven Countryclubs. Vermutlich hatte er nur aus reiner Verlegenheit nach Pensionen gefragt. Was für ein Pech für ihn, dass es in der näheren Umgebung weder teure Hotels noch exklusive Countryclubs gab.

Brooke schaute ihn direkt an und lehnte sich in ihrem Sitz zurück, nachdem sie die Handbremse angezogen hatte. »Die einzige Pension, die hier noch Zimmer anbietet, gehört Mrs. Schneider. Ich bin mir sicher, dass sie Sie mit offenen Armen aufnimmt, schließlich verirrt sich niemals ein Gast zu ihr.«

Seine Miene veränderte sich kein Stückchen, als er wissen wollte: »Wieso?«

Auf die milde Neugier ihres Gastes antwortete Brooke tonlos. »Weil niemand so verzweifelt ist, sein Zimmer mit ungefähr dreißig Katzen zu teilen, die sich auch nicht scheuen, auf den Frühstückstisch zu springen oder sich zum Gast ins Bett zu legen.«

»Was?!«

Mit ernsten Augen betrachtete sie den Mann neben sich und betete gleichzeitig zu allen Mächten, dass sie für ihre Lügen nicht in der Hölle schmoren würde. »Sie haben gefragt. Wenn Sie wollen, fahre ich Sie liebend gern zu Mrs. Schneider. Der letzte Gast, den sie bei sich aufnahm, verschwand mitten in der Nacht, nachdem seine Gastgeberin auf die Idee kam, ihm den Rücken zu schrubben, als er in der Badewanne saß. Das ist ungefähr acht Jahre her.«

Keinesfalls eingeschüchtert lachte der Mann neben ihr lauthals los und schaffte es, auch ihr ein kurzes Lächeln zu entlocken. Obwohl er ihre Geschichte komisch zu finden schien, fragte sich Brooke mit einem Anflug von schlechtem Gewissen, was die entzückende Mrs. Schneider zu der fantasievollen Geschichte sagen würde, in der sie als verschrobene Katzenlady dargestellt wurde. Tatsächlich war Mrs. Schneider die Besitzerin von lediglich zwei Katzen, die sich bei allen Gästen ihrer zuckersüßen Pension großer Beliebtheit erfreuten und gnadenlos verwöhnt wurden. Zudem käme Mrs. Schneider, die hartnäckigen Gerüchten zufolge großartige French Toasts machte, sicher niemals auf die Idee, ihren männlichen Gästen den Rücken zu schrubben. Sie konnte nur hoffen, dass Mrs. Schneider ihr diese Notlüge niemals übelnehmen würde, sollte sie je davon erfahren.

Jetzt räusperte sie sich, zog den Schlüssel ab und stieg aus dem Auto.

Ohne darauf zu warten, ob der Mann ihr folgte, lief sie über den knirschenden Kies zum Eingang des Restaurants und schloss die Tür auf. Brooke bemühte sich darum, die Anwesenheit des hochgewachsenen Mannes so gut wie möglich zu ignorieren und gleichzeitig nicht daran zu denken, dass die Balken über ihnen eine neue Lasur benötigten und der Holzfußboden unter ihnen schon bessere Tage gesehen hatte.

Natürlich schämte sie sich nicht für das Restaurant ihrer Familie, doch angesichts des versnobt wirkenden Typen aus der Großstadt bereute sie es irgendwie besonders, das *Crab Inn* nicht längst auf Vordermann gebracht zu haben.

Bevor sie überhaupt Gelegenheit bekam, ihm die Begebenheiten zu zeigen, fragte er nachdenklich: »Seit wann ist das Restaurant schon geschlossen?«

Brooke runzelte die Stirn und drehte sich zu ihm um. »Wie kommen Sie darauf, dass es geschlossen ist? Wir haben jeden Tag geöffnet, nur an Montagen ist es zu, da haben wir Ruhetag.«

Er hob beide Hände und setzte einen unschuldigen Gesichtsausdruck auf. »Ich dachte nur, dass Ihr Restaurant geschlossen ist, weil es ... na ja ... mal wieder renoviert werden müsste.«

Das wusste Brooke selbst, doch aus dem Mund dieses Großstadtsnobs zu hören, dass das Restaurant, in dem sie tagtäglich schuftete und in das sie ihr gesamtes Herzblut steckte, renovierungsbedürftig war, ging ihr gehörig gegen den Strich. »Was wissen Sie schon davon?«, fuhr sie ihn an. »Wir bieten unseren Gästen das beste Essen von ganz Maine und können gleichzeitig mit einem phänomenalen Meerblick aufwarten. Schon *das* ist unbezahlbar!«

Seine Mundwinkel kräuselten sich, während er mit einer Spur von Überheblichkeit in der Stimme konterte: »Nichts für ungut, aber die Gäste müssen Ihr Restaurant erst einmal finden und sich entschließen, hierzubleiben, bevor sie Ihr Essen und den phänomenalen Meerblick genießen können.«

Stoisch erwiderte sie seinen Blick und brummte: »Das *Crab Inn* besitzt Landhauscharme.«

Ihr Gast fuhr sich mit zehn Fingern durchs Haar und

führte dann aus: »Nehmen Sie es nicht sofort persönlich, Brooke. Ein bisschen Farbe, eine andere Einrichtung und außen etwas mehr Flair würden Wunder wirken.«

Argwöhnisch kniff sie die Augen zusammen. »Was sind Sie? Die Restaurantpolizei?«

Er legte den Kopf schief. »Nein, aber ich versetze mich gerade in die Lage eines hungrigen Gastes, der vor der Entscheidung steht, hier zu essen oder sich wieder ins Auto zu setzen und woandershin zu fahren.«

Schlaue Ratschläge waren wirklich das Letzte, was sie jetzt gebrauchen konnte. Sie deutete also nur auf die Reisetasche, die neben seinen Füßen stand.

»Versetzen Sie sich lieber in die Lage eines Gastes, der vor der Entscheidung steht, hier zu schlafen oder zu Fuß in die Stadt zu laufen, um dort auf der nächsten Parkbank zu nächtigen, bevor Sie auf die Idee kommen, mich zu nerven ... Drew.«

»Touché«, erwiderte er gut gelaunt und nahm seine Tasche auf.

Brooke zeigte währenddessen auf die schwere Holztür links von sich und murmelte widerstrebend: »Hier geht es zum Restaurant. Ich gehe nicht davon aus, dass Sie uns mit einem Besuch beehren ...«

Sein Glucksen unterbrach sie. »Wie kommen Sie denn darauf, dass ich nicht bei Ihnen essen will?«

Sie maß ihn mit einem ironischen Blick. »Nachdem Sie geklungen haben, als würden Sie sich nach einem einzigen Happen aus unserer Küche eine Lebensmittelvergiftung zuziehen, dachte ich, dass Sie das Restaurant lieber meiden.«

»Ach«, erwiderte er gutmütig. »Ich bin abenteuerlustig.«

Das fand Brooke nicht wirklich lustig. Sie zeigte nach rechts, wo sich eine weitere schwere Holztür befand. »Dort geht es zu den Gäste-WCs und zum Lager.« Sie nickte der dritten Tür zu, die in einigen Metern Entfernung vor ihnen stand, und zückte einen Schlüssel. »Und hinter dieser Tür ist der Aufgang zur oberen Etage, in der sich Ihr Gästezimmer befindet.«

»Jetzt bin ich aber gespannt.«

Brooke ignorierte seinen impertinenten Tonfall und schloss die Tür auf, um anschließend die alten Holzstufen zu erklimmen und gleichzeitig zu erklären: »Das Zimmer ist seit ein paar Monaten nicht vermietet worden. Zwischendurch habe ich dort zwar geputzt, aber ein paar Staubflocken müssen Sie eventuell in Kauf nehmen. Ich bringe Ihnen gleich frische Bettwäsche.«

»Das geht schon in Ordnung«, antwortete er leichthin und räusperte sich anschließend. »Danke, dass Sie mir Ihre Gastfreundschaft anbieten.«

Brookes Antwort bestand aus einem Schulterzucken. Gleichzeitig stieß sie die zweite Tür im Flur auf und machte dort Licht. »Das hier wäre Ihr Zimmer.«

Sie trat einen Schritt zur Seite, damit er den Raum betreten konnte. Mitten im Zimmer blieb er stehen und sah sich um.

»Also, mir gefällt's.«

Mir auch, dachte Brooke geistesabwesend und begutachtete die Kehrseite ihres Gastes, die durch die hellblauen Jeans sehr deutlich zu erahnen war. Warum nur mussten die gut aussehenden Männer mit den hübschesten Hintern immer die größten Idioten sein?

Da sie sich nicht dabei erwischen lassen wollte, wie sie dem Großstadtsnob auf den Hintern starrte, hob sie den Blick und fixierte den Hinterkopf des Mannes, der tatsächlich Gefallen an der heimeligen Einrichtung des Doppelzimmers zu finden schien, die Brookes Mom so sorgfältig ausgesucht hatte. Auch hier dominierten dunkle Balken an der Decke, alte Fußbodenleisten und schlichte weiße Wände, doch zusammen mit den restaurierten Holzmöbeln und der breiten Fensterbank mit Blick auf die Bucht hätte das Zimmer für *Martha Stewart Living* abgelichtet werden können.

»Das freut mich«, murmelte sie geistesabwesend, da er sich ihr nun wieder zugewandt hatte und sie fragend betrachtete. »Falls Sie das Badezimmer suchen, das befindet sich im Gang genau gegenüber. Sollte sonst irgendetwas sein, finden Sie mich am Ende des Flurs.«

Überrascht rundeten sich seine Augen. »Wohnen Sie hier?«

Brooke wollte ihm ungern erzählen, dass sie ihre Wohnung in Sunport aufgegeben hatte und hierhergezogen war, um Geld zu sparen und näher am Restaurant zu sein, daher nickte sie lediglich.

»Aber haben Sie keine Bedenken, mich bei sich aufzunehmen?« Er runzelte die Stirn. »Immerhin bin ich ein Fremder.«

Mit einem übertriebenen Seufzer verschränkte sie die Arme vor der Brust. »Keine Sorge, mit acht Jahren habe ich von meinem Vater gelernt, auf Elche zu schießen und sie auszuweiden. Da werde ich auch mit Großstädtern fertig, die ihre Geländewagen nicht beherrschen.«

Ohne auf sein Lachen zu achten, drehte sie sich um und wollte den Raum verlassen, als er wissen wollte: »Hier gibt es nicht zufällig noch etwas zu essen?«

Brooke blieb in der Tür stehen und schloss für einen kurzen Moment die Augen, bevor sie widerstrebend sagte: »Rein zufällig mache ich gleich ein paar Sandwiches. Sie können sich gerne zu mir gesellen.«

Zwanzig Minuten später bereute sie es, Drew eingeladen zu haben, da sie ihm gegenüber an einem der Tische im Gastraum des Restaurants saß und ihm dabei zusah, wie er ein Sandwich verdrückte. Obwohl er mit großem Appetit aß und das Sandwich mit leuchtenden Augen verschlang, besaß er dennoch die Frechheit, ihr Tipps zur Zubereitung zu geben … was wiederum ihr den Appetit verdarb.

»Die Kombination aus Kürbis und Truthahn finde ich sehr gelungen«, gab er zu und sprach mit vollem Mund.

»Vielen Dank«, ächzte Brooke und pickte ein Stück Geflügelfleisch vom Teller.

Wenn ihr heute Morgen jemand gesagt hätte, dass ihr Tag damit enden würde, mit irgendeinem Kerl aus der Großstadt zu Abend zu essen, hätte sie sich vor Lachen in die Hose gemacht. Stattdessen bemühte sie sich nun darum, sich in Erinnerung zu rufen, wann sie überhaupt zum letzten Mal allein mit einem Mann zu Abend gegessen hatte. Unglücklicherweise musste das Will gewesen sein, weshalb sie sich schnell mit anderen Gedanken ablenken wollte und nicht umhinkam, ihrem Gast einen verstohlenen Blick zu schenken.

Als er vor wenigen Minuten heruntergekommen war, hatte er statt Poloshirt einen kuschelig wirkenden Pullover getragen und noch immer wahnsinnig gut ausgesehen. Brooke hatte zwischenzeitlich in der Küche gestanden und zwei Sandwiches zubereitet, während sie hart mit sich ins Gericht gegangen war und sich gefragt hatte, wie sie bloß auf den schwachsinnigen Gedanken gekommen war, diesen wildfremden und absolut versnobten Mann bei sich zu beherbergen. Klar, sie brauchte das Geld und war für jeden Cent dankbar. Trotzdem hatte sie genug anderes zu tun, um sich auch noch einen Gast aufzuhalsen.

Dass er zu allem Überfluss auch noch viel besser aussah

als jeder Mann, dem Brooke jemals begegnet war, würde ihr sicherlich den Schlaf rauben.

»Wie haben Sie den Kürbis angeschwitzt?«

Brooke schluckte das Stück Sandwich, auf dem sie gerade noch gedankenverloren herumgekaut hatte, hinunter und erklärte widerstrebend: »Mit Ahornsirup.«

»Mhh ... Sie könnten es auch mit Honig probieren. Dadurch würde es noch weicher und feiner schmecken.«

Obwohl er es nicht sehen konnte, da er weiterhin die Augen auf den Teller gesenkt hielt, wanderte eine von Brookes Augenbrauen in die Höhe. »Was?«

Drew deutete mit dem Kinn auf seinen Teller und kaute heftig. »An Ihrer Stelle würde ich es das nächste Mal mit Honig probieren. Was haben Sie auf das Brot gestrichen? Ich schmecke Koriander.«

Irritiert lehnte sich Brooke zurück. »Zusammen mit Avocado und Limette.«

»Sehr lecker«, gab er zur Antwort.

Zwischen dem Bedürfnis hin- und hergerissen, dem Mann vor ihr eins auf den Deckel zu geben, weil er ihr ungefragt Ratschläge zu ihrem Essen gab, und wie ein Schulmädchen zu kichern, weil er ständig ihr Essen lobte, starrte sie ihn an und legte ihr angebissenes Sandwich zurück auf den Teller.

»Sie scheinen sich ja brennend fürs Essen zu interessieren. Kochen Sie auch?«

Er stockte, hob den Blick und wirkte leicht erschrocken, bevor er ihr ein schwaches Lächeln schenkte. »Nicht wirklich. Ich esse nur einfach sehr gerne.«

Irritiert blinzelte Brooke. »Ich kenne viele Menschen, die gerne essen, aber die meisten wissen nicht einmal, dass man einen Kürbis anschwitzen kann oder dass Honig und Ahornsirup völlig unterschiedliche Dinge sind.«

Kauend sah er sie an, um gleich darauf zu murmeln: »Meine Großmutter hat sehr viel gekocht. Als Kind habe ich ihr immer in sämtliche Töpfe geschaut.«

Brooke gab darauf keine Antwort, sondern zuckte nur kurz mit der Schulter. Da sie sich nicht nachsagen lassen wollte, eine unhöfliche Gastgeberin zu sein, fragte sie mit mildem Interesse: »Darf ich fragen, was Sie nach Maine führt?«

Nun war er an der Reihe, kurz mit den Schultern zu zucken. »Ein Tapetenwechsel.«

»Na, redselig sind Sie ja nicht besonders«, wagte sich Brooke vor und nahm ihr Sandwich wieder auf, um ein weiteres Mal davon abzubeißen. »Was machen Sie beruflich?«

Brooke beobachtete, wie ihr Gast langsam kaute und gleichzeitig so wirkte, als suchte er nach der passenden Antwort. Erst nach einer gefühlten Ewigkeit schluckte er den Bissen hinunter, griff nach seiner Dose Cola, um einen Schluck zu nehmen, und erwiderte anschließend: »Ich habe ein kleines Unternehmen in Boston – nichts Großes.«

»Aha.« Sie leckte sich kurz über die Lippen, um ein paar Krümel zu entfernen, und hakte nach: »Wie muss ich mir Ihr Unternehmen vorstellen?«

»Kundenbetreuung, Marketing und so weiter.«

Obwohl sich Brooke noch immer nicht wirklich vorstellen konnte, wovon ihr Gast namens Drew sprach, fragte sie nicht weiter, sondern wollte stattdessen wissen: »Und weshalb sind Sie ausgerechnet nach Maine gekommen?«

Er grinste und deutete auf den winzigen Sandwichrest auf seinem Teller. »Ich habe gehört, dass es hier fantastische Sandwiches geben soll.«

Die Tatsache, dass das Grübchen über seinem Mundwinkel wieder sichtbar wurde, bescherte Brooke eine kurze Atemlosigkeit, die sie rasch unterdrückte. »Und abgesehen von unseren fantastischen Sandwiches?«

Sein Lächeln verrutschte nicht einen Millimeter. »Meine Familie hat früher immer in Maine Urlaub gemacht, daher wollte ich meine Kindheitserinnerungen auffrischen, bevor ich zurück nach Boston fahre und mich wieder in die Arbeit stürze.«

Diese Erklärung klang so sympathisch, dass Brooke sie nur schwer mit dem überheblichen Typen aus der Stadt in Einklang bringen konnte, für den sie Drew bisher gehalten hatte. Der Blondschopf, der ihr jetzt gerade lässig gegenübersaß, an seiner Dose Cola nippte und mit einem schmelzenden Lächeln von seinen Kindheitserinnerungen sprach, wirkte wie ein völlig anderer Mann.

Selbstverständlich musste er den sympathischen Eindruck gleich zunichtemachen, indem er seine Arme über die Holzlehne der Bank legte, auf der er saß, sich in dem Lokal umsah und mit einem Anflug von Großkotzigkeit urteilte: »Daraus könnte man wirklich etwas machen, wenn man es richtig angeht.«

»Wie bitte?« Blinzelnd schob Brooke ihren Teller von sich.

Er nickte bestätigend. »So ein rustikales Restaurant hat durchaus seinen Charme. Mit ein paar Veränderungen hier und da und einer neuen Aufmachung …«

»Drew«, unterbrach sie seine Ausführungen und erhob sich, um beide Teller aufzunehmen. »Danke für die Tipps, aber ich denke, wir kommen alleine klar.«

Wieder hob er unschuldig seine Hände und beteuerte: »Ich wollte nur helfen.«

Brooke musste an sich halten, keine finstere Grimasse zu ziehen, und konnte sich einen gewissen Spott nicht verkneifen. »Vielen Dank, aber wenn ich mir Hilfe für mein Restaurant hole, dann frage ich einen Fachmann, und nicht jemanden, der als Kundenbetreuer arbeitet.«

Warum ihr Gast plötzlich so aussah, als stünde er kurz vor einem Lachanfall, konnte sich Brooke nicht erklären.

3

Eigentlich war Andrew davon ausgegangen, schon so ziemlich alles gesehen zu haben. Doch auf den Anblick eines schnarchenden Automechanikers, dessen Kopf auf der Motorhaube eines aufgebockten Buick lag und dessen unansehnlicher Hintern sich vermutlich bei der nächsten Bewegung aus der verdreckten Arbeitshose befreien würde, war er nicht vorbereitet gewesen.

»Glen«, brüllte in diesem Moment das zierliche Wesen neben Andrew laut los und schaffte es so, dass er vor Schreck zusammenzuckte. »Kundschaft!«

Verblüfft schaute Andrew auf den zerzausten Scheitel der Frau, die ihn in aller Herrgottsfrühe geweckt hatte, indem sie gegen seine Zimmertür gehämmert hatte, als wäre eine Horde Zombies hinter ihr her. Obwohl er Brooke Day erst seit gestern Abend kannte, hatte er sehr schnell herausgefunden, dass diese winzige Frau mit den unglaublich blauen Augen und den vollen Lippen der Teufel in Person war. Er war ein ausgesprochener Fan von Frauen mit Temperament, aber Brooke Day war ein ganz besonderes Exemplar. Tatsächlich hatte er gestern ständig das Gefühl gehabt, den Kürzeren zu ziehen, weil die Frau mit den hellbraunen Locken und dem herzförmigen Gesicht fast schon unangenehm schlagfertig war.

Außerdem bereitete sie Sandwiches zu, die ihm Freudentränen in die Augen trieben.

Noch lange hatte er gestern in dem gemütlichen Bett wach gelegen, an die dunkle Holzbalkendecke über sich gestarrt und sich gefragt, wann er zum letzten Mal eine solche Geschmacksexplosion gespürt hatte. Es war kaum zu glauben, dass die Frau, die ihn auf offener Straße wie eine Furie angebrüllt hatte und allem Anschein nach über einem heruntergekommenen Restaurant lebte, dermaßen raffinierte Sandwiches zubereiten konnte.

Nach dem unglücklichen Ausgang seiner gestrigen Autofahrt hatte Andrew nicht damit gerechnet, etwas so Köstliches serviert zu bekommen. Eigentlich waren nach dem Beinahe-Zusammenstoß mit dem schrottreifen Kleinlaster seiner Gastgeberin völlig andere Horrorszenarios vor seinem inneren Auge aufgestiegen. Nachdem er bemerkt hatte, dass er einen Platten hatte und die Frau, die ihn wie einen Schwerverbrecher gemustert hatte, nicht gut auf ihn zu sprechen war, hatte er vermutet, in der winzigen Stadt herumirren zu müssen, um ein Zimmer für die Nacht zu finden. Dass Brooke Day Erbarmen mit ihm hatte, ihn in ihrem Kleinlaster mitnahm und ihm sogar ein gemütliches Zimmer anbot, war nicht zu erwarten gewesen. Alles in allem hätte er es sehr viel schlechter erwischen können.

Trotzdem hoffte er, dass der verschlafene Automechaniker seinen Geländewagen noch heute reparieren würde, damit er sich auf den Weg nach Bar Harbor machen konnte. Ein paar Tage wollte er noch ausspannen, bevor er zurück nach Boston und in sein Restaurant fuhr.

Die kleine Ortschaft, durch die er gerade kutschiert worden

war, während zwischen ihm und seiner kratzbürstigen Gastgeberin verbissenes Schweigen herrschte, mochte ganz nett aussehen. Er verbrachte seine wenigen Urlaubstage jedoch lieber an einem Ort, an dem eine gewisse Restaurantbesitzerin ihn nicht behandelte, als hätte er ihre Katze überfahren.

Seiner bescheidenen Meinung nach war Brooke Day ein kleines bisschen zu herrisch, zickig und dazu noch absolut beratungsresistent, was ihr Restaurant und ihre Küche betraf. Wie blind konnte sie sein, wenn sie nicht sah, dass ihr Restaurant einer Generalüberholung bedurfte? Wollte sie denn kein Geld verdienen? Als sie gestern über den Parkplatz gerumpelt waren, war sein erster Gedanke gewesen, dass das Restaurant einen großartigen Drehort für einen Thriller abgab. Tatsächlich hatte er sich des Eindrucks nicht erwehren können, dass in dem Haus mit der abgeblätterten Farbe an den Wänden entweder ein Poltergeist sein Unwesen trieb oder aber mindestens ein Serienmörder hauste, der seine Opfer kaltblütig über die Klippen stieß. Kurzum: Das einsame Haus direkt über zerklüfteten Klippen wirkte nicht gerade einladend. Dabei konnte sich Andrew gut vorstellen, dass die Touristen in Scharen kommen würden, wenn das *Crab Inn* etwas mehr hermachen würde. Er selbst wäre nur zu gerne Gast in einem Restaurant gewesen, das eine spektakuläre Aussicht bot, zu einem ausgedehnten Spaziergang am Meer einlud und tolles Essen auf der Karte hatte. Restaurants an Häfen oder in Einkaufspassagen gab es schließlich überall, aber ein abgelegenes Lokal mitten in der Natur wäre eine echte Attraktion.

Da er sich in der Restaurantszene der Ostküste gut auskannte, wunderte er sich, dass das *Crab Inn* noch nie in irgendwelchen Tourismusbroschüren oder Reiseführern erwähnt worden war. Nachdem das Sandwich so hervorragend geschmeckt hatte, war er neugierig, was die Speisekarte sonst noch hergab. Weshalb er Brooke nicht gesagt hatte, dass er selbst ein Restaurant führte und Koch war, wusste er immer noch nicht. Vielleicht hatte es etwas damit zu tun, dass er in den vergangenen Monaten ständig von Bekannten um einen Gefallen gebeten worden war und mittlerweile vorsichtig wurde, wenn jemand in seiner Branche arbeitete. Sicher hätte er Brooke Day sagen können, wer er war, und ihr mit Ratschlägen zur Seite stehen können, aber er war nach Maine gekommen, um auszuspannen, nicht um sich um ein marodes Restaurant zu kümmern.

Mit etwas Fantasie, einigen Investitionen und ein wenig Arbeit könnte man aus dem vernachlässigten Restaurant eine wahre Perle machen, da war er sich sicher. Leider befürchtete er jedoch, dass Brooke Day jeden Vorschlag von ihm rigoros ablehnen würde.

Sie wirkte nun einmal nicht sehr zugänglich.

Dieser Eindruck bestätigte sich einmal mehr, als die Frau mit der Wuschelmähne und dem dunkelgrünen Parka die Hände in die Hüften stemmte, um ihn am Eingang der Werkstatt stehen zu lassen und diese mit geradezu militärischen Schritten zu betreten.

»Glen«, wiederholte sie in einem Tonfall, der in ihm das Bild eines strengen Gefängniswärters heraufbeschwor. »Aufstehen! Du hast Kundschaft.«

Ein wenig sprachlos beobachtete Andrew, wie Brooke an den schnarchenden Automechaniker herantrat und ihm am Ohr zog, während sie ein weiteres Mal dessen Namen brüllte. Zwar kannte sich Andrew mit den Bräuchen in Kleinstädten nicht wirklich aus, aber sein Instinkt sagte ihm, dass das Ziehen an den Ohren hier genauso wenig der gängigen Etikette entsprach wie in einer Großstadt.

Sie musste seinen Blick richtig gedeutet haben, da Brooke

den Kopf zu ihm drehte, kurz mit den Schultern zuckte und erklärte: »Glen ist mit mir zur Schule gegangen.«

Da er nicht wusste, was er dazu sagen sollte, antwortete er lediglich: »Aha.«

Ihre vollen Lippen verzogen sich, als sie weitersprach. »Seit er mit sechzehn Jahren das Feuerwerk zum vierten Juli sabotiert hat, ist er auf einem Ohr fast taub. Deshalb muss man in seiner Gegenwart etwas lauter reden.«

Angesichts ihres martialischen Griffs regte sich in Andrew der Verdacht, dass man Brooke Day lieber niemals verärgern sollte. Automatisch trat er einen winzigen Schritt zurück und konnte sehen, wie der schnarchende Glen endlich aus seinem Nickerchen erwachte. Gleich darauf jammerte er auch schon los: »Brooke! Nicht immer das Ohr!«

Das Schnauben seiner Gastgeberin hörte Andrew bis zum Eingang der Werkstatt. »Du hast Kundschaft«, hielt sie ihm entgegen. »Außerdem wäre es eine nette Abwechslung, dich einmal nicht schlafend und halb nackt vorzufinden, wenn man die Werkstatt betritt.«

»Och«, gähnte der Mann zur Antwort, setzte sich halbwegs aufrecht hin, wodurch das ansehnliche Bauarbeiter-Dekolletee noch mehr zur Geltung kam, und rieb sich verschlafen die Augen. »Geht's schon wieder um dieses Rattern? Ich hab dir schon hundertmal gesagt, dass du eine neue Zylinderkopfdichtung brauchst, Brooke.«

Interessiert suchte Andrew ihren Blick, ganz besonders, als sie wie auf Kommando errötete. Da sie ihm gestern Abend weisgemacht hatte, dass das Rattern erst nach ihrer Vollbremsung eingesetzt hätte, verschränkte er nun die Arme vor der Brust und zog beide Augenbrauen in die Höhe. Dass sie sich wand und seinem Blick auswich, war ein kleiner Trost für das schlechte Gewissen, das sie ihm gemacht hatte.

Unwirsch schüttelte sie den Kopf. »Es geht nicht um meinen Wagen, Glen. Hast du Zeit, um ein Auto abzuschleppen?«

Glen war anscheinend noch immer nicht ganz wach, denn er wollte gähnend wissen: »Wie spät ist es eigentlich?«

»Halb acht«, informierte Brooke ihn frostig. Andrew grinste – es war doch recht erfrischend, dass mal jemand anderer ihre Kratzbürstigkeit abbekam.

»Halb acht?« Stöhnend streckte sich der Automechaniker. »Um halb acht schlafen die meisten Menschen noch!«

»Normalerweise schlafen sie auch in einem Bett und nicht auf der Motorhaube der Bürgermeisterin«, schnarrte Brooke und gab dem Mann mit dem kurzgeschorenen Haar einen Klaps auf den Hinterkopf, bevor sie einen Schritt von ihm wegmachte.

Der Automechaniker schien Andrew noch immer nicht bemerkt zu haben. Er murmelte: »Ich hab gestern ordentlich getankt und den Weg nach Hause nicht mehr gefunden. Verpetz mich nicht bei Mrs. Murphy.«

Irgendwie begann sich Andrew zu fragen, ob es eine so gute Idee war, ausgerechnet diesen Mann an sein Auto zu lassen. Doch bevor er einen Rückzieher hätte machen können, schaute Brooke wieder in seine Richtung.

»Lassen Sie sich von seiner hinterwäldlerischen Art nicht vergraulen, Drew. Glen ist ein ungeschliffener Diamant, was Autoreparaturen betrifft.«

Nun endlich schien auch Glen begriffen zu haben, dass er mit Brooke nicht allein war. Er rappelte sich auf, sah sich suchend um und nickte Andrew zu. Seine Haare sahen ein bisschen so aus, als hätte man ihm einen Elektroschock verpasst. »Ey, Mann. Was geht?«

Andrew zog beide Augenbrauen in die Höhe und erwiderte mit gespielter Lässigkeit: »Nicht viel.«

»Was?«

Da sich Andrew an Glens Taubheit erinnerte, brüllte er in ebensolcher Lautstärke wie zuvor Brooke: »Nicht viel!«

Der Automechaniker grinste und entblößte dabei eine riesige Zahnlücke.

Bei ihrem Kennenlernritual wurden sie von Brooke unterbrochen, als sie sich lapidar einmischte und Andrew ein Augenverdrehen abrang. »Das ist Drew, Glen. Sein Geländewagen ...«

Mit einem gewollt liebenswürdigen Tonfall kam Andrew ihr zuvor: »Da es *mein* Geländewagen ist, liebste Brooke, sollte ich dies regeln. Oder wie sehen Sie das?«

Ihr Blick durchbohrte ihn geradezu. Gleichzeitig schien sie von seinem kurzen Seitenhieb nur mäßig beeindruckt zu sein, schließlich erklärte sie Glen geschäftsmäßig: »Drew hat einen Platten und muss abgeschleppt werden. Kannst du das übernehmen?«

Glen erhob sich, kratzte sich am Hintern und zuckte mit einer Schulter. Er schien den Schlagabtausch der beiden nicht wahrgenommen zu haben. »Klar.«

Für Andrews Gastgeberin war damit anscheinend alles erledigt, da sie zufrieden nickte, ihrem ehemaligen Schulkameraden auf die Schulter klopfte und sich dann allem Anschein nach auf den Weg machen wollte.

Verdutzt starrte Andrew ihr hinterher, als sie dem Ausgang der Werkstatt zustrebte.

»Sie gehen, Brooke?«

Seufzend drehte sie sich um und erklärte zuckersüß: »Keine Sorge, Glen wird schon auf Sie aufpassen, Drew. Ich habe leider keine Zeit zum Händchenhalten.«

Andrew schnitt eine Grimasse. »Falls Sie es vergessen haben, ich habe noch meinen Kram bei Ihnen.«

Sie machte eine lässige Handbewegung. »Kommen Sie einfach später ins Restaurant, um Ihre Sachen zu holen, sobald Ihr Auto repariert ist. Bye, Glen!«

»Bye, Brooke«, verabschiedete sich der Automechaniker sorglos und stieß ein weiteres Gähnen aus, während Andrew der Frau hinterhersah und zu seiner eigenen Verblüffung einen Funken Enttäuschung darüber empfand, dass sie ihn verließ.

Glen schenkte Brookes Abschied keine weitere Aufmerksamkeit, trottete stattdessen zu einer Kühltasche und nahm etwas heraus, das wie ein eingewickelter Schweinefuß aussah. Mit treuem Blick sah er Andrew an. »Frühstück?«

Eine halbe Stunde später saß Andrew neben einem vergnügt vor sich hin pfeifenden Automechaniker in dessen Abschleppwagen, der aussah, als würde die örtliche Müllabfuhr dort regelmäßig ihre Sonderabfälle abladen. Er fragte sich, was schlimmer war: die Tatsache, dass Glen vor seinen Augen etwas Unaussprechliches gegessen hatte, oder der Umstand, dass Andrew gerade auf einer uralten Pizzaschachtel saß. Bei jeder noch so kleinen Kurve schlitterten leere Bierdosen um seine Füße, und er würde sein letztes Geld darauf verwetten, dass der merkwürdige Geruch von einer Ungezieferkolonie stammte, die sich auf der Rückbank in den Resten früherer Mahlzeiten angesiedelt hatte.

»Und? Läuft da was zwischen Ihnen und Brooke?«

Andrew brauchte einen Moment, um zu begreifen, wovon Glen sprach.

»Was?«

»Sie wissen schon.« Er stieß Andrew mit dem Ellbogen in die Seite und zwinkerte zweideutig. Nur gelegentlich richtete er den Blick auf die Straße, was Andrew ziemlich nervös machte, wenn er ehrlich war. Plötzlich konnte er seine Gastgeberin verstehen. Auch er fürchtete, gleich Opfer eines Verkehrsunfalles zu werden, wenn Glen weiter so unkonzentriert Auto fuhr.

»Ratatatatata.«

Andrew verschluckte sich fast an seiner eigenen Atemluft. »Nein, kein Ratatatatata.«

»Ach, kommen Sie schon!« Der Automechaniker schien von der Vorstellung, dass sein derzeitiger Passagier mit seiner früheren Schulkameradin geschlafen haben könnte, völlig fasziniert zu sein. »Nicht mal ein bisschen gefummelt?«

Während er versuchte, unauffällig den Pizzakarton unter seinem Hintern hervorzuziehen, stellte Andrew klar: »Brooke hat mir netterweise ein Zimmer angeboten, nachdem mein Auto liegen geblieben ist. Das ist alles.«

»Das ist alles?«

»So ziemlich«, gab er von sich.

Glen stieß einen langen, enttäuschten Seufzer aus. »Hier passiert nicht sehr viel, da wäre ein Techtelmechtel zwischen Ihnen und Brooke mal eine Ablenkung gewesen.«

»Tut mir leid, Sie enttäuschen zu müssen«, erwiderte Andrew frostig.

Glen schien die Ironie in der Stimme seines Fahrgastes nicht verstanden zu haben, da er bedauernd seufzte. »Ja, echt schade, die meisten Pornos fangen nämlich genau so an.«

Nach einem Moment hakte Andrew irritiert nach: »Wie fangen die meisten Pornos an?«

Der Automechaniker zuckte mit der Schulter und erklärte bedeutungsvoll: »Sie wissen schon ... Mann wird von Frau auf der Straße aufgegabelt ... Ratatatatata.«

Dass er am frühen Morgen in einem vollgemüllten Abschleppwagen saß und sich philosophische Ausführungen über Pornos anhörte, überstieg Andrews momentanes Fassungsvermögen. Er schwieg, um dem Automechaniker an seiner Seite zu signalisieren, dass er auf ein Gespräch über Pornos keine Lust hatte. Unglücklicherweise konnte Glen diese Signale nicht richtig deuten, da er mit einem langgezogenen Gähnen nuschelte: »Ein bisschen Ratatatatata würde Brooke ganz guttun. Dann wäre sie nicht länger so zickig.«

Zwar glaubte Andrew nicht, dass Sex ein Allheilmittel gegen Stimmungsschwankungen war, und er kannte Brooke nicht gut genug, um Vermutungen über ihr Sexleben anzustellen. Aber dass sie dazu neigte, zickig zu sein, war auch ihm schon aufgefallen.

Um seine Neugier nicht allzu offen zu zeigen, fragte er leichthin nach: »Was meinen Sie mit nicht länger zickig? War sie etwa nicht immer schon so kratzbürstig?«

»Was?«

Deutlich lauter als zuvor wiederholte Drew mit Rücksicht auf Glens taubes Ohr: »War sie nicht immer schon so kratzbürstig?«

»Brooke?« Glen hatte gerade an seinem Autoradio herumgefummelt und schien sich erst einmal in Erinnerung rufen zu müssen, worüber sie sprachen, da er blinzelte wie eine Eule und schon wieder nicht auf die Fahrbahn vor ihnen schaute.

Automatisch klammerte sich Andrew an seinen Sitz und erinnerte den Mann links von sich: »Ja, Brooke. Mir ist auch schon aufgefallen, dass sie etwas … äh … unausgeglichen ist.«

»Ach, wenn sie einem nicht am Ohr zieht, ist sie ziemlich cool. Seit Will aus Sunport weggezogen ist, kann es allerdings vorkommen, dass sie schlechte Laune hat«, plauderte der Automechaniker unverfänglich aus.

»Will?«

Glen nickte und trommelte mit seinen Fingern gegen das Lenkrad seines Wagens. »Will Stevenson. Brooke und ich sind mit ihm zur Schule gegangen.«

Einigermaßen interessiert forschte Andrew nach: »Und weshalb soll Brooke seinetwegen schlechte Laune haben?«

Der Automechaniker sah ihn an, als wäre Andrew ein wenig unterbelichtet. »Na, die beiden waren doch verlobt! Kein Wunder, dass sie pissig ist, nachdem er die Biege gemacht hat.«

Vielleicht lag es daran, dass Andrew zum ersten Mal seit Ewigkeiten nicht daran denken musste, ob die zugestellte Ware frisch war oder der eisgekühlte Weißwein auch für den Abend reichen würde. Vielleicht lag es auch daran, dass Brooke Day etwas an sich hatte, das seine Fingerspitzen kribbeln ließ. Auf jeden Fall drehte er sich zu Glen und wollte mehr über seine zuweilen kratzbürstige Gastgeberin wissen. Nur mühsam konnte er seine Ungeduld zügeln. »Brooke war verlobt?«

»Ziemlich lange sogar«, erwiderte Glen, dem zum Glück nicht aufzufallen schien, dass Andrew plötzlich erstaunliches Interesse an einer ihm beinahe unbekannten Frau zeigte.

»Was heißt *lange?*«

Selbst von der Seite konnte Andrew die steile Falte auf Glens Stirn sehen. »Och, drei Jahre müssten es schon gewesen sein.«

Andrew schluckte und musste daran denken, dass er nicht einmal drei Jahre am Stück in ein und derselben Wohnung gelebt hatte. Eine Beziehung, die so lange dauerte, erschien ihm unvorstellbar.

Mit halbwegs unbekümmerter Stimme hakte er nach: »Und weshalb haben sich die beiden getrennt?«

»Was?«

Andrew knirschte mit den Zähnen. »*Weshalb haben sich die beiden getrennt?!*«

Glen wirkte empört. »Sie müssen nicht gleich so schreien, Drew!«

Ungeduldig runzelte Andrew die Stirn. »Also?«

»Keine Ahnung.« Der Automechaniker zuckte nachlässig mit der Schulter. »Ich weiß nur, dass Will vor einem Jahr die Biege gemacht hat und Brooke seitdem ziemlich finster aus der Wäsche guckt.«

Andrew gab ein ermutigendes Geräusch von sich und wollte außerdem gerade den Mund aufmachen, um den redseligen Automechaniker weiter auszuquetschen, als dieser seine Pläne mit einem Schlag zunichtemachte.

»Ist das Ihr Wagen?«

Beim Anblick seines Geländewagens nickte Andrew und empfand fast ein bisschen Enttäuschung darüber, nicht mehr über Brooke zu erfahren. Andererseits sollte er vermutlich froh darüber sein, bald in seinen Wagen steigen zu können und die kratzbürstige Frau hinter sich zu lassen, die zwar wahnsinnig gute Sandwiches machte und noch dazu wahnsinnig blaue Augen hatte, jedoch bislang kein gutes Haar an ihm gelassen hatte.

Oder etwa nicht?

»Was soll das bedeuten, du bist gestrandet?«

Andrew marschierte an einem winzigen Hafen entlang und hielt in einer Hand eine Tüte Fish and Chips und in der anderen sein Handy, aus dem ihm die Stimme seiner Tante entgegendröhnte.

Naserümpfend betrachtete er die ölig panierten Fischstücke, schnupperte kurz daran und entschloss sich dann, sie trotz seines Hungers in den Abfalleimer neben der nächsten Parkbank zu werfen. Auf eine Magenverstimmung konnte er gut verzichten.

Seufzend ließ sich Andrew auf die Parkbank sinken, schattete seine Augen mit der nun frei gewordenen Hand ab und starrte auf das idyllische Hafenbecken, in dem kleine Segelboote und ältere Fischkutter festgemacht waren. Vereinzelte Möwenschreie waren über ihm zu hören, und es ging ein leichter Wind, die wenigen Wolken am strahlend blauen Himmel glitten langsam dahin. Im Grunde hätte es ein großartiger Tag sein können, wenn Andrew nicht halb verhungert gewesen wäre und außerdem gerade erfahren hätte, dass sich die Reparatur seines Wagens noch ein paar Tage hinziehen würde. Allem Anschein nach hatte er nicht nur einen Platten und einen defekten Kotflügel, sondern auch eine angeknackste Achse. Und da er sich im tiefsten Maine befand und Ersatzteile seines europäischen Geländewagens hier nicht auf Bäumen wuchsen, musste er wohl oder übel einige Tage warten, bis Glen den Wagen repariert hätte.

»Ich war auf dem Weg nach Bar Harbor, als es Probleme mit dem Wagen gab. Jetzt muss ich ein paar Tage warten, bis er wieder fahrtüchtig ist«, erklärte er seiner Tante und hoffte, sie würde sich mit dieser Erklärung zufriedengeben. Immerhin war er ein erwachsener Mann Mitte dreißig, der keinen Babysitter brauchte.

»Was denn für Probleme mit dem Wagen? Und warum bist du einfach verschwunden, ohne mich vorher zu informieren?«

Wie sollte man seiner überfürsorglichen Tante sagen, dass genau diese Überfürsorglichkeit und ihr übergriffiges Engagement einer der Gründe gewesen war, weshalb er ganz dringend eine Pause brauchte? Es war eine verdammt schlechte

Idee gewesen, das Handy einzuschalten und einen der vielen Anrufe seiner Tante zu beantworten. Jetzt hatte er den Salat!

»Wenn das Auto liegen geblieben ist, kann ich dich abholen lassen, Andrew.«

Genau so einen Vorschlag hatte er befürchtet. »Schon gut, die Gegend ist ganz nett und ich denke, dass ich mir hier problemlos die Zeit vertreiben kann, bis der Wagen repariert ist.«

»Aber, Andrew«, erklang Tante Daisys aufgebrachte Stimme. »Du weißt doch, dass ich einen Termin mit dem TV-Produzenten für dich arrangieren wollte.«

Da er noch immer der Meinung war, er sollte sich keinen zusätzlichen Stress aufbürden, indem er bei einer Fernsehshow mitwirkte, hielt sich sein Bedauern über den Termin in Grenzen.

»Der wird dann nun einmal einige Tage warten müssen.«

Anscheinend gefiel diese Vorstellung seiner Tante überhaupt nicht. »Es ist normalerweise nicht deine Art, wichtige Termine auf die lange Bank zu schieben.«

Tatsächlich hatte er in der vergangenen Zeit viel zu viel Rücksicht auf Geschäftstermine genommen und viel zu wenig auf seine eigenen Bedürfnisse geachtet, das war ihm schon nach wenigen Stunden in Maine klargeworden. Von daher fiel es ihm nicht schwer, äußerst lässig zu erwidern: »In den nächsten Tagen wird schon nicht die Welt untergehen.«

Daisy schien ganz anderer Meinung zu sein. »Und was passiert, wenn es ein Problem im Restaurant gibt?«

»Was für ein Problem denn?« Finster runzelte er die Stirn. »Sollte die Küche abbrennen, werde ich es sicher früh genug erfahren.«

»Das ist nicht komisch, Andrew.«

Angesichts des strengen Tons seiner Tante ließ er den Kopf

nach vorne fallen. »Du machst dir unnötig Sorgen. Ich bin doch nur für ein paar Tage weg.«

»Ohne mir etwas zu sagen!«

»Ich brauchte eine Pause, Daisy«, fuhr er seine Tante unwirsch an.

»Aber … aber das Restaurant und die Produzenten …«

»Sie können warten«, gab er knapp zurück und hörte selbst, dass sich ein gewisser Groll in seine Stimme schlich. Er war es leid, immer nur Rücksicht auf seinen Job zu nehmen, außerdem hatte er es gründlich satt, seiner Tante erklären zu müssen, warum er einen Kurzurlaub machte. Himmelherrgott, er war ein erwachsener Mann, der tun und lassen konnte, was er wollte! So lieb er Daisy auch hatte, hätte er jetzt am liebsten einfach aufgelegt und sich halbwegs sorglos darangemacht, die winzige Ortschaft zu erkunden.

Stattdessen schloss er für einige Sekunden die Augen, atmete tief durch und erklärte seiner Tante mit fester Stimme: »Ich brauche wirklich eine Pause.«

Daisy antwortete nicht sofort, sondern schwieg einige Momente, bevor sie mit einem resignierten Seufzer zugestand: »Gut, dann nimm dir eine Pause. Wenn du meinst, dass du Nick das Restaurant anvertrauen kannst.«

Da seine Tante ihn nicht sehen konnte, schnitt er eine gequälte Grimasse und antwortete mit mehr Zuversicht, als er empfand: »Der stemmt das schon.«

»Wenn du meinst …«

»Auch ich habe Anspruch auf Urlaub«, grollte er.

»Dagegen spricht ja auch nichts«, erwiderte Daisy begütigend. »Aber … nun ja … ausgerechnet jetzt, Andrew? Dieser Deal mit der TV-Show wäre eine großartige Möglichkeit für dich!«

Bevor sie wieder Vergleiche mit Jamie Oliver und Gordon

Ramsay ziehen konnte oder ihm vorschlug, einem gewissen übergewichtigen Fernsehkoch nachzueifern, der Wurstwaren als Schmuck benutzte, räusperte er sich. »Falls irgendetwas Wichtiges passieren sollte, kannst du mir eine Nachricht auf der Mailbox hinterlassen.«

»Aber …«

»Ich melde mich wieder, Daisy«, verkündete er gespielt fröhlich, um anschließend einfach aufzulegen. Kurzentschlossen schaltete er das Handy aus und steckte es zurück in seine Jeanstasche.

Eigentlich hatte er nicht damit gerechnet, dass es dermaßen schwierig sein würde, ein paar Tage frei zu nehmen. Außerdem hatte er nicht einmal in seinen kühnsten Träumen vorhersehen können, dass er diese wenigen freien Tage in einem winzigen Städtchen verbringen würde und dort zu Fuß unterwegs sein müsste, weil sein Auto in einer Werkstatt feststeckte. Da er keine Ahnung hatte, wie er zurück zu seiner derzeitigen Unterkunft kommen sollte und ehrlicherweise wenig Lust hatte, seiner momentanen Vermieterin zu erklären, weshalb er ihre Gastfreundschaft noch einige weitere Tage in Anspruch nehmen musste, blieb er erst einmal dort sitzen, wo er war, und beobachtete den Hafen, in dem nicht viel passierte.

Als Großstadtmensch kannte er das Leben auf dem Land lediglich aus dem Fernsehen und von wenigen Urlauben her und musste sich erst einmal überlegen, was er während seiner freien Tage hier anstellen konnte – in dieser einsamen Gegend. Selbstverständlich waren kleine Städte wie Sunport durchaus heimelig und landschaftlich außerordentlich schön, aber Andrew wusste, er würde sich in dieser Idylle nach spätestens einer Woche zu Tode langweilen. Zum Ausspannen und Erholen mochte ein Kurztrip an die Küste von Maine schon passen, aber hier zu leben, wäre für ihn ein keine Alternative.

»Hey!«

Er zuckte zusammen und fuhr herum, als direkt hinter ihm ein lautes Hupen und eine Stimme erklangen, die ihm bereits vertraut war. Andrew musste die Augen zusammenkneifen, um im gleißenden Sonnenlicht Brooke zu erkennen, die in ihrem laut ratternden Kleinlaster direkt hinter seiner Bank in eine Parklücke gefahren war und dann den Motor ausgestellt hatte. Als sie aus dem Auto ausstieg und auf ihn zukam, war ihm klar, dass es mit seiner Ruhe jetzt vorbei war.

»Ich war gerade bei Glen und habe gehört, dass Ihr Wagen erst in ein paar Tagen repariert wird«, erklärte sie ohne Einleitung und blieb neben der Parkbank stehen, während sie die Hände in den Taschen ihrer Jeans versenkte.

Langsam legte er den Kopf zurück und schaute ihr ins Gesicht. Es verriet nicht viel, wenn man davon absah, dass sie ziemlich geschafft aussah und vor Kurzem etwas gegessen haben musste, da sich ein paar Krümel in ihren rechten Mundwinkel verirrt hatten.

Ungerührt erwiderte er: »Das hat man davon, wenn man eine protzige europäische Karre fährt, deren Ersatzteile erst geliefert werden müssen.«

Überraschenderweise reagierte sie mit einem kehligen Lachen auf seinen selbstironischen Kommentar und lehnte sich gegen den Zaun vor der Parkbank.

»Einsicht ist der erste Weg zur Besserung.«

Er schnitt eine Grimasse. »Das hat meine Mathelehrerin auch immer gesagt, wenn ich ihr versprach, meine Hausaufgaben nicht wieder zu vergessen.«

Ihr Kichern war ansteckend, als sie vergnügt nachhakte: »Und, hat es geholfen?«

Verwirrt durch die fröhliche Stimmung seiner Gastgeberin suchte er einen Moment lang nach Worten, entschied sich dann aber für ein knappes »Nicht wirklich«.

»Aha.« Sie blickte ihn eindringlich an, überkreuzte ihre Füße und fragte neugierig: »Und was wollen Sie jetzt tun?«

»Wegen der vergessenen Mathehausaufgaben?« Er zuckte nachlässig mit den Schultern: »Mittlerweile bin ich fünfunddreißig. Ich glaube nicht, dass ich deshalb noch Stubenarrest oder eine Taschengeldstreichung bekomme.«

Ihr Schnauben war wie Musik in seinen Ohren. »Ich wusste gar nicht, dass Sie Komiker sind.«

»Eines meiner vielen Talente.«

Komischerweise war er nicht mal beleidigt, als sie die Augen verdrehte. »Eigentlich habe ich mich gefragt, was Sie tun wollen, nachdem Sie allem Anschein nach hier gestrandet sind, Drew.«

Andrew holte Luft, setzte ein hoffentlich überzeugendes Lächeln auf und schlug gutmütig auf die Lehne der Parkbank. »Obwohl dieser Platz ziemlich gemütlich ist, habe ich mich gefragt, ob es Ihnen etwas ausmachen würde, mich noch ein paar Tage bei sich zu beherbergen.« Er grinste schwach.

Sie antwortete nicht sofort, sondern starrte ihn so nachdenklich an, dass Andrew ein wenig nervös wurde. Als sie dann endlich den Mund aufmachte, kam in ihm der leise Verdacht auf, dass sie tatsächlich beleidigt war, weil er gestern so skeptisch auf ihr Haus reagiert hatte.

»Sind Sie denn sicher, dass Sie es im *Crab Inn* aushalten?«

Andrew spielte den Verwirrten. »Wie meinen Sie das?«

Sein Gegenüber setzte eine grüblerische Miene auf. »Wie war das noch mal? Haben Sie nicht gesagt, dass die meisten

Gäste so schnell wie möglich wieder verschwinden würden, sobald sie das *Crab Inn* zu Gesicht bekämen?«

Beinahe hätte er die Augen verdreht. »Da müssen Sie etwas verwechseln.«

»Nein, ich kann mich da noch ganz gut dran erinnern«, bestätigte sie ausgesprochen liebenswürdig. »Vielleicht würden Sie sich bei Mrs. Schneider wohler fühlen.«

»Mrs. Schneider?« Misstrauisch rümpfte er die Nase. »Ist das nicht die Dame mit den unzähligen Katzen?«

Fröhlich nickte sie. »Genau.«

»Haben Sie mir nicht erzählt, dass sie die Angewohnheit besitzt, ihre Gäste baden zu wollen?«

Lässig wedelte sie mit der Hand vor dem Gesicht herum und schien vor Freude fast zu platzen. »Nicht *alle* Gäste. Ich glaube, sie bietet nur ihren männlichen Gästen diesen Service an.«

Ächzend erwiderte Andrew: »Wie beruhigend. Ich glaube wirklich, dass ich lieber ...«

Mit einem breiten Grinsen im Gesicht unterbrach sie ihn. »Wie der Zufall es will, bin ich ihr vor einer halben Stunde im Supermarkt begegnet und habe ihr von Ihrer unglücklichen Situation berichtet. Mrs. Schneider versicherte mir, dass sie höchst erfreut wäre, wenn sie Ihnen helfen könnte.«

Mit zusammengebissenen Zähnen fixierte er Brooke, deren gute Laune er nun auch schlagartig verstand. Sie machte sich auf seine Kosten lustig.

»Ich habe eine Katzenallergie«, log er dreist.

Ihre Augen sprühten vor Vergnügen. »Kein Problem, Mrs. Schneiders Katzen sind sibirische Langhaarkatzen. Soviel ich weiß, rufen die gar keine Allergien hervor.«

Er knirschte mit den Zähnen. »Sie wollen mich betteln sehen, oder?«

»Unsinn«, hielt sie ihm belustigt entgegen. »Außerdem wüssten Sie vermutlich nicht einmal, wie das geht.«

Andrew seufzte schwer und starrte in ihre Augen. »Finden Sie es fair, mich dermaßen auflaufen zu lassen, nachdem ich Ihr Sandwich gelobt habe?«

Nun war es an ihr, die Augen zu verdrehen, was sie ohne Skrupel tat, und anschließend mit der Schuhspitze gegen einen winzigen Kieselstein zu treten, der gemächlich über den ordentlich gepflasterten Gehweg kugelte. »Nichts für ungut, Drew, aber ich glaube, Sie können ein Lob nicht von einem Kochrezept unterscheiden.« Sie machte ein Gesicht, als hätte sie eine riesige Portion Lebertran zu schlucken, als sie widerstrebend erklärte: »Von mir aus können Sie das Zimmer weiterhin haben.«

»Aber?«

»Kein Aber«, antwortete sie resigniert, nickte ihm zu und stieß sich von dem Zaun hinter sich ab. Es sah so aus, als wollte sie sich wieder in ihren Kleinlaster setzen.

»Hauen Sie schon wieder ab?«, erkundigte sich Andrew verwundert und beobachtete, wie sie sich eine Haarsträhne hinters Ohr strich.

»Wir können schließlich nicht alle seelenruhig am Hafen sitzen und uns entspannen«, hielt sie ihm entgegen.

Andrew wusste im ersten Moment nicht, was er darauf antworten sollte, beobachtete, wie sie die Tür ihres Kleinlasters öffnete, und rief hastig: »Und wie komme ich zurück ins *Crab Inn*?«

»Sie haben doch zwei gesunde Füße«, erwiderte sie leichthin und deutete auf die Küste. Gleichzeitig lächelte sie engelsgleich. »Bleiben Sie einfach auf der Küstenstraße, aber passen Sie auf die Touristen von außerhalb auf! Einige von denen verwechseln die Landstraße mit einer Rennstrecke.«

Während sie den Motor aufheulen ließ und sich mit ihrer klapprigen Karre aus dem Staub machte, musste Andrew zugeben, dass Brooke Day nicht nur kratzbürstig und nachtragend war, sondern auch eine unglaublich freche Klappe hatte.

Irgendwie gefiel ihm das.

Dass ausgerechnet dieser Drew Knight genau an dem Platz saß, den Brooke gar nicht übersehen konnte, wenn sie einen Blick aus der Küche des *Crab Inn* in den Gastraum warf, machte sie noch wahnsinnig. Nur mit knapper Not war sie gerade einer Daumenamputation entgangen, als ihr das Messer verrutscht war, weil sie sich von seinem Anblick hatte ablenken lassen.

Es reichte nicht, dass in der Küche Hochbetrieb herrschte, den sie zusammen mit ihrer Küchenhilfe Megan kaum bewältigen konnte, und ihre Serviererin Lily wegen ihres kranken Kindes immer wieder nach draußen verschwand, um zu Hause anzurufen … Nein, zu allem Überfluss saß jetzt auch noch dieser unmögliche Kerl in ihrem Restaurant und ließ sich ein opulentes Mahl servieren. Brooke hatte keine Ahnung, weshalb sie so nervös war, als säße der wichtigste Restaurantkritiker des Landes in ihrem Restaurant. Drew Knight war nur ein großkotziger Typ. Vermutlich bestellte er daheim immer den teuersten Wein, um damit seine Freunde zu beeindrucken – obwohl er nicht einmal in der Lage war, einen Chablis von einem Bordeaux zu unterscheiden.

Wütend hackte sie eine Zwiebel und ignorierte die scharfen Dämpfe, die ihr in den Augen brannten und ihre Nase prickeln ließen.

Der Mann war nicht gut für ihren Seelenfrieden, so viel war sicher.

In der vergangenen Nacht hatte sie kaum ein Auge zugetan und sich in ihrem Bett herumgewälzt, während er vermutlich wie ein zufriedenes Baby geschlafen hatte. Brooke dagegen hatte sich gefragt, ob sie von allen guten Geistern verlassen gewesen war, als sie ihm angeboten hatte, allein mit ihr im *Crab Inn* zu übernachten. Sie hätte niemals darüber nachgedacht, wie es wohl wäre, wenn ein Zimmer vermietet wäre und sie nicht mehr allein im *Crab Inn* schlafen würde. Okay, wenn sie es recht überlegte, hatte sie nur niemals darüber nachgedacht, wie es wäre, wenn ein einzelner Mann ein Gästezimmer mieten würde. Abgesehen davon, dass er ein Serienmörder hätte sein können, der eine perverse Freude daran empfand, sich von Frauen Sandwiches servieren zu lassen, sie mit seinem Grübchen in den Wahnsinn zu treiben und anschließend zu köpfen, war er nun einmal ein überhebliches Ekelpaket, das durchs Leben spazierte und davon überzeugt war, anderen Menschen gute Ratschläge geben zu können.

»Daraus könnte man etwas machen, wenn man es richtig angeht«, zitierte sie ihn, während sie aufgebracht vor sich hinmurmelte und die Augen zu Schlitzen verzog, was nur in zweiter Linie etwas mit den scharfen Zwiebeldämpfen zu tun hatte.

Welcher Mensch hatte ein dermaßen großes Ego, dass er von sich selbst glaubte, über alles und jeden Bescheid zu wissen? Sie käme ja auch nicht auf die Idee, ihrem Arzt vorzuschreiben, wie er ihre Grippe zu behandeln hatte, nur weil sie gerne Krankenhausserien im Fernsehen sah!

Bereits gestern hatte sie sich maßlos darüber aufgeregt, mit welcher Selbstverständlichkeit dieser Kerl durch die Welt spazierte. Ganz bestimmt gehörte er zu der Sorte Menschen, die für ihren Erfolg noch nie hatten arbeiten müssen. Brooke konnte sich ziemlich gut vorstellen, dass Drew einen reichen

Vater hatte, der seinen Sohn wie einen Kronprinzen erzogen und ihm alles ermöglicht hatte. Leider lebten sie nicht alle in einer idealen Welt, in der man einfach so ein Team von Innenarchitekten engagieren konnte, um ein Restaurant durchzustylen und zu renovieren. Natürlich hätte sie gerne einfach zum Telefon gegriffen und eine Renovierung organisiert, denn sie wusste selbst, welchen Eindruck das *Crab Inn* auf Fremde machte. Doch wovon hätte sie das bezahlen sollen?

Sie warf einen verstohlenen Blick in den Gastraum und musterte Drew. Sorglos saß er da, nippte völlig entspannt an einem Glas Weißwein und sah dazu noch unverschämt gut aus in seinem hellblauen Hemd. Bislang hatte er nicht nur eine Portion Clam Chowder und gebackene Süßkartoffelecken mit einem Cranberry-Dip gegessen, sondern auch einen Crab Cake verputzt. Obwohl Brooke damit gerechnet hatte, dass er seine Teller demonstrativ halbleer zurückgehen lassen würde, waren diese völlig leer wieder zurückgekommen. Zwar war ihr schon als Kind eingetrichtert worden, dass das größte Kompliment für einen Koch ein leerer Teller war, dennoch traute sie dem Frieden nicht. Sollte sie jetzt in den Gastraum gehen, um Drew zu fragen, wie es ihm geschmeckt hatte, dann hätte er sehr wahrscheinlich Tipps auf Lager, was sie an ihren Gerichten noch verbessern könnte.

Brooke konnte sich nicht helfen, aber sie fand Drew Knight ausgesprochen anmaßend. Es würde sie nicht wundern, wenn er zu der Sorte pedantischer Menschen gehörte, die sogar ihre Socken bügelten.

Momentan studierte er die Speisekarte, was ihr ein abfälliges Schnauben abrang. Dass Megan sie schräg ansah, ignorierte sie so gut wie möglich.

»Alles okay bei dir, Brooke?«

»Sicher«, erwiderte sie leichthin und hoffte, dass Megan

ihre knallroten Wangen der Hitze zuschrieb, die in der Küche herrschte. Es hätte ihr noch gefehlt, wenn die pathologisch neugierige Küchenhilfe Fragen dazu gestellt hätte, warum Brooke knallrot anlief, sobald sie einen ganz bestimmten Mann ansah.

Leider wusste Megan die Zeichen zu deuten. »Tatsächlich? Warum starrst du dann ständig nach draußen?«

Warum ließ sie Idiotin es nur zu, dass Drew Knight so viel Raum in ihren Gedanken einnahm? Sie hatte einen anstrengenden Tag hinter sich und allein zwei Stunden damit verbracht, ihrer Mom bei der Gartenarbeit zu helfen, damit diese sich nicht überanstrengte. Und jetzt musste sie sich auch noch von Megan dabei erwischen lassen, wie sie ausgerechnet ihren Hausgast permanent anstarrte!

Brooke hielt einen Moment inne und starrte auf das Brett vor sich, auf dem sich bereits drei gehackte Zwiebeln befanden und darauf warteten, in Butter angeschwitzt zu werden. Tatsächlich hatte sie heute wenig Lust, ihren Abend damit zu verbringen, in der Küche zu stehen und Gemüse zu schneiden, wenn sie sich eigentlich ins Bett legen wollte oder etwas mehr Zeit mit ihrer Mutter verbringen könnte. Selbst wenn ihre Mom heute ziemlich fit gewirkt hatte und sehr fröhlich gewesen war, machte sich Brooke Sorgen.

Sie schloss für einen kurzen Moment die Augen und atmete tief durch.

Es war einfach zu viel.

Die Verantwortung für das Restaurant. Die Krankheit ihrer Mom. Und dann die Auseinandersetzungen mit ihrem Dad, der völlig andere Vorstellungen darüber hatte, wie sie das *Crab Inn* wieder auf den richtigen Weg bringen konnte.

Wenn sie dann auch noch an einen Großstadtsnob geriet, der ihr dermaßen auf die Nerven ging wie Drew Knight, wollte sie nur noch schreien.

»Bist du sicher, dass alles in Ordnung ist?«

Aufgeschreckt hob Brooke den Kopf, bevor sie dem zweifelnden Blick ihrer Mitarbeiterin folgte – und verwirrt feststellen musste, dass sie ein schreckliches Massaker an den unschuldigen Zwiebeln veranstaltet hatte, die nur noch aus Faserresten bestanden. Wie es aussah, hatte sie sie so lange und wütend mit ihrem Messer bearbeitet, dass man kaum noch erkennen konnte, um welches Gemüse es sich bei dem Brei eigentlich handelte.

Peinlich berührt nagte Brooke auf der Innenseite ihrer Wange herum, kratzte die breiigen Zwiebelreste zusammen und warf sie in den Müll.

»Ich war wohl in Gedanken«, versuchte sie sich zu rechtfertigen.

»Das denke ich auch«, stimmte die ältere Frau mit unverkennbarer Belustigung zu. »Geht's dir wirklich gut?«

Gequält schaute Brooke ihre grauhaarige Küchenhilfe an. »Wenn du fragen willst, ob ich krank bin, kann ich dich beruhigen. Mir geht's blendend.«

Während Megan die glasierten Truthahnkeulen ins zischende Fett beförderte, zuckte sie mit den Schultern und erklärte ruhig: »Wenn es dir so blendend geht, muss ich deine Augenringe und deine schlechte Laune wohl missdeutet haben.«

»Scheint so«, erwiderte Brooke lakonisch, bückte sich und griff sich ein paar neue Zwiebeln. »Außerdem habe ich keine schlechte Laune, Megan.«

Da Megan zu den Menschen gehörte, die Brooke schon gekannt hatten, als sie nur mit einer Windel bekleidet am Strand herumgelaufen war, ließ sie sich nicht so schnell ins Bockshorn jagen, sondern erwiderte leichthin: »Wenn du das sagst, Schätzchen.«

Brooke legte den Kopf zurück und zählte innerlich bis zehn. Dann erklärte sie mit so viel Geduld, wie sie momentan aufbringen konnte: »Ich habe keine schlechte Laune. Ich bin einfach nur zu gestresst, um fröhlich pfeifend durch die Küche zu tanzen, Meg.«

Anstatt darauf zu antworten, schien Megan einige Augenblicke zu überlegen, bevor sie gespielt unbefangen nachfragte: »Wie geht's deiner Mom? Ich hab sie vorgestern getroffen, als sie sich mit deinem Dad auf den Weg ins Krankenhaus machen wollte.«

Eigentlich hatte Brooke keine große Lust, über ihre Mom zu sprechen, während sie in der Küche stand und sich beeilen musste, ihre hungrigen Gäste zu verköstigen. Doch beschämt gestand sie sich selbst ein, dass es auch andere Menschen gab, denen ihre Mutter am Herzen lag. Nicht nur sie machte sich Sorgen. Daher senkte sie den Kopf ein wenig und murmelte zurückhaltend: »Ihr Zustand ist stabil, aber ... nun ja.«

Einen kurzen Moment herrschte Schweigen in der Küche, das nur vom Brutzeln der Pfannen und von den Geräuschen aus dem Gastraum unterbrochen wurde.

»Wenn du etwas brauchst ...«

»Ich weiß. Danke.« Mit einem ehrlichen Lächeln unterbrach Brooke ihre Mitarbeiterin. Tatsächlich war sie froh über die Unterstützung von Menschen wie Meg, denen wirklich etwas an ihrer Mom lag und die sich um sie sorgten. Dann gab es jedoch leider auch die anderen. Oft hatte sie den Eindruck, dass viele Bekannte sie nach ihrer Mom fragten, um ihre Neugierde zu befriedigen oder ihr Gewissen zu beruhigen. Für Brooke dagegen bedeuteten die ständigen Fragen lediglich, dass sie sich immer wieder mit der Krankheit ihrer Mom beschäftigen musste und sich der Situation nicht entziehen konnte. Obwohl die Krankheit und die finanzielle Misere allgegenwärtig waren, wollte Brooke wie jeder andere an die Tankstelle fahren können, ohne dass die Bürgermeisterin sie mit mitleidsvoller Miene an der Kasse abpasste und vor aller Augen befragte. Sie wollte einfach nur gern ihre Einkäufe erledigen, ohne dass Mrs. Leroy, mit der Brookes Mom zur Schule gegangen war, in Tränen ausbrach und sich benahm, als stünde ihre Mom mit einem Bein bereits im Grab.

Ja, vielleicht lag Brookes derzeitige Ruppigkeit auch daran, dass sie sich nicht ständig mit mitleidigen Blicken, endlosen Beileidsbekundungen und emotionalen Zusammenbrüchen vor dem Toilettenpapierregal auseinandersetzen wollte.

Seufzend straffte sie die Schultern, schluckte ihren Frust hinunter und machte sich daran, die neuen Zwiebeln zu schälen, während sie in einem Anflug von Resignation daran dachte, dass sie früher nie einen Grund besessen hatte, schlecht gelaunt, ruppig oder kratzbürstig zu sein. Es war gar nicht so lange her, dass sie gut gelaunt und fröhlich durch ihren Tag gekommen war und auf Stress mit einem Augenzwinkern reagiert hatte. Bis vor einem Jahr hatte es ihr nie etwas ausgemacht, viel zu arbeiten. Damals war ihre Mom aber auch noch nicht krank gewesen, das Restaurant hatte genügend Gewinn erwirtschaftet und ihr Privatleben war kein Komplettausfall gewesen.

»Weißt du, wo Lily steckt?«

Brooke war dankbar, als Meg ihre trübsinnigen Gedanken unterbrach. Diese stellte zwei fertige Teller in die Durchreiche und sah fragend zum Gastraum.

»Telefoniert sie schon wieder?«

»Vermutlich«, erwiderte Brooke mit einem Schulterzucken und löste den Knoten ihrer Schürze. »Der Kleine ist krank. Für welchen Tisch sind die Teller? Ich helfe Lily etwas aus, falls du mich nicht brauchst.«

»Alles gut«, winkte Megan ab. »Ich habe das hier im Griff. Die Teller sind für Tisch fünf.«

Froh darüber, für kurze Zeit aus der Küche herauszukommen, nickte Brooke ihrer Mitarbeiterin zu und machte sich daran, die heißen Teller zu servieren. Für einen Dienstagabend war das *Crab Inn* ziemlich gut besucht, doch da es schon relativ spät war, hatten die meisten Gäste bereits gegessen, sodass Brooke einen Gang runterschalten konnte. In der Hoffnung, dass es heute nicht allzu spät werden würde, servierte sie dem älteren Ehepaar das Essen. Nachdem sie mit beiden kurz übers Wetter geplaudert hatte, wollte sie an einem der Nachbartische gerade abräumen, als sie ihren Hausgast bemerkte, der sie zu sich winkte.

Irgendein perverser Impuls zwang sie dazu, an seinen Tisch zu treten, statt das benutzte Geschirr der anderen Gäste abzuräumen.

»Der Herr wünschen?«, brachte sie hervor und starrte auf ihren zufrieden wirkenden Gast hinab. Sein Grübchen wurde sichtbar, während er sie eingehend betrachtete.

»Der Crab Cake war ziemlich lecker.«

»Ziemlich lecker?« Fast schon automatisch kniff sie die Augen zusammen und konnte ein abfälliges Schnauben in letzter Sekunde unterdrücken.

Er nickte und schien nichts von ihrer plötzlichen Verstimmtheit zu bemerken. »Der Dip zu den Süßkartoffeln war überraschend.«

»Überraschend?« Misstrauisch verschränkte Brooke die Arme vor der Brust und nickte ihm auffordernd zu. »Was meinen Sie damit?«

»Ich meine damit, dass der Geschmack überraschend war.«

»Gut überraschend oder schlecht überraschend?«

Er lehnte sich entspannt zurück und lächelte schief, merkwürdigerweise brachte Brooke das ziemlich auf. Anstatt ihre Frage zu beantworten, hakte er nach: »Geben Sie es zu: Im Clam Chowder war kein Schinken drin, sondern Lachs.«

Niemals zuvor hatte sie jemanden kennengelernt, der sich so sehr fürs Essen begeistern konnte wie dieser Mann. Tatsächlich war er ein kleines bisschen zu sehr aufs Essen fixiert. Mit etwa der Begeisterung, die sie normalerweise Zahnarztbesuchen entgegenbrachte, murmelte sie widerstrebend: »Ist ja kein großes Geheimnis …«

»Außerdem schmeckte die Suppe verdächtig nach Koriander. Stimmt's?«

Obwohl er einen außergewöhnlichen Geschmackssinn zu besitzen schien, erklärte Brooke lakonisch: »Aber nur, weil Koriander drin ist.«

Allem Anschein nach ließ er sich von ihrer ruppigen Art nicht beeindrucken. Ungemindert freundlich saß er an seinem Tisch und blickte zu ihr auf. »Zwar heißt es überall, dass in Clam Chowder ein Lorbeerblatt gehört, aber es hat ohne sehr viel besser geschmeckt. Irgendwie … frischer.«

Verwirrt blinzelte sie. »Woher wollen Sie wissen, ob wir unseren Clam Chowder mit oder ohne Lorbeerblatt zubereiten?«

Nun war er an der Reihe, ein Schnauben von sich zu geben. »Das schmeckt man doch! Wie sind Sie auf das Rezept gekommen?«

»Das befindet sich seit drei Generationen im Besitz der Familie«, entgegnete sie leichthin und strich sich eine Haarsträhne aus der Stirn.

»Aha.« Drew trommelte mit den Fingern seiner rechten Hand auf der Tischplatte herum. »Muskatnuss war auch drin, richtig?«

»Ja, war es.«

Er nickte zufrieden und fragte mit der Begeisterung eines Kindes: »Welche Desserts bieten Sie an?«

Verblüfft verschränkte Brooke die Arme vor der Brust und lehnte sich gegen den dunklen Holzbalken neben sich. »Haben Sie etwa immer noch Hunger?«

Seine Antwort bestand aus einem breiten Grinsen. »Dessert geht immer. Haben Sie was mit Blaubeeren?«

Brooke konnte sich nicht helfen, aber seine Vernarrtheit in ihre Gerichte fand sie mit einem Mal ziemlich schmeichelhaft. Daher erklärte sie mit einem unterdrückten Lachen in der Stimme: »Demnächst findet das alljährliche Volksfest von Sunport statt. Dort gibt es ein Blaubeerkuchenwettessen. Vielleicht sollten Sie daran teilnehmen.«

»Ja, vielleicht«, entgegnete er mit funkelnden Augen. »Aber eigentlich würde ich jetzt schon ganz gerne ein Stück Kuchen essen.«

»Dann werde ich Ihnen gleich ein Stück bringen«, erklärte Brooke versöhnlich und fügte hinzu: »Außerdem empfehle ich die Ahornmousse.«

»Machen Sie die mit Mandeln oder Haselnüssen?«

Mit einem amüsierten Lachen griff sie nach der leeren Wasserkaraffe und fragte: »Wollen Sie mir etwa die Rezepte stehlen?«

Er antwortete nicht sofort, doch als er den Mund aufmachte, wusste Brooke plötzlich wieder, woher ihre eigentliche Antipathie gegen diesen Kerl aus der Großstadt kam.

»Sie müssen schon entschuldigen, Brooke, aber niemals hätte ich geahnt, dass es hier solch gutes Essen gibt. Wer würde denn vermuten, dass in diesem Restaurant ein dermaßen göttlicher Clam Chowder serviert wird?«

Brooke kämpfte den Impuls nieder, ihn mit einem Küchenutensil zu verstümmeln. »Vielen Dank!«

Verwirrt sah er zu ihr hoch und runzelte die Stirn. »Das war als Kompliment gemeint!«

»Indem Sie mein Restaurant beleidigen?«

»Kann es sein, dass Sie heute mit dem falschen Fuß aufgestanden sind?«, wollte er seelenruhig wissen. »Andere würden sich über ein Kompliment von mir freuen.«

Sie starrte ihn an und fragte sich, wie jemand dermaßen aufgeblasen sein konnte. Doch anstatt sich mit ihm mitten im Gastraum zu streiten, schnarrte sie: »Ich hole Ihnen ein Stück Blaubeerkuchen.«

Den Spruch, dass er daran ersticken sollte, konnte sie sich gerade noch verkneifen.

»Ich habe in meinem ganzen Leben noch keinen dermaßen arroganten, selbstherrlichen und aufgeblasenen Idioten kennengelernt, Lauren!«

»Das hast du bereits erwähnt, Brooke.«

Brooke ignorierte den amüsierten Tonfall ihrer besten Freundin geflissentlich, während sie das Telefon weiterhin zwischen Ohr und Schulter geklemmt hielt und wie besessen die Arbeitsfläche der Restaurantküche schrubbte. Sie würde später sicher einen Krampf im Hals haben, das war ihr momentan jedoch völlig egal. Denn obwohl das *Crab Inn* seit einer Stunde bereits geschlossen war, hatte sie sich noch immer nicht beruhigt.

»Wie kommt ein Mensch dazu, solche Sachen zu sagen? Merkt er nicht, wie beleidigend seine Worte sind?!«

Anscheinend teilte Lauren ihre helle Empörung nicht. »Ich bin sicher, dass er es nicht so gemeint hat.«

Brooke riss den Kopf in die Höhe und griff gleichzeitig nach dem Telefonhörer, damit dieser nicht auf den frisch geputzten Küchenboden fiel. »Was soll das denn heißen?«

»Ich meine, dass Männer sich ziemlich doof anstellen können, was Formulierungen betrifft, Brooke«, erwiderte Lauren in ihrer unnachahmlich geduldigen Art.

Trotzdem hakte Brooke aufgebracht nach: »Willst du damit sagen, dass ich aus einer Mücke einen Elefanten mache, oder was?«

»Das hast *du* gesagt«, flötete Lauren. »Nicht ich.«

»Lauren!«

Das leise Lachen ihrer Freundin drang durch den Hörer. »Soll ich dir sagen, was ich denke?«

»Ich bitte darum«, knurrte Brooke zwischen zusammengebissenen Zähnen hindurch.

»Ich denke, dass dein Gast eigentlich ganz nett ist und dass du ihn auch ziemlich nett findest, aber aus irgendeinem Grund legst du jedes seiner Worte auf die Goldwaage. Und bevor du mich einen Kopf kürzer machst, erinnere dich bitte daran, dass du die Patentante meiner Tochter bist.«

»Sehr komisch«, murmelte Brooke, bevor sie streitlustig zu bedenken gab: »Dieser Mann ist unmöglich!«

»Auch das hast du schon gesagt.«

»Du nimmst mich nicht ernst«, protestierte Brooke.

»Natürlich nehme ich dich ernst, aber ich verstehe nicht, warum du ihn nicht rausschmeißt, wenn du ihn nicht leiden kannst.«

Darauf fiel ihr nichts mehr ein, deswegen erwiderte sie nur: »Ich kann doch nicht einfach zahlende Gäste vor die Tür setzen, wir können das Geld gut gebrauchen!«

»Okay, okay.« Laurens Seufzen war nicht zu überhören. »Wenn er dich dermaßen aufregt, gehe ihm doch einfach aus dem Weg.«

»Was meinst du denn, was ich tue?« Wütend warf sie den Putzlappen in den halbleeren Eimer neben ihren Füßen und fluchte laut, als dreckiges Putzwasser auf den gerade geschrubbten Boden spritzte.

»Brooke, was ist bitte mit dir los?« Lauren klang mit einem Mal besorgt. »So wütend kenne ich dich überhaupt nicht.«

Brooke schluckte, fuhr sich mit einer Hand durchs Gesicht und schüttelte kurz den Kopf. Resigniert lehnte sie sich gegen die Arbeitsfläche. Der Satz ihrer besten Freundin gab ihr zu denken. Mittlerweile war sie dermaßen nah an ihrer Belastungsgrenze, dass sie nur noch genervt reagierte. Dabei wollte sie doch wirklich niemand sein, der seine Launen an anderen Menschen ausließ, mit einem griesgrämigen Gesicht durchs Leben ging und dafür bekannt war, wegen jeder Kleinigkeit aufzubrausen.

»Ich weiß«, murmelte sie daher.

»Du brauchst Urlaub, Brooke.«

Mit einem trockenen Lachen massierte sie sich die Nasenwurzel. »Urlaub? Wie soll ich denn Urlaub nehmen, Lauren? Ich habe ja kaum Zeit, mir die Beine zu rasieren.«

Lauren ließ ein Schnauben hören. »Seit Bessie auf der Welt ist, habe ich mir nicht mehr die Beine rasiert.«

Brooke verschluckte sich an einem knappen Lachen und krächzte in den Hörer: »Bessie wird in drei Monaten zwei Jahre alt!«

»Du siehst also, dass sich mein Mitleid für dich in Grenzen hält«, schalt Lauren, klang dabei jedoch mehr als liebevoll. »Sich die Beine zu rasieren, ist purer Luxus.«

»Mein Mitleid gilt deinem Mann«, scherzte Brooke und musste ganz von allein lächeln. »Danke, Lauren.«

»Nicht dafür«, erwiderte ihre beste Freundin weich und schien sofort zu wissen, was Brooke meinte. Zwischen ihnen beiden herrschte schon seit dem Kindergarten eine Eintracht, die keiner großen Erklärungen bedurfte. »Dennoch bin ich der Meinung, dass du aus deinem Alltagstrott rausmusst. Ich will nicht mit ansehen, wie du einen Burnout bekommst.«

»Red keinen Quatsch«, wiegelte Brooke sofort ab. »Sobald es Mom etwas besser geht und das Restaurant wieder läuft, werde auch ich wieder etwas entspannter sein«, spielte sie die Situation hinunter.

»Du weißt, dass ich mir Sorgen um dich mache.«

»Ja, Mama«, erwiderte Brooke scherzhaft und verdrehte die Augen.

Lauren dagegen klang ernst. »Das vergangene Jahr war nicht einfach für dich ...«

Mit ruhiger Stimme unterbrach Brooke ihre Freundin. »Meinst du wirklich, ich wüsste das nicht?«

Die sonst so friedliebende Lauren brummte plötzlich in den Hörer: »Ich könnte Will umbringen!«

Obwohl ihr nicht wirklich zum Lachen zumute war, gluckste Brooke auf. »Stell dich hinten an.«

»Mit Vergnügen«, krakeelte Lauren. »Wenn er mir jemals wieder unter die Augen kommt, dann ... dann ...« Sie stockte kurz. »Dann kann ich für nichts garantieren.«

Die Vorstellung, ihre beste Freundin würde kaltblütig den Mann erdrosseln, der sich vor einem Jahr von Brooke getrennt hatte, ließ sie lächeln. Sie konnte wirklich froh sein, dass sie Lauren hatte. Obwohl es schon spät war und Lauren mit ihrer Wäscherei, der kleinen Bessie und einem Mann, der ständig das Essen anbrennen ließ, vollauf beschäftigt war, saß sie seit fast einer halben Stunde am Telefon, um sich Brookes Gejammer über ihren Hausgast anzuhören.

Kaum hatte Brooke an Drew Knight gedacht, schien auch Lauren sich an seine Existenz zu erinnern. Diese Gedankenübertragung war schon fast unheimlich.

»Was ich dich noch fragen wollte: Wie sieht dein Gast überhaupt aus?«

Glücklicherweise saß Lauren ihr nicht gegenüber, da ihre beste Freundin schon in der dritten Klasse Lunte gerochen hatte, als Brooke für Stuart Sanderson geschwärmt hatte.

»Äh ... er ist blond und ... und sieht durchschnittlich aus«, log sie und hoffte, dass Bessie gerade in die Windel machte und anschließend zu schreien anfangen würde. Normalerweise hatte ihr Patenkind noch jedes Telefonat torpediert. Heute wäre es jedoch das erste Mal, dass Brooke dies zu schätzen wüsste.

»Durchschnittlich ... soso«, entgegnete Lauren gedehnt. »Durchschnittlich nach dem Motto: ein netter Kerl, mit dem man ins Kino gehen kann, oder durchschnittlich nach dem Motto: ein netter Kerl, mit dem man ins Kino gehen kann, aber ohne sich dann etwas für den Rest des Abends vorzunehmen?«

Brooke schnappte nach Luft. »Und das sagt die Frau, die sich seit zwei Jahren nicht die Beine rasiert?«

»Raus mit der Sprache«, forderte Lauren sie auf. »Ich weiß genau, dass du lügst.«

Unschlüssig nagte Brooke auf ihrer Unterlippe herum und stieß mit einem langgezogenen Seufzer die Luft aus. »Lauren ...«

»So gut?«

»Du bist nicht sehr hilfreich«, beschwerte sie sich, um dann unwillig zuzugeben: »Er sieht ganz nett aus, wenn man auf den Typ aufgeblasener Schönling steht.«

»Aufgeblasener Schönling?«

Brooke machte eine fahrige Handbewegung und murmelte: »Du weißt schon ...«

»Was weiß ich?«

Laurens Belustigung ging ihr gehörig auf die Nerven, dennoch erklärte sie: »Blond, breites Lächeln, groß, Grübchen ...«

»Er hat ... Grübchen? Ich sterbe!«

Brooke schnitt eine Grimasse. »Reiß dich zusammen, Lauren. Das Grübchen wird sowieso nur sichtbar, wenn er lächelt.«

Ihre Freundin lachte so laut, dass Brooke kaum verstand, was sie sagte. »Großer Gott! So weit bist du schon, dass du weißt, *wann* man sein Grübchen sieht? Hat es dich etwa erwischt?«

Verärgert schob Brooke das Kinn vor. »Mach dich nicht lächerlich! Ich kann den Mann nicht mal leiden!«

»Aber du findest das Grübchen süß«, triumphierte Lauren.

»Unsinn«, wehrte Brooke augenblicklich ab. »Er ist ein aufgeblasener Idiot aus der Stadt, der zufällig ein Grübchen hat. Na und? Sollen andere Frauen das attraktiv finden – ich tue das bestimmt nicht!«

»Aber sicher doch«, erwiderte ihre Freundin mit einem Prusten. »Du stehst nicht auf attraktive Männer. Keine Frau tut das! Wir Frauen wollen zahnlose Männer mit Bierbauch, Halbglatze und Erektionsstörungen.«

Mit zusammengekniffenen Augen antwortete Brooke: »Für eine verheiratete Frau klingst du ziemlich verdorben. Und was soll diese Anspielung auf Erektionsstörungen?«

»Keine Ahnung«, meinte Lauren amüsiert.

»Ich habe lediglich gesagt, dass Drew Knight blond ist und ganz nett aussieht. Ob er Erektionsstörungen hat, kann ich dir nicht beantworten.«

»Versuch macht klug.«

Brooke knirschte mit den Zähnen. »Ich lege jetzt auf, Lauren.«

Ihre Freundin seufzte träumerisch. »Alle großen Liebesgeschichten fangen so an, Brooke: Mann bleibt mit dem Auto liegen, Frau erbarmt sich seiner und nimmt ihn mit, um ihm zu helfen. Hach!«

»Kein Hach! Außerdem fangen keine großen Liebesgeschichten so an, sondern Pornos!«

»Wer ist hier verdorben?«, wollte Lauren wissen.

Überdeutlich erklärte Brooke: »Vielen Dank für das Gespräch, Lauren. Ich gehe jetzt ins Bett.«

»Allein?«

»Nein«, ächzte sie. »Ich nehme die Buchhaltung mit.«

»Besonders erotisch klingt das nicht«, beschwerte sich ihre Freundin.

Glücklicherweise war genau in diesem Moment Bessie zu hören, die anscheinend aufgewacht war. Brooke schüttelte den Kopf, da sich ihr Patenkind gerne ein paar Minuten früher hätte melden können, um seine Patentante vor diesem hochnotpeinlichen Gespräch über Drew, Erektionsstörungen und Pornos zu retten.

»Ich muss nach Bessie sehen, Brooke.«

»Mach das«, erwiderte sie schnell. »Wir sprechen uns morgen.«

Bevor sie auflegen konnte, quakte Lauren vergnügt in den Hörer: »Also, wenn Pornos so anfangen wie eure gestrige Begegnung, dann …«

»*Gute Nacht,* Lauren!«

Genervt und mit dem Gefühl, einer Lawine entkommen zu sein, legte Brooke auf und schüttelte den Kopf. Jetzt konnte sie nur hoffen, dass Lauren Drew niemals zu Gesicht bekäme, denn sollte ihre Freundin irgendwelche anzüglichen Kommentare machen, würde sich Brooke vor lauter Entsetzen von den Klippen stürzen.

Gähnend trat sie an den Kühlschrank und nahm sich eine kleine Flasche Wasser und eine Banane heraus. Dann schaltete sie in der unteren Etage das Licht aus, verschloss die Eingangstür und tapste anschließend die Treppen ins Obergeschoss hinauf, während sie die Banane schälte und hineinbiss.

Kauend durchquerte sie den Flur und fragte sich, ob sie sich die Buchhaltung lieber morgen vornehmen sollte. Für heute war sie schon erledigt genug, und sie glaubte nicht, dass sie sich jetzt auf Bilanzen konzentrieren konnte. Außerdem würde die Buchhaltung sie nur noch mehr deprimieren und höchstwahrscheinlich um den Schlaf bringen.

Sie stopfte sich den Rest der Banane in den Mund und öffnete mit vollen Backen die Tür zum Badezimmer, um einen Moment später wie vom Blitz getroffen stehen zu bleiben.

Drew Knight stand splitterfasernackt vor dem Waschbecken, putzte sich die Zähne und schaute ihr fragend entgegen. Es schien ihm überhaupt nichts auszumachen, dass sie ihn in voller Pracht betrachten konnte.

Brooke dagegen erholte sich nicht so schnell von ihrem Schrecken. Wie versteinert starrte sie ihn an und merkte erst, als sie nach Luft schnappen wollte, dass ihr Mund noch voller Bananenstücke war.

Hustend und würgend zugleich bemühte sie sich darum, das vermaledeite Obst hinunterzuschlucken, und wusste, dass sie wie eine Schwachsinnige aussehen musste. Himmel, sie stand hier einem Mann gegenüber, der im Adamskostüm eine fabelhafte Figur abgab und sie belustigt musterte, während er sich in aller Seelenruhe die Zähne putzte.

»Alles okay?«, fragte er, den Mund voller Zahnpasta.

Brooke wusste, dass ihr Kopf hochrot war. Sie nickte, ließ ihre Augen unwillkürlich über seinen Körper wandern und stotterte heiser: »Ich ... ich wusste nicht ... nicht, dass Sie ... Sie im Badezimmer sind!«

Drew spülte sich den Mund aus und warf eines der mit kleinen Rosen bestickten Handtücher über seine linke Schulter. »Kein Problem.«

Sie konnte nicht anders, als den Wassertropfen zu beobachten, der von seinem rechten Ohrläppchen tropfte, auf der festen Schulter landete und von da an seinen Weg über eine breite Brust und einen flachen Bauch abwärts fortsetzte.

Obwohl eine leise Stimme ihr befahl, die Augen nach oben zu richten, folgte ihr Blick fasziniert der Richtung, die der Wassertropfen nahm. Weshalb er nicht verdampft war, war ihr ein Rätsel, denn plötzlich war es irrsinnig heiß im Badezimmer.

»Sind Sie jetzt dran mit Duschen?«, wollte er unschuldig wissen. »Oder wollen wir uns weiterhin schweigend anstarren?«

Erschrocken riss sie den Kopf hoch, hob abwehrend beide Hände und trat zurück, wobei sie gegen das Badezimmerregal stolperte und sich den Fuß stieß.

Fluchend schüttelte sie den Kopf und wäre um ein Haar gegen die Tür getaumelt, da sie den Blick starr an die Zimmerdecke richtete. »Schon gut! Ich ... ich bin weg!«

»Meinetwegen können Sie ruhig bleiben«, schlug er leichthin vor, doch Brooke blieb ihm eine Antwort schuldig. Stattdessen stürzte sie aus dem Badezimmer, warf die Tür hinter sich zu und wurde bis in ihr Zimmer von seinem dröhnenden Lachen verfolgt.

4

»Mom, soll ich dir noch einen Tee machen? Oder möchtest du lieber Wasser trinken?« Zweifelnd schaute Brooke in den Kühlschrank ihrer Eltern und nagte unschlüssig auf ihrer Unterlippe herum. In Gedanken ging sie ihren heutigen Zeitplan durch, um herauszufinden, wann sie die Zeit finden sollte, für ihre Eltern einkaufen zu gehen. Da Brookes Dad sich gleich mit ihrer Mom für einen Dialysetermin auf den Weg ins Krankenhaus machen würde, wusste Brooke, dass ihre Eltern erst am späten Abend zurück sein würden. Allein die Fahrt bis nach Portland und wieder zurück dauerte mehr als vier Stunden. Es war klar, dass sich Brooke um den Einkauf kümmern musste.

Besorgt inspizierte sie das Gemüse und hoffte, dass ihr Dad auch darauf geachtet hatte, Bio-Produkte einzukaufen. Nach der Diagnose ihrer Mom hatte Brooke darauf bestanden, dass nur noch Lebensmittel gekocht wurden, die frei von jeglichen Pestiziden und anderen Schadstoffen waren. Obgleich ihr Dad sie pingelig nannte, nahm sie den Gesundheitszustand ihrer Mom sehr ernst.

Das war auch der Grund, weshalb sie um sieben Uhr morgens nach Sunport gefahren war, um ihre Eltern zu sehen, bevor die sich ins Auto setzten. Es wäre ihr weiß Gott lieber gewesen, wenn ihre Mom nicht mehrmals in der Woche diese weite Strecke auf sich hätte nehmen müssen, doch es blieb ihnen nichts anderes übrig, da Sunport nun einmal ziemlich abseits lag.

Brooke konnte es kaum ertragen, dass sie ihre Mom so gut wie nie ins Krankenhaus begleiten konnte und stattdessen im Restaurant die Stellung hielt. Um dennoch Zeit mit ihrer Mom verbringen zu können, fuhr sie bei jeder sich bietenden Gelegenheit in ihr Elternhaus. Die Diagnose vor einem Jahr hatte sie so entsetzt, dass sie ihre Eltern umso mehr zu schätzen gelernt hatte.

»Schatz, ich habe keinen Durst«, erklärte ihre Mom fröhlich.

»Mom, du weißt, dass du ...«

»Ich werde gleich zwei Stunden lang in einem Auto sitzen«, entgegnete ihre Mutter leichthin. »Mir wäre es sehr unangenehm, wenn dein Vater alle zwanzig Minuten Halt machen müsste, damit ich am Straßenrand in die Büsche pinkeln kann.«

Brooke verdrehte die Augen und schloss die Kühlschranktür. Sie drehte sich zu ihren Eltern um, die beide ziemlich gelassen am runden Küchentisch saßen und die Sorge ihrer Tochter nicht zu teilen schienen.

»Dad, sag doch auch mal was!«

Angus Day blickte von seiner Zeitung gar nicht auf und brummte stattdessen mit liebevollem Spott: »Deine Mom ist erwachsen, Brooke. Außerdem wäre es mir sehr recht, wenn wir tatsächlich nicht alle zwanzig Minuten anhalten müssten, nur weil du ihr vorher eine Gallone Tee eingeflößt hast.«

Mit einem Anflug von Resignation lehnte sich Brooke gegen die Arbeitsplatte, die noch heute Spuren ihrer ersten Kochversuche trug, und versenkte die Hände in den Taschen ihrer Jeans.

»Deine Sorge ist sehr lieb, mein Schatz, aber ich habe heute Morgen schon genug getrunken«, sagte ihre Mutter.

»Dann nimm bitte wenigstens etwas von dem Brennnesseltee mit, den ich dir besorgt habe.«

Ihre Mom kicherte, während ihr Dad ein Geräusch machte, als hätte er gerade bemerkt, dass der Kaffee, den er hingebungsvoll trank, altes Putzwasser war.

Ratlos blinzelte Brooke ihre Eltern an und ließ die Schultern sinken. »Was ist denn los?«

»Nichts.« Sally Day lehnte sich in ihrem Stuhl zurück und schenkte ihrer Tochter ein liebevolles Lächeln.

Misstrauisch legte Brooke den Kopf zur Seite und fixierte ihren Dad, der im Gegensatz zu ihrer Mom von politischer Korrektheit nicht sehr viel hielt.

»Dad?«

Er schenkte ihr lediglich einen knappen Blick und legte seine Zeitung beiseite, um gleich darauf einen riesigen Schluck Kaffee zu nehmen, bevor er verächtlich erklärte: »Diesen neumodischen Ökokram brauchst du nicht noch einmal zu bestellen, Liebes. Ich habe den Tee das Klo hinuntergespült, wenn du es genau wissen willst.«

Brooke fiel die Kinnlade herunter. Stotternd suchte sie nach Worten und erinnerte sich daran, dass sie für den *neumodischen Ökokram* fast fünfzig Dollar bezahlt hatte. »Du hast *was* getan?«

Ihr Dad nickte zufrieden. »Wolltest du deine Mom etwa vergiften? Das Zeug würde ich nicht mal einem Todeskandidaten anbieten.«

»Dad!«, stöhnte sie voller Selbstmitleid. »Ich wollte Mom was Gutes tun! Brennnesseltee soll Menschen mit Dialysetherapien helfen. Du weißt doch, dass ich ihn extra bei diesem Bio-Hof in Europa bestellt hatte.«

Ihren Vater schien ihre Argumentation nicht zu beeindrucken, da er stur den Kopf schüttelte und misstrauisch nachfragte: »Hast du ihn mal probiert?«

»Nein«, gab sie zähneknirschend zu. »Es ist egal, wie er schmeckt, schließlich soll er helfen.« Beinahe anklagend richtete sie ihre Augen auf ihre Mutter. »Mom, warum hast du zugelassen, dass er den Tee einfach wegwirft?«

Mit einem Hauch von Schuldbewusstsein zuckte ihre Mom mit den Schultern. »Entschuldige, Schatz. Ich weiß ja, dass du dir solche Mühe gegeben hast, aber ... nun ja ... ich habe den Tee wirklich nicht runterbekommen ...«

»Das Gebräu schmeckte wie Gülle«, warf ihr Vater hilfsbereit ein.

Brooke verdrehte die Augen und fragte ihren Vater neugierig: »Woher willst du denn wissen, wie Gülle schmeckt, Dad?«

»Werd bloß nicht frech, junge Dame«, hielt er ihr vor, während seine Augen aufblitzten.

»Junge Dame?« Brooke schnitt eine Grimasse und goss sich selbst einen Kaffee ein, während sie darüber hinwegsah, dass sie ihren Dad eigentlich darum gebeten hatte, keinen Kaffee mehr im Haus zu haben. Natürlich ahnte Brooke, dass sie es mit der Sorge um ihre Mutter übertrieb und ihre Eltern nach Jahrzehnten ausufernden Kaffeekonsums nicht mehr auf Kräutertee umsteigen wollten. Dennoch wäre ihr leichter ums Herz gewesen, wenn ihre Bemühungen auf etwas fruchtbareren Boden gefallen wären.

Sie nippte an dem starken Kaffee ihres Dads und blinzelte ihm über den Rand der Tasse hinweg fröhlich zu. »Eine junge Dame bin ich schon lange nicht mehr, Dad.«

»Eine alte Dame bist du jedenfalls noch lange nicht«, hielt ihr ihre Mom entgegen, die verständnisvoll lächelte.

Brooke schaute in die fröhlichen Augen ihrer Mom, die selbst an einem Tag wie heute, den sie mit einer Dialyse verbringen musste, ihre gute Laune nicht verlor.

»Sicherlich dauert es nicht mehr lang, bis ich mit unzähligen Katzen in einem Haus wohne und die Nachbarskinder verängstige.«

»Ich finde, das klingt ziemlich spaßig«, entgegnete ihre Mom. »Abgesehen davon, bist du mit Anfang dreißig noch sehr weit entfernt von dem Alter, in dem du eine Katzenpension eröffnen kannst, mein Schatz.«

In anderen Familien wäre vermutlich nun eine Diskussion darüber entstanden, dass die Tochter, die immerhin die magische Grenze von dreißig Jahren überschritten hatte, noch nicht verheiratet war und ihre Eltern mit Enkelkindern versorgte, doch Brooke wusste, dass sie vor solchen Themen gefeit war, nachdem ihre letzte Beziehung so abrupt geendet hatte. Ihre Mom war viel zu sensibel, um Brookes Beziehungsstatus aufs Tapet zu bringen, und ihr Dad war sowieso nicht der Typ, der über Liebesdinge sprach.

Mit allem Humor, den sie aufbringen konnte, entgegnete sie leichthin: »Außerdem sollte ich nicht vergessen, dass ich eine Katzenallergie habe.«

Während ihre Mom in ein belustigtes Prusten ausbrach und es damit schaffte, dass Brooke lächeln musste, mischte sich auch ihr Dad in das Gespräch über katzenbesitzende ledige Frauen ein.

Angus Day, der seiner Tochter nicht nur beigebracht hatte, wie man auf die Elchjagd ging, sondern als Jugendlicher in einer Schlachterei gearbeitet hatte, betrachtete eingehend seine Fingernägel und erklärte trocken: »In der *Cosmopolitan* stand, dass Vierzig das neue Dreißig ist, Brooke. Von daher musst du dir keine Sorgen machen und auch noch nicht damit anfangen, dir eine eigene Katzenarmee zuzulegen.«

Vor lauter Schreck spuckte Brooke den letzten Schluck Kaffee im hohen Bogen über den Holzfußboden der Küche und verschluckte sich gleichzeitig an dem heißen Gebräu. Krächzend und hustend zugleich starrte sie ihren Dad an, der mit seiner grauen Wuschelmähne und dem wettergegerbten Gesicht sowie seiner schnörkellosen Kleidung nicht wie jemand wirkte, der von Mode oder Trends eine große Ahnung besaß. Oder sich auch nur einen Hauch dafür interessierte.

»Was?!« Fassungslos schüttelte sie den Kopf. »Woher weißt du denn, was in der *Cosmopolitan* steht, Dad?«

Mit einem Blick, der dem eines ausgesetzten Hundes glich, erklärte er: »Die Zeitschriften, die im Krankenhaus ausliegen, sind größtenteils Frauenzeitschriften. Womit soll ich mir denn die Zeit vertreiben, während deine Mom behandelt wird?«

Noch immer fassungslos blinzelte Brooke ihren Vater an. »Ist das dein Ernst?«

Er zuckte mit der Schulter. »Nachdem ich das zerfledderte Exemplar einer Anglerzeitschrift gefühlte einhundert Mal gelesen hatte, blieb mir nichts anderes übrig, als mir etwas anderes zu schnappen. Was hätte ich denn tun sollen?«

Die Stimme ihrer Mom schwankte zwischen Belustigung und Stolz. »Dein Dad kennt sich mittlerweile fabelhaft unter allen Prominenten aus.«

Als müsste er die Behauptung seiner Frau bestätigen, ließ sich Brookes Dad vernehmen: »Bei aller Liebe, aber ich habe immer noch nicht begriffen, warum diese Kardashians so berühmt sind.«

Brooke schüttelte den Kopf und hatte für einen Moment das

Gefühl, dass ihre Welt kopf stand. Immerhin sprach sie mit ihrem Vater, dem Mann, der vermutlich nicht einmal zur eigenen Hochzeit einen Anzug getragen hatte, sondern sich in den selbst gestrickten Pullovern seiner Frau am wohlsten fühlte, und der bis vor Kurzem keinen Schimmer gehabt hatte, wer Oprah Winfrey war. Irgendwie wurde sie den Eindruck nicht los, dass es ihrem Dad nicht einmal etwas auszumachen schien, Frauenzeitschriften zu lesen.

Um sich davon zu überzeugen, dass nicht irgendein Alien Besitz von ihm ergriffen hatte, fixierte Brooke ihre Eltern.

»Und du bist dir sicher, dass wirklich Dad hier bei uns sitzt und nicht sein bislang unbekannter Zwilling, Mom?«

Ihre Mutter strich sich eine Strähne ihres flachsblonden Haares zurück. »Ich kenne deinen Vater seit dem Kindergarten, Liebling. Wenn er einen Zwilling hätte, wüsste ich das.«

Während Brooke mit einem übertriebenen Seufzen die Schultern fallen ließ, schweifte ihr Blick über das Gesicht ihrer Mom und blieb an den wunderschönen Haaren hängen, die noch immer keine Spur von Grau zeigten. Schon als Kind hatte sie ihre Mom um die blonden Haare beneidet und oftmals mit dem Schicksal gehadert, das ihr das widerspenstige Haar ihres Vaters zugeteilt hatte. Während ihre Mutter ihre glatten Haare zu den schönsten Frisuren flechten konnte, war es egal, wie viel Mühe sich Brooke mit ihren Naturlocken gab, da diese eigentlich immer aussahen, als hätte ein Vogel dort sein Nest gebaut. Ob morgens oder abends – Brookes Haare waren immer zerzaust. Dass sie direkt an der Küste lebte und der salzige Wind ihr ständig durchs Haar fuhr, machte ihr Problem nicht kleiner.

Widerspenstige Locken von der Farbe eines Straßenköters, wie ihr Dad ihre Haarfarbe einmal liebevoll beschrieben hatte, waren vermutlich der Albtraum jedes Friseurs.

»Wie lief es gestern im Restaurant?«, fragte in diesem Moment ihr Dad und lenkte Brooke von ihren trüben Gedanken ab.

»Ganz gut«, erwiderte sie ausweichend, da sie vor ihrer Mom nicht zugeben wollte, dass ein Blick in die Buchhaltung kurz vor ihrem heutigen Aufbruch sie noch sehr viel deprimierter gemacht hatte als der Gedanke an ihr Haar. »Wir waren ziemlich gut besucht. Die Crab Cakes gehen momentan weg wie warme Semmeln«, führte sie aus und registrierte mit Erleichterung, wie ihre Mom ein zufriedenes Gesicht machte.

»Gut«, brummte ihr Dad, um dann großzügig zu erklären: »Morgen bin ich ja wieder da, Brooke. Dann kann ich mich richtig um alles kümmern.«

Brooke knirschte mit den Zähnen und blieb stumm. Schließlich wollte sie sich mit ihm nicht streiten, und ganz bestimmt wollte sie ihre Mom nicht aufregen. Dennoch hätte sie ihrem Dad gerne erklärt, dass seine Überheblichkeit nicht angebracht war. Sie konnte es nicht leiden, wie ein unmündiges Kind behandelt zu werden, das keine Ahnung davon hatte, wie ein Restaurant geführt wurde. Momentan kümmerte sie sich nicht nur um die Buchhaltung, den Einkauf, die Finanzen und das Personal, sondern stand in der Küche, bediente die Gäste und machte anschließend alles sauber, um die Ausgaben so gering wie möglich zu halten. Bislang war das *Crab Inn* weder vom Gesundheitsamt geschlossen worden, noch war es abgefackelt, aber ihr Dad tat immer so, als sei nur er in der Lage, den Betrieb am Laufen zu halten.

Als hätte ihre Mom gespürt, dass Brooke kurz davorstand, wütend zu werden, wechselte sie geschickt das Thema und kam ausgerechnet auf die Person zu sprechen, über die Brooke lieber nicht nachgedacht hätte.

»Wie macht sich dein Gast, Liebling? Fühlt er sich denn bei uns wohl?«

Angesichts der Tatsache, dass ihr Gast gestern Abend splitterfasernackt das Badezimmer okkupiert und nicht daran gedacht hatte, die Tür abzuschließen, war sich Brooke ziemlich sicher, dass er sich sogar pudelwohl fühlte.

Um ihren Eltern jedoch nicht auf die Nase zu binden, dass sie Drew Knight nun in all seiner hüllenlosen Pracht kannte, nickte sie lediglich. »Ich denke schon.«

Ihre Mom schaute auf die zierliche Uhr an ihrem Handgelenk. »War er denn schon auf, als du gegangen bist?«

Mit einem Anflug von Ungeduld erwiderte Brooke: »Woher soll ich das wissen?«

Verdutzt hob ihre Mom den Kopf. »Brooke, was ist denn los?«

»Nichts«, entgegnete sie lapidar.

Besorgt rundeten sich die blauen Augen ihrer Mutter. »Ist er dir etwa zu nahe getreten?«

Aus dem Augenwinkel konnte Brooke sehen, wie ihr Dad augenblicklich den Kopf hob, und seufzte daher beruhigend. »Natürlich nicht, Mom. Niemand ist mir zu nahe getreten.«

»Hat dein Gast sich etwa unziemlich benommen?«

Wenn man unter unziemlich verstand, dass ihr Gast sie beinahe schmerzlich daran erinnert hatte, wie lange es her war, dass sie einem nackten Mann gegenübergestanden war? Dann war es auch unziemlich gewesen, dass Brooke ihre Schwäche für Bauchmuskeln entdeckt hatte, schoss es ihr durch den Kopf.

An ihre Eltern gewandt schüttelte sie jedoch den Kopf. »Mach dir keine Sorgen, Mom. Ich habe nur schlecht geschlafen.«

Was sogar stimmte. Wie sollte frau denn nach so einem Anblick friedlich einschlummern?

»Ich will euch ja nicht unterbrechen, aber wir sollten bald losfahren«, ließ sich nun ihr Dad vernehmen, der demonstrativ auf die Uhr über der Küchentür schaute. »Der Verkehr auf der zweihundertfünfundneunzig macht mich morgens wahnsinnig.«

Brookes Mom stand auf. »Dann hole ich schnell meine Sachen.«

»Und vergiss nicht, noch mal zur Toilette zu gehen«, rief ihr Mann ihr nach, nachdem sie im Hausflur verschwunden war. »Wir werden nicht alle zwanzig Minuten anhalten, Sally.«

Brooke nagte unschlüssig auf ihrer Unterlippe herum, beobachtete ihren Vater, der wieder nach der Zeitung griff, und stellte ihre mittlerweile leere Kaffeetasse in die Spüle, bevor sie sich auf den soeben frei gewordenen Stuhl setzte. Nach einem raschen Blick in den Flur, raunte sie ihrem Dad zu: »Ich habe mir heute Nacht die Buchhaltung angesehen, Dad.«

»Und?« Er warf ihr einen kurzen Blick zu und schien in keiner Weise beunruhigt.

Angesichts seiner sorglosen Art biss sie die Zähne zusammen. »Die Zahlen gefallen mir nicht. Wir machen zwar Gewinn, aber leben können wir davon nicht.«

Gutmütig zuckte er mit den Schultern. »Warte erst mal ab, bis ich wieder im Restaurant bin. Du wirst schon sehen, dass dann alles wieder in geregelten Bahnen läuft.«

»Dad«, entgegnete sie mit kaum unterdrückter Wut in der Stimme. »Unser Problem ist, dass die Ausgaben angestiegen sind und dass wir mehr Gäste brauchen, um die Kosten decken zu können.«

Endlich legte er seine Zeitung beiseite und schaute sie mit

gerunzelter Stirn an. »Denkst du denn, dass ich das nicht wüsste?«

Brooke schüttelte den Kopf. »Nein, das denke ich nicht, aber es hilft uns auch nicht, wenn du mir ständig sagst, dass alles in Ordnung kommt, sobald du wieder mehr Zeit im Restaurant verbringen kannst.«

»Aber ...«

»Dad!«, erklärte sie mühsam beherrscht. »Ich reiße mir den Allerwertesten auf und mache einen fabelhaften Job.«

»Das habe ich auch nie bestritten.«

Angriffslustig schob sie das Kinn vor. »Warum tust du dann immer so, als würde das Restaurant besser laufen, sobald du da bist? Die Gäste sind zufrieden, das Essen schmeckt fantastisch und alles ist blitzblank. Dass unsere finanzielle Situation schlecht aussieht, liegt nicht daran, dass ich momentan das *Crab Inn* leite, sondern dass unsere Ausgaben angewachsen sind und der Gewinn zu gering ist.«

Leider war ihr Vater ein ziemlicher Sturkopf, was er jetzt wieder einmal bewies, als er die Arme vor der Brust verschränkte. »Was sollen wir deiner Meinung nach tun? Die Behandlung deiner Mutter ist nun mal teuer.«

»Das weiß ich, Dad.« Mit einem Seufzen lehnte sie sich vor und schaute ihn geradezu beschwörend an. »Wir müssen mehr Geld einnehmen.«

»Ach?« Er schnalzte mit der Zunge. »Und wie sollen wir das machen?«

Da Brooke wusste, wie sehr ihr Vater sich gegen jede Neuerung sträubte, schluckte sie kurz und entgegnete angespannt: »Wir sollten das *Crab Inn* renovieren und ...«

»Renovieren?«, unterbrach er sie aufgebracht. »Hast du mir nicht gerade erst gesagt, dass wir kein Geld mehr haben? Wie sollen wir dann eine Renovierung finanzieren?«

»Dad«, erklärte Brooke mühsam beherrscht und wollte nicht laut werden, um womöglich ihre Mom aufzuschrecken. »Um mehr Gewinn zu erwirtschaften, müssen wir vorher etwas investieren.«

»Aus welchem Managermagazin hast du denn diese Weisheit?«

Ohne auf die Beleidigung einzugehen, die in seinen Worten mitschwang, meinte sie ruhig: »Wir brauchen mehr Gäste, und die bekommen wir nicht, wenn unser Restaurant weiterhin so unmodern und wenig einladend aussieht.«

»Unsere Stammgäste wissen, wie gut unser Essen ist, Brooke.«

Auch auf den gereizten Tonfall ihres Vaters ging sie nicht ein. »Natürlich wissen das unsere Gäste, aber insbesondere die Touristen, die uns sehr viel Geld einbringen könnten, sind wohl eher abgeschreckt, wenn sie das *Crab Inn* sehen – sofern sie überhaupt den Weg zu uns finden.« Sie holte Luft. »Das wäre der nächste Punkt, Dad. Wir müssen mehr Werbung machen.«

Die Augen ihres Dads weiteten sich vor Empörung. »Damit unser Lokal zu einem Sammelpunkt für Touristen wird, die überall ihren Müll liegen lassen? Du weißt genau, was ich von diesen neumodischen Lokalen halte, die an der gesamten Küste wie Pilze aus dem Boden schießen und auf Touristen ausgelegt sind, Brooke. Wir werden keines dieser Restaurantkettenlokale werden, das nur Pizza und Tacos serviert.«

Da sie diesen Spruch schon gefühlte zehntausend Mal gehört hatte, hätte sie am liebsten die Augen verdreht. »Wer sagt denn, dass wir gleich Einheitsbrei anbieten, wenn wir das *Crab Inn* etwas verschönern und uns um neue Gäste bemühen? Wir werden weiterhin das kochen, was wir immer kochen, Dad, aber es kann nicht schaden, wenn wir unser Lokal etwas moderner einrichten.«

Ihr Vater schien von ihrer Begeisterung nicht angetan. »Das *Crab Inn* war bisher gut genug für unsere Gäste und wird es auch weiterhin sein.«

Protestierend holte sie Luft. »Dad …«

»Schluss jetzt, Brooke«, unterbrach er sie finster. »Das *Crab Inn* bleibt, wie es ist. Das ist mein letztes Wort.«

Eigentlich wollte sie sich nicht den Mund verbieten lassen und so lange mit ihrem Vater darüber reden, bis er endlich nachgab, doch dann hörte sie, wie ihre Mutter die Holztreppe hinunterkam, und schwieg. Obwohl Brooke wusste, dass sie von ihrer Mutter sicherlich Schützenhilfe erhalten hätte, wollte sie ihre Mom nicht mit den Sorgen um das Restaurant belästigen. Sie sollte sich darauf konzentrieren, gesund zu werden, und keine schlaflosen Nächte haben, weil sie befürchten musste, pleitezugehen.

Also machte Brooke gute Miene zum bösen Spiel und verabschiedete ihre Eltern, die sich in ihr Auto setzten, um nach Portland ins Klinikum zu fahren.

Auch nachdem sie den dunkelgrauen Dodge Caravan nicht mehr sehen konnte, blieb Brooke noch für einige Minuten im liebevoll angelegten Vorgarten ihrer Eltern stehen und lehnte sich gegen den weiß gestrichenen Zaun, der ihr bis zur Hüfte reichte. Wenn ihr Vater nicht dermaßen verbohrt gewesen wäre und wenn sie nicht aus Rücksicht auf ihre Mom den Mund halten müsste, hätten sie längst eine Strategie entwickeln können, um aus dem *Crab Inn* mehr Profit zu schlagen. Ihr ging es nicht darum, das große Geld zu verdienen und ihren Gästen das Geld aus der Tasche zu ziehen, dafür liebte sie es viel zu sehr, ihre Gäste zu bewirten und ihnen einen schönen Restaurantbesuch mit großartigen Speisen zu bieten.

Trotzdem ... Brooke war stolz auf das Lokal ihrer Familie. Deshalb hätte sie es gerne gesehen, wenn noch mehr Menschen den Weg zu ihnen finden würden und entdecken könnten, wie gut es bei ihnen schmeckte.

Es tat ihr in der Seele weh, wenn Besucher das Restaurant von außen betrachteten, kritisch die Nase rümpften und wieder verschwanden, weil sie glaubten, es würde ihren Ansprüchen nicht gerecht.

Brooke wollte selbst weder Pizzen noch Tacos servieren und auch keine *Schickimicki-Bude* führen, in der drei Löffel Suppe mit zwei Scheibchen Lauch zwanzig Dollar kosteten, und sie würde sich mit Händen und Füßen dagegen wehren, ihren Gästen so etwas wie die überkandidelte Molekularküche anzubieten. Dennoch war sie der Meinung, dass man mit der Zeit gehen musste, was das Äußere des Restaurants betraf. Allzu gern hätte sie Pläne für eine Renovierung geschmiedet, doch wenn es nach ihrem Vater ging, würden sie noch in zehn Jahren die gleichen Papierservietten mit dem kitschigen Muschelaufdruck verwenden wie heute.

Ein frustrierter Blick auf die Uhr sagte ihr, dass sie sich beeilen musste, wenn sie ihr Tagespensum schaffen wollte. Daher stieg sie in ihren alten Transporter und fuhr in den Supermarkt, um den Kühlschrank ihrer Eltern zu füllen, damit sie etwas im Haus hätten, wenn sie abends aus dem Krankenhaus zurückkamen.

Gedankenverloren schob sie wenige Minuten später den Einkaufswagen durch die Gänge des Supermarkts und unterdrückte ein Gähnen. Die letzte Nacht war tatsächlich etwas kurz gewesen.

Am Kühlregal angekommen, packte sie die üblichen Verdächtigen wie Milch, Käse, Butter und den Lieblingsfrischkäse ihrer Mutter in den Einkaufskorb, bevor sie zum obersten

Regal schielte und die Erdbeermilch entdeckte, die sie schon als Kind gerne getrunken hatte. Obwohl Brooke wusste, dass das Zeug aus künstlichen Zusätzen, einer Unmenge Zucker und nicht einmal einer halben Erdbeere bestand, konnte sie nur selten an der quietschbunten Verpackung vorbeigehen. Daher stellte sie sich auf die Zehenspitzen und versuchte, an die Plastikflasche heranzukommen, was bei ihrer Größe kein Zuckerschlecken war. Konzentriert klemmte sie die Unterlippe zwischen die Zähne, kniff ein Auge zusammen und machte sich ganz lang, um mit den Fingerspitzen nach der Flasche zu tasten, als sich plötzlich ein Arm über ihren Kopf ausstreckte und die Milch ergriff.

Erschrocken wirbelte Brooke herum und wäre beinahe gegen das Regal gestolpert.

»Trinken Sie dieses Zeug etwa?«, wollte Drew Knight neugierig wissen und inspizierte eingehend die Inhaltsstoffe, die auf der Flasche abgedruckt waren.

Mit rasendem Herz und dem Gefühl, dass ihr Gesicht die gleiche Farbe hatte wie die Erdbeeren auf der Verpackung, starrte sie den Mann an, den sie erst vor wenigen Stunden splitterfasernackt gesehen hatte und der nun wahnsinnig nah vor ihr stand. Da sich hinter ihr das Regal befand, konnte sie ihm nicht einmal ausweichen, sondern war dazu gezwungen, zu bleiben, wo sie war, und darauf zu warten, dass er den Weg frei machte.

»Ja, das tue ich«, schnappte Brooke und wollte ihm die Flasche aus der Hand reißen, was er mit einer eiligen Bewegung verhinderte.

Weiterhin starrte er ihr in die Augen und hielt die Flasche aus ihrer Reichweite. »Haben Sie mal gelesen, was da drin ist?«

»Geben Sie her«, befahl sie ihm und überspielte ihre Verlegenheit mit einer Grimasse.

»Gesund geht anders«, spottete er leichthin und machte keine Anstalten, ihr die Flasche zurückzugeben.

»Ich lebe nun mal gerne gefährlich«, entgegnete Brooke spitz und musterte ihn aus zusammengekniffenen Augen.

Der blonde Mann mit der geradezu pervers guten Laune öffnete die kleine Flasche und setzte sie an die Lippen, um einen großen Schluck zu nehmen.

»Hey«, beschwerte sich Brooke und ahmte ihn nach. »Haben Sie mal gelesen, was da drin ist?«

Keinesfalls reumütig ließ er die Flasche sinken, während über seiner Oberlippe ein pinkfarbener Milchbart erschien. »Ich lebe nun mal gerne gefährlich«, wiederholte er ihre Worte.

Brooke merkte plötzlich, dass ihr Magen rumorte und ihr beim Anblick des Mannes mit dem entzückenden Milchbart und dem deutlich sichtbaren Grübchen unnatürlich warm wurde. Obwohl er in T-Shirt und Jeans vor ihr stand, konnte sie nur daran denken, wie er gestern Abend nackt vor ihr gestanden hatte – das Bild hatte sich förmlich auf ihrer Netzhaut eingebrannt. Mit einem Kloß im Hals fixierte sie den Milchbart und schaute gleich darauf zu seinen Lippen, die so unglaublich weich aussahen. Beinahe hätte sie einen träumerischen Seufzer von sich gegeben, wenn nicht in diesem Moment ein Klingeln über ihnen zu hören gewesen wäre, das nach einer zweiten Kasse verlangte.

Um sich nicht bis auf die Knochen zu blamieren, indem sie ihn wie ein verliebter Pudel anhimmelte, brummte sie kurz und wedelte mit der Hand vor ihrem Gesicht hin und her.

»Wollen Sie auch einen Schluck?«

»Jetzt nicht mehr«, betonte sie gereizt.

»Sie müssen schon entschuldigen, aber ich hatte noch kein Frühstück.«

Brooke zögerte einen Moment, bevor sie erklärte: »Behalten Sie die Erdbeermilch, aber lassen Sie mich doch bitte vorbei, Drew.«

»Erdbeermilch?« Skeptisch schnüffelte er an der Flasche. »Wenn in diesem Zeug auch nur eine Erdbeere ist, dann fresse ich einen Besen.«

»Tun Sie sich keinen Zwang an.« Demonstrativ schob sie ihren Wagen vor und zurück und rempelte ihn schließlich zur Seite, damit sie ihn endlich loswurde.

Kaum hatte sie zwei Meter hinter sich gebracht, lief er schon wieder neben ihr her.

»Was gibt es heute bei Ihnen zu essen?«

Anstatt zu antworten, drehte sie sich zum Wurstregal um und sagte über die Schulter: »Ich hoffe, dass Sie die Milch bezahlen.«

»Das Zeug schmeckt grauenvoll.« Er schüttelte sich. »Aber wenn es Sie beruhigt, werde ich es bezahlen.«

»Vielen Dank«, entgegnete Brooke ironisch. »Da fällt mir ein Stein vom Herzen.«

»Also«, forderte er sie auf und lehnte sich gegen den Wagen, während Brooke sich daranmachte, einen Honigschinken auszusuchen. »Was empfehlen Sie heute?«

Ohne ihn anzuschauen, murmelte sie dumpf: »Das Wetter ist herrlich. Sie könnten eine Bootstour oder einen Ausflug machen. Boston soll sehr schön sein.«

Sein Glucksen war vermutlich im ganzen Supermarkt zu hören. »Das mag ich an Ihnen, Brooke. Sie sind so wunderbar ehrlich.«

Sie wollte ihm nicht zeigen, dass seine Worte ihre Mundwinkel unwillkürlich zucken ließen, und senkte daher den Kopf. »Komplimente so früh am Morgen, Drew? Das sieht Ihnen gar nicht ähnlich.«

»Was soll ich sagen? Ich bin nun mal ein richtiger Charmebolzen.«

Schnaubend legte Brooke eine Packung Schinken in den Einkaufswagen und sah einen Moment später, wie ihr Gast sie herausfischte, zurück ins Regal legte und stattdessen einen anderen Schinken aussuchte.

Eher neugierig als wütend verschränkte Brooke die Arme vor der Brust. »Und was soll das werden, wenn Sie fertig sind?«

Er hielt eine Packung Schinken in der Hand und erklärte unbeeindruckt: »Tun Sie mir einen Gefallen und nehmen Sie diesen Hickoryschinken, Brooke. Honigschinken sollte man lieber selbst marinieren und backen.«

Brooke verdrehte die Augen und kam nicht umhin, leicht amüsiert zu entgegnen: »Keine Sorge, ich wollte den Schinken nicht fürs Restaurant kaufen, sondern meinen Eltern vorbeibringen. Sie bekommen selbstverständlich einen Hickoryschinken, Drew.«

Nun verdrehte auch er die Augen und legte seinen Fund wie selbstverständlich in ihren Wagen, während er sie weiter belehrte: »Ihre Eltern werden Ihnen die Füße küssen, wenn Sie den Schinken selbst glasieren und backen. Darauf haben Sie mein Wort.«

»Schön und gut, aber Sie vergessen, dass ich keine Zeit habe, irgendwelche Sachen zu glasieren.« Brooke schüttelte den Kopf und wollte den Schinken wieder aus ihrem Korb nehmen, als Drew das Fleischstück einfach in die entfernteste Ecke des Wagens schob. »Drew«, protestierte sie mit einem unterdrückten Lachen. »Lassen Sie die Finger von meinem Schinken!«

Er schnalzte mit der Zunge. »Klingt das nur in meinen Ohren wie eine Anspielung?«

»Himmel, Drew, hören Sie auf«, stöhnte Brooke. Aus den Augenwinkeln bemerkte sie eine Verkäuferin, die mitten im Auffüllen der Regale innehielt und ihnen einen neugierigen Blick zuwarf. Anscheinend hatte der Mann, der nur wenige Zimmer neben ihrem schlief, kein Problem damit, seine Privatsphäre öffentlich zu machen, da er einen Apfel aus ihrem Einkaufswagen stibitzte, hineinbiss und kauend erklärte: »Nicht so schüchtern, Brooke, immerhin haben Sie mich bereits nackt gesehen.«

»Danke für die Erinnerung, ich hatte es fast schon vergessen«, zischte sie ihm zu und bekam rote Ohren, als sie das scharfe Luftholen der alten Mrs. Simms hörte, die zufällig die größte Tratschtante der Ostküste war. Brooke warf dem Mann neben sich einen todbringenden Blick zu und schob ihren Wagen hastig in den nächsten Gang, um dort verzweifelt festzustellen, dass dieser Quälgeist leider nicht nur quicklebendig war, sondern sie auch unbeirrt verfolgte.

»Ihnen ist klar, dass Sunport nicht Boston ist, oder?«, wollte sie mit einem aufgeregten Flüstern von ihm wissen. »Sie können nicht einfach durch den Supermarkt poltern und lauthals verkünden, dass ich Sie nackt gesehen habe!«

Gut gelaunt kaute Drew auf seinem illegal erworbenen Apfel herum und zuckte mit der Schulter. »Sie wären nicht die erste Frau, die mich nackt gesehen hat.«

»Wie schön für Sie«, versicherte sie ihm zuckersüß und warf ihm anschließend vor: »Warum haben Sie die Badezimmertür nicht abgeschlossen?«

Fast schon geschäftsmäßig hakte er nach. »Habe ich Sie etwa traumatisiert?«

Brooke holte tief Luft, maß ihn mit einem kühlen Blick und erwiderte lässig: »Es braucht schon mehr als einen nackten Großstadttypen, um mich zu traumatisieren.«

Anscheinend nahm er ihr diesen Spruch nicht übel, da er mit funkelnden Augen grinste. »Da bin ich aber erleichtert, Brooke. Ich hatte schon die Befürchtung, Sie unbeabsichtigt verdorben zu haben, so schnell wie Sie aus dem Badezimmer gesprintet sind.«

Sie legte den Kopf schief. Ihre Stimme troff vor Ironie. »Ich möchte Ihnen keine Illusion rauben, aber auch mich haben Männer schon nackt gesehen.«

Er gluckste und erklärte anschließend: »Touché.«

Um sich nicht länger mit Drew Knight über diverse Stadien der Bekleidung unterhalten zu müssen, schob sie ihren Wagen weiter und nahm eine Packung Vollkorntoast aus dem Regal.

»Heißt das, dass Sie heute Abend die Tür zum Badezimmer nicht abschließen werden? Sozusagen als ausgleichende Gerechtigkeit?«, erklang hinter ihr seine neugierige Stimme.

Brooke ließ den Kopf nach vorne fallen. »Ganz sicher nicht!«

»Sehr schade.« Er seufzte theatralisch. »Meinem Ego hat es nicht besonders gutgetan, dass Sie bei meinem Anblick die Flucht angetreten haben, als würde ich an einer ansteckenden Krankheit leiden.«

Wie konnte dieser Mann mitten im Supermarkt mit ihr darüber plaudern, dass sie ihn gestern nackt im Badezimmer überrascht hatte? Flirtete er etwa mit ihr? Fassungslos angesichts dieses abenteuerlichen Gedankens drehte Brooke den Kopf in seine Richtung. Um dieses seltsame Gespräch endlich zu beenden, deutete sie auf den halben Apfel, den er in der Hand hielt. »Den sollten Sie auch bezahlen.«

»Keine Sorge, das mache ich.« Mitleidsheischend bekundete er: »Wissen Sie, ich wohne momentan in einer sehr gemütlichen Pension, in der abends unglaublich gutes Essen serviert wird, nur scheint es dort leider kein Frühstück zu geben.«

Brooke schloss für einen kurzen Moment die Augen. Einerseits freute sie sich wirklich über das Kompliment, andererseits bekam sie ein schlechtes Gewissen, weil sie sich nicht darum gekümmert hatte, dass ihr Gast morgens wenigstens einen Kaffee trinken konnte.

Stöhnend gab sie zu: »Entschuldigung. Morgen früh bekommen Sie ein Frühstück.«

»Solange es keine Erdbeermilch ist ...«

Brooke unterbrach ihn mit einem Schnauben, stockte und wollte argwöhnisch wissen: »Wie sind Sie überhaupt in die Stadt gekommen?«

Er grinste breit. »Ich habe mir das Fahrrad geschnappt, das hinter dem Haus stand. Hoffentlich war das okay.«

Da er keinesfalls reumütig wirkte, zuckte sie lediglich mit den Schultern und erwiderte beinahe schadenfroh: »Sie können das Rad gerne haben, aber ich sollte Sie warnen. Die Bremsen versagen hin und wieder, daher würde ich meine Finger davon lassen. Auf dem Rückweg sollten Sie es lieber schieben.«

Als sie sich in Bewegung setzte und ihren Einkaufswagen breit lächelnd an ihm vorbeischob, hörte sie sein heiseres Lachen.

»Ich wiederhole mich gerne, Brooke: Ich mag Ihre ehrliche Art. Ein sehr charmanter Charakterzug an einer Frau.«

Andrew lehnte sich auf seinem Stuhl zurück und schaute auf seinen Teller, während er den Drang niederkämpfte, diesen abzulecken.

Er war sich sicher, niemals zuvor einen so guten Blaubeerkuchen gegessen zu haben, und hätte gerne eine zweite Portion bestellt, wenn er nicht gewusst hätte, dass er dann platzen würde. Den zweiten Abend in Folge aß er nun im *Crab Inn* und war noch immer erstaunt, wie fabelhaft ihm alles schmeckte, was ihm hier aufgetischt wurde. Heute hatte er eine grandiose Hummersuppe und den besten Shepherd's Pie aller Zeiten gegessen. Der anschließende Blaubeerkuchen mit einer Sahne, die nach Mandeln, Vanille und Limone schmeckte, war das i-Tüpfelchen eines vollkommenen Menüs gewesen. Um ehrlich zu sein, hätte er für einige Rezepte des *Crab Inn* einen Mord begangen und das, obwohl er in Restaurants gelernt und gearbeitet hatte, die im Sternebereich kochten und von hoch angesehenen Kritikern ausgezeichnet worden waren.

Während er darüber nachgrübelte, ob er einen Kaffee trinken sollte, beobachtete er nebenbei, wie die völlig überfordert wirkende Kellnerin an einen der Tische rechts von ihm eilte und dort den aufgeregten Worten eines Gastes lauschte. Obwohl Andrew nicht zu den neugierigen Zeitgenossen gehörte, bekam er zwangsläufig alles mit, da der Gast mit den zurückgekämmten Haaren und der schwarzen Nickelbrille nicht zu überhören war.

»Das Essen war eine Zumutung! Ich weigere mich, dafür zu bezahlen. So eine Unverschämtheit!« Schnaufend richtete der Mann sich auf und rückte seinen enormen Bauch zurecht, der kaum Platz an dem rustikalen Holztisch fand.

Kritisch runzelte Andrew die Stirn und verschränkte die Arme vor der Brust, während er beobachtete, wie die Kellnerin sich geradezu verzweifelt darum bemühte, den Mann zu beruhigen. Der hatte zwar voller Genuss sein Essen verspeist, nun jedoch sprach er empört davon, dass er niemals zuvor ein so grauenvolles Essen vorgesetzt bekommen hatte.

Da sich mittlerweile auch andere Gäste fragend umdrehten

und der Mann jetzt lauthals verlangte, den Koch zu sprechen, blieb der Kellnerin nichts anderes übrig, als zurück in die Küche zu eilen.

Keine Minute später erschien Brooke, die sich die Hände an ihrer Schürze abtrocknete und mit großen Schritten in den Gastraum trat. Eigentlich hätte es komisch aussehen müssen, dass eine kleine Frau solche weit ausholenden Schritte machte, doch die Entschlossenheit in ihrem Blick und ihre ernste Miene wirkten kein bisschen lächerlich. Mit professioneller Ruhe reagierte sie auf die Beschwerden des Gastes, obwohl der immer ausfallender wurde. Dass sein Essen alles andere als ungenießbar gewesen war – immerhin hatte die Kellnerin restlos leere Teller abgeräumt –, musste jedem Beteiligten klar sein. Der Mann war einfach nur auf ein kostenloses Essen aus.

Auch die zierliche Brooke schien das durchschaut zu haben, da sie ihren Gast skeptisch fixierte. Zwar wurde allen Köchen bereits in der Ausbildung eingetrichtert, dass der Kunde immer recht hatte und König war, aber Andrew war stets der Meinung gewesen, dass man sich keine Unverschämtheiten bieten lassen musste. Daher gefiel ihm Brookes ruhige Art, mit der sie den Gift und Galle spuckenden Gast bedachte, während sie sich dennoch nicht von ihm einschüchtern ließ.

»Wie kommen Sie dazu, Ihren Gästen so einen Fraß anzubieten?«

Andrew war sich sicher, dass er spätestens jetzt ausgerastet wäre, denn Beleidigungen gegen sein Essen würde er niemals auf sich sitzen lassen.

Um Brookes Antwort zu verstehen, musste er jedoch die Ohren spitzen. »Wenn Sie mir sagen könnten, was Ihnen nicht geschmeckt hat, dann …«

»Es hat alles nicht geschmeckt«, krakeelte der Mann dermaßen wütend los, dass man seine Stimme vermutlich bis nach Kanada hätte hören können »Kapieren Sie das nicht, Mädchen?«

Mittlerweile drehten beinahe alle Gäste ihre Köpfe in Richtung des schnaufenden Mannes, und Andrew stand auf, weil es ihm gegen den Strich ging, dass ein solcher Riesenkerl eine winzige Frau anbrüllte und so respektlos mit ihr sprach.

An der Körpersprache seiner Gastgeberin konnte er sehen, wie mühsam sie sich nun beherrschte, und stellte sich neben sie und bemerkte, dass er eine typische Beschützerhaltung einnahm.

»Wenn es Ihnen nicht geschmeckt hat, verstehe ich nicht, dass Sie keinen einzigen Krümel übriggelassen haben«, warf Andrew ganz entspannt ein und zog eine Augenbraue hoch.

»Wer sind Sie denn?« Irritiert starrte der Mann Andrew an und ließ seine Augen von ihm zu Brooke und zurück wandern.

Betont freundlich erwiderte Andrew: »Ich gehöre hier zum Inventar und fände es erfreulich, wenn Sie Ihre Stimme senken würden. Ich konnte sehen, wie gut Ihnen das Essen geschmeckt hat, daher wäre es nur fair, wenn Sie Ihren Tonfall mäßigen könnten.«

Der Mann glotzte Andrew durch seine Brille an, als wüsste er nicht, wie er darauf reagieren sollte, sich plötzlich einem Mann gegenüberzusehen, der ihm ins Wort fiel. »Ich … Sie …«

»Drew«, raunte Brooke neben ihm. »Ich regle das schon.«

Andrew tat so, als hätte er sie nicht gehört, und forderte den Mann überfreundlich auf: »Natürlich steht es Ihnen frei, jetzt zu gehen, aber Sie werden vorher die Rechnung begleichen.«

Der Mann hatte sich offenbar wieder im Griff, jedenfalls polterte er ein weiteres Mal aufgebracht los, während Brooke an Andrews Arm zog und ihn aus stürmischen Augen anschaute. Unbeeindruckt starrte er zurück und ließ es auf ein Blickduell ankommen. Die Art, wie sie ihre Lippen aufeinanderpresste und die Nase rümpfte, sagte ihm, dass sie ihm am liebsten den Kopf abgerissen hätte – aber damit konnte er leben.

»Ich weigere mich, die Rechnung zu bezahlen!«

»Dann werden wir die Polizei rufen und das klären lassen.« Anscheinend hatte Drew genau die richtige Vermutung gehabt, da der Mann schlagartig ziemlich bleich wurde.

Brooke machte nicht den Eindruck, als wäre sie mit seinem Vorgehen einverstanden, da sie sich auf die Zehenspitzen stellte und in sein Ohr zischte: »Er muss die Rechnung *nicht* bezahlen! Ich will ihn nur endlich loswerden!«

Andrew drehte den Kopf in ihre Richtung, sodass sich beinahe ihre Nasen berührten, während er ruhig widersprach. »Doch, das muss er.«

»Drew!«

Genau in diesem Moment warf der Möchtegern-Zechpreller mit einer übertriebenen Geste ein paar Geldscheine auf den Tisch, bevor er laut fluchend das Weite suchte. Ein hörbares Aufatmen ging durch den Gastraum.

Leider hatte Andrew keine Zeit, seinen Triumph auszukosten, da Brooke seinen Arm packte und ihn schweigend hinter sich herzog. Ihm blieb gar nichts anderes übrig, als ihr in die Küche des *Crab Inn* zu folgen, wo sie sich vor ihm aufbaute und die Hände in die Hüften stemmte.

»Was haben Sie da draußen gemacht?«

Gelassen erwiderte er: »Ihnen geholfen.«

»Geholfen?« Vernichtend schaute sie ihn an. »Sie haben sich in meine Angelegenheiten eingemischt!«

Andrew verdrehte die Augen. »Der Typ wollte einfach nicht bezahlen …«

»Danke«, ächzte sie ironisch. »Das wäre mir auch irgendwann aufgefallen!«

»Warum regen Sie sich dann so auf?«, fragte er ungläubig. »Ich wollte Ihnen lediglich unter die Arme greifen.«

Das schien sie anders zu sehen. »Sie brauchen mir nicht unter die Arme zu greifen, Drew! Ich komme sehr gut allein klar.«

»Verdammt, Brooke«, seufzte er. »Der Typ hat Sie beleidigt! Tut mir leid, dass mir der Geduldsfaden gerissen ist. Das nächste Mal mische ich mich nicht ein, sondern sehe in aller Ruhe zu, wie Sie niedergemacht werden.«

Er konnte sehen, dass sie wie ein Fisch auf dem Trockenen nach Luft schnappte. »Sie …«

Bevor sie ihn wieder anmotzen konnte, schaute er sich interessiert in der blitzblanken Küche um und registrierte anerkennend die durchdachte Ordnung. Dann fiel ihm etwas auf.

»Sind Sie etwa allein hier in der Küche?«

»Das geht Sie einen Dreck an.«

Andrew stöhnte auf. »Wieso halten Sie eigentlich alles, was aus meinem Mund kommt, für einen Angriff?«

Er konnte sehen, wie sie finster die Stirn runzelte. Aber noch bevor sie etwas sagen konnte, hakte er nach: »Wie wollen Sie es alleine schaffen, all Ihre Gäste zu bekochen?«

»Bislang hat es geklappt!«

»Wollen Sie mir damit tatsächlich sagen, dass Sie Abend für Abend allein in der Küche stehen *und* dann auch im Service aushelfen?« Er schüttelte den Kopf. »Können Sie hexen?«

»Nein, das kann ich nicht.« Während ihr Tonfall eine resignierte Note annahm, schaltete sie eine Herdplatte niedriger und zuckte mit den Schultern. »Meine Köchin hat sich heute krankgemeldet.«

Fassungslos sah sich Andrew um. »Und dann stehen Sie tatsächlich allein in der Küche?«

Ihre Augen funkelten. »Ja, das tue ich.«

»Wie wollen Sie das schaffen? Ich meine …«

Sie wedelte mit den Armen. »Wenn Sie endlich meine Küche verlassen würden, könnte ich mich wieder daranmachen, meine Gäste zu bewirten. Da Sie mir jedoch im Weg stehen, wird es wohl schwierig werden, alle Essen pünktlich zu servieren.«

Bevor Andrew wusste, was er tat, griff er nach einer Schürze, die neben der Küchentür hing, und band sie sich um. Des lieben Friedens willen erwähnte er nicht, dass sie ihn erst in die Küche geschleift hatte und nun von ihm verlangte, das Weite zu suchen. Frauen!

»Was … was tun Sie da?«

Er trat an die Arbeitsfläche heran. »Wonach sieht es denn aus? Ich helfe Ihnen.«

»Aber … aber Sie können doch nicht …«

Ihr Gestotter beachtete er nicht weiter, sondern schaute sie fragend an. »Was soll ich tun?«

Sie holte tief Luft und verschränkte die Arme vor der Brust. In einem Tonfall, bei dem sich ihm normalerweise das Nackenfell aufgestellt hätte, wies sie ihn zurecht: »Nur weil Sie Ihrer Grandma beim Kochen zugeschaut haben, heißt das nicht, dass Sie mir eine große Hilfe in der Küche wären, Drew. Falls es Ihnen noch nicht aufgefallen ist: Das hier ist ein Restaurant.«

»Ach, deshalb musste ich gestern mein Geschirr nicht selbst spülen«, witzelte er, lehnte sich gegen die Arbeitsfläche und hielt ihrem Blick unbeirrt stand.

Sie seufzte schwer. »Es ist nett, dass Sie mir helfen wollen, Drew, aber Sie würden mir nur im Weg stehen und mehr Arbeit machen, als wenn ich alles allein mache.«

Die Vorstellung, dass sie ihn als Hilfskoch für total unfähig hielt und der Meinung war, er stünde ihr nur im Weg, gefiel Andrew merkwürdigerweise. Natürlich hätte er ihr sagen können, dass er selbst Koch war und sogar ein eigenes Restaurant besaß. Doch zum einen war es ein bisschen zu spät dafür, jetzt mit der Wahrheit herauszurücken, und zweitens genoss er es viel zu sehr, seine Anonymität zu wahren. Daher setzte er sein überzeugendstes Lächeln auf und versicherte: »Ich kann Zwiebeln hacken wie sonst niemand auf der Welt.«

Ihr verzweifeltes Stöhnen war wie Ambrosia in seinen Ohren. »Hören Sie …«

Die Stimme der gestressten Kellnerin rettete ihn. »Brooke, die Gäste an Tisch drei fragen nach ihrer Suppe. Und die Gäste an Tisch zehn warten schon viel zu lange auf ihren Hauptgang.«

Er konnte an Brookes Gesicht ablesen, was sie dachte. Und er ahnte, in welcher Zwickmühle sie sich befand, als sie in Richtung Durchreiche rief: »Lily, ich beeile mich.«

Ungezwungen betrachtete Drew seine Fingernägel und erklärte salopp: »Beim Umrühren mache ich mich auch nicht schlecht.«

Mit einem frustrierten Stöhnen warf sie die Hände in die Luft. »Von mir aus! Solange eins klar ist: Sie lassen die Finger von meinen Gerichten! Sie sind nur dafür da, Gemüse zu schneiden oder etwas umzurühren. Verstanden?«

Andrew salutierte fröhlich. »Jawohl, Ma'am.«

»Sie sollten darüber nachdenken, den Job zu wechseln, Drew.«

Andrew hielt darin inne, den Tisch mit einem Lappen abzuwischen, und drehte den Kopf zurück, um Brooke ins Gesicht zu sehen. Sie musterte ihn mit einem schwer deutbaren Ausdruck im Gesicht und hielt ihm ein volles Glas Rotwein hin.

Gut gelaunt streckte er sich, warf den Lappen auf den Tisch und nickte dem Rotweinglas zu. »Seit wann dürfen Küchenjungen Alkohol trinken?«

Ihre Lippen verzogen sich zu einem schwachen Lächeln, wie er voller Genugtuung bemerkte. »Wenn Küchenjungen kochen können wie Paul Bocuse, haben sie sich auch ein Glas Wein verdient.« Sie reichte ihm das Glas und schüttelte den Kopf. »Sie müssen hier wirklich nicht auch noch putzen, Drew.«

Mit einem Schulterzucken nahm er einen Schluck Wein, ließ ihn die Kehle hinunterlaufen und erwiderte nach einem anerkennenden Seufzen: »Kein Problem, Brooke. Es wird mich nicht umbringen, die Tische abzuwischen. Außerdem dachte ich, dass es zu den Aufgaben eines Küchenjungen gehört, klar Schiff zu machen, sobald die Gäste verschwunden sind.«

Die Frau, die ihm spätestens nach dem heutigen Abend ungeheuer imponierte, winkte ab. »Lassen Sie es gut sein, auch ein Küchenjunge hat irgendwann einmal Feierabend.«

Ihr Tonfall und der Wein hatten ihn bereits erstaunt, doch als sie ihm einen Stuhl hinschob und sich auf einen anderen fallen ließ, bevor sie nach ihrem eigenen Glas griff und ihm zuprostete, war Andrew wirklich verwirrt. Nur zögernd setzte er sich zu ihr an den Tisch und beobachtete, wie sie an ihrem Glas nippte und gedankenverloren auf den Boden starrte.

In den vergangenen drei Stunden war sie wie ein Wirbelwind durch die Küche geeilt und hatte ihn gehörig auf Trab gehalten, wenn er ehrlich war. Immerhin hatte er seit Ewigkeiten keine Küchenarbeiten wie Kartoffelschälen, Zwiebelhacken oder Akkordspülen mehr verrichten müssen. Jetzt saß ihm eine erschöpfte Frau gegenüber, die vermutlich ins Bett gestolpert wäre, wenn sie nicht noch das Restaurant hätte putzen müssen.

Andrew fragte sich ernsthaft, wie ein einziger Mensch all das schaffen konnte, was sie hier allein stemmte. Er wusste schließlich genau, wie stressig es in einem Restaurant zuging, selbst außerhalb der Stoßzeiten. Daher erschreckte es ihn, dass Brooke Day im *Crab Inn* völlig auf sich allein gestellt zu sein schien. Wenn er daran dachte, wie groß das Team war, das er in seinem Restaurant hinter sich hatte ... Ob er sich seinen Stress nicht vielleicht bloß eingebildet hatte?

»Jetzt mal ehrlich«, verlangte sie plötzlich von ihm zu wissen. »Sie müssen ziemlich viel Zeit in der Küche Ihrer Großmutter verbracht haben, um bei ihr so kochen gelernt zu haben.«

Mit einem Schulterzucken, das seine Unbehaglichkeit überspielen sollte, hob er das Glas an den Mund. »Ich lerne schnell.«

Ihr Stirnrunzeln, das er bereits so gut kannte, vertiefte sich. »Ich habe niemals zuvor dermaßen exakt gehackte Zwiebeln gesehen. Als Sie mir anboten, in der Küche auszuhelfen, befürchtete ich eigentlich, dass Sie sich mindestens einen Finger amputieren könnten.«

Diese Vorstellung war so lachhaft, dass ihm der gute Wein beinahe aus der Nase herausgekommen wäre.

Seine Gastgeberin schüttelte den Kopf. »Außerdem hatten Sie recht damit, das Krabbensoufflé aus dem Ofen zu holen. Ich hätte es noch ein paar Minuten drin gelassen und damit das ganze Gericht ruiniert.«

Dass sie ihren Fehler zugab und darüber nicht einmal mit den Zähnen knirschte, zauberte ein Grinsen auf sein Gesicht. Mit Genugtuung dachte er an ihre Auseinandersetzung zurück, als sie sich wie die Kesselflicker darüber gestritten hatten, ob die Konsistenz des herrlich duftenden Krabbensoufflés perfekt gewesen sei. Seit Andrew sein eigenes Restaurant hatte, war es nicht mehr vorgekommen, dass ihm jemand in seiner Küche widersprochen hatte – wenn man von Debatten mit seinem Souschef einmal absah. Obwohl er keine Gnade kannte, was das Kochen betraf, und mit Kritik an seinen Gerichten nur schlecht umgehen konnte, musste er zugeben, dass ihm der Streit mit der widerspenstigen Brooke Day jede Menge Spaß gemacht hatte. Das Eingeständnis, dass sie unrecht gehabt hatte, bereitete ihm sogar noch viel mehr Vergnügen.

Dennoch mimte er den großzügigen Gewinner. »Dafür war es eine fabelhafte Idee von Ihnen, Koriander anstelle von Dill zu verwenden.«

Ihr fröhliches Kichern ließ ihn den Kopf heben und der Frau ins Gesicht sehen, die ihn heute durch die Küche gescheucht und ihm einem Gefängniswärter gleich Befehle erteilt hatte. Egal, wie viele Perfektionisten er in seiner Laufbahn schon kennengelernt hatte, Brooke Day schlug sie alle. Und deswegen hatte es ihm überhaupt nichts ausgemacht, von dem winzigen Lockenkopf Befehle entgegenzunehmen, denn er hätte es an ihrer Stelle genauso gemacht. Allerdings fand er es ausgesprochen erstaunlich, dass sie in seiner Gegenwart so fröhlich kicherte.

»Sie sind vermutlich der erste Gast, den ich jemals hatte, der den Unterschied zwischen Dill und Koriander kennt.« Sie zwinkerte ihm zu und fragte lachend: »Wollen Sie nicht endlich zugeben, dass Sie ein Restaurantkritiker sind, der über die Küche Maines ein Buch schreiben will?«

Es war ihm unangenehm, ihr schamlos ins Gesicht zu lügen, daher schwenkte er den Rotwein in seinem Glas umher und tat so, als bewunderte er die tiefrote Farbe. »Wenn ich ein Restaurantkritiker wäre, würden mir sicherlich meine Hosen nicht mehr passen. Mal ehrlich – nach dem Aufenthalt bei Ihnen muss man mich vermutlich mit einem Kran ins Auto heben.«

Unglücklicherweise ließ sich Brooke nicht so schnell ablenken. »Geben Sie mir Ihr Ehrenwort, dass Sie kein Restaurantkritiker sind, der in nächster Zeit einen Verriss über das *Crab Inn* schreiben wird?«

»Mein Ehrenwort.« Damit sie nicht länger darauf herumreiten konnte, dass er wider Erwarten kochen konnte, räusperte sich Andrew und fragte gespielt lässig: »Wie lange gibt es Ihr Restaurant schon?«

»Es ist nicht mein Restaurant«, erwiderte sie und streckte die Beine von sich. »Das *Crab Inn* gehört seit dreißig Jahren meinen Eltern. Ich helfe hier nur aus.«

Verdutzt starrte Andrew sie an und fragte ungläubig: »Soll das heißen, Sie sind gar keine Köchin?«

Brooke schnalzte mit der Zunge und prostete ihm zu. »Erwischt.«

»Aber …« Kopfschüttelnd suchte er nach den passenden Worten. »Wollen Sie wirklich behaupten, Sie sind keine gelernte Köchin? Ihr Soufflé war exzellent!«

Ihr heiseres Lachen verursachte ihm eine Gänsehaut. »Vielen Dank für das Kompliment, aber ich bin tatsächlich keine Köchin.«

»Sondern?«, fragte er interessiert und starrte in ihr herzförmiges Gesicht.

Mit einem trockenen Lächeln entgegnete sie schlicht: »Journalistin.«

»Ha!« Nun streckte auch Andrew seine Beine von sich. »Also sind Sie hier die Restaurantkritikerin, oder?«

Brooke Day verdrehte die Augen. »Ganz sicher nicht!«

Noch immer nicht wirklich überzeugt, seufzte Andrew auf. »Ich hätte um hundert Dollar gewettet, dass Sie Köchin sind.«

Sie schenkte ihm einen belustigten Blick. »Und das sagt der Mann, der die akkuratesten Zwiebelwürfelchen schneidet, die mir jemals untergekommen sind!«

In dem Gefühl, im nächsten Moment rote Ohren zu bekommen, murmelte Andrew geradezu verlegen: »Nun ja … ich habe meiner Großmutter …«

»Genau«, unterbrach sie ihn fröhlich. »Sie haben Ihrer Grandma über die Schulter geschaut und ich meinen Eltern.« Sie machte eine Handbewegung, die das komplette Restaurant zu umfassen schien. »Immerhin bin ich im *Crab Inn* aufgewachsen. Da bleibt viel hängen.«

Obwohl Andrew nicht zu neugierig erscheinen wollte, schaute er sie fragend an. »Dafür, dass Sie hier nur aushelfen, haben Sie aber viel zu tun.«

Vermutlich wollte sie lässig wirken, aber er konnte Brooke ansehen, dass sie sich nicht besonders wohlfühlte, als sie erklärte: »Normalerweise kümmern sich meine Eltern um ihr Geschäft. Da meine Mutter jedoch erkrankt ist und viel Zeit im Krankenhaus verbringt, muss ich hier die Stellung halten.«

Andrew schluckte und murmelte: »Entschuldigen Sie, Brooke. Ich wollte nicht …«

»Kein Problem.«

Ihr schwaches Lächeln sollte ihn vermutlich davon überzeugen, dass alles in Ordnung war, aber Andrew kaufte ihr die Sorglosigkeit nicht ab. So feinfühlig wie möglich beteuerte er: »Wenn ich zu neugierig bin, können Sie mir das ruhig sagen.«

Eine dunkelblonde Augenbraue wurde in die Höhe gezogen, während Brooke mit ironischem Unterton wissen wollte: »Haben Sie bisher erlebt, dass ich mich zurückgehalten hätte?«

Schnaubend imitierte er ihre hochgezogene Augenbraue. »Nicht wirklich.«

»Sehen Sie?« Zufrieden lehnte sie zu den Kopf zur Seite und stellte ihr Glas auf den Tisch, bevor sie freimütig erzählte: »Vor einem Jahr wurde bei meiner Mutter eine Nierenerkrankung festgestellt. Seither arbeite ich hier sozusagen in Vollzeit. Zuvor habe ich ab und zu ausgeholfen. Normalerweise leitet mein Dad das *Crab Inn*, aber er begleitet meine Mutter die meiste Zeit ins Krankenhaus, da sie mehrmals in der Woche zur Dialyse muss.«

Das musste Andrew erst einmal sacken lassen. Er lehnte sich zurück, um seine Gastgeberin anzuschauen, die ihm einen überraschend offenen Blick schenkte.

»Eigentlich bin ich freie Journalistin und schreibe für diverse Zeitungen aus der Gegend. Nichts Großes, schließlich haben wir in Maine keine riesigen Auflagen, aber mir hat es immer gefallen.«

»Und jetzt müssen Sie hier kochen«, stellte er ruhig fest.

»Ich *muss* gar nicht«, widersprach sie. »Obwohl ich als Teenager niemals die Ambitionen hatte, in die Fußstapfen meiner Eltern zu treten, sondern lieber eine berühmte Journalistin geworden wäre, habe ich das *Crab Inn* schon immer geliebt. Mir macht es überhaupt nichts aus, hier zu arbeiten.«

»Sie wollten eine berühmte Journalistin werden?«

Wieder verdrehte sie belustigt die Augen. »Jeder Student, der sich für Journalismus einschreibt, träumt davon, den Job von Christiane Amanpour bei CNN zu übernehmen. Aber wer schafft das schon? Im Endeffekt schreiben die meisten für irgendwelche Käseblätter.«

»Und Sie schreiben nicht mehr?«

»Ab und zu nehme ich noch Aufträge an.« Rasch fuhr sie sich mit der Zunge über die Unterlippe. »Mir fehlt ganz einfach die Zeit. Im letzten Jahr mussten wir wegen der Krankheit meiner Mutter einige Angestellte entlassen, einfach, um die Behandlung zu finanzieren. Das bedeutet, dass ich ziemlich viele Aufgaben allein bewältigen muss.«

»So wie heute.«

»So wie heute«, bestätigte sie ruhig.

Andrew wusste nicht, weshalb er sich so brennend für das *Crab Inn* interessierte. »Das *Crab Inn* besitzt Potenzial. Sicherlich könnten Sie Ihre Einnahmen steigern.«

»Mit Sicherheit könnten wir das«, erwiderte sie, »zumal die Saison gerade erst beginnt. Aber meistens scheitern solche Pläne an der Umsetzung.«

Er holte tief Luft und wollte etwas sagen, als sie ihm ins Wort fiel.

»Natürlich hatten Sie recht, als Sie sagten, dass das *Crab Inn* renoviert werden müsste, aber sicherlich verstehen Sie, dass die Prioritäten im Moment eher woanders liegen«, nahm sie ihm den Wind aus den Segeln.

Andrew glaubte zwar nicht, dass es ihre Absicht gewesen war, ihm ein schlechtes Gewissen zu machen, aber er holte schuldbewusst Luft. »Vergessen Sie meine Worte, Brooke. Das *Crab Inn* ist ein großartiges Restaurant.«

Ihr Lachen klang richtiggehend süß. »Um Himmels willen, Sie müssen nichts beschönigen, nur weil meine Mom krank ist.«

»Brooke ...«

»Tatsache ist, dass wir wirklich mehr Werbung machen sollten und das Lokal moderner gestalten müssten.« Lächelnd zwinkerte sie ihm zu.

»Sie nehmen mir meine Kommentare übel«, grollte er, da er davon ausging, dass sie ihn auf die Schippe nahm.

»Keineswegs.« Ihre Miene wirkte ehrlich. »Es ist ja nicht so, dass Sie mir etwas erzählt hätten, das ich nicht längst weiß.«

Andrew seufzte. »Sie nehmen mir meine Kommentare *doch* übel. Sie waren beleidigt.«

Seufzend vergrub Brooke ihre Hände in den Taschen ihrer abgetragenen Jeans. »Nach einem zwölfstündigen Arbeitstag war ich ziemlich k. o., wäre fast hinter dem Steuer eingeschlafen und hatte einen Beinahe-Zusammenstoß mit Ihnen. Als Sie dann diese hochnäsige Miene machten, sobald Sie das *Crab Inn* zu Gesicht bekamen, war ich möglicherweise *ein wenig* beleidigt.«

Andrew fixierte sie. Er beschloss, nicht auf ihr Eingeständnis einzugehen, dass sie vielleicht doch nicht ganz so unschuldig an ihrem Beinahe-Zusammenstoß gewesen war, sondern fragte düster: »Hochnäsige Miene?«

Ihre Mundwinkel kräuselten sich. »Und wie! Aber machen Sie sich keine Sorgen. Das haben diese Typen aus der Großstadt so an sich.«

Andrew schnaubte. »Dass ich nicht lache.« Er schüttelte den Kopf und beugte sich noch ein Stückchen weiter vor. Ohne dass er darüber nachgedacht hätte, platzte es aus ihm heraus: »Solange ich hier bin und auf die Reparatur meines Autos warte, kann ich Ihnen behilflich sein.«

Mit seinem Vorschlag hatte er nicht nur sich selbst überrascht, sondern auch seine Gastgeberin. »Wie bitte?«

Andrew nickte nachdrücklich. »Sie scheinen Hilfe gut gebrauchen zu können.«

Abwehrend schüttelte sie den Kopf. »Kommt nicht infrage. Immerhin haben Sie Urlaub!«

Natürlich hatte er Urlaub und war mit dem Vorsatz nach Maine gekommen, sich von all dem Stress in seinem Restaurant zu erholen. Da klang es nach einer absoluten Schnapsidee, ausgerechnet in einem Restaurant auszuhelfen – in dem dann auch noch der pure Wahnsinn herrschte. Dennoch war Andrew für seine Idee Feuer und Flamme und spürte, wie es ihn danach drängte, seiner widerspenstigen Gastgeberin unter die Arme zu greifen. Vielleicht reizte ihn auch einfach die Herausforderung, aus dem *Crab Inn* das volle Potenzial herauszukitzeln.

»Meinen Urlaub kann ich so verbringen, wie ich möchte«, stellte er fröhlich fest und rieb sich innerlich die Hände, weil bereits zig Ideen durch seinen Kopf schwirrten.

»Sie sind hier Gast, Drew. Ich kann unmöglich von Ihnen verlangen, dass Sie ...«

»Aber das ist doch gerade der Punkt«, unterbrach er sie voller Elan. »Sie verlangen nichts von mir.«

Brooke hob eine Hand. »Ihr Vorschlag ist sehr nett, aber nur weil Sie sich ziemlich passabel in der Küche anstellen, heißt das nicht ...«

»Ziemlich passabel?« Andrew setzte sich auf und hätte sich bei dieser Bewegung beinahe Rotwein über seine Hose gegossen. »Sie sind der Meinung, dass ich mich *ziemlich passabel* in der Küche anstelle?«

»Sind Sie jetzt eingeschnappt?«

»Natürlich nicht.«

»Aha«, erwiderte sie belustigt. »Wie auch immer: Ich kann Ihr Angebot nicht annehmen.«

Zähneknirschend schüttelte Andrew den Kopf, stellte das Glas beiseite und verschränkte die Arme vor der Brust. Jetzt war sein Ehrgeiz geweckt. »Zu spät«, erklärte er fest. »Ich *werde* Ihnen unter die Arme greifen – ob Sie wollen oder nicht.«

Ihre Protestlaute ignorierte er, starrte sie stattdessen angriffslustig an. Gleichzeitig ergriff eine ungewohnte Verstimmung von ihm Besitz.

Ziemlich passabel.

Er würde diesem aufmüpfigen Lockenkopf schon noch zeigen, dass er mehr als *ziemlich passabel* war.

5

»Hallöchen! Sie müssen Brookes Gast sein, von dem ich schon so viel gehört habe. Mein Name ist Mrs. Murphy, aber nennen Sie mich ruhig Debbie. Ich bin Sunports Bürgermeisterin.«

Andrew hatte sich gerade über eine Auslage Äpfel gebeugt, als ihm jemand auf die Schulter tippte. Leicht erschrocken fuhr er zusammen, was die Bürgermeisterin sofort nutzte, indem sie sich zwischen ihn und den Obststand drängte und ihn neugierig musterte. Er musste seinen Kopf ein Stück nach hinten legen, um der hochgewachsenen Frau in die Augen blicken zu können. Diese schien nicht zu bemerken, dass ihre Körpergröße ihn ein wenig irritierte, und legte fragend den Kopf zur Seite. Anscheinend wartete sie darauf, dass er die Begrüßung erwiderte.

»Äh …« Ob es in Kleinstädten wirklich Brauch war, fremde Menschen um sieben Uhr morgens mit übertriebener Fröhlichkeit zu begrüßen und ihnen den Blick auf den Obststand zu verwehren? Schulterzuckend nahm er die angebotene Hand und drückte sie. »Genau, ich bin zu Gast bei Brooke Day. Mein Name ist Drew.«

Die Bürgermeisterin, deren Blick immer noch forsch über sein Gesicht glitt, als wollte sie ihm jedes noch so kleine

Geheimnis entlocken, machte keinen Hehl aus ihrer Neugierde.

»Was führt Sie in unsere schöne Stadt? Kennen Sie Brooke schon lange? Ich habe gehört, dass Sie ihr zur Hand gehen.«

Zwar mochte Andrew keine große Ahnung von dem Mikrokosmos einer Kleinstadt haben, jedoch verstand er sofort, worauf sie aus war. Immerhin war sie nicht gerade ein Ausbund an Diskretion. Wie es schien, machte das Gerücht bereits die Runde, dass er und Brooke, die ihn vor einigen Minuten mit einem Einkaufszettel zum Obsthändler geschickt hatte, etwas miteinander hatten. Dies erklärte auch die neugierigen Blicke, die er bereits von den ansässigen Händlern erhalten hatte. Da sich Andrew schon vorstellen konnte, wie Brooke reagieren würde, wenn er dem Kleinstadttratsch um sie beide noch mehr Nahrung gab, schüttelte er lässig den Kopf.

»Ich bin sozusagen nur auf der Durchreise. Miss Day hat mir netterweise ein Zimmer vermietet und ich helfe ihr ein wenig aus.«

Das Gesicht der Bürgermeisterin verzog sich bedauernd. »Wie schade, dass Sie nur auf der Durchreise sind, Drew. Wir sind eine kleine Stadt und würden uns über neue Bewohner sehr freuen.«

»Ja, äußerst schade«, stimmte er gespielt bedauernd zu, während er die Schreckensvision verdrängte, in einem Nest wie Sunport zu leben.

Als wären sie alte Bekannte, plauderte die Bürgermeisterin vertraulich los: »Wissen Sie, es ist nun mal so, dass kleinere Städte wie unsere leider einen Mangel an jungen Männern haben. Daher hätte es mich umso mehr gefreut, wenn Sie hätten bleiben wollen.« Stumm schaute er sie an und musste nicht lange warten, bis sie erneut einen Seufzer von sich gab. »In den Kleinstädten sinken die Geburtenraten. Viele junge

Männer zieht es in die Großstadt. Deshalb würden sich unsere ledigen Frauen sicher sehr darüber freuen, wenn Sie sich für Sunport entscheiden würden.«

Andrew starrte der Frau verdattert ins Gesicht und überlegte geradezu verzweifelt, wie er sich dieser merkwürdigen Situation entziehen konnte, in der er sich mehr und mehr wie ein Zuchtbulle vorkam. Einerseits war er noch viel zu müde, um mit Debbie über den demografischen Wandel von Kleinstädten in Maine zu diskutieren, andererseits war er sich ziemlich sicher, was Brooke Day dazu zu sagen hätte, wenn sie erfuhr, dass die Bürgermeisterin ihn mit halb Sunport verkuppeln wollte. Von dem Spott würde er sich bestimmt nicht mehr erholen.

Außerdem wäre seine reizbare Gastgeberin, die ihm heute um sechs Uhr morgens pochierte Eier auf Vollkorntoast kredenzt hatte, ganz sicher nicht erbaut darüber, dass er noch keinen einzigen Apfel gekauft hatte, nur weil er von einer geradezu verzweifelt wirkenden Bürgermeisterin aufgehalten wurde.

Als er an ihrer Schulter vorbei auf die Auslage spähen wollte, erklang hinter ihm die misstrauische Stimme der Frau, über die Debbie gerade noch gesprochen hatte.

»Guten Morgen, Mrs. Murphy.«

»Guten Morgen, Brooke«, flötete die ältere Frau fröhlich. »Ich habe gerade deinen charmanten Gast kennengelernt.«

Brooke gab ein undefinierbares Murmeln von sich und starrte ihn kryptisch von der Seite an, was wiederum Andrew ein Grinsen entlockte, da er ihr ansah, dass sie nur zu gern gewusst hätte, was er mit der Bürgermeisterin besprochen hatte.

Mrs. Murphy schien für die wortlose Kommunikation zwischen Andrew und Brooke unempfänglich. Schließlich erklärte sie an ihn gewandt: »Drew, Sie müssen wissen, dass ich

Brooke kenne, seit sie ein kleines Mädchen war. Sie ist eine überaus tüchtige junge Frau.«

Er nickte verständnisvoll, konnte jedoch förmlich spüren, wie sich Brookes Blicke in seinen Hinterkopf bohrten, sobald sie sicher sein konnte, dass Mrs. Murphy es nicht sah.

»Aber ja, Mrs. Murphy, das glaube ich Ihnen unbesehen.«

»Nennen Sie mich doch bitte Debbie, mein Lieber.« Die Bürgermeisterin klimperte mit den Wimpern. »Vielleicht bin ich etwas voreilig, aber ich finde, dass Sie beide ein hübsches Paar abgeben würden.«

Die Frau an seiner Seite schien dies anders zu sehen, da sie ein abfälliges Schnauben von sich gab und anschließend zuckersüß erklärte: »Wenn Sie uns entschuldigen, Mrs. Murphy, aber wir müssen in einer halben Stunde wieder im Restaurant sein.«

»Natürlich, natürlich«, beeilte die sich zu versichern, bevor sie eifrig vorschlug: »Bring den jungen Mann doch am Wochenende zum Volksfest mit! Ich bin mir sicher, ihr zwei werdet dort sehr viel Spaß haben. Mein Mann und ich hatten dort vor dreißig Jahren auch unsere erste Verabredung.«

Andrews Bedürfnis, in ein hysterisches Gelächter auszubrechen, wurde immer größer, doch Brooke verhinderte dies, indem sie ihn entschlossen weiterzerrte und der träumerisch seufzenden Bürgermeisterin lediglich kurz zuwinkte.

»Hey«, beschwerte er sich. »Ich habe gerade ein äußerst interessantes Gespräch geführt.«

»Kann man Sie keine fünf Minuten allein lassen?« Ihre frustrierte Stimme ließ ihn noch lauter lachen.

»Woher hätte ich wissen sollen, dass es die Bürgermeisterin als ihre Pflicht ansieht, sämtliche Leute in ihrer Umgebung zu verkuppeln? Eine kleine Warnung wäre sehr nett gewesen.«

»O Gott«, stöhnte Brooke auf und schnitt eine Grimasse,

während sie sich eine widerspenstige Locke aus der Stirn strich. »Will ich wissen, was sie Ihnen gesagt hat?«

»Lieber nicht«, erwiderte er.

»Wunderbar«, murmelte sie und lief rot an.

Geflissentlich ignorierte Andrew sowohl ihre Verlegenheit als auch die neugierigen Blicke der restlichen Marktbesucher und musterte stattdessen kritisch den Korb in ihrer rechten Armbeuge, in dem sich drei Dutzend Eier befanden. Er umfasste ihren linken Ellbogen und zwang Brooke dazu, stehen zu bleiben, während er ihr den schweren Korb abnahm. »Was ist mit dem Obst?«

Ihre blauen Augen schimmerten im Licht der Morgensonne. Trotz der frühen Uhrzeit war es schon erstaunlich warm. »Das können wir auch noch an einem anderen Stand kaufen, ohne dass uns die Bürgermeisterin eine Heiratsgenehmigung ausstellen will!«

Er konnte nicht anders, als zu glucksen und zu feixen. »Muss ich mich verletzt fühlen, weil Sie offenbar nicht erpicht darauf sind, mich zu heiraten? Debbie hat sich solche Mühe gegeben, mir zu erzählen, wie schwierig es für junge Frauen hier sei, einen Mann zu finden.«

Einen Moment befürchtete er, sie würde tot umfallen. Schließlich fiel ihr aber doch nur die Kinnlade herunter und sie starrte ihn so erschrocken an, als habe er sich plötzlich in ein Monster verwandelt. Anschließend schüttelte sie sich wie ein nasser Hund und krächzte fassungslos: »*Was* hat sie Ihnen erzählt?«

Andrew zuckte mit den Schultern und beantwortete ihre Frage mit einer Gegenfrage. »Sollte ich mich geschmeichelt fühlen, dass sie mir gegenüber von der sinkenden Geburtenrate kleiner Städte in Maine erzählte? Mir kam es so vor, als wolle sie mir ungeschützten Sex schmackhaft machen.«

Brooke antwortete, indem sich ihre Gesichtsfarbe noch ein Quäntchen verdunkelte, dann murmelte sie einen Fluch und eilte zum nächsten Stand.

Beschwingt folgte Andrew ihr und war ein wenig stolz auf sich selbst, weil er es geschafft hatte, Brooke Day mundtot zu machen. Noch immer nagte ihr gestriger Kommentar an ihm, in dem sie seine Kochkünste *ziemlich passabel* genannt hatte. Er hielt es für ausgleichende Gerechtigkeit, nun ihr hochrotes Gesicht betrachten zu dürfen.

Während seine Gastgeberin mit geradem Rücken an einem Fischstand die Auslagen begutachtete, trat Andrew neben sie und registrierte, wie ihr Blick hin und her huschte und sie sich ziemlich unwohl in ihrer Haut zu fühlen schien.

»Clint, wie sieht der Schellfisch heute aus?«

»Fabelhaft, Brooke. Wie viel brauchst du?«

»Welchen Preis machst du mir denn?«

Mit seinem Einkaufskorb im Arm schaukelte Andrew auf den Fersen vor und zurück und beobachtete den Schlagabtausch der beiden. Erst als der Fischhändler namens Clint sich daran machte, den Schellfisch einzupacken, räusperte sich Andrew und hakte interessiert nach: »Also? Warum war die Bürgermeisterin dermaßen versessen darauf, uns beide miteinander zu verkuppeln, Brooke?«

Aus dem Augenwinkel konnte er sehen, wie Clint in seiner Bewegung innehielt. Gleichzeitig fuhr Brooke zu ihm herum. »Könnten Sie das noch lauter wiederholen? Ich fürchte, der Blumenhändler hat Sie noch nicht gehört!«

Aber damit konnte sie ihn nicht einschüchtern. »Ehrlich gesagt, bin ich es nicht gewohnt, verkuppelt zu werden, daher bin ich etwas neugierig.«

»Niemand verkuppelt hier irgendjemanden«, hielt sie ihm düster vor.

»Sind Sie sicher?« Er zog die Augenbrauen bis zum Anschlag hoch. »Für mich klang das so, als hätte Mrs. Murphy mich auf ein Date mit Ihnen eingeladen.«

Ihre vollen Lippen zogen sich nach unten. »Mrs. Murphy hat in irgendeiner Zeitung gelesen, dass die Bewohner von Maine in den nächsten fünfhundert Jahren aussterben werden. Daher sieht sie sich dazu auserkoren, Ehen zu stiften. Sind Sie jetzt zufrieden?«

»Hat sie deshalb dieses Date zwischen uns gestiftet?«

»Welches Date?« Brooke schüttelte kategorisch den Kopf. »Es gibt kein Date!«

Mit großen Augen erklärte er gespielt verwirrt: »Ich habe doch genau gehört, wie Mrs. Murphy uns zu diesem Volksfest eingeladen hat.«

Ihre Nasenflügel bebten. »Drew ...«

Grinsend legte er den Kopf schief. Er amüsierte sich prächtig. »Wann soll unser Date noch einmal stattfinden?«

»Es gibt kein Date«, zischte sie ihm aufgebracht zu und ballte dabei die Hände zu Fäusten. »Kein Date, keine Heiratsgenehmigung und keinen ungeschützten Sex!«

Er wackelte mit den Augenbrauen. »Könnten Sie das noch etwas lauter wiederholen? Ich fürchte, der Blumenhändler hat Sie nicht gehört.«

»Drew«, warnte sie ihn. »Hören Sie auf, bevor ich mich vergesse.« Tatsächlich sah sie ihn an, als stünde sie kurz davor, ihn einen Kopf kürzer zu machen.

Keineswegs eingeschüchtert trat er neben sie und ignorierte ihre feuerspeiende Miene, um den Fischhändler aufzufordern: »Zeigen Sie mal Ihren Kaisergranat her, guter Mann.«

»Kaisergranat?« Auch damit schien Brooke nicht einverstanden, so vehement, wie sie den Kopf schüttelte. »Wir brauchen keinen Kaisergranat!«

»Doch«, widersprach Andrew gelassen. »Wir brauchen Kaisergranat. Ich kenne ein ausgezeichnetes Rezept, das meine Großmutter immer gekocht hat.«

»Das ist mir egal. Wir nehmen keinen Kaisergranat und damit basta!«

Als Andrew den nachdenklichen Blick bemerkte, mit dem der Fischhändler sie beide maß, nickte er ihm auffordernd zu. »Na los, Clint, den Kaisergranat bitte.«

»Nein, Clint«, wies sie den Fischhändler an. »Du zeigst ihm *keinen* Kaisergranat!«

»Kommen Sie schon, Clint.« Andrew seufzte schwer und verdrehte die Augen, als wollte er bei seinem Geschlechtsgenossen Sympathie für seine Situation wecken.

»Untersteh dich, Clint!«

Der Mann hob die Hände und trat einen Schritt zurück. »Klärt das unter euch.«

Brooke wirbelte zu Andrew herum und stemmte die Hände in ihre Hüften.

Mit ebenso eiserner Miene starrte er zurück. »Sie werden das Rezept lieben.«

Ihre blauen Augen verengten sich. »Da bin ich mir nicht sicher! Wir haben genügend frischen Fisch auf der Karte und brauchen nicht ...«

»Seien Sie nicht so stur, Brooke.«

»Stur?!«

»Stur wie ein Esel. Ich verspreche Ihnen, dass Sie von meinem Kaisergranatrezept begeistert sein werden.«

»Von *Ihrem* Rezept?« Misstrauisch runzelte sie die Stirn. »Ich dachte, es wäre das Rezept Ihrer Großmutter.«

Bei dem Gedanken daran, wie seine leicht versnobte Großmutter, die kaum einen Fuß in die Küche setzte, Kaisergranat zubereitete, musste er beinahe auflachen.

Beinahe.

Stattdessen machte er eine ungeduldige Geste. »Ihres. Meines. Es ist ein Familienrezept.«

»Hören Sie …«

»Geben Sie sich einen Ruck.« Er grinste schief. »Wenn wir den Kaisergranat auf die Karte setzen, werde ich auch nicht auf unserem Date bestehen.«

Sie schnitt eine Grimasse, bevor sie beide Hände in die Luft warf. »Gut! Meinetwegen nehmen wir Kaisergranat mit, aber dann können Sie sich mit den Gästen auseinandersetzen, wenn sie sich beschweren!«

Er lächelte siegessicher, schließlich war es noch nie vorgekommen, dass sich ein Gast wegen seines Kaisergranats beschwert hätte. Wenn er darüber nachdachte, war es seit seiner Ausbildungszeit nicht mehr vorgekommen, dass er ein Gericht verdorben hätte, doch bevor er ihr eine Antwort hätte geben können, hatte sie sich schon zu Clint umgedreht und mit widerwilliger Miene Kaisergranat bestellt. Andrew beschloss, lieber den Mund zu halten, bevor er ihr erklären musste, weshalb er so überzeugt von seinem Gericht war. Stattdessen beobachtete er, wie sie es ihm überließ, die Fischbestellung entgegenzunehmen, und weiter zum nächsten Stand schlenderte.

Vertraulich beugte sich Clint über die Theke, nickte unauffällig in Richtung Brooke und raunte Andrew zu: »Ich gebe Ihnen einen Tipp: Überlegen Sie sich das mit dem Date noch mal.«

Die Rückfahrt zum *Crab Inn* verlief größtenteils schweigend, was Andrew jedoch nichts ausmachte. Die Tatsache, dass sie Kaisergranat im Gepäck hatten, verbuchte er als Sieg, und er konnte damit leben, dass Brooke ein wenig schmollte.

Als sie den Parkplatz des *Crab Inn* erreichten, stöhnte Brooke auf, sobald sie den dunkelgrauen Dodge Caravan entdeckte.

»Na, wunderbar.«

»Alles in Ordnung?«

Sie rutschte auf dem Fahrersitz herum und ließ das Kinn auf ihre Brust sinken, während sie den ratternden Kleinlaster gleich neben der Eingangstür parkte.

»Wie man's nimmt«, erwiderte sie und schaltete den Motor aus. »Anscheinend will mein Dad mal nach dem Rechten sehen.« Sie drehte den Kopf in seine Richtung. »Leider gehört er wie Sie zu der Sorte Mann, die alles besser zu wissen meint.«

Bevor er sich empören und ihr eine Antwort hätte geben können, hatte sie sich bereits abgeschnallt und war ausgestiegen.

Andrew schüttelte den Kopf und beeilte sich, ebenfalls auszusteigen und zum hinteren Ende des Kleinlasters zu laufen, wo Brooke bereits damit beschäftigt war, die Waren auszuladen.

»Ich gehöre *nicht* zu der Sorte Mann, die alles besser zu wissen meint«, verteidigte sich Andrew und bekam gleich darauf einen Karton in den Arm gedrückt, in dem sich sein Kaisergranat und ihr Schellfisch befanden.

»Einsicht wäre der erste Weg zur Besserung.« Sie lächelte frech, klemmte sich den Korb mit den Eiern unter den Arm und griff nach einer Tüte Äpfel.

Mit einem Nicken deutete er auf den etwas kleineren Karton, in dem sich Salatköpfe und Gemüse befanden, und bückte sich, damit sie diesen auf den Karton mit den Meeresfrüchten stellen konnte. »Sie gehören auch nicht zu den Menschen, die besonders viel Kritik vertragen.«

Ihre Antwort bestand darin, ihm einen weiteren Karton auf die Arme zu packen, bevor sie zufrieden entgegnete: »Dann sind wir ja schon zu zweit.«

Andrew folgte ihr mit vorsichtigen Schritten ins Haus und war darum bemüht, keinen der drei Kartons fallen zu lassen.

Kaum hatten sie den Gastraum betreten, da hörte Andrew die aufgebrachte Stimme einer Frau: »Brooke! Du kannst deinen Gast doch nicht alles allein tragen lassen.«

»Mom, was machst du denn hier?«, entgegnete Brooke in einem so besorgten und weichen Ton, dass Andrew zuerst glaubte, er hätte sich verhört. Überrascht linste er an den Kartons vorbei und sah, wie seine Gastgeberin den Korb und die Tüte mit den Äpfeln rasch auf einem Tisch ablegte, bevor sie eine Frau umarmte, die anscheinend gerade damit beschäftigt gewesen war, den Fußboden zu wischen.

Neugierig betrachtete er die winzige Frau mit den hellblonden Haaren und dem strahlenden Gesicht. Jetzt war ihm klar, von wem Brooke Day ihre zierliche Figur geerbt haben musste.

»Dein Dad wollte nach dem Rechten sehen, und da bin ich mitgekommen«, erwiderte Brookes Mom fröhlich.

Ihre Tochter zog ihrer Mutter den Wischmopp aus den Händen. »Aber, Mom, du sollst dich doch nicht so verausgaben! Ich hätte den Boden gleich wischen können …«

Ihre Mom unterbrach sie mit einem Lachen. »Es *verausgabt* mich nicht, den Boden zu wischen.« Gleich darauf wandte sie sich an Drew und kam mit einem Zwinkern auf ihn zu, bevor sie ihm den obersten Karton abnahm.

Nun sah er auch, dass Brooke nicht nur die Figur ihrer Mom geerbt hatte, sondern auch ihre blauen Augen. Im Gegensatz zu Brooke funkelten die Augen der älteren Frau jedoch nicht angriffslustig, sondern warm.

»Hallo, mein Lieber. Hat meine Tochter Sie etwa zu ihrem Leibeigenen gemacht?«

»Mom!«

Andrew konnte sich nicht helfen, aber er fand Brookes Mutter extrem sympathisch und erwiderte das Lächeln. »Kann ja noch kommen, Ma'am.« Hinter sich hörte er Brooke nach Luft schnappen.

Ihre Mutter verdrehte die Augen und nahm ihm auch die restlichen Kartons ab, um sie abzustellen und ihm die Hand zu reichen. »Mein Name ist Sally. Und Sie heißen?«

Er erwiderte den Händedruck. »Drew.«

»Ich hoffe, dass meine Tochter Ihnen ein Frühstück gemacht hat, Drew, oder hat sie Sie ohne eine Stärkung mit zum Einkaufen geschleppt?« Sally Day drehte den Kopf zurück zu ihrer Tochter, deren Gesicht mittlerweile die Farbe reifer Tomaten angenommen hatte, und schnalzte mit der Zunge. »Mein Schatz, du kannst deinen Gast doch nicht für dich arbeiten lassen!«

»Mom!«

Obwohl es eine gelungene Abwechslung war, Brooke derart handzahm zu erleben, fühlte er sich verpflichtet, zu bekennen: »Ich habe ein großartiges Frühstück bekommen, Sally.«

Die winzige Frau lugte auf ihre Armbanduhr. »In Anbetracht der Tatsache, dass es noch so früh ist, muss Brooke Sie mitten in der Nacht geweckt haben. Sie können sicher sein, dass wir unsere Gäste normalerweise schlafen lassen und nicht als Arbeitskräfte missbrauchen.«

»Großer Gott, Mom, übertreib doch nicht so«, murmelte Brooke beschämt.

Andrew räusperte sich und klärte die ältere Frau auf: »Machen Sie sich keine Sorgen. Solange ich darauf warte, dass mein Auto repariert wird, habe ich Ihrer Tochter meine Hilfe angeboten.«

»Freiwillig?«

Während er lachte, protestierte Brooke peinlich berührt und trat von einem Fuß auf den anderen. Gleichzeitig hielt sie den Wischmopp so verkrampft in der Hand, dass man meinen konnte, sie würde mit ihm im nächsten Moment an einem Gladiatorenkampf teilnehmen. »Mom, könntest du bitte damit aufhören? Du bist nicht sehr hilfreich, indem du mich wie Atilla den Hunnenkönig darstellst!«

»Dass du etwas ungestüm bist, wissen wir alle, mein Schatz«, konterte Sally. »Und eigentlich solltest du wissen, dass man mit netten jungen Männern ausgehen und sie nicht als Arbeitskräfte missbrauchen sollte.«

»Mom!«

Andrew fiel es schwer, ein Lachen zu unterdrücken, während der sonst so redegewandte Lockenkopf nach Worten suchte.

»Himmel, Mom«, knirschte Brooke. »Könntest du dir nicht einfach Dad suchen und dich von ihm nach Hause fahren lassen, bevor dir noch andere Methoden einfallen, mich vor Drew zu blamieren?«

Die ältere Frau winkte ab. »Der wollte sich die Heizung im Keller ansehen, das dauert sicher noch länger.« Sie zwinkerte Andrew aufmunternd zu. »Bring doch schon mal die Lebensmittel in die Küche, Brooke, damit ich deinem Gast einen Kaffee machen und mit ihm etwas plaudern kann.«

Allem Anschein nach hielt Brooke von dem Vorschlag ihrer Mutter nicht besonders viel, da sie misstrauisch den Mund verzog. »Plaudern? Bei einem Kaffee?«

»Aber ja«, entgegnete ihre Mom fröhlich.

Augenblicklich verfinsterte sich Brookes Gesicht. »Kaffee, Mom?«

»Ich werde Tee trinken«, stimmte Sally Day zu Andrews

Verwirrung mit einem langgezogenen Seufzer zu. »Zufrieden, Liebling?«

Aber Brooke schien ganz und gar nicht zufrieden zu sein. »Gehe ich recht in der Annahme, dass ich mir eine neue Identität zulegen muss, nachdem du mit ihm *geplaudert* hast?«

»Natürlich nicht, Schatz. Wie kommst du nur auf solche Ideen? Bring lieber den Fisch in die Kühlung, bevor er noch verdirbt.«

Interessiert verfolgte Andrew, wie seine störrische Gastgeberin in Gegenwart ihrer Mutter brav gehorchte, denn sie sammelte schweigend die Einkäufe ein und machte sich daran, diese in die Küche zu tragen. Er selbst fand sich kurz darauf mit Sally Day an einem der Tische wieder und wurde dort in eine unverfängliche Plauderei über seinen »Urlaub« verwickelt.

Zu seinem eigenen Erstaunen stellte er fest, dass er Hemmungen entwickelte, diese unglaublich nette und zugängliche Frau anzulügen, was seinen Job betraf. Da er sich jedoch schon viel zu sehr in die Lüge einer angeblichen PR-Firma verstrickt hatte, musste er nun bei dieser Geschichte bleiben. Also erzählte er Sally Day, wenn auch mit einem Knoten im Magen, er hätte das Kochen bei seiner Grandma gelernt.

»So ähnlich war es bei Brooke auch«, schwelgte die Frau in Erinnerungen, während sie ihm schräg gegenübersaß und in ihrer Tasse rührte. »Sie schleppte als kleines Mädchen immer ein Holzbänkchen mit in die Küche, um sich daraufstellen und in die Töpfe schauen zu können. Es war einfach zu süß, wie sie mit ihrer kleinen Schürze am Herd stand und ihrem Dad nacheiferte. Natürlich stand sie Angus ziemlich oft im Weg, aber er hat es nie übers Herz gebracht, sie aus der Küche zu schicken. Dafür war er einfach zu stolz auf sein kleines Mädchen.«

Dass Angus ihr Mann war, hatte Andrew bereits erfahren. Ebenso wusste er, dass Angus den Wunsch seines Vaters ausgeschlagen hatte und kein Hummerfischer geworden war, weil er immer davon geträumt hatte, ein eigenes Restaurant zu besitzen.

Normalerweise hörte Andrew lediglich höflich zu, wenn ihm fremde Leute ihre Lebensgeschichte erzählten, doch in Gegenwart der aufgeräumten Frau war es ihm genauso leicht ums Herz wie bei ihrer zuweilen kratzbürstigen Tochter. Außerdem fühlte er sich merkwürdigerweise verstanden. Immerhin ging es ihm ähnlich, was seinen Vater betraf. Dieser war davon ausgegangen, dass sein jüngster Sohn in seine Fußstapfen treten und Anwalt werden würde. Stattdessen hatte er ein Restaurant eröffnet. Obwohl Andrew Brookes Dad nicht kannte, fühlte er sich irgendwie mit Angus Day verbunden. Beide hatten sie die Wünsche ihrer Väter in den Wind geschlagen und sich ihren eigenen Traum erfüllt.

»Nachdem ich einige Gerichte Ihrer Tochter probiert habe, muss sie viel Zeit in der Küche Ihres Mannes verbracht haben.«

Die Wangen seiner Gesprächspartnerin erglühten entzückt. »Brooke kann fabelhaft kochen, das weiß ich. Sind Sie niemals auf die Idee gekommen, in der Gastronomie zu arbeiten, Drew? Immerhin scheinen Sie mir sehr interessiert, was das Kochen und das Restaurant betrifft.«

Er zuckte mit der Schulter und murmelte: »Es hat sich nie die richtige Gelegenheit ergeben.«

»Wie schade«, seufzte Sally. »Angus und ich führen seit dreißig Jahren das *Crab Inn*. Natürlich ist es manchmal stressig, aber ich könnte mir keinen anderen Beruf mehr vorstellen. Ein normaler Bürojob würde mir nicht liegen.«

Um nicht in die Verlegenheit zu kommen, Sally weiterhin

anzulügen, hielt Andrew es für ratsamer, das Thema zu wechseln. »War Ihr Mann nicht enttäuscht, dass Brooke keine Köchin geworden ist?«

»Oje … das ist eine heikle Frage«, entgegnete Sally und verdrehte amüsiert die Augen. »Die beiden sind sich viel zu ähnlich – ausgesprochene Sturköpfe, müssen Sie wissen. Ich denke, es war ganz gut, dass Brooke aufs College gegangen ist und Journalismus studiert hat. Wenn die beiden eine längere Zeit zusammen in der Küche stünden, gäbe es sicherlich Mord und Totschlag.«

Gerade rechtzeitig unterdrückte er ein Schnauben.

»Und jetzt erzählen Sie mal.« Bedeutungsvoll legte sie den Kopf zur Seite und deutete auf seine linke Hand. »Kein Ehering? Wie kommt es, dass so ein sympathischer Mann wie Sie nicht verheiratet ist?«

Keineswegs eingeschüchtert lehnte sich Andrew zurück und grinste. »Also wirklich, Sally, Sie sind schon die zweite Person heute, die sich brennend für meinen Beziehungsstatus interessiert. Muss ich mir Sorgen machen?«

Ihre Augenbrauen fuhren überrascht in die Höhe. »Hat sich Brooke etwa danach erkundigt? Das sieht ihr gar nicht ähnlich!«

Schmunzelnd schüttelte er den Kopf. »Eine gewisse Mrs. Murphy hielt es für eine gute Idee, mich am Obststand abzufangen und mir subtil einzureden, dass ich in Sunport willkommen wäre, weil es hier zu wenige Männer gäbe. Anschließend wollte sie Brooke und mich gleich auf ein Date schicken.«

Sally schwieg einen Moment, bevor sie Luft holte und nachhakte: »Und was hat Brooke dazu gesagt?«

»Sie wirkte nicht gerade begeistert über Mrs. Murphys Vorschlag.«

Seufzend verdrehte Brookes Mom die Augen. »Debbie

Murphy ist teilweise ein wenig aufdringlich. Kein Wunder, dass Brooke nicht begeistert war.«

Glucksend erläuterte Andrew: »Dass Ihre Tochter nicht begeistert war, bemerkte ich, als sie einen Streit mit mir darüber begann, ob wir Kaisergranat auf die Tageskarte setzen sollten. Ich war dafür und sie dagegen.«

Mit einem Schmunzeln verschränkte die liebenswürdige Frau die Arme vor der Brust. »Wer hat gewonnen?«

»Ich«, entgegnete er zufrieden.

»Darauf können Sie sich was einbilden.« Nach einem raschen Blick zur Restaurantküche goss sie sich etwas Kaffee in ihre Tasse, bevor sie hastig einen Schluck nahm. Anschließend bat sie ihn: »Sagen Sie Brooke bitte nicht, dass ich Kaffee getrunken habe. Seit ich zur Dialyse gehe, besteht sie darauf, dass ich nur noch ökologisch einwandfreie Lebensmittel esse. Den Kaffee hat sie mir ganz verboten. Stattdessen bietet sie mir grauenvoll schmeckenden Brennnesseltee an.«

Er legte einen Finger auf die Lippen und nickte. Seltsam, Brooke hatte bislang nie den Eindruck gemacht, besonders fürsorglich zu sein. Doch in Gegenwart ihrer Mutter hatte sie unglaublich weich und besorgt gewirkt.

»Ich werde schweigen wie ein Grab«, beteuerte er und legte anschließend den Kopf schief. »Vielleicht sollte ich mich wieder an die Arbeit machen, bevor Ihre Tochter entdeckt, dass ich faul hier herumsitze.«

Sally Day schien keineswegs beleidigt zu sein. Stattdessen riet sie ihm tatsächlich: »Lassen Sie sich von unserer Sklaventreiberin bloß nicht ausbeuten!«

Andrew erhob sich und tippte sich an die Stirn. »Jawohl, Ma'am.«

Mit einem letzten Gruß verschwand er in der Küche und dachte daran, wie nett dieses Kennenlernen gewesen war.

Brookes Mom war dermaßen ungekünstelt gewesen, dass er sich sofort wohlgefühlt hatte.

Derart gut gelaunt betrat er die Küche, die jedoch verlassen war. Gerade wollte er die Kühlkammer sowie den Vorratsraum nach Brooke absuchen, als er durch das Fenster zum Hinterhof sah und sie in einer Diskussion mit einem grauhaarigen Mann entdeckte. Auch wenn sie diesen nicht *Dad* genannt hätte, wäre Andrew sofort klar gewesen, dass es sich bei dem Mann mit dem wettergegerbten Gesicht und dem derben Strickpulli um ihren Vater handelte. Immerhin wusste Andrew nun, von wem Brooke ihren Lockenkopf hatte.

»Dad, das ist eine gute Idee! Du weißt, dass es auf dem Volksfest brechend voll sein wird. Jedes Jahr kommen viele Touristen her, die das *Crab Inn* noch nicht kennen. Ein kleiner Stand mit Kostproben …«

»Und das Restaurant? Sollen wir das etwa schließen?«

»Natürlich!« Andrew konnte sehen, wie Brooke die Arme in die Luft warf. »Natürlich sollten wir es am Samstag schließen! Es wird sowieso niemand zu uns kommen, weil alle auf dem Volksfest sein werden, um dort ihren Spaß zu haben. Es wäre die perfekte Gelegenheit, um Werbung für uns zu machen, Dad.«

Ihr Vater verschränkte die Arme vor der Brust und schüttelte seinen grauen Lockenkopf. »Was versprichst du dir davon?«

»Werbung«, seufzte sie. »Es wäre eine grandiose Werbung, Dad! Meinetwegen können wir auch nur Flyer verteilen. Wir müssen unsere Einnahmen steigern …«

»Das *Crab Inn* erwirtschaftet einen ordentlichen Gewinn …«

»Nicht mehr«, unterbrach Brooke ihren Dad. »Wir brauchen mehr Gäste, um uns über Wasser zu halten. Gerade jetzt in der Sommersaison müssen wir Touristen zu uns locken, Dad. Wieso verstehst du nicht, dass …?«

»Ich verstehe, dass du aus unserem Restaurant eine Touristenfalle machen willst!«

»Ich will lediglich, dass wir das *Crab Inn* nicht dichtmachen müssen«, hielt sie ihm aufgeregt entgegen.

Mit einem Stirnrunzeln lehnte sich Andrew zurück, um nicht entdeckt zu werden, während Brooke auf ihren Vater einredete. Gleichzeitig stieß er den Atem aus.

»Wir werden das *Crab Inn* am Samstag nicht schließen, Brooke! Und wir machen auch keine Werbung.«

»Fein, du alter Idiot«, blaffte sie wütend. »Mach, was du willst. Aber ich werde am Samstag nicht hinter dem Herd stehen, wenn sowieso niemand herkommt!«

»Brooke? Könnten Sie mir den Geflügelfond geben?«

Aus ihren Gedanken gerissen sah Brooke blinzelnd auf und begegnete dem geduldigen Blick ihres derzeitigen Küchengehilfen, der so dicht neben ihr stand, dass sie trotz der Essensgerüche den Duft seiner Haut wahrnahm.

Verärgert darüber, dass seine direkte Nähe mal wieder ein langsam vertrautes Grummeln in ihren Eingeweiden auslöste, senkte sie den Blick und reichte ihm wortlos den Geflügelfond. Gleichzeitig war sie dankbar für die ruhige Arbeitsatmosphäre in der Küche, obwohl das *Crab Inn* ziemlich gut besucht war und sie extrem viel zu tun hatten. Bisher war Brooke mit den Gedanken woanders gewesen, nachdem sie sich am Morgen mit ihrem Vater gestritten hatte. Es kränkte sie immer noch, wie erbittert er ihren Plan, auf dem bevorstehenden Volksfest von Sunport Werbung für das *Crab Inn* zu machen, niedergeschmettert hatte. So war ihr völlig entgangen, wie harmonisch die Arbeit mit Drew Knight war. Er stellte sich als wirklich talentiert heraus. Obwohl sie es ihm gegenüber vermutlich nicht zugegeben hätte, stellte sie fest, dass er ihr half, nicht in Chaos und Trübsinn zu versinken. Eigentlich hatte sie befürchtet, seine Anwesenheit in ihrer Küche würde zu purem Stress führen. Stattdessen arbeitete er effizient und mit größter Sorgfalt, belästigte sie nicht mit Fragen und behielt den Überblick über die bestellten Gerichte. Zudem hatte sie selten einen Posten gesehen, der dermaßen aufgeräumt und sauber gewesen war.

Nachdenklich betrachtete sie den Mann, der nur wenige Meter von ihr entfernt an seiner Arbeitsfläche stand und Jakobsmuscheln mit geübt wirkenden Handgriffen öffnete. Brooke hatte bis heute nicht den richtigen Dreh raus, die widerspenstigen Schalen zu öffnen, ohne Gefahr zu laufen, entweder sich selbst mit dem Messer zu verletzen oder das zarte Muschelfleisch zu beschädigen. Drew Knight hingegen öffnete ohne große Anstrengung eine Muschel nach der anderen. Verblüfft legte sie ihr Messer weg.

Wenn sie so darüber nachdachte, wurde ihr klar, wie handzahm er in den letzten Stunden gewesen war. Während er es sich in den vergangenen Tagen anscheinend zur Aufgabe gemacht hatte, auf Brookes Kosten Spaß zu haben, benahm er sich seit ihrem morgendlichen Ausflug zum Markt extrem zurückhaltend. Geradezu liebenswert. Mit einem Räuspern lenkte sie seine Aufmerksamkeit auf sich und begegnete seinen Augen, die momentan grünlich schimmerten. Er schaute sie fragend an.

»Machen Sie das öfter, Drew?«

»Was?«

Brooke deutete auf die Jakobsmuscheln. »Entweder haben Sie extrem leicht zu öffnende Jakobsmuscheln erwischt oder Sie haben das schon das ein oder andere Mal gemacht.«

»Ach, das.« Er zuckte achtlos mit den Schultern. »Wenn man einmal den Dreh heraus hat, ist es ziemlich einfach.«

Das bezweifelte Brooke zwar, hielt jedoch den Mund. Es war ihr lieber, dass er sich mit den Jakobsmuscheln abmühte.

»Haben Sie die Vorspeise für Tisch zwei fertig?«

Es dauerte einen Augenblick, bis Brooke begriff, was Drew da sagte, weil sie sein Profil gemustert und darüber völlig vergessen hatte, das hausgemachte Dressing über den Krabbencocktail mit Avocadowürfeln zu geben. Der baumlange Mann mit den Grübchen, die sie ständig hilflos anstarren musste, hatte etwas an sich, dass Brooke die einfachsten Handgriffe vergaß und sich wie eine Küchendilletantin benahm. Rasch erledigte sie die letzten Handgriffe und stellte die beiden Vorspeisen in die Durchreiche, bevor sie sich wieder mit dem Mann befassen musste, der sie schon nervös machte, wenn er ihr nur einen durchdringenden Blick schenkte.

»Brooke, ich fürchte, dass Sie mir sagen müssen, wie Sie die Crab Cakes machen«, rief er in diesem Moment und winkte sie zu sich. »Von Ihrem Teig ist nichts mehr übrig, aber wir haben soeben drei weitere Bestellungen hereinbekommen.«

Obwohl sie gegen ihre trockene Kehle ankämpfen musste, als sie so nah neben ihm stand, erklärte sie mit halbwegs normaler Stimme: »Ich nehme Sahne anstelle der Milch und beträufle die Brotkrumen vorher mit etwas Portwein. Die übliche Mayonnaise lasse ich komplett weg.«

»Und was nehmen Sie stattdessen?«

Brooke schluckte. »Gar nichts. Die Brotkrumen sind durch den Portwein nicht ganz so trocken und ich nehme immer ein Ei mehr, als angegeben ist. Durch die Mayonnaise schmecken die Crab Cakes immer ein bisschen ranzig, finde ich. Ohne sie ist das Gericht einfach frischer und weniger fett.«

Ehrlich interessiert blickte er in ihr Gesicht. »Portwein und Zitrone? Ich kann mir nicht vorstellen, dass das schmeckt.«

»Tut es auch nicht.« Sie lächelte schwach und griff nach einer Orange, die sie ihm vor die Nase hielt. »Ich nehme Orangensaft und etwas Orangenschale.«

Grinsend nahm er ihr die Frucht ab und legte sie neben sein Schneidebrett. Dass sich ihre Fingerspitzen für einen Moment berührten, schien ihm nichts auszumachen. Brooke dagegen musste ihre Hand zur Faust ballen, weil ihre Finger wie verrückt kribbelten.

»Dann müssen Sie mir nur noch verraten, was Sie in Ihre Hummersuppe tun«, bat er geradezu flehentlich. »Ich versuche schon seit zwei Stunden herauszufinden, wonach die Suppe schmeckt, tappe jedoch im Dunkeln.«

Belustigt und geschmeichelt zugleich zuckte Brooke mit den Schultern und wischte ihre Finger an der Schürze ab. Ihr charmanter Küchenhelfer sah sie mit einem vor Begeisterung glühenden Gesicht an.

»Ich schwitze etwas Fenchel an und lösche ihn mit Wermut ab, falls Sie das meinen«, erläuterte Brooke mit einer gewissen Portion Stolz.

»Fenchel mit Wermut! Darauf wäre ich Idiot niemals gekommen«, seufzte er erleichtert und fasste sich an die Stirn. Bevor sie sich wieder hätte abwenden können, griff er plötzlich nach einem Probierteller und legte einen frittierten Kaisergranat darauf. Die Dinger wurden von den Gästen wie verrückt bestellt.

Mit einem Lächeln, das sein Grübchen ganz besonders verführerisch zur Geltung brachte, hielt er ihr den Teller unter die Nase. Der Krebs darauf verströmte nicht nur einen wunderbaren Geruch, sondern sah auch äußerst appetitlich aus, wie Brooke wohl oder übel zugeben musste. Obwohl sie absolut neugierig war, wie sein so hoch gelobtes Gericht schmeckte, hatte sie sich bislang rigoros geweigert, es zu probieren. Nun schien sie glücklicherweise keine andere Wahl zu haben, als es endlich zu kosten.

Dennoch wollte sie Drew nicht so leicht das Feld überlassen, rümpfte kritisch die Nase und griff nach einer frittierten Schere.

»Sie frittieren die Tiere im Ganzen? Ist das keine Verschwendung von Teig?«

»Probieren Sie«, erwiderte er schlicht.

Brooke musterte ihn zweifelnd, brach die Schere jedoch auseinander und fischte mit bloßen Fingern das saftige Fleisch heraus. Es war auf den Punkt gegart, zerging ihr geschmeidig auf der Zunge. Sie schmeckte die Würze von Limone, Salz und Petersilie gepaart mit dem leicht süßlichen Geschmack des Meerestieres, spürte das Knistern des kross gebratenen Teigs zwischen den Zähnen. Ohne es zu wollen, stieß sie ein ekstatisches Stöhnen aus, schloss die Augen und fuhr sich mit der Zunge über die Lippen. Verlangend blickte sie auf den Rest des Kaisergranats, als sie langsam die Augen öffnete.

»Hab ich zu viel versprochen?«

Unfähig zu antworten, schüttelte Brooke den Kopf und hätte nur allzu gerne erfahren, woher ein PR-Berater aus Boston solch ein himmlisches Rezept kannte. Die Schalentiere waren einfach köstlich, beinah so köstlich wie ihr Urheber, der sie nun auch noch verheißungsvoll ansah. Brooke wusste momentan nicht, ob sie lieber ein weiteres Stück der Meerestiere gegessen oder ihre Lippen auf seine gepresst hätte.

»Wenn es nur halb so gut schmeckt, wie es riecht, gebe ich hiermit eine Bestellung auf«, erklang mit einem Mal eine heitere Stimme in der Küche und unterbrach Brookes Gedanken, die gerade eindeutig in ein nicht jugendfreies Territorium abzugleiten drohten.

Erschrocken wirbelte sie herum. Ihre beste Freundin stand ohne Ankündigung in der Küche, die Hände hinter ihrem Rücken verschränkt, und musterte Drew und Brooke mit offener Neugierde.

»Lauren!«, entfuhr es Brooke, bevor sie hektisch den Probierteller abstellte und sich die Finger an ihrer Schürze abwischte. »Was tust du denn hier?«

»Ich dachte, dass ich dir eine Fahrt erspare und die Wäsche vorbeibringe, damit du nicht herumkommen musst.«

Angesichts des übermütigen Glitzerns in Laurens Blick hielt Brooke es für besser, ihre redselige Freundin schnell aus Drews unmittelbarer Nähe wegzuschaffen, bevor diese es schaffte, sie beide gründlich zu blamieren. Sie stürzte auf Lauren zu und wollte ihren Arm packen, um sie aus der Küche zu bugsieren, als diese sich mit einer kurzen Drehung losmachte und einen großen Schritt auf Drew zu tat, der die ganze Szenerie vom Herd aus beobachtet haben musste.

»Hi! Sie müssen Drew sein«, erklärte sie und hielt ihm die Hand hin, die dieser fröhlich nickend schüttelte.

»Richtig erraten.«

»Ich bin Lauren – Brookes beste Freundin«, klärte sie ihn auf, während Brooke unschlüssig von einem Fuß auf den anderen trat. »Wie schön, Sie endlich kennenzulernen. Ich habe schon einiges von Ihnen gehört.«

»So? Was denn?«, fragte Drew interessiert. Brooke stellte fest, wie exzellent ihm die Kochschürze stand, überhaupt, heute Abend war er wirklich viel zu entspannt, charmant und nett. »Als Brookes beste Freundin müssten Sie ja bestens Bescheid wissen.«

»Aber ja!«

Drew schnalzte mit der Zunge. »Da tun sich völlig neue Welten auf! Was können Sie mir über Ihre beste Freundin berichten?«

Lauren, die Verräterin, kicherte wie eine pubertierende Schülerin der Junior-High. »Was möchten Sie denn wissen?«

Brooke hielt es für höchste Zeit, Lauren jetzt wirklich ganz schnell aus der Küche zu schaffen. Sie hatte nicht vergessen, dass ihre beste Freundin im Abschlussjahr dafür gesorgt hatte, dass alle in ihrem Jahrgang bestens darüber informiert gewesen waren, mit wem Brooke das erste Mal geschlafen hatte. Und wann. Zwar war Lauren damals kurz vor einem Alkoholkoma gewesen und hatte dieses Geheimnis unabsichtlich ausgeplaudert, doch Brooke war klar, dass ihre vollbusige Freundin mit den kurzen roten Haaren eine ausgesprochene Plaudertasche war.

»Er möchte gar nichts wissen und du musst wieder nach Hause«, warf sie daher bestimmend ein und hakte sich bei Lauren unter. Zwar hatte sie Drews Hand losgelassen, stand für Brookes Geschmack jedoch viel zu nah bei ihm. Wenn sie die beiden nicht schleunigst voneinander trennte, würde Lauren vermutlich erst gegen Mitternacht gehen und hätte bis dahin viel zu viel gequasselt.

»Ich bin doch gerade erst gekommen!«, protestierte Lauren augenblicklich.

Beschwörend riss Brooke die Augen auf und erklärte überdeutlich: »Wartet zu Hause nicht deine Tochter auf dich?«

»Ach!« Lauren winkte geringschätzig ab. »Dave passt auf Bessie auf.«

»Dave?« Gespielt besorgt holte Brooke Luft. »Bist du denn sicher, dass er das kann?«

Ihre beste Freundin starrte sie an, als hätte sie sich soeben dazu bekannt, Anhänger einer außerirdischen Glaubensgemeinschaft zu sein. »Natürlich kann er das – er ist schließlich ihr Vater.«

»Ähm …« Brooke schluckte und sah Drew hastig von der Seite an. Er verfolgte das Gespräch zwischen ihr und Lauren mit offenbar großem Entzücken.

»Himmel, Brooke«, beschwerte sich Lauren und befreite sich aus dem Griff ihrer Freundin. »Was ist denn los mit dir? Du tust ja gerade so, als hätte ich euch beim Knutschen überrascht. Wir sind nicht mehr auf der Highschool, hörst du?«

Angesichts der gefährlichen Messer, die überall in ihrer Küche zu finden waren, sagte sich Brooke, dass sie eine Medaille verdient hatte, weil sie Lauren nicht einfach kaltblütig umbrachte. Wie kam ihre beste Freundin dazu, vor Drew Knight übers Knutschen zu reden? Beinahe glaubte sie, dass sich momentan alle Bewohner Sunports gegen sie verschworen hatten. Nachdem nicht nur Mrs. Murphy, sondern auch ihre eigene Mutter Drew gegenüber Anspielungen auf ihren Single-Status gemacht hatte, hatte ihr gerade noch gefehlt, dass nun auch Lauren damit anfing.

»Du sollst doch nicht trinken, wenn du fährst«, tadelte Brooke ihre Freundin mit einem ernsten Kopfschütteln und erklärte an Drew gewandt: »Sie hat ein kleines Alkoholproblem. Nehmen Sie sie einfach nicht ernst.«

Glücklicherweise verstand Lauren Spaß. »Mein *Alkoholproblem* beschränkt sich auf ein Glas Weißwein an Samstagabenden«, erläuterte sie und tätschelte in aller Seelenruhe Brookes Hand. »Brookes Problem hingegen ist, dass sie sich gerne Geschichten ausdenkt und diese hemmungslos ausschmückt, wenn ihr etwas unangenehm ist.« Lauren fixierte den blonden Mann. »Also, haben Sie miteinander geknutscht?«

Zähneknirschend trat Brooke ihrer besten Freundin auf den Fuß und ignorierte Drews entzücktes Gesicht.

»Autsch«, beschwerte sich Lauren augenblicklich. »Warum hast du es auf meinen Fuß abgesehen?«

»Und warum hast du es darauf abgesehen, mich zu blamieren?«, zischte Brooke ihr zu und spürte, wie brennende Röte in ihre Wangen fuhr.

Lauren dachte anscheinend nicht im Traum daran, Rücksicht auf die Gefühle ihrer allerbesten Freundin zu nehmen. »Ich habe es ganz und gar nicht darauf abgesehen, dich zu blamieren. Eigentlich wollte ich deinem Gast nur ein wenig auf den Zahn fühlen, nachdem die halbe Stadt darüber rätselt, was er mit dir zu schaffen hat.«

Brooke kniff die Augen zusammen und massierte sich die schmerzende Stelle über ihrer Nasenwurzel.

»Vielleicht können Sie mir erklären, weshalb Ihre beste Freundin von den meisten Stadtbewohnern verkuppelt werden soll, Lauren«, sagte Drew. »Langsam beginne ich, mir Sorgen um meine Tugend zu machen, immerhin schlafe ich mit Brooke unter demselben Dach.«

Brooke riss den Kopf hoch und starrte ihn empört an. Er jedoch erwiderte ihren fassungslosen Blick mit einem trägen Lächeln, bei dessen Anblick ihr angenehm warm wurde. Trotzdem verzog sie den Mund und schnaubte. »Wenn Sie sich meinetwegen Sorgen machen, sollten Sie abends lieber die Badezimmertür abschließen. Ich hatte nicht den Eindruck, dass es Ihnen viel ausgemacht hat, als ich Sie hüllenlos vor dem Badezimmerspiegel überrascht habe.«

Erst als Lauren in brüllendes Gelächter ausbrach, wurde Brooke bewusst, dass sie nicht allein mit Drew in der Küche stand und vielleicht dieses kleine Detail unter den Tisch hätte fallen lassen sollen.

Was Lauren selbstverständlich nicht tat. »Du hast ihn nackt gesehen, Brooke? Warum erzählst du mir das nicht?!«

Genervt stemmte Brooke die Hände in die Hüften. »Denk doch einmal scharf nach!« Bevor Lauren oder Drew einen weiteren blöden Spruch ablassen konnten, erklärte sie mürrisch: »Ich brauche was aus dem Vorratsraum.«

Ohne auf eine Antwort der beiden zu warten, flüchtete sie aus der Küche und verschwand im rückwärtigen Bereich des Hauses, in dem sich die Kühlkammer und der Vorratsraum des *Crab Inn* befanden. Der heutige Tag steckte ihr in den Knochen. Und sie fragte sich allmählich, ob mit dem Trinkwasser der Stadt etwas nicht stimmte. Warum sonst zeigten alle weiblichen Bewohner auf einmal so ungesundes Interesse an Brookes Privatleben?

Und warum war die Tatsache, dass sie ledig war, ein solch großes Thema für andere Menschen, während ihr selbst das völlig egal war? Dass Will sie verlassen und die Verlobung gelöst hatte, war zwar schmerzhaft gewesen, aber nach einem Jahr dachte Brooke kaum noch daran. Wenn sie sich keine Sorgen um ihre Mutter und das *Crab Inn* hätte machen müssen, wäre sie ziemlich zufrieden gewesen – auch ohne Partner an ihrer Seite. Anscheinend sahen das andere Menschen jedoch anders.

Am liebsten hätte Brooke nicht nur der Bürgermeisterin, sondern auch ihrer eigenen Mutter und ihrer besten Freundin den Hals umgedreht, da diese mit dem Feingefühl eines herumtaumelnden Tyrannosaurus Rex Brooke vor Drew derart vorgeführt hatten. Der Großstadtsnob mit den faszinierenden Augen musste sich allmählich fragen, was mit ihr nicht stimmte, dass all die Frauen um sie herum nach einem Date für sie suchten.

Neben dem dumpfen Gefühl, sich blamiert zu haben,

plagte sie auch noch die Enttäuschung darüber, dass Laurens Auftauchen die schöne Stimmung zwischen ihnen beiden mit einem Schlag zerstört hatte. Zum ersten Mal hatte zwischen ihnen eine erstaunliche Harmonie geherrscht. Und obwohl es Brooke nicht für möglich gehalten hatte, war ihr Drew nicht nur extrem sympathisch gewesen, sondern sie hatten sich so gut verstanden, dass sie ausgelassen miteinander gelacht hatten. Wenn sie es nicht besser wüsste, würde sie ihre Stimmung als Eifersucht gegenüber ihrer besten Freundin beschreiben.

Rasch schüttelte sie den Kopf und verdrängte so ihre wirren Gedanken, um aus dem Regal des Vorratsraumes eine Großpackung Mehl zu nehmen, bevor sie sich entschlossen auf den Weg zurück in die Küche machte, in der sie von Laurens Stöhnen empfangen wurde.

»O Mann! Du musst Brooke unbedingt das Rezept geben, Drew. Was ist das noch einmal?«

»Frittierter Kaisergranat.« Drew reichte ihrer besten Freundin einen weiteren Teller. Er stand mit dem Rücken zu Brooke, weder Lauren noch er zeigten das geringste Anzeichen, dass sie von Brookes erneuter Anwesenheit wussten. »Probier das mal und sag mir, was du davon hältst!«

Brooke blieb stehen, wo sie war, und beobachtete verwundert, wie Lauren die ihr angebotenen Speisen in Windeseile verputzte und selig stöhnte. Anschließend steckten Drew und Lauren die Köpfe zusammen und plauderten übers Essen. Drews nächste Worte erschütterten Brooke zutiefst.

»Vorgestern habe ich Brookes Blaubeerkuchen probiert. Du weißt nicht zufällig, wo sie ihr Rezept aufbewahrt, oder?«

»Warum?«, wollte Lauren schmatzend wissen.

Drew schnaubte, bevor auch er ein genießerisches Schmatzen hören ließ. »Ich habe niemals zuvor einen so guten

Kuchen gegessen! Wenn sie ihn das nächste Mal backt, werde ich ihn vermutlich komplett allein aufessen.«

Blinzelnd legte Brooke den Kopf schief und sah, dass Lauren sie entdeckt hatte und breit grinste. Gleichzeitig erklärte sie an Drew gewandt, der Brooke noch immer den Rücken zukehrte: »Vermutlich wird dir nichts anderes übrigbleiben, als Brooke zu heiraten, um an das Rezept heranzukommen. Alte Familientradition und so.«

Zwar schien Drew Laurens Vorschlag lustig zu finden, da er ein heiseres Lachen ausstieß, aber Brooke kniff die Augen zusammen und zeigte ihrer besten Freundin einen Vogel.

Brooke hatte gerade erst ihr Zimmer betreten und die Tür hinter sich geschlossen, als ein verhaltenes Klopfen von außen an der Holztür ertönte.

Gähnend hielt sie sich die Hand vor den Mund, strich sich eine ihrer feuchten Locken aus der Stirn und öffnete zögernd die Tür. Drew stand vor ihr, zwei dampfende Becher in den Händen.

Da Brooke die vergangene halbe Stunde im Badezimmer verbracht hatte und in der heißen Wanne vor lauter Erschöpfung beinahe eingeschlafen wäre, wusste sie nicht, was Drew in dieser Zeit angestellt hatte, doch der verführerische Kakaoduft, der ihr in die Nase stieg, sagte ihr, dass ihr Hausgast und »Küchenjunge« noch einmal unten gewesen sein musste. Zwar hatten sie beide gleichzeitig die Küche verlassen und waren nach oben gegangen, doch im Gegensatz zu ihr schien Drew seine Tageskleidung noch nicht gewechselt zu haben. Brooke dagegen trug einen karierten Pyjama und wünschte sich plötzlich, es wären nicht auch noch Kätzchen auf dem Flanellstoff aufgedruckt.

»Kann ich Sie zu einem Kakao überreden?«

Zögernd fuhr sich Brooke mit der Zunge über die Unterlippe, lehnte sich gegen die Tür und schnupperte gespielt misstrauisch in der Luft herum. »Kakao? Mit Marshmallows?«

»Aber natürlich«, erwiderte er mit einem Murren. »Ohne Marshmallows schmeckt der beste Kakao wie Spülwasser.«

Das verleitete sie zu einem Lächeln, bevor sie sich von der Tür abstieß und sie einladend aufhielt. Gleich darauf nahm sie ihm eine Tasse ab und drehte sich um, in dem Wissen, dass er ihr folgen würde.

Brooke nippte an ihrem Kakao und ließ sich gleichzeitig im Schneidersitz auf ihrer Bettkante nieder, während Drew sich nach anfänglichem Zögern in den Besuchersessel setzte und sich allem Anschein nach nicht zu offensichtlich umsehen wollte. Ihr war es in diesem Moment völlig egal, was er zu ihrem Zimmer sagte, das mit diversen Einrichtungsgegenständen ihrer alten Wohnung vollgestopft war – sie trank entzückt den Kakao und konzentrierte sich allein auf den sahnigen Geschmack, der ihr auf der Zunge tanzte.

Entspannt öffnete sie wieder die Augen und musterte ihren Besucher, der die Beine von sich gestreckt hatte und ebenfalls völlig in seinen Gedanken versunken war. Dass sie ausgerechnet mit Drew Knight in ihrem Schlafzimmer sitzen und Kakao trinken könnte, erschien ihr so abwegig, dass sie ein Grinsen in ihrem Becher verstecken musste.

»Ich habe zwar keine Ahnung, womit ich diesen Service verdient habe, trotzdem muss ich Ihnen danken«, sagte sie nach einigen Augenblicken des angenehmen Schweigens.

Ihr Gast fuhr sich durchs Haar, das jetzt ein wenig zerzaust war. »Nichts zu danken. Ich dachte, dass Sie nach diesem Tag eine kleine Stärkung bräuchten.«

»Ach?« Verwundert blickte Brooke auf. »War der Tag besonders schlimm? Eigentlich fand ich ihn ziemlich ruhig.« Mit dem Anflug von Verlegenheit legte sie den Kopf schief und gab zu: »Was ich Ihnen zu verdanken habe, Drew. Sie haben mir viel Arbeit abgenommen. Das war sehr nett.«

Drew zuckte mit der Schulter. »Keine große Sache. Es hat mir Spaß gemacht, mit Ihnen in der Küche zu stehen.«

Lächelnd trank sie einen Schluck und gestand: »Das fand ich auch. Außerdem bin ich schwer begeistert, wie großartig frittierter Kaisergranat schmeckt.«

»Ha!« Zufrieden funkelten seine Augen. »Und? Habe ich es Ihnen nicht gleich gesagt?«

»Ja, haben Sie.« Wohlig streckte sich Brooke ein Stückchen und verdrehte die Augen. »Entschuldigen Sie, dass ich auf dem Markt so zickig war.«

Drew schnalzte mit der Zunge. »Schon vergessen.«

»Puh.« Gespielt erleichtert wischte sich Brooke den imaginären Schweiß von der Stirn. »Dabei dachte ich, Sie wären mir auf ewig böse, nachdem ich Ihnen vor einem Geschlechtsgenossen Befehle erteilt habe.«

Ihr Gast sah sie mit einer hochgezogenen Augenbraue an. »Clint hatte sicherlich viel zu lachen, als wir ihm diese bühnenreife Show boten.«

Brooke schnaubte auf. »Genau – wir sollten damit am Broadway auftreten.«

»Ich bekomme zu schnell Lampenfieber.« Er grinste. »Aber um beim Thema zu bleiben: An Ihrer Stelle hätte ich auch schlechte Laune gehabt, wenn ich für die Verkupplungsversuche einer aufdringlichen Bürgermeisterin hätte herhalten müssen.«

Obwohl sie das Thema lieber nicht wieder hervorgekramt hätte, gab sie zu: »Sie müssen auch glauben, dass etwas mit unserem Trinkwasser nicht stimmt, oder? Immerhin wurden Sie heute von Mrs. Murphy, meiner Mom und von Lauren regelrecht überfallen.«

Lässig hob er die Hand. »Von Mrs. Murphy abgesehen fand ich Ihre Mom und Lauren sehr charmant. Außerdem müssen Sie sich keine Sorgen machen, schließlich weiß ich, dass es die beiden nicht ernst meinen.«

»Oh.« Eigentlich hätte Brooke erleichtert sein müssen, dass Drew die Verkupplungsversuche ihrer Mom und ihrer besten Freundin für einen Scherz gehalten hatte. Doch das stimmte nicht, ganz im Gegenteil schwappte sogar eine Welle purer Enttäuschung über sie hinweg. Warum sie enttäuscht war, konnte sie selbst nicht sagen. Sie wusste nur, dass sie den heutigen Tag sehr genossen hatte und sich in seiner Gegenwart wohlgefühlt hatte. Mehr noch – seit langer Zeit hatte sie für einige Stunden sogar ihre Sorgen vergessen.

Um ihm nicht zu zeigen, dass seine indirekte Abfuhr sie irritierte, täuschte sie ein Gähnen an und erklärte rasch: »Haben Sie vielen Dank für den Kakao, Drew, aber ich möchte Sie wirklich nicht vom Schlafen abhalten.«

Seine Augen schimmerten im hellen Licht der Deckenlampe strahlend grün, als er sie nachdenklich ansah. »Wenn es Ihnen nichts ausmacht, würde ich Ihnen gerne einen Vorschlag machen.«

»Einen Vorschlag?«

»Ja.« Er nickte und seufzte fast widerstrebend. »Seien Sie mir nicht böse, aber ich habe den Streit mit Ihrem Vater mitangehört, Brooke.«

»Oh!«

Er zögerte unbehaglich. »Tatsächlich wollte ich nicht lauschen. Ich habe rein zufällig gehört, wie Sie mit ihm diskutiert haben.«

»Schon gut. Ich bin Ihnen nicht böse.«

»Da bin ich froh. Ehrlich gesagt hätte ich keine Lust gehabt, mit Ihnen am späten Abend noch einen Streit anzufangen.«

Brooke zog die Nase kraus und ignorierte seinen letzten Kommentar. Interessiert fragte sie: »Welchen Vorschlag wollen Sie mir machen? Das *Crab Inn* abzufackeln und die Versicherung zu kassieren?«

Drew schenkte ihr einen übertrieben tadelnden Blick. »Also, *das* war nicht mein Plan.«

»Meiner auch nicht.« Sie machte eine ungelenke Handbewegung. »Vergessen Sie bitte, was ich gesagt habe. Es ist spät, und der Streit mit meinem Dad liegt mir im Magen.«

»Kann ich gut verstehen«, murmelte er zustimmend.

»Tatsächlich?«

Ihr Gast nickte, schnitt eine Grimasse und sah sie mit einem schwachen Lächeln an. »Da ich mich mit meinem Vater auch ziemlich oft streite, kann ich Sie sogar sehr gut verstehen.«

Überrascht von seiner Offenheit, blinzelte sie ihn wortlos an.

Mit einem winzigen Schulterzucken offenbarte Drew: »Mein Dad und ich haben uns wie verrückt gestritten, als ich mein Jurastudium geschmissen habe. Seither benimmt er sich, als wäre ich die größte Enttäuschung seines Lebens. Und auch wenn ich mir einrede, dass es mir egal sein sollte, beschäftigt es mich dennoch.« Ungelenk und etwas verlegen gab er zu: »Es ist nur natürlich, dass man Eltern haben möchte, die stolz auf einen sind.«

Brooke wusste nicht, was sie darauf sagen sollte, denn Drew Knight wirkte mit einem Mal so zugänglich, sympathisch und bodenständig wie niemals zuvor. Außerdem fand sie sich in seinen Worten wieder. Zwar wusste sie, dass ihre Eltern stolz auf sie waren, aber es hätte ihr immens viel bedeutet, wenn ihr Dad ihr mehr zugetraut hätte, als einfach nur den Blaubeerkuchen zu backen und das *Crab Inn* über Wasser zu halten, bis er sich wieder höchstpersönlich um das Restaurant kümmern konnte.

Zaghaft fragte sie: »Was ist mit Ihrer Mom? Sie muss doch stolz auf Sie sein, immerhin haben Sie Ihre eigene Firma.«

Eine Sekunde lang hatte Brooke den Eindruck, dass sich ein düsterer Schatten auf sein Gesicht legte, dann aber lächelte er unbekümmert. »Ja, meine Mom ist durchaus stolz. Es geht tatsächlich nur um meinen Dad. Meine älteren Geschwister sind beide Juristen, bloß ich schlage aus der Art – und mein Dad lässt es mich spüren. Ach …« Er winkte ab. »Es ist kompliziert und auch nicht sehr wichtig.«

Brooke glaubte zwar, dass das Thema ihm äußerst wichtig war, schwieg jedoch, da sie spüren konnte, wie unangenehm es ihm war, über seinen Vater zu reden.

Stattdessen versuchte sie, ihn aufzumuntern. »Dafür bin ich mir ziemlich sicher, dass sich Ihre Geschwister in einer Küche nicht so gut anstellen wie Sie.«

Er zwinkerte ihr zu. »Außerdem fahren die beiden noch grauenvoller Auto als ich.«

Augenblicklich verfärbten sich Brookes Wangen. »Hmm … ich sollte vielleicht einmal klarstellen, dass … hmm … wie soll ich das sagen?« Sie holte tief Luft und gab mit einem Anflug von Widerwillen zu: »Es könnte sein, dass ich am Montagabend ein wenig abgelenkt war und Sie zu spät entdeckt habe.«

»Ahhh«, erwiderte er mit einem langgezogenen Laut und wirkte merklich zufrieden. »Ich verstehe.«

Brooke rümpfte die Nase und fühlte sich bemüßigt, sich zu verteidigen. »Sie waren trotzdem auf meiner Spur!«

»Das war ich allerdings«, stimmte er ihr fröhlich zu. »Gut zu wissen, dass ich Großstadtsnob, der die Landstraße mit einer Rennstrecke verwechselt hat, nicht der einzige unkonzentrierte Fahrer war.«

»Sehr komisch«, murrte Brooke. »Welchen Vorschlag wollten Sie mir denn nun machen? Mein Kakao ist schon ganz kalt!«

Ihre vorgespielte Zickigkeit schien ihn nicht abzuschrecken. »Eigentlich hätten Sie ihn auch trinken sollen«, antwortete er gutmütig.

Brooke fuhr sich rasch über die Unterlippe. »Ihr Vorschlag, Drew! Oder brauchten Sie einfach nur einen Vorwand, um mich im Pyjama zu sehen?«

»Ha!« Grinsend legte er den Kopf schief. »Erwischt. Obwohl es ausgleichende Gerechtigkeit gewesen wäre, wenn Sie gar nichts tragen würden.«

Bevor sie mit verlegener Miene im Boden verschwinden konnte, senkte sie den Blick und stieß ein Knurren aus. »Drew ... ich bin nicht für meine Geduld bekannt.«

»Das hätte ich mir gleich denken können.«

»Ich glaube, dass dieser Becher ein vorzügliches Wurfgeschoss abgeben würde«, erklärte Brooke, bevor sie ihm auffordernd ins Gesicht sah. »Könnten Sie mir jetzt *bitte* Ihren Vorschlag unterbreiten, bevor ich in eine Nervenheilanstalt eingeliefert werden muss?«

Er zwinkerte begeistert. »Ich hätte eine Idee, wie das *Crab Inn* schwarze Zahlen schreiben könnte.«

Augenblicklich wurde Brooke mucksmäuschenstill und richtete sich auf.

»Vermutlich wird Ihr Dad nicht einverstanden sein, aber ...«

»Mein Dad trägt Scheuklappen«, unterbrach sie Drew

unverblümt und ließ ihren Blick zwischen seinen Augen und seinem Grübchen hin und her wandern. »Das sollte mich nicht davon abhalten, das *Crab Inn* besser dastehen zu lassen als jetzt.«

Zufrieden lehnte sich ihr Gast in seinem Sessel zurück. »Schön, dass Sie das so sehen. Meine Idee wird Sie nämlich umhauen, Brooke.«

6

»Warum machen wir das noch mal?«

»Hast du noch nie etwas von Industriespionage gehört?«

»Industriespionage?« Brooke warf einen ironischen Blick auf den kandierten Apfel, von dem Andrew voller Entzücken abbiss. »Wir sind auf einem Volksfest, Drew, und kopieren keine streng geheimen Daten einer Hochsicherheitsfirma. Gib es zu, du hattest Lust, dir den Bauch vollzuschlagen!«

Angesichts der Tatsache, dass er in der letzten halben Stunde so ziemlich alles verdrückt hatte, was ihm auf dem winzigen Volksfest angeboten worden war, konnte Andrew ihr diesen Spruch nicht einmal übelnehmen. Trotzdem schüttelte er den Kopf und hielt ihr den Apfel hin, um sie abbeißen zu lassen.

»Wenn ich mir lediglich den Bauch vollschlagen wollte, wäre ich im *Crab Inn* geblieben und hätte mich dort bedient.«

Nun schüttelte Brooke den Kopf und machte keine Anstalten, von seinem Apfel abzubeißen. »Du vergisst, dass das *Crab Inn* heute geschlossen ist, Drew.«

»Ach.« Er zwinkerte anzüglich. »Weißt du, ich kenne zufällig die Köchin des *Crab Inn*, und die hätte mir ganz sicher eine Portion ihrer göttlichen Crab Cakes gemacht. Die Frau kann nicht Nein sagen, wenn ich sie um etwas bitte.«

Ihr vergnügtes Lachen drang ihm in die Ohren und ließ ein merkwürdiges Kribbeln seinen kompletten Rücken hinaufwandern. Ohne es zu wollen, betrachtete er sie und stellte dabei fest, dass er sie gerne lachen sah. Brooke Day konnte nicht nur einen großartigen Blaubeerkuchen backen, sie war auch sehr nett anzusehen. Er mochte die wilden Locken, die so aussahen, als wäre sie gerade erst aus dem Bett gestiegen und hätte keine Zeit gehabt, sich zu kämmen. Ihr herzförmiges Gesicht mit den strahlend blauen Augen hatte ihn ohnehin schon von Anfang an fasziniert, und ihr weicher Mund zog seinen Blick wie magisch an – vor allem wenn sie lachte. So wie jetzt.

Mochte sie anfangs sehr erfolgreich die Zimtzicke gespielt haben, war Andrew mittlerweile dahintergekommen, dass es nicht ihrem Naturell entsprach, mit missmutiger Miene durchs Leben zu spazieren. Dafür steckte unter der grantigen Oberfläche ein viel zu humorvoller und fürsorglicher Mensch.

Da sie nun einige Tage lang aufeinandergehockt und miteinander gearbeitet hatten, wusste Andrew, wie Brooke tickte, was sie antrieb. Und das machte sie noch sympathischer.

Brooke Day war willensstark, ehrgeizig und furchtbar in Sorge um ihre Mutter. Allem Anschein nach hatte sie ihr komplettes Leben umgekrempelt, um ihre Eltern zu unterstützen. Allein das rang ihm Respekt ab.

»Bilde dir bloß nichts ein«, riet sie ihm grinsend und stieß ihn spielerisch in die Seite. Dass ihr Scheitel lediglich bis zu seiner Schulter reichte, hinderte sie nicht daran, kämpferisch das Kinn zu heben und mit einer gehörigen Portion Schalk in den Augen zu erklären: »Ich kann sehr wohl Nein sagen, Drew.«

Da er einen enormen Spaß daran entwickelt hatte, sich mit

ihr Wortgefechte zu liefern, hob er eine Augenbraue, biss ein weiteres Mal von seinem Apfel ab und erwiderte kauend: »Das glaube ich nicht, Brooke. Sobald ich meinen Charme spielen lasse, wirst du schwach.«

»Ha!« Ihre Augen fixierten ihn, jedoch funkelte ihm kein Zorn entgegen, sondern sprudelndes Lachen. »Charme? Und wovon träumst du nachts?«

»Das«, entgegnete er gedehnt und warf ihr einen gespielt strafenden Blick zu, »würde ich lieber nicht in aller Öffentlichkeit diskutieren.«

Wieder antwortete sie ihm, indem sie ihm leicht in die Seite stieß, jedoch überzog ihr Gesicht gleichzeitig tiefe Röte.

»Können wir endlich weitergehen? Du hältst noch den ganzen Betrieb auf, Drew.«

Da weit und breit niemand war, den er hätte aufhalten können, folgte er ihr wenige Sekunden später mit einem zufriedenen Grinsen. Gleichzeitig glitten seine Augen anerkennend über ihre zierliche Gestalt und hefteten sich auf die Rundung ihres Pos, der heute in pfirsichfarbenen Shorts steckte. Da das Wochenende sehr warm zu werden versprach, hatte sich Brooke knappe Freizeitbekleidung angezogen, die Andrew normalerweise nicht an ihr sah. Statt mit der wenig aufregenden Küchenuniform beglückte sie ihn heute mit kurzen Shorts, die ihm einen vorzüglichen Blick auf schlanke Beine ermöglichten, und mit einem winzigen T-Shirt, das ständig hochrutschte und ihren Nabel entblößte.

Andrew wollte es nicht zugeben, aber nicht nur das warme Frühsommerwetter brachte ihn zum Schwitzen.

Als sie stehen blieb und ihm ins Gesicht sah, schaffte er es gerade noch, seine Augen von ihrem Po abzuwenden, bevor sie ihn dabei erwischen konnte, dass er einige ihrer Körperstellen mit viel zu großem Interesse musterte.

Stattdessen zog sie die Schultern hoch und wollte dumpf wissen: »Bist du sicher, dass das keine Schnapsidee ist?«

»Brooke«, murmelte er ernst und warf den Rest des Apfels in einen Abfalleimer. Normalerweise hätte er ihr aufmunternd einen Arm um die Schulter geschlungen, doch da sie sich erstens mitten auf dem gut besuchten Volksfest von Sunport befanden und es Brooke zweitens sicherlich nicht gepasst hätte, wenn er ihr zu nahe gekommen wäre, verkniff er sich diesen Reflex. Ähnlich wie sie zuvor stieß er sie lieber kurz in die Seite und schaute sie ernst an. »Werbung für das *Crab Inn* ist alles andere als eine Schnapsidee.«

Verzagt nagte sie auf ihrer Unterlippe herum und trat einen Schritt näher, sodass ihm der Duft ihres Shampoos in die Nase stieg. »Dieses Event, das du für uns geplant hast, ist schließlich mehr als bloß Werbung. Das wird eine große Sache, wenn ich dir glauben kann.«

Obwohl der zarte Kokosduft ihn gehörig abzulenken drohte, entgegnete er rau: »Es geht nicht nur um ein einzelnes Event zum 4. Juli, Brooke. Danach musst du mit Tourismusbehörden, Zeitungen und diversen Anbietern kooperieren. Nur mit einem langen Atem kannst du immer wieder neue Gäste zu dir locken. Aber mit so einer Veranstaltung dürfte euch ein Neustart glücken.« Zwar hatten sie sich in den vergangenen Tagen lang und breit über seinen Plan unterhalten, das *Crab Inn* populärer zu machen, dennoch spürte er, wie unsicher seine Gastgeberin nach wie vor war.

»Ich weiß«, seufzte sie. »Du hast vollkommen recht, Drew, aber so, wie du es dir vorstellst, verlangt es eine große Investition. Ich weiß wirklich nicht, wie wir das stemmen sollen.«

»Brooke.« Ohne nachzudenken ergriff er nun doch ihre Hand und drückte sie aufmunternd, während er mit ruhiger Stimme fortfuhr: »Darum solltest du dir keine Sorgen machen. Wenn wir es vernünftig anstellen, trägt sich das Event durch die Sponsoren von selbst. Zeitungen werden darüber berichten und so Werbepartner auf euch aufmerksam machen. Mit diesem Geld könnt ihr in Schönheitsreparaturen investieren. Das wird klappen, da bin ich mir ganz sicher.«

Als sie nichts sagte, sondern mit gesenktem Kopf auf einen Punkt starrte, fragte sich Andrew einen Moment lang, was diese Schweigsamkeit zu bedeuten hatte. Bis ihm einfiel, dass er noch immer ihre Hand in seiner hielt.

Sofort ließ er sie los, räusperte sich und fuhr sich durchs Haar.

»Also ...«

»Ich ...«

Da sie beide gleichzeitig gesprochen hatten, verstummten sie und stießen anschließend ein verlegenes Lachen aus.

Eigentlich waren sie heute hergekommen, um sich umzusehen und Ideen für ihr Event zu sammeln, das am 4. Juli stattfinden sollte. Seit drei Tagen sprachen sie beide über kaum etwas anderes, nannten es unter sich sogar schon ihr »Sternenbannerfest«. Besonders Andrew war mit Feuereifer bei der Planung und verdrängte gleichzeitig jeden Gedanken daran, dass er ein eigenes Restaurant hatte, um das er sich kümmern müsste.

Heute war er wie an den beiden vergangenen Morgen wach geworden, als es noch dunkel gewesen war. Voller Tatendrang war er aus dem Bett gesprungen, hatte sich angezogen und in den Gastraum des *Crab Inn* gesetzt, um dort seine Ideen zu Papier zu bringen und anschließend Frühstück zu machen. Abends ging er ins Bett, während sein Kopf vor Plänen schwirrte, die sich allesamt darum drehten, wie man aus diesem Restaurant eine wahre Perle machen konnte. Er wusste selbst, dass er im Grunde zu weit ging und schon drauf und dran war, ein komplettes Restaurantkonzept zu entwickeln. Doch auch dieses Wissen hielt ihn nicht davon ab, Brooke die Ohren vollzuquasseln und sie davon zu überzeugen, wie sehr das *Crab Inn* von dem Fest am 4. Juli profitieren konnte – und wie wichtig es war, dass sie dabei alles richtig machten.

Deshalb war dieser Besuch auf dem Volksfest also ein Arbeitstermin. Doch Andrew fand Brookes Gegenwart viel zu angenehm, um nur ans Geschäft zu denken. Mit ihr über das Volksfest zu schlendern, dabei kandierte Äpfel zu essen und mit ihr zu flirten – das alles fühlte sich verdammt gut an, wie er sich eingestehen musste. Tatsächlich kam es ihm so vor, als hätten sie beide gerade ein Date.

Auch ihr mussten ähnliche Gedanken durch den Kopf gehen, da ihre Wangen glühten, während sie ihre Augen hin und her wandern ließ. Jedenfalls hoffte er das.

Gerade als er den Mund öffnen wollte, um das Schweigen zu unterbrechen, dröhnte hinter ihm eine joviale Stimme: »Hey, junger Mann! Wollen Sie für Ihre Freundin nicht ein Kuscheltier schießen?«

Obwohl Andrew mit fünfunddreißig Jahren sicher kein junger Mann mehr war, drehte er sich dennoch um und bemerkte einen Schießbudenbesitzer in wenigen Metern Entfernung.

»Meinen Sie etwa mich?«, fragte er mit einem Lachen in der Stimme.

Der gemütliche Mann mit der fröhlich getupften Schürze nickte zustimmend und deutete auf Brooke. »Ihre Freundin sieht aus, als hätte sie nur allzu gerne einen Teddybären.«

Nur mit Mühe konnte sich Andrew ein weiteres Lachen verkneifen. Schließlich war Brooke erstens nicht seine Freundin, zweitens machte sie mit gerunzelter Stirn einen eher misstrauischen Eindruck und drittens wollte sie sicher keinen der quietschbunten Teddybären haben, die in der kleinen Bude ausgestellt waren oder an Fäden von der Decke hingen.

Trotzdem legte Andrew ihr eine Hand auf den Rücken und schob sie neben sich her. Das war auch nötig, denn bis sie beide die wenigen Meter zur Schießbude überwunden hatten, benahm sie sich wie ein störrischer Esel. Zum Glück schien sie immer noch verlegen zu sein, deshalb nutzte Andrew die Gunst der Stunde und platzierte sie neben sich, während er den Schießbudenbesitzer fragte: »Was kostet es denn bei Ihnen, so einen Teddybären zu schießen?«

»Kommt ganz drauf an, wie gut Sie schießen können«, antwortete der Mann.

»Drew«, zischelte Brooke neben ihm halblaut. »Ich *will* keinen Teddybären.«

»O doch«, konterte er vergnügt. »Ein Besuch auf dem Volksfest, ohne einen Teddybären zu gewinnen? Das wäre ein Desaster.«

Der Mann versenkte die Hände in den Taschen seiner Schürze und wiegte sich vor und zurück. »Das ist ein Mann nach meinem Geschmack!«

Selbstverständlich meldete Brooke ein weiteres Mal Proteste an. »Ich wüsste nicht einmal, wohin mit einem Kuscheltier! Aus dem Alter bin ich längst raus, Drew. Lass uns einfach weitergehen …«

Andrew ignorierte sie und griff stattdessen nach seinem Portemonnaie, bevor er zwei Zwanzigdollarscheine auf die mit grünem Teppich beschlagene Theke legte. »Wie viele Schüsse bekomme ich dafür?«

»Eine Menge«, entgegnete der Budenbesitzer entzückt und drehte sich um, um eines seiner klapprigen Gewehre von der Wand zu nehmen.

»Drew«, flüsterte der Quälgeist neben ihm und legte eine

Hand auf seinen Unterarm. »Das ist doch Unsinn! Ich brauche keinen Teddybären. Steck dein Geld wieder ein.«

Anstatt auf ihren Protest einzugehen, konzentrierte sich Andrew lieber auf das Gefühl, ihre Hand auf seiner nackten Haut zu spüren, und nickte den lustigen Teddybären zu, die allesamt vermutlich aus einer Fabrik aus Taiwan stammten. »Such dir schon mal einen aus, Brooke. Ich finde den blauen ziemlich cool.«

Seine Begleitung ließ ein entnervtes Stöhnen hören, was er ihr nicht einmal verübeln konnte. Der blaue Teddybär mit den schief angebrachten Augen sah eher aus wie eine Figur aus dem Kinderfernsehen, noch dazu eine, die auf Speed war.

»Drew ...«

»Hier, junger Mann«, unterbrach der Schießbudenbesitzer Brookes Einwand und reichte ihm eines der Gewehre. »Nur für Sie habe ich mein bestes Gewehr ausgesucht.«

»Vielen Dank«, erwiderte Andrew mit dem gebotenen Ernst und nahm das Gewehr entgegen, das sich in seinen Händen ausgesprochen leicht anfühlte.

»Drew«, setzte Brooke ein weiteres Mal an.

»Pst.« Er setzte das Gewehr an und kam sich dabei total ungeschickt vor. In Filmen sah es immer ganz leicht aus, mit einem Gewehr umzugehen, doch im wahren Leben fühlte sich Andrew wie ein Trottel. Hoffentlich blamierte er sich nicht gleich bis auf die Knochen. »Ich muss mich konzentrieren, schließlich schieße ich zum ersten Mal.«

»Sie haben Zeit«, ließ sich der Schießbudenbesitzer vernehmen. »Es ist noch kein Meister vom Himmel gefallen.«

Das konnte Andrew bestätigen, als er wenige Sekunden später einen katastrophalen Schuss abgab, der nicht einmal in die Nähe der winzigen Plaketten kam, die er treffen musste, um einen der Teddybären zu gewinnen.

»Tja, das war wohl nichts«, gab Andrew selbstironisch zu und ließ sich von dem anderen Mann zeigen, wie er nachladen musste. Dass mit Korken anstelle von Patronen geschossen wurde, beruhigte ihn einerseits, da so keine Gefahr bestand, jemanden versehentlich umzubringen, doch andererseits minderte der Anblick der Korken das Gefühl, ein cooler Typ zu sein.

Die Frau neben ihm gab ein Schnauben von sich, als Andrew das Gewehr ein zweites Mal ansetzte.

Fragend sah er sie an. »Was ist?«

»Du hältst das Gewehr völlig falsch«, erklärte sie seufzend, trat näher an ihn heran und legte ihre Hand auf seine, um sie am Lauf des Gewehres zu führen. »Du musst mit der linken Hand den Vorderschaft stabilisieren, um dein Ziel nicht zu verfehlen. Nein …« Sie schüttelte den Kopf, als Andrew das Gewehr verschob. »Der Kolben gehört gegen die rechte Schulter.«

Dass sie sich nun fast an ihn presste, um ihm zu zeigen, wie er das Gewehr halten musste, ließ seine Konzentration noch mehr schwinden.

Prompt ging der nächste Schuss wieder daneben.

»Vielleicht solltest du dein Ziel nur mit einem Auge anvisieren und das andere zukneifen«, riet Brooke ihm geduldig.

Obwohl er sich ihren Ratschlag zu Herzen nahm, verfehlte er auch beim dritten Versuch sein Ziel. Der vierte Versuch war von genauso wenig Erfolg gekrönt.

»Wie viele Versuche hat er noch?«, wandte sich Brooke an den Schießbudenbesitzer, der die Ruhe in Person war.

»Mehr als genug. Keine Sorge, Sie bekommen Ihren Teddy, junge Dame.«

»Da bin ich aber froh«, gluckste Brooke und entlockte Andrew ein breites Lächeln, das er an seiner Schulter versteckte, während er zum fünften Mal danebenschoss.

Bevor er sich ein weiteres Mal blamieren konnte, setzte er das Gewehr ab und reichte es an Brooke weiter.

Sie sah ihn fragend an. »Was soll ich damit?«

»Na, schießen!« Er zwinkerte ihr zu. »Jemand, der mit seinem Dad auf Elchjagd gegangen ist, sollte kein Problem mit arglosen Teddybären haben.«

»Ha ha.« Mit einem Augenverdrehen nahm sie ihm das Gewehr ab. »Nur zu deiner Information, Drew, ich war seit Jahren nicht mehr auf der Jagd.«

»So was verlernt man doch nicht«, redete er ihr gut zu und betrachtete versonnen, wie sie die Büchse abwägend in der Hand hielt.

»Heißt das, dass ich mir meinen eigenen Teddybären schießen muss?« Sie schüttelte traurig den Kopf. »Was ist nur aus diesem Land geworden?«

Brooke brauchte lediglich zwei Versuche, um eine der Plaketten zu treffen, die mit einem Klirren auseinandersprang.

Vielleicht hätte es Andrew peinlich sein müssen, dass die winzige Frau an seiner Seite nach nur zwei Versuchen die vermaledeite Plakette getroffen hatte, doch er empfand lediglich Freude, als Brooke den hässlichen blauen Teddybären in Empfang nahm und ihm kurz die Zunge herausstreckte.

Mit einem zufriedenen Kopfschütteln wandte sich Andrew an den ebenfalls zufriedenen Schießbudenbesitzer, der sein Geld verstaute und das Gewehr wieder weglegte. »Sagen Sie, guter Mann, was haben Sie am 4. Juli vor?«

Die grauen Augenbrauen des Mannes wanderten in die Höhe. »Wieso? Wollen Sie beide mich zu Ihrer Hochzeit einladen?«

Andrew versenkte die Hände in den Taschen seiner Jeans und grinste den Mann an. »Wenn es bei uns so weit ist, dürfen Sie mein Trauzeuge sein, aber bis zum 4. Juli werden wir es sicherlich nicht schaffen.« Während Brooke hinter ihm nach Luft schnappte, fuhr er fort. »Nein, eigentlich wollte ich Ihnen ein Geschäft vorschlagen.«

»Aha.« Interessiert beugte sich der Mann vor und ließ seinen Blick von Brooke zu Andrew wandern. »Und was für ein Geschäft soll das sein?«

»Wir planen die sensationelle Neueröffnung des *Crab Inn* – des besten Lokals von ganz Maine«, entgegnete Andrew und zog Brooke zu sich, indem er ihr den Arm um die Schulter legte. »Am 4. Juli wird auf unserem Gelände ein großes Fest stattfinden, zu dem ein Haufen Touristen kommen wird. Wir haben ein fantastisches Barbecue, ein Feuerwerk, und wir möchten unseren Gästen zusätzlich einige kleine Highlights bieten. Und da kommen Sie ins Spiel.« Gewinnend grinste er den Mann an und drückte gleichzeitig warnend Brookes Schulter.

»Das *Crab Inn*?«

»O ja!« Andrew nickte feierlich. »Waren Sie schon mal bei uns? Unser Essen ist unübertroffen. Haben Sie schon mal unseren Crab Cake oder unsere Hummersuppe probiert?«

Der Mann rümpfte die Nase. »Ist das nicht diese runtergekommene Bude auf den Klippen?«

Weil Brooke sich neben ihm empört aufrichtete und vermutlich jeden Moment den Mund öffnen konnte, erklärte Andrew rasch: »Die Renovierungen sind schon im vollen Gange. Im Juli erstrahlt das *Crab Inn* im neuen Glanz und unser Fest wird alle Gäste umhauen.«

Der Schießbudenbesitzer kratzte sich unschlüssig am Kopf. »Tja, ich weiß nicht so recht. Wie viele Gäste erwarten Sie denn?«

Glücklicherweise hatte Andrew in seiner Jugend immer gerne gepokert, ein gutes Training für Geschäftsverhandlungen, wie er fand. Auch diesmal setzte er eine undurchschaubare Miene auf und versprach lässig: »Die Werbung läuft bereits. Beinahe jede Zeitung nördlich von Boston hat schon über unsere anstehende Neueröffnung berichtet. Wenn das so weitergeht, werden wir anbauen müssen.«

Brookes schockiertes Luftholen schien der andere Mann überhört zu haben, weil er Andrew mit offenem Mund anstarrte. »Also … wenn das so ist … wo habe ich denn meine Karte? Ach, hier ist sie ja. Eigentlich wollte ich im Garten mit meiner Familie feiern, aber wenn Sie zu Ihrem Event so viele Gäste erwarten, wäre es mir natürlich eine Freude, den 4. Juli bei Ihnen zu verbringen!«

Mit einem Nicken nahm Andrew die Visitenkarte des Mannes entgegen, versprach ihm, sich bald bei ihm zu melden, und zog mit Brooke von dannen.

Im Gegensatz zu ihm war sie weniger zufrieden und murmelte in den Plüschbären hinein: »Dafür wirst du in die Hölle kommen, Drew.«

Er zuckte mit der Schulter. »Wieso? Ich habe nicht gelogen.«

»Aber du hast ganz schön dick aufgetragen.« Seufzend schaute sie ihn an. »Jetzt kriege ich es mit der Angst zu tun. Das Ganze wird in einem Desaster enden.«

»Wird es nicht«, konterte er überzeugt. »Es kommt viel Arbeit auf uns zu, aber im Endeffekt wird es sich lohnen. Versprochen.«

»Dein Wort in Gottes Ohr«, nuschelte sie undeutlich, um sich gleich darauf zu räuspern. »Woher wusstest du, dass ich mit meinem Dad zur Elchjagd gegangen bin?«

Rasch fuhr er sich über die Unterlippe und entgegnete salopp: »Du hattest es irgendwann mal erwähnt. Gerade fiel es mir wieder ein.«

»Aha.«

Um sie abzulenken, deutete er auf ein wild rotierendes Fahrgeschäft. Abgesehen vom Kinderkarussell, war es das einzige Fahrgeschäft auf dem ganzen Volksfest, und so war es völlig klar, warum ausgerechnet hier alle Jugendlichen der Umgebung standen. Erfreut betrachtete er die bunt leuchtenden Krakenarme, die durch die Luft wirbelten.

»O nein!«

Überrascht zog Andrew die Augenbrauen hoch. »Hast du etwa Schiss?«

Brooke schnitt eine Grimasse. »Natürlich nicht! Ich will nur nicht, dass du auch noch zu diesem Betreiber gehst und ihn samt seiner Achterbahn zu unserem Sternenbannerfest einlädst.«

»Das ist doch keine Achterbahn!«

Verstimmt kniff sie die Augen zusammen. »Ich warne dich, Drew. Kein *was auch immer* auf unserem Parkplatz! Wir sind doch kein Zirkus.«

Unschuldig hob er beide Hände. »Okay, okay. Trotzdem könnten wir uns eine Fahrt gönnen, oder nicht?«

Augenblicklich schüttelte sie den Kopf. »Beim letzten Mal habe ich mir auf so einem Ding den Hals ausgerenkt. Da passe ich lieber.«

»Hmm.« Andrew betrachtete das Fahrgeschäft und sinnierte: »Das letzte Mal, als ich auf so einem Ding war, saß ich neben Sandra Wilkins und war vierzehn Jahre alt.«

»Und Sandra Wilkins war?«

Auf ihre neugierige Frage antwortete er mit einem Lachen. »Sandra Wilkins war meine erste Freundin. Unsere Liebe hielt ganze vier Wochen.«

»Hach!« Brooke seufzte gespielt träumerisch. »Junge Liebe! Wie schön! Woran scheiterte es?«

Er sah sie von der Seite an und zog ein betroffenes Gesicht. »Wir beide trugen Zahnspangen. Als wir auf einer Kirmes waren und in einem ähnlichen Fahrgeschäft saßen, verhakten wir uns während des Knutschens. Ganz schön peinlich und schmerzhaft. Sandra verliebte sich danach übrigens in den Sanitäter, der uns voneinander befreite.«

Brooke brach in so lautes Lachen aus, dass sich andere Volksfestbesucher zu ihnen umdrehten. »O mein Gott! Ich stelle es mir gerade bildlich vor!«

Andrew verdrehte die Augen. »Kein Mitleid für jemanden, der seine erste Liebe durch eine Zahnspangenkollision verlor?«

»Nicht wirklich«, lachte sie mit bebenden Schultern.

»So lustig ist das nun auch wieder nicht«, murmelte er verdrießlich.

»O doch«, erwiderte Brooke und wischte sich eine Lachträne aus dem Augenwinkel.

»Brooke«, warnte er sie leichthin. »Du machst dich über einen traumatisierten Jungen lustig, der nach diesem Erlebnis nie wieder auf einer Achterbahn war.«

Mit einem Glucksen in der Stimme widersprach sie ihm: »Das ist keine Achterbahn, Drew.«

»Ha ha.« Er schnitt eine Grimasse. »Du kannst ja eine richtige Komikerin sein.«

Ihr Mitleid war sicherlich nur vorgetäuscht, als sie eine Schnute zog. »Oje, du Ärmster. Sollen wir das Trauma bezwingen, indem wir eine Runde drehen? Du darfst sogar meine Hand halten.«

Andrew hob das Kinn in die Höhe, bevor er leicht beleidigt erklärte: »Nein, danke.«

»Echt nicht?« Sie seufzte bedauernd. »Ich trage auch keine Zahnspange.«

Augenblicklich drehte er sich zu ihr herum. »Heißt das, du würdest mit mir knutschen?«

»Da du eine Fahrt abgelehnt hast, werden wir es wohl niemals herausfinden.«

»Brooke …«

Lachend drehte sie sich auf dem Absatz um und lief auf die nächste Fressbude zu.

Mit klopfendem Herzen folgte er ihr und stellte sich hinter sie, um schweigend zu beobachten, wie sie sich ein Softeis mit Schokoladenüberzug bestellte. Andrew kam sich ein kleines bisschen pervers vor, als er merkte, wie es ihn anmachte, als sie sich die klebrige Schokoladenglasur von den Fingern leckte und dabei ein ekstatisches Stöhnen von sich gab.

In dem Bemühen, die erotischen Bilder zu verdrängen, die sich ungebeten in seinen Kopf schlichen, fixierte er das Eissortenangebot und studierte es so eingehend, als hätte er niemals zuvor etwas von Macadamiageschmack gehört.

»Hier! Probiere mal, Drew.«

Bevor er wusste, wie ihm geschah, hielt Brooke ihm das Eis vor den Mund und schaute ihn auffordernd an.

»Himmel, schmeckt das gut«, stöhnte sie ein weiteres Mal und leckte sich ein Stück Schokoglasur von den Lippen.

Seine Kehle war knochentrocken, als er von dem Eis probierte und gleichzeitig wie hypnotisiert ihren Mundwinkel anstarrte, an dem sich noch etwas von der Glasur befand, die er nur allzu gerne selbst abgeleckt hätte.

»Soll ich dir auch eins bestellen?«, fragte sie ihn arglos und schien sich nicht im Klaren darüber zu sein, dass sie gerade für seine heftigste Sexfantasie seit Jahren verantwortlich war.

Unfähig zu antworten schüttelte er lediglich den Kopf.

Die Befürchtung, er könnte mitten auf einem Volksfest eine schmerzhafte Erektion bekommen, während er ihr beim Eisessen zusah, wurde so groß, dass er angestrengt an fettige, halb kalte Fish and Chips dachte, um sich irgendwie zu beherrschen.

»Brooke, Schätzchen? Ich wusste ja gar nicht, dass du auch herkommen wolltest. Wie geht es dir?«

Als Brookes Gesicht beim Klang der sanften Frauenstimme in sich zusammenfiel, fand Andrew endlich genügend Ablenkung, um die Bilder von Schokoglasur auf nackter Haut zu verdrängen. Interessiert drehte er sich um und entdeckte eine ältere Dame, die an beiden Händen zwei Kleinkinder hielt, während sie Brooke voller Zuneigung betrachtete. Brooke dagegen machte ein Gesicht, als wäre sie barfuß in einen Hundehaufen getreten, bevor sie ein wackeliges Lächeln aufsetzte.

»Mrs. Schneider ... äh ... hallo. Mir ... mir geht es gut. Und Ihnen?«

Mrs. Schneider?

In Andrews Gedächtnis formte sich das Bild einer verschrobenen Pensionsbetreiberin, die mit einer Armee Katzen zusammenlebte und gerne ihren männlichen Gästen den Rücken schrubbte. Die ältere Dame, die ihm nun gegenüberstand, wirkte jedoch nicht exzentrisch oder gar verwahrlost. Stattdessen sah Mrs. Schneider absolut akkurat aus, trug ein faltenfreies Sommerkleid, hatte ihr graues Haar in perfekte Wellen gelegt und musterte Brooke und Andrew mit zurückhaltendem Interesse.

»Mir geht es fabelhaft, meine Liebe. Heute sind meine beiden Enkelkinder zu Besuch und wir wollten uns das Volksfest anschauen.« Sie machte ein zerknirschtes Gesicht. »Himmel, ich habe meine Gäste zu euch geschickt, weil ich davon ausging, dass das *Crab Inn* heute geöffnet hätte. Oder kümmert sich dein Vater um das Restaurant?«

Brooke schüttelte den Kopf und krächzte verlegen: »Wir haben heute geschlossen.«

»Oh!« Die ältere Dame seufzte errötend. »Das ist mir aber peinlich. Hoffentlich sind meine Gäste nicht zu enttäuscht, wenn sie bei euch vor verschlossenen Türen stehen.« Ihre Augen wanderten zu ihm. »Wer ist denn dein Begleiter, Schätzchen?«

Aus den Augenwinkeln konnte er sehen, wie sich Brooke vor Verlegenheit wand. »Ähm ... das ist Drew. Drew Knight. Ein ... ähm ... Freund von mir.«

»Hallo, mein Lieber«, begrüßte die ältere Frau ihn und lächelte dabei charmant. »Wie geht es Ihnen?«

»Sehr gut«, antwortete er ehrlich. »Brooke und ich verbringen einen sehr schönen Tag hier auf dem Volksfest. Ich hatte ja keine Ahnung, wie ... hmm ... wie fantasievoll es hier zugeht.«

Während Brooke ihm unbemerkt auf den Fuß trat und er sie mit der Hüfte anstieß, schien Mrs. Schneider von ihrer Kabbelei nichts mitzubekommen, weil sie voller Begeisterung zustimmte: »Da haben Sie recht, mein Lieber. Alle Geschäfte und Buden sind wunderschön dekoriert. Kein Wunder, dass unser Fest Jahr für Jahr so gut besucht ist.«

»Hmm«, stimmte er ihr einsilbig zu und fragte anschließend mit geheucheltem Interesse: »Besitzen Sie nicht diese schöne Pension, von der mir Brooke schon so viel erzählt hat?«

»Aber ja!« Die Augen der älteren Frau leuchteten auf, als sie voller Stolz nickte. »Wie nett von Brooke, das zu erwähnen! Meine Pension wurde nun schon im dritten Jahr hintereinander zum gemütlichsten Bed and Breakfast von ganz Maine gekürt. Kommen Sie doch morgen mal vorbei! Sonntags veranstalte ich nämlich immer einen Kaffeeklatsch mit selbst gebackenem Kuchen.«

Obwohl sein Fuß schmerzte, da Brooke ihm jetzt schon zum dritten Mal darauf trat, erwiderte Andrew fröhlich: »Es wäre mir eine große Freude! Ich würde so gerne Ihre Katzen kennenlernen.«

Die ältere Frau lachte geschmeichelt. »Die beiden sind immer aus dem Häuschen, wenn neue Gäste kommen. Leider sind sie maßlos verwöhnt.«

Andrew zog eine Augenbraue in die Höhe und warf Brooke einen neugierigen Blick zu. »Die *beiden?*«

»Flecky und Flopsy«, entgegnete das lispelnde Enkelkind an der Hand von Mrs. Schneider zuvorkommend. »Flecky hat Flecken und Flopsy ist weiß.«

»Grandma«, nörgelte das andere etwas ältere Kind. »Ich will aufs Karussell!«

Entschuldigend legte Mrs. Schneider den Kopf schief. »Wir müssen leider weiter. Es war schön, Sie kennenzulernen, Drew. Falls Sie morgen mit Brooke zum Kuchenessen kommen, würde ich mich sehr freuen.«

Er verabschiedete sich von Mrs. Schneider, verschränkte amüsiert die Arme vor der Brust und wandte sich an Brooke. »Flecky und Flopsy?«

»Hmm …«

»Und das soll die Frau sein, die ihren männlichen Gästen die Rücken schrubbt?«

Ihr Gesicht wurde feuerrot. »Nun … ja … ich meine … nein.«

Gegen das Grinsen auf seinem Gesicht konnte er nichts tun. »Jetzt stellt sich mir die Frage, weshalb du diese Schauergeschichte über Mrs. Schneider erfunden hast, Brooke. Wolltest du etwa mit mir allein sein?« Er wackelte anzüglich mit den Augenbrauen.

»Sicherlich nicht«, rief sie empört und drückte ihm den Rest ihrer Eistüte in die Hand. »Halte das mal! Ich muss auf die Toilette.«

Lachend verfolgte er, wie sie zum Toilettenwagen stampfte, und freute sich an ihrer Verlegenheit. Unbefangen aß er ihr Eis auf und sagte sich, dass dies ein wundervoller Tag war. Einzig die ständigen Vibrationen seines Handys, die ankündigten, dass Tante Daisy schon wieder eine Nachricht auf seiner Mobilbox hinterlassen hatte, gingen ihm auf die Nerven.

Obwohl es Brookes erster freier Tag seit Monaten war, hatte sie das Gefühl, heute entsetzlich viel gearbeitet zu haben. Gleichzeitig war sie völlig entspannt und hatte richtig viel Spaß gehabt.

Das verdankte sie dem Mann neben sich, der bereits den ganzen Tag absolut gute Laune versprühte.

Auch jetzt lief er beschwingt neben ihr her und trug ein breites Lächeln zur Schau, das sein Grübchen zum Vorschein kommen ließ. Es saß dort wie festgeklebt, seit sie vor wenigen Stunden Mrs. Schneider begegnet waren.

Brooke warf ihm einen verstohlenen Seitenblick zu und umklammerte den albernen Teddybären, den sie zwar nicht brauchte, jedoch absolut entzückend fand. Oder besser gesagt, sie fand nicht das billige Plüschkuscheltier an sich entzückend, sondern das warme Gefühl, das es in ihr weckte. Denn auch wenn sie den Gewinn selbst hatte schießen müssen, steckte doch Drew hinter dem Ganzen. Und selbst wenn sie beide als »Spione« auf dem Volksfest gewesen waren, fühlten sich die vergangenen Stunden trotzdem wie ein Date an.

Traurig, aber wahr: Dieser Ausflug mit Drew kam einem Date sehr viel näher als alles, was Brooke im letzten Jahr erlebt hatte. Und sie musste zugeben, dass auch die Jahre zuvor wenig Aufregendes mit sich gebracht hatten. Will wäre niemals auf die Idee gekommen, für sie einen Teddybären zu schießen. Im Grunde zweifelte sie sogar daran, ob sie mit Will jemals auf einem Volksfest gewesen war. Natürlich hatten sie alle zusammen in der Highschool jedes Jahr Sunports Kirmes besucht, aber als Erwachsene war sie mit Will niemals hier gewesen. In den letzten Jahren ihrer Beziehung hatten sie beide kaum noch etwas unternommen.

Mit einem Kloß im Hals überlegte Brooke, dass sie sich mit Anfang dreißig gleichzeitig uralt und völlig unerfahren fühlte.

Sie hatte eine langjährige Beziehung hinter sich – eine einzige Beziehung, um genau zu sein, immerhin hatten sie und Will sich noch auf der Highschool verliebt. Diese Beziehung hatte aber schon sehr lange nicht mehr richtig funktioniert. Dennoch war es ungemein bequem gewesen, einfach weiterzumachen, und so waren sie drei Jahre lang verlobt gewesen, ohne auch nur ein einziges Mal über die Hochzeit zu sprechen. Dass keiner von beiden besonders glücklich mit dem anderen war, hatte sie nicht wirklich berührt – schließlich waren sie es gar nicht anders gewohnt.

Und nun hatte Brooke den Salat.

Sie war einunddreißig, lebte in einer winzigen Stadt, arbeitete im Restaurant ihrer Eltern und hatte ihre Wohnung aufgegeben, um über »der Firma« zu wohnen und Geld zu sparen. Und vor einem Jahr hatte sie wortlos zugeschaut, wie ihr Verlobter gegangen war, letztendlich dankbar, dass sie nicht selbst die Initiative hatte ergreifen müssen. Wie armselig das klang!

Armselig war zudem, neben einem Mann herzulaufen, der

so gut aussah, dass sie weiche Knie bekam, wenn er sie anlächelte, und der extrem nett, hilfsbereit und witzig war. Ständig musste sie über seine Witze lachen und ertappte sich dabei, wie sie ihm atemlos ins Gesicht sah. Obwohl sie ihn noch immer für einen Großstadtsnob hielt und ab und zu die Augen verdrehte, war Drew Knight kein schlechter Kerl. Tatsächlich war er sogar ziemlich in Ordnung.

»Ist das da drüben nicht Glen?«

Brooke hob den Kopf und folgte Drews Blick. Vor dem Pub konnte sie Glen ausmachen, der mit einem Bierglas und einer Zigarette in der Hand dort stand und schallend lachte.

Da Brooke seit Urzeiten nicht mehr bei *Gordon's* gewesen war, konnte sie nur vermuten, dass der Pub gerammelt voll war. Es war Samstagabend, das Volksfest lief auf vollen Touren und die Abende waren lang. Da zog es die Bewohner von Sunport nach draußen. Und *Gordon's* war der einzige Pub weit und breit, die einzige Möglichkeit, mal ein bisschen die Sau rauszulassen. Glen beispielsweise verbrachte dort mehr Zeit als in seiner Wohnung.

Mit einem kurzen Schulterzucken spielte Brooke mit dem Autoschlüssel in ihrer Hand herum und lief über den steinigen Parkplatz zu ihrem Kleinlaster. »Ja, das ist er.«

»Was tut er da?«

Über die Schulter warf sie ihm einen langen Blick zu. »Was wird er dort wohl tun? Glen trinkt gerne einen über den Durst.«

»Ah.« Verstehen blitzte in seinem Gesicht auf. »Das ist also die Stadtkneipe.«

»Kaschemme trifft es eher«, gab Brooke von sich und unterdrückte ein Gähnen, während sie den Autoschlüssel ins Schloss steckte und gleich darauf zusammenzuckte, da Drew ihr eine Hand auf den Arm legte.

»Lass uns kurz vorbeischauen.«

Blinzelnd drehte sie den Kopf zur Seite und sah ihm ins Gesicht. »Wo?«

»Im Pub.« Drew nickte in Richtung *Gordon's*. »Hättest du nicht auch Lust auf ein Bier?«

Brooke schnappte nach Luft und durchforstete ihr Gehirn nach einer passenden Ausrede, um nicht mit ihm in den Pub gehen zu müssen. Leider wollte ihr kein einziger Grund einfallen. »Aber …«

»Ach, komm schon, Brooke«, schmeichelte er ihr. »Nur ein Bier.«

Eine Stunde später saß Brooke eingekeilt zwischen Drew und Glen und fragte sich, wie sie nach Hause kommen sollte, denn sie fühlte sich von ihrem zweiten Bier schon ganz schön beschwipst. So dicht neben Drew zu sitzen war allerdings ohne Zweifel angenehm, und sie lauschte versunken der Unterhaltung der beiden Männer über Sport. Obwohl sie keine Ahnung hatte, was Drew meinte, wenn er über die Defensive der Red Sox sprach, hörte sie ihm andächtig zu und musste sich beherrschen, nicht an seinem Hals zu schnuppern. Zumindest ging sie davon aus, dass der saubere männliche Geruch von ihm kam und nicht von Glen. Der roch nämlich schon seit der Highschool nach einer Mischung aus Bier, Knoblauch und Motoröl.

»Das letzte Inning gegen die Tampa Bay Rays war mörderisch!«

»Barnes hätte besser werfen müssen!«

»Das sage ich ja auch immer! Dieser Walk war völlig unnötig.«

Da sich beide Männer über einen ominösen Walk beschwerten, schnalzte auch Brooke mit der Zunge und nickte bestätigend. »Ja, einfach mörderisch!«

»Bist du betrunken, Brooke?«

Auf Glens argwöhnische Frage antwortete sie mit einem vernichtenden Blick. »Natürlich nicht!«

»Ich glaube eher, Brooke beschwert sich, dass wir über Baseball sprechen und sie ignorieren«, ließ sich Drew amüsiert vernehmen.

Zwar war sich Brooke nicht sicher, aber sie glaubte, dass er seinen Oberschenkel jetzt noch enger an ihren presste. Heiß war es hier. Ob das nun mit der Innentemperatur oder auch mit dem Mann neben ihr zu tun hatte, konnte sie nicht sagen.

»Du kannst dich gerne an unserem Gespräch beteiligen«, schlug Glen mit ausgesuchter Großzügigkeit vor.

Unwillkürlich stieß sie ein lautes Stöhnen aus, fuhr sich durch ihre Locken und blickte Glen argwöhnisch von der Seite an. »Über Baseball? Nein, danke.«

»Hey ...«

Drew beugte sich näher zu ihr und fragte über ihren Kopf hinweg: »Erzähl mal, Glen. Wie war Brooke als Teenager?«

Erschrocken legte sie den Kopf zurück und biss sich auf die Unterlippe. »Nein, keine alten Geschichten! Dafür bin ich nicht betrunken genug.«

»Soll ich dir dann nicht noch ein Bier holen?«, fragte Glen auf seine unnachahmliche Art und schien die Frage sogar ernst zu nehmen.

»Nein, danke«, fauchte Brooke. »Ich trinke nichts mehr!«

»Das ist aber schade«, bedauerte Drew sofort und hob sein Glas, um einen Schluck zu nehmen.

Brooke betrachtete mit trockenem Mund, wie sein Adamsapfel hochhüpfte, als er einen Schluck nahm, und verfluchte sich dafür, dass sie ihn ständig anstarrte. Selbstverständlich hatte er ihren Blick bemerkt, da er sein Bierglas wieder senkte, ihr voll ins Gesicht sah und grinste, als wüsste er, was sie gerade dachte.

Glen schien von dieser stillen Kommunikation nichts mitzubekommen. »Auf der Highschool war Brooke eine richtige Streberin.«

»Glen!«, zischte sie ihm zu. »Das will niemand hören.«

»Ach«, warf Drew gedehnt ein. »Ich würde das sehr gerne hören.«

Brooke stieß einen tiefen Seufzer aus und lehnte sich zurück. Dass ihr Nacken dabei in Berührung mit seinem Arm kam, den er hinter ihr auf die Rückenlehne gelegt hatte, ließ einen Schauer über ihren Rücken fahren.

Da Glen unglücklicherweise eine schreckliche Tratschtante war, begann er sich darüber auszulassen, dass Brooke während der Schulzeit zu den ehrgeizigsten Schülern gehört und ihn im Schulbus niemals hatte abschreiben lassen.

Brooke verdrehte die Augen. Drew war sicher nicht besonders scharf darauf, langweilige Geschichten über ihre gemeinsame Schulzeit zu hören.

Sie wollte gerade den Mund aufmachen und vorschlagen, wieder über Baseball zu reden, als Glen erklärte: »Auf dem Abschlussball wurden Brooke und Will zur Königin und zum König gekrönt. Damals haben alle gedacht, dass sie noch mit siebzig Jahren zusammen sein würden. Schon komisch, so ein Traumpaar getrennt zu sehen.«

Das tiefe Schweigen, das auf Glens Erklärung folgte, unterbrach Brooke mit einem weiteren Seufzer. Sie legte beide Handflächen auf den Tisch. »Wenn du die Stimmung auflockern wolltest, hast du das falsch angefangen, Glen. Niemand will solche Geschichten an einem Samstagabend hören.«

»Hmm … stimmt. Möchte einer noch ein Bier?«

Sekunden später sprang Glen auf und kämpfte sich zur Bar durch, während Brooke und Drew eng aneinandergequetscht auf der Holzbank sitzen blieben und wortlos in die Luft starrten. Am liebsten hätte Brooke Glen heftig am Ohr gezogen. Über Will sprach sie nicht sonderlich gerne, und ihr wäre es sehr viel lieber gewesen, wenn Drew nicht von ihm erfahren hätte.

»Dein Ex heißt also Will?«

»Ja«, entgegnete sie einsilbig und nahm einen winzigen Schluck Bier.

»Schlimme Geschichte?«

Kopfschüttelnd verschränkte sie die Hände im Schoß. »Nicht wirklich.«

»Ach.«

Brooke fuhr sich über die Lippen, die sich plötzlich spröde anfühlten. »Ich meine ... keine Trennung ist sonderlich schön. Aber unsere war ... okay.«

»Okay?«

Sie warf ihm einen raschen Blick zu. »Ja, es war in Ordnung. Du weißt schon ... er hat mir keine neue Freundin vorgestellt und ich habe kein Geschirr auf dem Boden zerschlagen. Es ging alles sehr ... zivilisiert zu.«

»Wie lange wart ihr ein Paar?«

Mit einem Schulterzucken erwiderte Brooke: »Viel zu lange.«

»Du klingst, als würde dich das alles gar nichts angehen.«

Eigentlich wollte sie mit Drew Knight nicht ihre verkorkste Beziehung zu Will analysieren, aber jetzt musste sie wohl doch ein paar Worte dazu sagen.

»Ach, das Ganze ist für mich wirklich erledigt.«

»Das heißt?«

So locker wie möglich erklärte sie: »Wir haben uns seit der

Trennung zwar nicht gesprochen, aber ich würde ihm nicht die Kehle durchschneiden, falls er mir über den Weg laufen sollte. Wolltest du das wissen?«

Seine Augen schimmerten im diesigen Licht des Pubs hellbraun. »Normalerweise reagieren Frauen ein wenig heftiger auf ihre Exfreunde.«

»Sprichst du aus Erfahrung, Drew?«

Anstatt zu antworten, hob er nur schnell das Glas an die Lippen.

»So verschlossen? Das kenne ich von dir gar nicht«, lachte Brooke.

Nachdem er einen Schluck Bier genommen und das Glas wieder abgesetzt hatte, erklärte er ebenso locker wie sie zuvor: »Meine Beziehungen waren bislang nicht so ernst.«

»Wie kommt's?«

Er zuckte mit der Schulter. »Das macht der Job. Aber zurück zu dir. Wie ernst war es denn zwischen dir und deinem Ex?«

»Wie man's nimmt.« Brooke holte kurz Luft. »Will und ich waren seit der Grundschule befreundet und wurden ein Jahr vor unserem Abschluss ein Paar.«

»Das klingt ja wie im Kitschroman«, murmelte Drew belustigt.

Brooke nahm ihm seinen Spruch nicht krumm. Schulterzuckend verzog sie den Mund. »Stimmt.«

»Wart ihr auf demselben College?«

Sie schüttelte den Kopf. »Will war an der Westküste, ich an der Ostküste. Trotzdem blieben wir ein Paar – irgendwie.«

»Irgendwie?«

Sie seufzte wieder. »Ich schätze, wir haben uns nicht besonders viele Gedanken um unsere Beziehung gemacht. Wir trafen uns alle paar Monate und waren damit zufrieden.«

»Das klingt ... nicht besonders romantisch.«

Sie stieß ein kleines Lachen aus. »Da hast du recht, Drew. Wir beide waren so daran gewöhnt, ein Paar zu sein, dass wir unsere Beziehung nicht infrage stellten. Ich weiß, dass es langweilig klingt, aber es war ... bequem.«

Als sie ihm einen kurzen Seitenblick zuwarf, stellte sie fest, dass er sie eingehend betrachtete. Wie um sich zu verteidigen, fuhr sie fort: »Will führte sein Leben und ich meins. Keiner von uns kam auf die Idee, etwas zu ändern, zumal wir uns gut verstanden.«

»Aha.«

»Aha?«

Er wand sich ein wenig auf der Holzbank hin und her und drehte sich schließlich zu ihr, wodurch sich sein Oberschenkel noch näher an ihren presste. »Entschuldige meine Neugier, Brooke, aber ich kann mir nicht vorstellen, dass du mit dieser Beziehung besonders zufrieden warst.«

Das entsprach so sehr der Wahrheit, dass sie seinen Blick kaum ertragen konnte. »Diese Erkenntnis kam erst später.«

»Nachdem du dich getrennt hattest.«

»Es war eine einvernehmliche Trennung«, fühlte sie sich bemüßigt, ihm zu erklären. »Vor vier Jahren zog Will nach seinem Studium wieder nach Sunport zurück, und wir verlobten uns. Heute denke ich, dass Will wohl der Meinung war, ich erwartete das von ihm. Oder vielleicht dachte er auch, ganz Sunport erwartete das von ihm.« Sie zuckte mit den Schultern.

»Verlobt warst du also mit ihm?«

Obwohl sie lieber nicht weiter mit Drew darüber gesprochen hätte, murmelte sie: »Wir waren drei Jahre verlobt, wenn du es genau wissen willst.«

»Drei Jahre? Das klingt nach einer verflucht langen Zeit.«

»Ja.« Ungelenk legte sie den Kopf schief. Mittlerweile war es ihr regelrecht peinlich, dass sie über Jahre hinweg eine Beziehung geführt hatte, die ihr nicht sonderlich wichtig gewesen war. Aus diesem Grund ging sie Gesprächen über Will und das Ende ihrer Beziehung am liebsten aus dem Weg. Mit Drew klappte es nur leider nicht. »Aber keiner von uns machte Anstalten, einen Hochzeitstermin zu finden. Vor einem Jahr bekam Will ein Angebot, für eine Firma in San Francisco zu arbeiten, und fragte mich, ob ich mitkommen wollte.« Mit einem trockenen Lächeln gab sie zu: »Es war eine reine Anstandsfrage, ich glaube nicht, dass er mich wirklich dabeihaben wollte. Zur gleichen Zeit erkrankte meine Mom, aber ich wäre höchstwahrscheinlich auch nicht mit ihm gegangen, wenn es meiner Mutter gut gegangen wäre. Also haben wir Schluss gemacht.« Verlegen hob sie eine Hand. »Keine besonders spannende Geschichte.«

Drew schwieg einige Momente, dann lehnte er sich ein Stück zurück. »Ist das der Grund, weshalb die Hälfte aller Einwohner der Stadt dich mit mir verkuppeln will?«

Sie stieß ein kurzes Lachen aus. »Ich bin mir ziemlich sicher, dass es weniger als die Hälfte ist.« Um von sich abzulenken, nickte sie ihm gespielt ernst zu. »Sei ehrlich, Drew, sicher hast du in der Familie auch die eine oder andere Tante, die dich unbedingt verkuppeln will, oder? Schließlich bist du nicht mehr der Jüngste.«

Der Mann an ihrer Seite lachte fröhlich auf. »Wie nett von dir, mich als Greis darzustellen.«

»Sehr komisch«, murmelte sie geistesabwesend. »Du könntest ruhig etwas mitteilsamer sein.«

»Neugierig?«

Lässig zuckte sie mit einer Schulter. »Wir müssen die Zeit schließlich irgendwie rumbekommen, bis Glen wieder auftaucht und uns mit Geschichten über meine Highschoolzeit erfreut.«

»Was möchtest du denn wissen?« Seine langen Finger spielten mit ein paar Wachsresten auf der Tischplatte.

»Keine Ahnung«, gab Brooke zu. »Gibt es niemanden, mit dem es dir jemals ernst war?«

Er zog eine Grimasse. »Du klingst wie meine Mom.«

»Gut zu wissen. Also bleibst du auch nicht davon verschont, mütterliche Ratschläge in Sachen Beziehung zu bekommen?«

Sein Brustkorb hob sich, als er Luft holte. Als er zu sprechen begann, sollte sein Tonfall wohl scherzhaft klingen, aber Brooke ließ sich nicht täuschen. »Meine Mom ist viel zu beschäftigt, um sich Sorgen um mein Liebesleben zu machen.«

»Oh!«

Seine Mundwinkel kräuselten sich, doch sein Grübchen hielt sich versteckt. »Du musst wissen, dass ich in meiner Familie das schwarze Schaf bin.«

Ehrlich überrascht schaute sie ihn an und stellte fest, dass er zwar ein trockenes Lächeln aufgesetzt hatte, dass in seinen Augen jedoch ein schmerzlicher Ausdruck lag.

Sie versuchte einen Scherz. »Weil du kein guter Autofahrer bist?«

Zu ihrer Freude lächelte er, bevor er den Kopf schüttelte. »So schlecht fahre ich nun auch wieder nicht.«

»Ansichtssache.«

Drew stieß ein kurzes Schnauben aus: »Meine Fahrkünste sind nicht das Problem, glaube ich. Meine Familie ist ziemlich elitär, musst du wissen. Als ich mein Jurastudium an den Nagel hängte, brach für meinen Dad eine Welt zusammen. Seither ist unser Verhältnis angespannt.«

Jetzt war Brooke nicht nur überrascht, sondern geradezu fassungslos. Bisher war sie davon ausgegangen, dass Drew ein völlig entspanntes Leben führte und für seinen Erfolg nicht viel hatte tun müssen. Sie hatte zwar recht mit ihrer Annahme gehabt, dass er aus einer wohlhabenden Familie stammte, doch anders als vermutet war er offenbar nicht Sohn von Beruf. Einen Moment lang schämte sie sich für ihre Vorurteile, immerhin hatte sie ihn in den letzten Tagen ausgesprochen hilfsbereit erlebt und wusste, dass er hart arbeiten konnte.

»Bloß weil du nicht Jura studieren wolltest?«

»Du kennst meine Familie nicht.« Er verdrehte die Augen. »Mein Urgroßvater war Jurist, mein Großvater war Jurist, mein Vater ist Jurist, meine Mom ist Juristin, hat jedoch nie praktiziert. Mein Bruder ist Jurist und meine Schwester ist – welche Überraschung – ebenfalls Juristin. Du verstehst sicher, wie groß die Enttäuschung war, als ich das Familientreffen zu Thanksgiving nutzte, um davon zu berichten, dass ich mein Studium an den Nagel hängen wollte.«

»Schlechte Stimmung?«

»Und wie.« Wieder verdrehte er die Augen. »Mein Dad kann bis heute nicht verstehen, dass einer seiner Söhne kein Interesse daran hat, Tag für Tag über Gesetzestexten zu sitzen. Aber schon die Seminare waren der reinste Graus für mich. Ich ...« Ein wenig verlegen zuckte er mit den Schultern. »Ich arbeite lieber kreativ.«

»Das kann ich absolut nachvollziehen«, erwiderte Brooke weich und legte eine Hand über seine.

Erst als er überrascht den Kopf hob und ihr einen intensiven Blick schenkte, erkannte Brooke, welche Signale sie mit der Berührung aussendete. Rasch zog sie die Hand wieder weg und schluckte. Bevor sie sich entschuldigen oder etwas sagen konnte, rutschte Glen auf die Bank und quetschte sich zu ihnen.

»So, da wäre ich wieder! Hat Brooke dir schon erzählt, dass wir uns in der achten Klasse beinahe mal geküsst hätten?!«

»Du und Glen? Ihr wart sicherlich das Traumpaar der Unterstufe.«

»Sehr komisch«, murmelte Brooke und lehnte ihre Wange gegen das kühle Bierglas, während sie die Beine von sich streckte. »Mach ruhig so weiter.«

»Und dann?«

»Das findest du schon heraus.«

Nur um Drew zu ärgern, verschränkte sie ungefähr eine Stunde später mit einer unsicheren Miene die Arme vor der Brust und fragte ängstlich, als sie vor dem Pub standen: »Bist du sicher, dass du den Kleinlaster die vier Meilen bis zum *Crab Inn* fahren kannst, ohne uns ins Grab zu bringen?«

»Meinen Berechnungen zufolge ist es doch sowieso nur noch eine gute Meile«, erwiderte er grinsend. »Nach Ihnen, meine Dame.«

Nur Minuten später fuhr er den Kleinlaster ihres Vaters problemlos über die kurvige Landstraße. »So, gleich hast du es geschafft.«

»Puh!« Brooke seufzte erleichtert auf. »Eine Sorge weniger! Vielleicht hätte ich mir zuerst deinen Führerschein zeigen lassen sollen.«

»Das wäre sicher besser gewesen«, stimmte er unbekümmert zu. »Wir Großstadtsnobs haben einen grauenvollen Fahrstil.«

»Den Kommentar verzeihst du mir nie, oder?«

»Abwarten.« Er zwinkerte ihr zu. »Es war ein schöner Tag.«

Ein wenig aus dem Konzept gebracht durch den Ausdruck in seinen grünen Augen, brauchte Brooke einen Augenblick, um ihre Gedanken zu sammeln. Mit leiser Stimme entgegnete sie: »Das ist wahr. Der Tag war sehr schön.«

»Ich wusste gar nicht, dass man mit Glen so viel Spaß haben kann.«

»Wir sind früh genug gegangen«, antwortete Brooke mit einem unterdrückten Gähnen. »Wären wir länger geblieben, hätten wir sicher noch erlebt, wie er volltrunken auf der Theke getanzt und dabei seine Klamotten ausgezogen hätte.«

Drew gluckste erheitert. »Kommt das öfter vor?«

»Wie man hört, entwickelt Glen eine exhibitionistische Ader, sobald er was getrunken hat.«

Wieder ließ er ein Glucksen hören und lenkte den Kleinlaster völlig entspannt um eine scharfe Kurve. »Sprichst du aus Erfahrung?«

Kopfschüttelnd schaute sie aus dem Seitenfenster und ließ die nächtliche Küstenlandschaft an sich vorbeiziehen. »Ich war schon ziemlich lange nicht mehr bei *Gordon's*, schließlich war das heute mein erster freier Tag seit langer Zeit.« Das schlechte Gewissen meldete sich. »Eigentlich hätte ich heute nach einer Stunde wieder nach Hause fahren müssen. Es wartet ein Haufen Arbeit auf mich.«

»Auch du hast Anspruch darauf, einmal frei zu nehmen und nicht an die Arbeit zu denken«, ließ er sich pragmatisch vernehmen. »Wenn du immer nur arbeitest, kippst du irgendwann um.«

Zwar wusste Brooke, dass er recht hatte, dennoch konnte sie es sich nicht verkneifen, spöttisch zu fragen: »Sprichst du aus Erfahrung?«

»Ja, das tue ich«, entgegnete er ehrlich. »Was denkst du, was ich hier in Maine treibe? Ich war völlig überarbeitet und brauchte eine kleine Auszeit.«

Das musste Brooke erst einmal verdauen.

Schuldbewusst nagte sie auf ihrer Unterlippe herum: »O je – und dann lasse ich dich auch noch bei mir arbeiten, obwohl du ausspannen willst.«

Langsam bog er in die Einfahrt des *Crab Inn* ein und schenkte ihr von der Seite ein kurzes Lächeln. »Ob du es glaubst oder nicht, aber das mache ich tatsächlich gern.«

Der Anblick seines Lächelns und des Grübchens ließ ihren Magen Achterbahn fahren, wie Brooke irritiert bemerkte. Glücklicherweise war es zu dunkel im Inneren der Fahrerkabine, als dass er ihre erröteten Wangen hätte sehen können. Sie hatte sich heute mehr als genug peinliche Momente erlaubt. Um nichts auf der Welt wollte sie, dass Drew erfuhr, wie sehr er ihr gefiel.

Die restlichen zwei Minuten, die sie über den unebenen Weg zum Parkplatz des *Crab Inn* rumpelten, schwiegen beide.

Als Drew direkt neben der Eingangstür des *Crab Inn* parkte und den Motor ausschaltete, war Brooke einerseits froh, daheim zu sein, andererseits wäre sie gerne hier in der gemütlichen Fahrerkabine sitzen geblieben und hätte ihn noch ein bisschen beobachtet.

»Da wären wir«, seufzte auch Drew und zog den Zündschlüssel aus dem Schloss. »Sicher und heil angekommen, Ma'am.«

»Ma'am?« Sie stieß ein Krächzen aus. »Du scheinst mehr getrunken zu haben, als ich dachte.«

»Nicht wirklich.« Er schaute sie an. »Sollen wir?«

Brooke nickte und öffnete die Tür, bevor sie aus der Fahrerkabine kletterte. Beinahe wäre sie über einen Stein gestolpert, als sie um das Auto herumlief.

Glücklicherweise schien Drew auf sie gewartet zu haben und packte zu, bevor sie auf die Nase hätte fallen können.

Mit einem Mal fühlte sich Brooke gegen eine starke Brust gepresst, spürte die angenehme Wärme, die von ihm ausging, und sog seinen Geruch in sich auf. Das Kribbeln in ihrem Magen kam wieder und breitete sich in jeder Faser ihres Körpers aus. Wie unter Zwang legte sie den Kopf zurück und hätte kein Wort herausgebracht, selbst wenn es um ihr Leben gegangen wäre.

Im dämmrigen Schein der alten Laterne schimmerten seine Augen beinahe schwarz, während er ihr erst stumm in die Augen sah und den Blick anschließend auf ihren Mund senkte.

Keiner von beiden rührte sich, bis er unerträglich langsam den Kopf senkte. Sie schloss die Augen, als sie seinen Atem auf ihrer Haut fühlte.

Sobald sie seinen Mund auf ihrem spürte, gab es für sie kein Halten mehr. Stöhnend schlang sie ihm die Arme um den Hals und stellte sich auf die Zehenspitzen, während seine Lippen ihre eroberten. Mit rasendem Herzen erwiderte sie seinen Kuss und war wie berauscht von seinem Geschmack und seinem Geruch.

Beinahe wären Brooke die Beine weggeknickt, als Drew die Arme um ihre Hüften schlang und sie an sich presste. Gleichzeitig schlüpfte seine Zunge zwischen ihre Lippen und entlockte ihr das nächste Stöhnen.

Gerade als sie ihre Finger in sein blondes Haar graben wollte, drang in ihr Bewusstsein, dass grauenvoll helles Licht hinter ihren Lidern aufblendete.

Noch immer benommen, entzog sie Drew ihren Mund und blinzelte gegen die hellen Scheinwerfer, die immer näher kamen. Obwohl sie kaum klar denken konnte, schob sie ihn von sich und holte tief Luft, um sich ein wenig zu beruhigen.

In diesem Moment hielt auch schon ein ihr wohlbekannter dunkelgrauer Dodge Caravan direkt neben ihnen. Ihr Dad stieg aus und wedelte wutentbrannt mit einer Zeitung herum.

»Brooke, kannst du mir vielleicht erklären, was das hier sein soll?!«

7

Andrew beobachtete, wie Brooke mit stoischer Miene neben ihm den Farbpinsel schwang, und hätte beinahe laut gelacht, weil es so offensichtlich war, dass sie ihn absichtlich ignorierte. Seine kleine Malerin schien noch nicht darüber hinweg zu sein, dass sie sich gestern Abend geküsst hatten. Auf jeden Fall schaffte sie es an diesem Morgen nicht, ihm in die Augen zu sehen.

Während Brooke nach gestern Abend eine ganz neue Dimension der Schüchternheit für sich entdeckt zu haben schien, bedauerte Andrew lediglich, dass sie unterbrochen worden waren. Ihr Vater hätte sich wirklich einen anderen Zeitpunkt aussuchen können, um sich wegen der Zeitungsanzeigen aufzuregen. Die romantische Stimmung war nach seinem Auftritt leider dahin gewesen.

Von der Seite warf er Brooke einen kurzen Blick zu und grinste breit, weil sie wie ein hypnotisiertes Eichhörnchen auf die Wand starrte, um ihn nicht anschauen zu müssen.

Belustigt tauchte Andrew die Farbrolle in den Eimer neben sich, strich die überflüssige Farbe ab und machte sich wieder daran, der Außenwand des *Crab Inn* einen neuen Anstrich zu verpassen.

Gleichzeitig fragte er gespielt nebensächlich: »Wollen wir darüber reden oder uns weiterhin anschweigen?«

Aus den Augenwinkeln konnte er sehen, wie Brooke für einen kurzen Moment erstarrte, bevor sie ein unbeteiligtes Brummen von sich gab.

»Hmm? Was meinst du?«

Lässig zuckte Andrew mit den Schultern und fuhr mit der Farbrolle über die Wand, bevor er sich zu Brooke drehte und geradeheraus erklärte: »Wir haben noch nicht über den Kuss geredet.«

Ihr entwich ein erschrockener Laut. Und die Art, wie Brooke einen hektischen Pinselstrich ansetzte und anschließend fluchte, weil sie über die Markierung gemalt hatte, hätte ihn beinahe lachen lassen. Keine Frage – sein Kommentar hatte sie aus dem Konzept gebracht.

»Und?«, hakte Andrew nach, als sie noch immer nicht antwortete, sondern eingehend damit beschäftigt schien, ihr Farbmalheur zu beseitigen.

»Was *und?*«

Seufzend legte er die Farbrolle ab und verschränkte die Arme vor der Brust, während er den entzückenden Quälgeist in der farbverschmutzten Arbeitskleidung musterte. »Wir sind seit fast vier Stunden damit beschäftigt, das Haus zu streichen, aber du hast es bisher kaum ein einziges Mal geschafft, mir in die Augen zu schauen. Ich beginne, mir ernsthaft Sorgen zu machen.«

»Sei nicht albern«, erwiderte sie düster und schaute ihn noch immer nicht an.

»Aha.«

»Kein *Aha*«, betonte sie. »Mir … mir geht nur viel durch den Kopf.«

»Als da wäre?«, fragte er neugierig nach und registrierte

vergnügt ihr Stirnrunzeln. Brooke aus der Fassung zu bringen, machte ihm einfach unglaublich Spaß.

Genervt stieß sie den Atem aus, ließ die Schultern nach unten fallen und murrte: »Das weißt du sehr gut, Drew! Ich mache mir Gedanken um das *Crab Inn*, um den Streit mit meinem Dad, um meine Mom …«

»Und darüber, dass wir gestern miteinander im Bett gelandet wären, wenn uns dein Dad nicht unterbrochen hätte«, fügte er freundlich hinzu.

»Was?!« Sie schwang zu ihm herum und hielt den Pinsel wie einen Taktstock in ihrer rechten Hand. Dass weiße Farbe auf den Boden tropfte, schien sie nicht wahrzunehmen.

Er nickte nachdrücklich und verzog die Lippen zu einem breiten Grinsen. »Aber ja! Das weißt du so gut wie ich.«

Ihr Mund öffnete sich. Schloss sich wieder. Dann aber schaffte sie es doch, etwas zu sagen. »Niemals!«

Andrew setzte eine gespielt gütige Miene auf, bevor er nachsichtig erwiderte: »Wirklich, Brooke, sei doch ehrlich zu dir selbst. Du hättest mir einfach nicht länger widerstehen können.«

»Was?! Spinnst du jetzt total?«

Entschuldigend hob er beide Hände. »Leider habe ich diese Wirkung auf Frauen.«

Aufgebracht trat sie näher und fuchtelte mit dem Pinsel vor seinem Gesicht herum. Ihm ging angesichts ihrer wutschnaubenden Miene und der funkelnden Augen das Herz auf, trotzdem trat er lieber einen Schritt zurück.

»Von welcher Wirkung sprichst du, bitte?« Ihre Augen verengten sich.

Andrew seufzte theatralisch und schaute in den blauen Himmel mit den wenigen weißen Wolken. »Du musst mir nichts vormachen, Brooke. Wir beide wissen, dass du nur schwer die Finger von mir lassen kannst. Und der Kuss gestern …« Er schnalzte mit der Zunge und wackelte vielsagend mit den Augenbrauen.

Sie schnaubte wütend. »Ich kann die Finger nicht von dir lassen? Entschuldige bitte, aber wer hat hier wen geküsst?!«

Nachdenklich erwiderte er: »Ganz klar: Du hast mich geküsst.«

Sie schien kurz vor einer Explosion zu stehen. »Was?! *Du* hast *mich* geküsst!«

»Daran würde ich mich erinnern.«

»Dann denk noch mal scharf nach!« Brooke holte tief Luft und zeigte mit dem Finger auf ihn. »Ich bin gestolpert, du hast mich aufgefangen und geküsst! Selbst wenn ich es gewollt hätte, hätte ich dich nicht davon abhalten können, Drew!«

Mehr als zufrieden grinste er breit.

Das hielt Brooke jedoch nicht davon ab, ihn anzufauchen. »Was ist?!«

Andrew fiel es schwer, ihr seine Befriedigung nicht zu zeigen. »Du hast gesagt, dass du mich nicht einmal dann hättest abhalten können, wenn du es *gewollt* hättest. Das heißt also, dass du dich von mir küssen lassen wolltest. Gut zu wissen.«

»So … so habe ich das nicht gemeint!«

»Ach.« Andrew gluckste. »Und wie hast du es dann gemeint?«

Sie rang nach Worten, brach den Blickkontakt zu ihm ab und nagte unschlüssig auf ihrer Unterlippe herum. In diesem Moment fand er sie dermaßen zum Anbeißen, dass er sie am liebsten an sich gezogen hätte, um dort weiterzumachen, wo sie gestern unterbrochen worden waren. Leider hielt sie ihren

Pinsel noch immer wie eine Waffe von sich gestreckt – und wer wusste schon, was sie damit anstellen würde? Denn selbst wenn Andrew alte Arbeitskleidung ihres Dads trug, wollte er nicht unbedingt Farbe im Gesicht haben.

»Also … ich … du …« Sie stieß einen frustrierten Laut aus. »Du weißt genau, wie ich das meine!«

»Nicht wirklich.« Neugierig musterte er ihr verlegenes Gesicht. »Und für den Fall, dass du den Kuss ohne Unterbrechungen wiederholen willst …« Er ließ den Satz unvollendet.

Anstatt ihm zu antworten, nickte sie lediglich dem Farbeimer zu. »Wir sind zum Arbeiten hier und nicht zum Quatschen.«

»Jawohl, Ma'am.« Andrew salutierte spielerisch und machte sich anschließend wieder daran, die Hauswand zu streichen.

Nach nur wenigen Sekunden schweigsamen Arbeitens räusperte Andrew sich und erklärte freundschaftlich: »Du hast nicht Nein gesagt.«

Ihr gequältes Seufzen war wie Musik in seinen Ohren. »Ich habe aber auch nicht Ja gesagt.«

Schmunzelnd verteilte er die Farbe gleichmäßig an der Hauswand. »Nur mal angenommen, dein Dad wäre nicht plötzlich aufgekreuzt«, begann er vom Neuen, während er seinen Blick auf die Hauswand vor sich heftete. »Hättest du mir eine geklebt? Oder …«

Es dauerte ein paar Sekunden, die ihm wie eine halbe Ewigkeit vorkamen, bis sie leichthin erwiderte: »Das werden wir wohl niemals erfahren.«

Andrew schnalzte mit der Zunge. »Dann wirst du auch niemals erfahren, was ich mit dir vorhatte.«

»Sehr schade«, meinte sie enttäuscht, um gleich darauf

lässig fortzufahren: »Und du wirst niemals erfahren, ob ich absichtlich gestolpert bin oder nicht.«

Als er ihr von der Seite einen fragenden Blick zuwarf, bemerkte er lediglich das Zucken ihrer Mundwinkel, während sie weiterhin die Hauswand bepinselte. Sein Lachen schallte über den gesamten Parkplatz.

Kurz darauf gönnten sie sich eine Mittagspause, die sie damit verbrachten, im Freien ein Sandwich zu essen und sich angeregt über die anstehende Renovierung zu unterhalten. Glücklicherweise hatte ihr freundschaftliches Geplänkel es geschafft, die angespannte Atmosphäre zu lockern. Jetzt gingen sie zwar wieder völlig normal miteinander um, als hätte es den leidenschaftlichen Kuss nie gegeben, doch Andrew hatte ihn nicht vergessen. Tatsächlich genoss er Brookes Gegenwart sehr. Lange Zeit hatte er sich nicht mehr so wohlgefühlt wie jetzt, als er neben Brooke auf der Eingangsstufe zum *Crab Inn* saß, unter freiem Himmel ein Sandwich aß und seine Arme kaum mehr spürte, nachdem er über vier Stunden den Pinsel geschwungen hatte.

Zusammen mit Brooke vor dem renovierungsbedürftigen Restaurant zu sitzen, ein köstliches Sandwich zu verspeisen und sich brüderlich eine Flasche Limonade mit ihr zu teilen … wann war er das letzte Mal so zufrieden gewesen?

Obwohl er von oben bis unten mit Farbe beschmiert war und in Gedanken eigentlich bei seinem eigenen Restaurant hätte sein sollen, blendete er jede Erinnerung an Boston aus und konzentrierte sich auf die Frau, die ihn zum Lachen brachte, die verdammt gut küssen konnte und die zudem den besten Blaubeerkuchen der ganzen Ostküste machte. Und deren zerzauste Haare dazu einluden, seine Hände in ihnen zu vergraben. Außerdem genoss er es in vollen Zügen, keinen

Motorenlärm zu hören, die Hektik der Großstadt vergessen zu können und stattdessen die salzige Seeluft in der Nase zu haben und dem Geräusch der Wellen zu lauschen, die sich nur wenige Meter von ihnen entfernt an den Klippen brachen.

»Wir sollten anfangen, uns über das Essen Gedanken zu machen.« Brooke leckte die köstliche Sauce von ihren Fingern, mit der die Truthahnbrust im Sandwich mariniert gewesen war, und stieß einen ekstatischen Seufzer aus. Schlagartig kippte Andrews Stimmung.

Denn die Tatsache, dass er genau diesen köstlichen Geschmack noch im Mund hatte, sowie ihr Anblick beim Essen des Sandwiches und ihre schlichte körperliche Nähe ließen schon wieder seine Fingerspitzen kribbeln. Am liebsten hätte er sie gepackt und da weitergemacht, wo sie gestern unterbrochen worden waren. Für jemanden wie ihn, der gutes Essen und eine hübsche Frau sehr wohl zu schätzen wusste, war die Situation mit einem Mal beinahe unerträglich. Überraschenderweise spielten sich in seinem Kopf plötzlich zahlreiche Filme ab, die alle relativ harmlos begannen und damit endeten, dass er Brooke sein preisgekröntes Dessert ans Bett brachte und dabei nackt war – genau wie sie.

Während er unruhig hin und her zu rutschen begann, ließ sich die verführerische Frau neben ihm vernehmen: »Wenn wir ein Barbecue anbieten, sollten wir überlegen, ob ein Vorspeisenbüffet überhaupt Sinn macht. Vielleicht wäre es besser, mehr Beilagen anzubieten. Oder?«

Wie konnte sie so unbeteiligt über Vorspeisen reden, während er nur daran denken konnte, wie sie sich die Sauce von den Fingern leckte und wie gut sie sich nackt in seinem Bett machen würde?

Andrew biss die Zähne zusammen und zählte innerlich bis zehn, während ihr zufriedenes, genießerisches Seufzen, das an sein rechtes Ohr drang, erotischer klang als jedes Stöhnen, das er jemals von einer Frau gehört hatte.

»Wir könnten aber auch kleine Appetithäppchen auf Tellern vorbereiten. Suppen wären im Juli natürlich idiotisch, obwohl … wir könnten eine kalten Gazpacho anbieten und dazu frisches Krabbengebäck reichen«, rief sie begeistert aus und stieß ihn auffordernd in die Seite. »Das wäre eine fabelhafte Idee, findest du nicht?«

Er schluckte schwer und brachte ein zustimmendes Brummen hervor.

Ihr sorgenvoller Blick richtete sich auf ihn. »Keine gute Idee?«

Die einzig schlechte Idee war gewesen, sie zu beobachten, während sie sich die Finger ableckte und dabei diese genießerischen Töne ausstieß, die ihn unweigerlich ans Schlafzimmer denken ließen. Das Bild einer nackten Brooke, die mit zerzausten Haaren in seinem Bett saß und sich erst über ihn und anschließend über sein Pistazienmousse hermachte, ging ihm nicht mehr aus dem Kopf. Er war kaum in der Lage, ihr zu antworten.

»Gazpacho mit Krabbengebäck klingt toll«, brachte er schließlich hervor.

Zweifelnd runzelte sie die Stirn und rutschte so nah an ihn heran, dass er sich wie unter Strom fühlte. »Findest du? Wir könnten natürlich auch kleine Mini-Sandwiches mit zartem Hummerfleisch auf einer hausgemachten Mayonnaise und eingelegtem Gemüse anbieten. Mir läuft schon das Wasser im Mund zusammen.« Wieder stöhnte sie genießerisch auf und ließ in Andrew den Verdacht aufsteigen, dass sie das absichtlich machte. Denn auch ihm lief das Wasser im Mund zusammen – aber nicht wegen der Speisen.

Gerade als er überlegte, einfach aufzuspringen und eine

kalte Dusche zu nehmen, klingelte das Telefon im Inneren des Restaurants.

»Na, wunderbar«, murrte Brooke neben ihm und sprang auf die Füße. »Ausgerechnet jetzt, da wir übers Essen reden.«

»Ja«, krächzte er mit gespielter Enttäuschung. »Ausgerechnet jetzt.«

»Ich bin gleich wieder da«, versprach sie mit einem entschuldigenden Lächeln und rannte zurück ins Haus.

Andrew ließ den Kopf in den Nacken fallen, sobald Brooke im Inneren des Hauses verschwunden war. Nur mühsam konnte er ein gequältes Stöhnen unterdrücken. Was sie ihm hier antat, war pure Folter, so viel war sicher. In der Hoffnung, dass sie ihn einige Momente allein ließ, damit er sich erholen konnte, streckte er die Beine von sich und griff nach dem Handy in seiner Hosentasche. Kaum hatte er es eingeschaltet, musste er bemerken, dass seine Mobilbox voller Nachrichten war und er vermutlich mehr Anrufe erhalten hatte als die Telefonseelsorge zu Weihnachten. Kurz ging er die Liste durch und rang sich sogar dazu durch, eine der zahlreichen Nachrichten abzuhören, die ihm seine Tante hinterlassen hatte.

Wie immer klang Daisy völlig außer sich. »Andrew, langsam beginne ich mir Sorgen zu machen! Es sieht dir gar nicht ähnlich, deine Aufgaben zu vernachlässigen und dich nicht um dein Restaurant zu kümmern. Von der TV-Show einmal abgesehen. Wie soll ich einen Termin für dich arrangieren, wenn du auf keinen meiner Anrufe reagierst? Ich muss dir nicht sagen, wie unprofessionell das wirkt, oder? Ruf mich schnellstmöglich zurück! Ich habe nämlich mit dem Produzenten …«

Hastig schaltete er das Handy wieder aus und steckte es in die Hosentasche. Nur Sekunden später hörte er, dass

Brooke von ihrem Telefonat zurückkam. Möglichst unbefangen schaute er zu ihr auf. »Gab es was Besonderes?«

Brooke schüttelte den Kopf, schnitt eine Grimasse und erwiderte schlicht: »Es war meine Mom, die mich wegen der Neueröffnung sprechen wollte.«

»Oje.« Andrew verzog den Mund und erhob sich. »Ärger?«

Nachdenklich schaute Brooke auf ihre Füße und zuckte nur mit den Schultern.

»Hey«, erklärte er leise und legte ihr aufmunternd eine Hand auf die Schulter. »Auch das geht vorbei.«

Das Bedürfnis, sie tröstend an sich zu ziehen, wurde immer größer, als sie ihm einen verletzten Blick zuwarf.

»Mein Dad muss sich gestern fürchterlich aufgeregt haben. Er kann ein grauenvoller Sturkopf sein.«

Beinahe hätte Andrew gelächelt, schließlich besaß auch Brooke einige Charaktereigenschaften, die gemeinhin als stur bezeichnet werden konnten.

»Und?«, hakte er leise nach. »Liegt es dir im Magen, dass du dich gestern mit ihm gestritten hast?«

Sie stieß den Atem aus. »Der Streit mit meinem Dad ist nicht das Problem. Wir beide liegen uns nun mal gelegentlich in den Haaren. Nein«, seufzte sie gequält. »Ich möchte nicht, dass sich meine Mom aufregt und sich Sorgen unseretwegen macht. In ihrem Zustand …«

Andrew unterbrach sie, indem er sanft ihre Schulter drückte. »Deiner Mom geht es gut. Sie ist härter im Nehmen, als du glaubst.«

Obwohl er sie eigentlich hatte trösten wollen, schaute sie ihn aus stürmischen blauen Augen an. »Ach ja? Und das weißt du woher?«

Er zog lediglich eine Augenbraue in die Höhe. »Eine Frau,

die eine Tochter wie dich großgezogen hat, muss hart im Nehmen sein.«

Anscheinend wusste Brooke nicht, ob sie beleidigt, amüsiert oder weiterhin besorgt sein sollte, da ihre Mundwinkel zuckten, während ihre Augen feucht wurden.

»Du verstehst das nicht, Drew. Sie ist krank. Ich will doch nur, dass sie wieder gesund wird.«

»Das wird sie«, antwortete er zuversichtlich.

»Wie kannst du da so sicher sein?«

»Es ist einfach so. Deiner Mom wird nichts passieren.«

Sie schluckte und schien ziemlich aus der Fassung. Dann aber schob sie das Kinn vor und murmelte entschlossen: »Wir sollten weiterarbeiten.«

Sein Blick glitt über ihren Scheitel in Richtung Meer, das an diesem schönen Sommertag verlockend im Sonnenlicht schimmerte. Einer spontanen Eingebung folgend ließ er seine Hand von ihrer Schulter über ihren Arm zu ihrer Hand gleiten und hielt sie fest.

»Du brauchst eine Pause«, erklärte er bestimmt. »Lass uns an den Strand gehen.«

Wie nicht anders zu erwarten, protestierte sie sofort. »Nein, Drew. Wir müssen noch …«

»Du musst den Kopf frei bekommen.«

»Aber …«

Weiter kam sie nicht, da er sie einfach mit sich zog, über den Parkplatz marschierte und mit ihr im Schlepptau die Treppen hinabstieg.

»Drew«, ließ sie nicht locker. »Es wartet viel zu viel Arbeit auf uns! Ich kann nicht so einfach an den Strand gehen.«

Ohne ihre Proteste zu beachten, setzte er einen Fuß auf den wunderschönen Strand, der weit und breit verlassen war, und zog Brooke hinter sich her.

Weißer feiner Sand, hellblaues Meer und hohe Dünen gleich hinter dem Strandabschnitt machten diesen Flecken zu einem wirklich paradiesischen Ort. Allem Anschein nach konnte man diesen Abschnitt nur über die Holztreppe neben dem *Crab Inn* betreten: Die meisten Menschen hätten für einen solchen Ausblick und für diesen Privatstrand ein Vermögen bezahlt. Die idyllische Ruhe wurde lediglich durch das Geschrei einiger Möwen gestört, die am Himmel ihre Kreise zogen.

Andrew hätte es hier tagelang aushalten können. Nichts störte dieses Naturparadies.

Bis auf Brooke, die wie ein Kleinkind quengelte.

»Wir müssen weiterarbeiten! Ich kann nicht mal eben so den Tag vertrödeln, Drew!«

»Warum nicht?«, wollte er schlicht wissen. Er schloss kurz die Augen, genoss die warmen Sonnenstrahlen auf seiner Haut und sog den salzigen Geruch nach Meer in seine Nase. »Du bist dein eigener Boss und wohnst direkt an einem Wahnsinnsstrand. An deiner Stelle wäre ich jeden Tag hier und würde mir das Meer anschauen.«

»Du bist ja auch ein Großstadtsnob«, gab sie zu bedenken, klang dabei jedoch schon wieder ganz vergnügt.

Andrew fuhr zu ihr herum, blendete das Rauschen der Wellen aus und konzentrierte sich auf Brooke, die ihre freie Hand an ihre Stirn legte, um ihre Augen vor der grellen Sonne zu schützen.

Dass er noch immer ihre Hand in seiner hielt, schien ihr nicht das Geringste auszumachen.

Er stieß ein Grollen aus. »Ein Großstadtsnob?«

Sie ließ den Blick über sein Gesicht wandern, bevor sie ihm direkt in die Augen schaute. Das drohende Grollen schien sie ihm nicht einen Augenblick lang abzukaufen. Stattdessen legte sie den Kopf schief und flüsterte weich: »Allerdings nicht ganz so schrecklich, wie ich anfangs dachte.«

»Ach nein?«

Brooke schüttelte den Kopf. »Du kannst sogar ziemlich nett sein, wenn du willst.«

»Nett?«

»Ja.« Sie lachte leise. »Außerdem bist du ab und zu richtig süß.«

Andrew zwinkerte verblüfft. »Süß?«

Sie presste ihre Lippen amüsiert aufeinander. »Abgesehen davon hast du die Angewohnheit, alles wie ein Papagei nachzuplappern.«

»Sehr komisch.« Nicht im Mindesten beleidigt drückte er ihre Hand und verfolgte mit den Augen die störrische Haarsträhne, die sich aus ihrem Zopf gelöst hatte und vom Wind in alle Himmelsrichtungen geweht wurde.

»Ich bin also ein nicht ganz so schrecklicher Großstadtsnob, der ziemlich nett sein kann, ab und zu richtig süß ist und wie ein Papagei alles nachplappert. Richtig?«, murmelte er mit belegter Stimme.

Die Frau, die so dicht vor ihm stand, dass kaum ein Blatt Papier zwischen sie beide gepasst hätte, schien nicht bemerkt zu haben, dass sich ihre Haarsträhne selbstständig gemacht hatte und wie fasziniert Andrew das betrachtete. Stattdessen rümpfte sie spielerisch die Nase. »Außerdem bist du ein grausiger Autofahrer, aber dein Essen ist ganz okay.«

Normalerweise wäre er an die Decke gegangen, wenn man sein Essen »ganz okay« genannt hätte, doch bei Brooke verspürte er lediglich das Bedürfnis, sie zu küssen.

Sanft strich er ihr die Haarsträhne hinter das Ohr und legte dann seine Hand auf ihre Wange. »Ganz okay?«, flüsterte er und bemerkte, wie sich ihre blauen Augen weiteten.

»Hmm«, murmelte sie gebannt und schmiegte die Wange gegen seine Hand. Keine einzige Sekunde ließ sie seinen Blick los.

Mit dem Daumen streichelte er zärtlich über ihre weiche Haut. Ihm wurde warm.

»Vorgestern hätte mehr Salz in die Suppe gemusst«, flüsterte sie schelmisch und grinste dabei.

Abrupt zuckten seine Augenbrauen in die Höhe. Empört öffnete er den Mund. »Mehr Salz?«

Brooke nickte vehement. »Unbedingt!«

»Aber ...«

Lachend unterbrach sie seinen aufgeregten Ausruf und stellte sich auf die Zehenspitzen, um ihn zu küssen.

Er war so überrumpelt, dass er ganze zwei Sekunden brauchte, um den Kuss zu erwidern und sie an sich zu ziehen. Während ihm eine süße Schwere in den Bauch fuhr und ihm schwindelig wurde, konnte er lediglich daran denken, dass Brooke besser schmeckte als alle Desserts dieser Welt.

Erst als sie den Kuss beendete und sich langsam von ihm löste, kam er wieder halbwegs zur Besinnung und schaute in ihre verhangenen Augen.

Der Moment der Nähe war viel zu schnell vorbei. Bevor er ihr einen weiteren Kuss geben konnte, schob sie ihn von sich und erklärte mit todernstem Gesicht: »Zurück an die Arbeit, Drew. Wir haben noch viel vor.«

Fassungslos blieb er im Sand stehen und schaute ihr nach, wie sie die Treppen hochstieg. Er brauchte eine gefühlte Ewigkeit, um ihr krächzend hinterherzurufen: »Hey! Vom Gesetz her stünde mir eine Mittagspause zu!«

Sie drehte sich auf der sechsten Stufe um, stemmte die Hände in die Hüften und rief ihm fröhlich zu: »Verklag mich doch, Herr Großstadtsnob!«

Mit einem Schnauben beobachtete Andrew, wie ihre Locken im Wind tanzten, als sie die Treppe nach oben fegte, und konnte nichts gegen das breite Grinsen auf seinem Gesicht und das aufgeregte Prickeln in seiner Brust tun.

»Du kannst so etwas nicht ohne meine Zustimmung entscheiden, Brooke!«

Um des lieben Friedens willen hob Brooke ihre Hände entschuldigend in die Höhe. »Gut, Dad. Ich gebe zu, dass ich zuerst mit dir darüber hätte reden müssen. Aber jetzt ist das Kind im Brunnen. Was soll ich machen? Soll ich alles wieder absagen?«

Ihr Dad schenkte ihr über den Küchentisch hinweg einen warnenden Blick. »War das etwa von Anfang an dein Plan? Wolltest du mich einfach vor vollendete Tatsachen stellen?«

Natürlich war das ihr Plan gewesen. Schließlich wusste sie aus langjähriger Erfahrung, dass ihr Dad immer mehr darauf aus war, sich durchzusetzen, je älter er wurde. Dennoch schüttelte sie den Kopf und verdrehte die Augen.

»Selbstverständlich nicht, Dad! Ich wollte dich einfach nicht mit der ganzen Organisation belasten – schließlich musst du dich um Mom kümmern. Ich wollte dir doch nur Arbeit abnehmen!«, seufzte sie mit gespielter Reue. »Es tut mir wirklich leid, wenn du dich übergangen fühlst.«

Sie übertrieb schamlos, und das wusste sie. Auch ihr Dad hatte sie bereits durchschaut und kniff skeptisch die Augen zusammen, aber ihre Mom ließ sich glücklich vernehmen: »Seht ihr! So einfach kann man Missverständnisse aus der Welt schaffen? Möchte jemand noch einen Tee?«

Der durchdringende Blick ihres Vaters machte Brooke nervös. Deswegen wandte sie sich erleichtert ihrer Mom zu und schenkte ihr ein liebevolles Lächeln, während sie sich gleichzeitig möglichst unauffällig die feuchten Hände an der Jeans abwischte. »Für mich nicht mehr, Mom. Aber vielen lieben Dank.«

»Angus? Möchtest du noch einen Tee?«

Es dauerte einen Moment, bis ihr Dad ablehnend brummte.

Brooke hielt den richtigen Zeitpunkt für gekommen, das Thema zu wechseln. »Sag mal, Mom, hast du schon gehört, dass Debbie Murphy ...«

»Nicht so schnell, Brooke«, unterbrach ihr Vater sie. »Auch wenn dieses hirnrissige Fest nun stattfindet, will ich darüber informiert werden. Alles Weitere besprichst du gefälligst mit mir.«

»Aber, Dad ...«

»Das *Crab Inn* ist immer noch *mein* Restaurant, mein Kind. Ich entscheide, wie es geführt wird, und wenn wir ein Event veranstalten, mit dem ich nicht einmal ansatzweise einverstanden bin, dann will ich wenigstens wissen, was es mich kosten wird.« Er schüttelte den Kopf. »Nicht auszudenken, wenn diese Party uns in den Ruin treibt!«

Brooke fühlte sich in ihrem Stolz getroffen und setzte sich kerzengerade auf. »Dad, ich bin kein Kind mehr, und eine Idiotin bin ich auch nicht«, wehrte sie sich. »Du kannst sicher sein, dass ich mir dabei etwas gedacht habe!«

»Du wirst lediglich all die Touristen anlocken, auf die wir gut und gerne verzichten können.«

Eigentlich hatte sich Brooke vorgenommen, aus Rücksicht auf ihre Mom den Mund zu halten, doch bei den letzten Worten ihres Vaters riss ihr der Geduldsfaden. »Himmel, wir können auf niemanden verzichten, Dad! Schon gar nicht auf die Touristen. Willst du es nicht sehen? Wir brauchen mehr Gäste, aber du verschließt dich jeder neuen Idee!«

Augenblicklich verfinsterte sich sein Gesicht. »Seit mehr als zwei Jahrzehnten führe ich das *Crab Inn*, Brooke! Du musst nicht denken, dass du mehr Ahnung davon hast als ich!«

»Das habe ich nie gesagt«, konterte Brooke leidenschaftlich und konnte ihren Herzschlag in den Ohren dröhnen hören. »Aber die Verhältnisse ändern sich – und wir müssen darauf reagieren, Dad. Es hilft niemandem, wenn wir die Hände in den Schoß legen und abwarten.«

Nun brauste ihr Vater erst recht auf. »Du weißt, dass ich aus unserem Restaurant keine billige Touristenabsteige machen will! Das *Crab Inn* steht für Tradition und Qualität.«

Obwohl Brooke ihren Vater am liebsten angebrüllt hätte, zwang sie sich dazu, ruhig zu bleiben und an seine Vernunft zu appellieren. »Niemand will aus dem *Crab Inn* eine Touristenabsteige machen, Dad. Und niemand will es verändern. Aber du wirst doch selbst einsehen, dass wir etwas tun müssen, um konkurrenzfähig zu bleiben.«

»Aber …«

»Angus«, schaltete sich Brookes Mom ein, die bisher stumm zugeschaut hatte, wie ihr Mann und ihre Tochter sich stritten. Begütigend legte sie ihm eine Hand auf die Schulter. »Deine Tochter ist eine kluge Frau und will nur das Beste für das Restaurant. Jetzt hör ihr erst mal zu.«

Anscheinend hatte Angus Day einen sehr starrköpfigen Tag, da er nur den Kopf schüttelte und beinah seinen Stuhl umwarf, als er aufstand. »Dieser Kerl hat dir Flausen in den Kopf gesetzt!«

Verwirrt blinzelte Brooke und keuchte belustigt auf, als sie verstand, worauf ihr Dad hinauswollte. »Drew? Redest du etwa von Drew?«

»Von wem sollst du diese schwachsinnige Idee denn sonst haben?«

»Dad, ich bin alt genug, um mir eigene schwachsinnige Ideen einfallen zu lassen. Dafür brauche ich keinen Mann.«

»Das ist nicht komisch!«

»Siehst du mich etwa lachen?«, hielt sie ihm entgegen. »Du kannst dir sicher sein, dass ich von ganz allein darauf gekommen bin, dass wir mehr Gäste brauchen, um schwarze Zahlen zu schreiben. Auch wenn dir dieser Gedanke ganz fern zu liegen scheint.«

Es dauerte keine zehn Sekunden, bis die Küchentür hinter ihm zuschlug, nachdem er wutschnaubend das Haus verlassen hatte.

Brooke schüttelte den Kopf. »Das ist mal wieder typisch!«

»Brooke.« Ihre Mom klang betrübt. »Ihr sollt euch doch nicht streiten.«

»Sag das ihm«, hielt sie ihrer Mom vor.

Ihre Mutter setzte sich auf den Stuhl, auf dem gerade noch ihr Mann gesessen hatte. Jetzt sah sie traurig aus. »Es bringt niemanden weiter, wenn ihr euch anschreit.«

»Warum verschließt er sich nur so sehr vor meinen Ideen?« Ratlos suchte Brooke den Blick ihrer Mom, hob die Schultern an und ließ sie frustriert wieder fallen. »Ich verstehe das nicht!«

Während sich ihre Mom durch das ordentlich frisierte blonde Haar fuhr, lächelte sie schwach. »Du musst Geduld mit deinem Dad haben, Liebling. Für ihn ist es nicht leicht, in seinem Alter um seinen Lebensunterhalt kämpfen zu müssen. Du weißt doch, wie stolz er ist.«

Augenblicklich begann sich in Brooke das schlechte Gewissen zu regen. Zögernd nagte sie auf ihrer Unterlippe herum. »Aber ich bin seine Tochter, Mom. Ich will ihm doch nur helfen!«

»Sieh es mal aus der Sicht deines Vaters«, schlug ihre Mom

ruhig vor. »Andere Männer in seinem Alter können sich zur Ruhe setzen und ihren Lebensabend genießen. Er nicht – es sei denn, er würde das Restaurant verkaufen.«

Augenblicklich erstarrte Brooke. Der Gedanke, das *Crab Inn* zu verlieren, war wie ein Stich ins Herz.

»Mom …«

»In den letzten zwei Jahren hat er immer wieder Angebote großer Ketten bekommen, die ihm das Restaurant samt dem Land abkaufen wollten, doch deinem Dad liegt das *Crab Inn* zu sehr am Herzen. Er kann es nicht einfach verkaufen, um dann zuzusehen, wie es abgerissen wird und dort die Filiale einer Restaurantkette entsteht.«

Brooke murmelte betroffen: »Warum hat er davon nie erzählt?«

»Angus ist ein erwachsener Mann und sieht Tag für Tag, wie sehr du dich für sein Restaurant aufreibst, Schatz. Männern fällt es schwer, die Hilfe anderer Menschen anzunehmen.«

»Die Hilfe anderer Menschen?« Brooke seufzte schwer. »Ich bin nicht ›andere Menschen‹, sondern eure Tochter.«

Seufzend nickte Sally Day. »Denkst du nicht, dass ihm die Tatsache zu schaffen macht, dass du uns unterstützen musst? Er würde sicher ruhiger schlafen, wenn du nicht dazu gezwungen wärst, im Restaurant zu arbeiten.«

Brooke griff über den Tisch hinweg nach der Hand ihrer Mom und drückte sie bekräftigend. »Mom, du weißt, dass ich gerne im *Crab Inn* arbeite, oder? Mir macht es nichts aus mit anzupacken.«

»Dir macht es vielleicht nichts aus, aber dein Vater macht sich Vorwürfe, dass du dein eigenes Leben auf Eis gelegt hast, um uns unter die Arme zu greifen.«

»Unsinn«, widersprach Brooke mit belegter Stimme. »Ganz

sicher habe ich mein Leben nicht auf Eis gelegt. Das *Crab Inn* ist ein Teil von mir, ich würde nirgendwo lieber arbeiten als dort.«

»Nicht einmal in der Redaktion einer großen Zeitung?«, fragte ihre Mom sanft und schaute sie eindringlich an.

Brooke schluckte den winzigen Kloß in ihrem Hals hinunter. »Nicht einmal dort«, bestätigte sie fest.

Vielleicht hatte es einmal eine Zeit gegeben, in der sie nichts lieber getan hätte, als einer Christiane Amanpour gleich über weltbewegende Nachrichten zu berichten. Aber der Traum einer Highschoolschülerin war noch während des Studiums der Realität gewichen, denn der Journalismus war längst nicht so glamourös, wie sie es früher geglaubt hatte. Das Kochen machte ihr weitaus mehr Spaß, als in einer Redaktion zu sitzen und Artikel über langweilige Bürgerversammlungen zu schreiben – mittlerweile konnte sich Brooke nichts Schöneres vorstellen, als in ihrem eigenen Restaurant zu stehen und ihre Gäste zu verwöhnen.

»Vielleicht solltest du mal in Ruhe mit deinem Dad reden.« Ihre Mom drückte aufmunternd ihre Hand. »Ihm würde es sicher besser gehen, wenn er wüsste, wie glücklich du im *Crab Inn* bist.«

»Himmel, Mom«, raunte Brooke und schüttelte den Kopf. »Glaubt Dad denn, dass ich mich wie ein Märtyrer für das Restaurant aufopfere? Da sollte er mich wirklich besser kennen.«

Sally Day verdrehte die Augen, bevor sie zärtlich hinzufügte: »Nach der Sache mit Will war dein Vater schrecklich besorgt. Ich denke, er wollte dich nicht zusätzlich damit belasten.«

Nun war es an Brooke, die Augen zu verdrehen. »Will ist doch längst Geschichte. Um ihn sollte sich Dad wirklich keine Gedanken machen!«

Wie nicht anders zu erwarten, funkelten die Augen ihrer Mom auf. »Da wir schon beim Thema sind: Was macht dein großartiger Hausgast denn gerade?«

Obwohl Brooke davon ausgegangen war, dass ihr Vater am gestrigen Abend nicht gesehen haben konnte, wobei er sie beide gerade unterbrach, war sie sich angesichts des wissenden Lächelns ihrer Mom nicht mehr ganz so sicher.

Scheinbar unbekümmert hielt sie dem Blick ihrer Mom stand und zuckte lässig mit den Schultern. »Bevor ich zu euch gefahren bin, ist er in der Küche verschwunden.«

»Du hättest ihn auch mitbringen können, anstatt ihn alleine im *Crab Inn* zu lassen.«

Damit ihre Mom auf die Idee kam, bald einen Schwiegersohn zu haben? So sehr Brooke es auch genoss, Zeit mit Drew zu verbringen, wollte sie weder sich selbst noch ihrer Mom große Hoffnungen machen. Der Mann, der dafür verantwortlich war, dass sie am heutigen Ruhetag die Außenwand des Restaurants gestrichen hatten, und der unglaublich gut küssen konnte, würde bald wieder in seinen Geländewagen steigen und zurück nach Boston fahren. Bis dahin hätte er im Restaurant genug Staub aufgewirbelt, dass es Brooke nicht langweilig würde, doch sie würde es ihm sicher nicht erlauben, ihr komplettes Leben auf den Kopf zu stellen.

Gegen einen Flirt war nichts einzuwenden, aber Brooke konnte es sich nicht leisten, sich zu verlieben. Nach ihrer Erfahrung mit Will wusste sie genau, wie wichtig es war, dass man in einer Beziehung die gleichen Ziele verfolgte. Brooke war ein Kind vom Land und würde sich in einer Großstadt auf die Dauer nicht wohlfühlen. Drew dagegen war ein Städter, wie er im Buche stand, und schien für seine Firma ehrgeizige Pläne zu verfolgen.

Nein, sie beide würden ein Paar abgeben, bei dem man von

Anfang an wetten könnte, wann die Beziehung in die Brüche ging. Also schob Brooke alle Zukunftsvisionen von sich und hatte es auch für ratsamer gehalten, ihn am heutigen Abend allein in der Küche werkeln zu lassen, während sie zu ihren Eltern aufgebrochen war. Ein wenig Abstand war ihr sehr sinnvoll erschienen.

»Für jemanden, der nicht in der Gastronomie arbeitet, scheint er verdächtig viel Zeit in der Küche zu verbringen.« Ihre Mom lächelte bedeutungsvoll. »Solch einen Mann musst du dir warmhalten.«

»Gott, Mom«, stöhnte Brooke auf. »Bist du jetzt etwa auch unter die Kuppler gegangen?«

Sally Day zuckte gut gelaunt mit der Schulter. »Drew ist ein sehr netter Mann. Höflich, hilfsbereit ... und richtig heiß.«

»Mom!«

»Was denn?« Ihre Mutter schnalzte mit der Zunge. »Ich müsste Tomaten auf den Augen haben, um nicht zu bemerken, dass er fabelhaft aussieht.«

»Ich glaube nicht, dass ich dieses Gespräch fortsetzen will«, murmelte Brooke unbehaglich und rutschte nervös auf ihrem Stuhl hin und her, bevor sie scherzte: »Weiß Dad, dass du auf einen Mann in meinem Alter abfährst?«

»Erstens fahre ich nicht auf ihn ab, sondern finde ihn lediglich sehr nett anzuschauen, und zweitens gibt es ein paar Dinge im Leben einer Frau, über die sie mit ihrem Mann nicht sprechen sollte.«

»Aha.« Obwohl Brooke wusste, dass sie ihre Neugier sicherlich bereuen würde, hakte sie nach: »Als da wären?«

Die Augen ihrer Mom funkelten vor Vergnügen. »Man sollte seinem Ehemann niemals sagen, dass man gerne einen Blick auf jüngere Männer riskiert, dass seine Geheimratsecken allzu deutlich hervortreten und …« Sie grinste breit. »Und man sollte ihm niemals verraten, dass man nicht nur eine Migräne vortäuschen kann.«

Brooke stöhnte auf. »Mom, bitte! Keine Details!«

»Wir sind erwachsen und unter uns, Brooke.«

»Ich glaube, ich sollte wieder gehen«, ließ sich Brooke vernehmen und erhob sich. »Wenn das hier so weitergeht, muss ich bald zur Therapie.«

»Auch deine Eltern haben Sex.«

Gequält verzog Brooke den Mund und schulterte ihre Tasche. »Nichts für ungut, Mom, aber für solch ein Gespräch müsste ich betrunken sein.«

Gutmütig lachte ihre Mom auf. »Haben dein Vater und ich etwa eine verklemmte Tochter großgezogen?«

Während sich Brooke durch ihr Haar fuhr, rümpfte sie die Nase. »Niemand möchte Einzelheiten über das Sexleben seiner Eltern hören.«

»Sei doch froh, dass dein Dad und ich noch ein erfülltes Sexleben haben, Schatz. Tatsächlich wird der Sex von Jahr zu Jahr besser. Obwohl dein Vater nicht mehr der Jüngste ist, hat er …«

Das Bedürfnis, sich die Hände über die Ohren zu halten und gleichzeitig laute Geräusche von sich zu geben, um die Ausführungen ihrer Mom nicht zu hören, wurde übermächtig. Stattdessen unterbrach Brooke ihre Mom. »Mom, vielen Dank für die anschauliche Beschreibung, aber ich *muss* jetzt los.«

»Wie schade«, seufzte ihre Mutter bedauernd. »Ein richtiges Frauengespräch würde uns beiden mal guttun. Vielleicht hast du in den nächsten Tagen irgendwann Zeit, Liebling. Dann könntest du mir auch mehr über Drew erzählen.«

»Vielleicht«, erwiderte Brooke, während sie sich innerlich

schwor, jedem Frauengespräch mit ihrer Mom in Zukunft aus dem Weg zu gehen, erst recht, wenn die Rede dabei auf Drew kam. Wenn sie nicht aufpasste, würde ihre Mom ihr demnächst noch Sextipps geben!

Hastig küsste sie ihre Mutter auf die Wange und ermahnte sie, bloß keine Hausarbeit mehr zu verrichten und sich stattdessen lieber auszuruhen. Dann floh sie aus ihrem Elternhaus.

»Das hier wäre ein Kuchen aus Maismehl, Äpfeln, Pekannüssen und Ahornsirup, den wir mit einem Kompott aus Heidelbeeren servieren könnten.«

Obwohl Brooke bereits völlig gesättigt war und von Drew seit gefühlten Stunden verköstigt wurde, lief ihr das Wasser im Mund zusammen, als er ihr mit einem stolzen Lächeln den Dessertteller vor die Nase stellte.

Angesichts des akkurat angerichteten Tellers, auf dem ihr ein goldbraunes Stück Kuchen mit einem Klecks Sahne und besagtem Heidelbeerkompott entgegenlächelte, glaubte Brooke, im Himmel gelandet zu sein. Sie wusste nicht, wann sie zum letzten Mal derart verwöhnt worden war. Gleich nach ihrer Ankunft hatte Drew sie an einen Tisch platziert, und seitdem trug er ein Gericht nach dem anderen auf. Jetzt wurde ausnahmsweise sie bekocht – und das absolut hervorragend.

Mit einem verzückten Seufzen stach sie die Kuchengabel in das verlockend duftende Dessert, führte den Bissen zum Mund und ließ sich den Kuchen anschließend auf der Zunge zergehen. Glücklicherweise saß sie, denn der himmlische Kuchen war so saftig, köstlich und lecker, dass sie dahinschmolz.

Während sie ihre Augen geschlossen hielt, kaute sie langsam und bemerkte nur am Rande, dass sie mal wieder ekstatische Laute von sich gab.

»O mein Gott«, murmelte sie entrückt, öffnete die Augen und probierte gleich noch ein zweites Stück von dem Kuchen, das sie sich mit einer Kostprobe des aromatischen Kompotts in den Mund schob.

»Und?« Der Mann, der für diese Geschmacksexplosion zuständig war, rutschte auf die Eckbank und beugte sich gespannt vor. »Schmeckt es gut?«

»Gut?« Brooke riss die Augen auf und leckte sich etwas Sahne von der Oberlippe, bevor sie mit vollem Mund erwiderte: »Am liebsten würde ich mich in diesem Kuchen *wälzen!*«

Sein heiseres Lachen jagte ihr einen Schauer über den Rücken. »Dann bin ich ja zufrieden.«

»Nein, es ist mein völliger Ernst, Drew.« Sie deutete mit der Kuchengabel auf ihn. »Wie kann ein normaler Mensch solch einen Kuchen backen?«

Anscheinend machte ihr Lob ihn verlegen, da er den Kopf ein wenig senkte. »Es ist nur ein Kuchen, Brooke.«

»Der beste Kuchen, den ich jemals gegessen habe«, korrigierte sie ihn und leckte enthusiastisch die Gabel ab. »Und falls du das gegenüber meiner Mom erwähnst, bist du ein toter Mann.«

»Soso.« Er nahm ihr die Kuchengabel aus der Hand, versenkte sie in dem fluffigen Teig und probierte selbst ein Stück, bevor er ihr die Gabel wieder reichte. »Eigentlich wollte ich dir den Kuchen backen, um dir eine Freude zu machen. Mit einer Morddrohung habe ich nicht gerechnet.«

Brooke starrte für einen kurzen Moment auf die Gabel und bemühte sich darum, Drew nicht zu zeigen, wie intim ihr diese Szene vorkam. Sie saßen hier am späten Abend allein im schummrigen Licht des Gastraums und teilten sich eine Kuchengabel. Draußen war es stockdunkel, und sie fühlte sich wie elektrisiert. Nun mit ihm zu plaudern und sich Kuchen von einer Gabel zu teilen, schaffte es, dass ein heißes Prickeln in jeder Nervenfaser ihres Körpers einsetzte.

»Jetzt mal ehrlich, Drew«, sagte sie bemüht unverfänglich und verzog fragend den Mund. »Wie kommt es, dass du solche Kuchen zaubern kannst?«

Er lächelte schwach. »Ich bin ein Naturtalent.«

»Hm.« Brooke runzelte die Stirn. »Du solltest dieses Talent nicht so verschwenden.«

»Inwiefern?«

Seine Belustigung konnte sie nicht wirklich verstehen und hob daher erklärend eine Hand. »Anstatt in die PR zu gehen, hättest du Koch werden sollen.«

»Koch?« Sein Lachen ähnelte einem Grunzen, was merkwürdigerweise ziemlich charmant in ihren Ohren klang. »Du findest, ich hätte Koch werden sollen?«

»Warum nicht?« Sie hob die Schultern an. »Meiner Meinung nach hättest du mit der richtigen Ausbildung gute Chancen gehabt, in einem tollen Restaurant zu arbeiten. Und es macht dir doch auch Spaß, in der Küche zu stehen, das merke ich.«

Er sagte erst einmal nichts, bevor er sehr freundlich, jedoch bestimmt nachhakte: »Mit der richtigen Ausbildung?«

Brooke leckte sich einen Krümel von der Zunge und nickte. »Nichts für ungut, Drew, aber gelernt ist eben gelernt. Ich bin selbst keine ausgebildete Köchin und bemerke immer wieder, dass ...«

Weiter kam sie gar nicht, da Drew aufsprang und ihre Hand ergriff, um sie zu sich zu ziehen.

Keuchend ließ Brooke die Gabel fallen. Sie öffnete protestierend den Mund, fand sich aber keine Sekunde später in einer Umarmung wieder.

Sobald sie seine Lippen auf ihren fühlte und nichts weiter als die Nähe zu ihm wahrnahm, presste sie sich an ihn und erwiderte seinen Kuss voller Hingabe.

Gerade noch war sie davon ausgegangen, dass sie niemals zuvor etwas so Köstliches wie seinen Apfelkuchen gegessen hatte. Aber jetzt wurde ihr klar, dass Drew selbst viel besser schmeckte als jedes noch so großartige Dessert.

Als seine Hände über ihren Rücken glitten und er sie noch näher an sich zog, sie seine harten Muskeln spüren konnte, wurden ihr die Knie weich. Sie drückte sich an ihn und stellte sich auf die Zehenspitzen, während sie ihm das Gesicht entgegenhob, damit er sie weiterküsste. Als sie ihm die Arme um den Nacken schlang, entfuhr ihr ein kleiner wohliger Seufzer.

Unter seinen Händen begann sie am ganzen Körper vor Erregung zu zittern, und ein Schwarm Schmetterlinge machte sich in ihrer Magengegend breit, als er ihre Hüften umfasste. In Brookes Kopf war kein Platz mehr für Gedanken, jede Überlegung, ob dieser Kuss klug war oder nicht, schob sie weit von sich.

Sie wühlte beide Hände in sein blondes Haar, das sich unbeschreiblich weich anfühlte. Sein männlicher Duft umgab sie, schien sie ganz und gar einzuhüllen. Der leichte Hauch von Meersalz – und war das Vanille? – betörte sie, ließ sie an feinstes Salzkaramell denken. Nie wieder würde sie es essen können, ohne an diesen Moment, an diesen Mann zu denken. Das leise Prickeln seiner Bartstoppel auf ihrer empfindsamen Haut wirkte wie ein kleiner Kick auf ihre Sinne, wie Chili verborgen in dunkler Schokolade.

»O Gott, du fühlst dich einfach wunderbar an«, stöhnte er

gegen ihre Lippen. Sein Atem wisperte verführerisch über ihre Haut, und Brookes Puls überschlug sich. Seine Worte und das Bewusstsein, wie schnell auch sein Puls ging, heizte ihre Erregung noch mehr an.

»Drew«, keuchte sie.

Er vergrub eine Hand in ihrem Haar. »Du schmeckst nach meinem Kuchen, Brooke. Du schmeckst nach mir«, murmelte er besitzergreifend und küsste sie wieder.

»Was soll ich nur mit dir tun?«, fragte er gegen ihre Lippen und klang dabei beinah schon verzweifelt.

Brooke legte den Kopf ein Stück zurück. Was sie in seinen Augen las, erschütterte sie. Sie konnte sich nicht erinnern, dass jemand sie schon einmal mit einer derartigen Intensität angesehen hatte.

Mit schwerer Zunge und trockenem Gaumen brachte sie mühsam hervor: »Du ... du könntest mich ins Bett bringen.«

»Könnte ich«, antwortete er heiser und starrte sie unvermindert an. »Ich könnte mich aber natürlich auch wie ein Gentleman verhalten und dich in Ruhe lassen.«

Sie holte tief Luft und raunte: »Ein Gentleman? Ich dachte, du wärst ein Großstadtsnob.«

Sein leises Lachen war wie Musik in ihren Ohren. Am liebsten hätte sich Brooke nackt an ihm gerieben und ihn nie mehr losgelassen. Das Herz klopfte ihr schwer in der Brust, und sie wunderte sich nicht eine Sekunde lang, als sie plötzlich das Gefühl hatte, in der Luft zu schweben und den Boden unter den Füßen zu verlieren.

Es dauerte ein paar Momente, bis sie begriff, dass Drew sie tatsächlich hochgehoben hatte und durch den Gastraum trug. Anstatt zu protestieren, schmiegte sie sich noch enger an ihn und verschloss seinen Mund mit ihrem. Das Stöhnen, das er dabei ausstieß, und die Art, wie seine Hände zitterten, schickten einen Schauer durch Brookes gesamten Körper. Er war genauso erregt wie sie! Der Gedanke erfüllte sie mit wildem Triumph.

Nachher hätte Brooke nicht mehr sagen können, wie sie es geschafft hatten, in die obere Etage zu kommen. Das Einzige, was in ihrer Welt zu existieren schien, waren seine Finger auf ihrer Haut, seine Lippen an ihren. Als er ihr das T-Shirt über den Kopf zog, gab sie einen unwilligen Laut von sich, weil sie ihren Kuss auch nicht eine Sekunde unterbrechen wollte.

Er drängte sie rückwärts den Flur entlang und steuerte ihr Schlafzimmer an, während sie begann, die Knöpfe seines Hemdes zu öffnen. Wieder begann sie unkontrolliert zu zittern, als seine warmen Hände über ihren nackten Rücken glitten und er ihr seinen Mund entzog, um sie auf den Hals zu küssen.

Stöhnend biss sie sich auf die Lippen. Sein feuchter Mund auf der hochsensiblen Haut ihres Halses schickte ihr kleine Stromschläge über die Haut, das Gefühl seiner warmen Fingerspitzen auf ihrem Rücken machte sie ganz schwindelig.

Wie in Trance schaffte es Brooke, ihm das Hemd auszuziehen und ihn weiter Richtung Schlafzimmer zu dirigieren. Beim Anblick seiner nackten Brust hielt sie inne, holte tief Luft. Sie wollte mehr von ihm sehen! Langsam streifte sie ihm das Hemd von den Schultern, starrte bewundernd auf die ausgeprägten Muskeln, nahm sich Zeit, das herrliche Bild in sich aufzunehmen. Erst als Drew den Kopf hob und die Hände über ihre Oberarme gleiten ließ, kam wieder Bewegung in sie. Brooke streckte eine Hand aus und legte sie auf seinen durchtrainierten Bauch, der sich warm und verlockend unter ihren Fingern anfühlte. Nun war es an Drew, scharf die Luft einzuziehen. Er revanchierte sich allerdings sofort, indem er ihre BH-Träger zur Seite schob.

Sein träges Lächeln zauberte das Grübchen neben seinem Mundwinkel hervor, und Brooke wurde bei diesem Anblick plötzlich klar, dass sie noch immer mitten im Flur standen – und gleich nackt sein würden. Sollte sie ihm nicht besser vorschlagen, ins Schlafzimmer zu gehen?

Doch als er den Kopf senkte und seinen offenen Mund auf ihre nackte Schulter presste, während er geschickt den Verschluss ihres BHs öffnete, war ihr völlig egal, wo sie sich gerade befanden. Sie schmiegte sich an ihn, spürte unter ihrer Hand das Spiel seiner Bauchmuskeln und genoss seinen würzig-vanilligen Geruch. Nur am Rande nahm sie wahr, wie er ihren BH fallen ließ.

Langsam stellte sie sich auf die Zehenspitzen, stöhnte auf, als ihre nackten Brüste über seine Haut rieben, und leckte genüsslich über seinen Hals. Das Zittern, das sie daraufhin in seinem Körper wahrnahm, gab ihr ein köstliches Gefühl von Macht, ließ sie unwillkürlich lächeln. Dass Drew sich allem Anschein nach nur mühsam beherrschen konnte, brachte sie innerlich zum Glühen. Sie schaute auf, blickte ihm direkt in die Augen, die im dämmrigen Flurlicht fast schwarz wirkten. Das Versprechen, das sie dort lesen konnte, und das Gefühl seiner harten Erektion an ihrem Bauch, nahmen ihr den letzten Rest von Vernunft.

Heftig atmete sie ein.

»Lass uns in dein Zimmer gehen«, flüsterte Drew heiser. Er hob eine Hand und rieb mit dem Daumen über ihre empfindliche Brustwarze. Statt einer Antwort zog sie ihn ins Schlafzimmer. Er ließ ihr kaum genug Zeit, die Lampe neben dem Bett einzuschalten, bevor er sie rückwärts aufs Bett drängte. Sie stützte sich auf die Ellbogen und sah Drew zu, wie er aus Jeans und Unterhose schlüpfte. Erregt krallte sie die Hände in die Bettdecke, als er schließlich nackt am Fußende ihres Bettes stand und auf sie niedersah.

Sie ließ den Blick über seine athletische Gestalt wandern und registrierte jede Einzelheit: das blonde Haar, das ihre Finger so zerzaust hatten, das freche Grübchen, das unter ihrer Musterung noch ein bisschen frecher wurde, die breite Brust, die sich rasend schnell hob und senkte. Auch die schmalen Hüften oder der flache Bauch waren jede Bewunderung wert. Am längsten aber ruhte ihr Blick auf seinen großen Händen mit den eleganten Fingern, die sie bereits beim Kochen ständig sehnsuchtsvoll angestarrt hatte. Sie musste daran denken, wie geschickt seine langen Finger auch am heutigen Abend die köstlichsten Speisen auf die Teller gezaubert hatten.

»Wo starrst du denn hin?«, wollte er wissen. Seine Stimme war rau vor Leidenschaft.

»Ich schaue deine Hände an«, erwiderte sie ehrlich.

»Meine Hände?« Ein Laut, der einem verschluckten Lachen ähnlich war, klang durch das Zimmer.

»Keine Sorge.« Brooke zwinkerte ihm zu. »Den Rest habe ich auch schon bemerkt.«

»Tatsächlich?«, fragte er leise und ließ sich am Fußende auf die Knie nieder.

Wortlos nickte Brooke und grinste breit, als Drew zu ihren Füßen kniete und Stück für Stück näher kam. Absichtlich ignorierte sie seine Erektion und ließ sich zurücksinken, um möglichst lässig die Hände hinter ihrem Kopf zu verschränken.

»Und was genau hast du bemerkt?«

»Oh, dies und das«, erwiderte sie lässig, während er sich nackt über sie beugte.

»Du hast viel zu viel an«, wisperte er und begann wieder an ihrem Hals zu saugen.

Brooke stöhnte auf und streckte sich ihm entgegen. Hungrig schlang sie ihm die Arme um den Nacken und strich mit den Fingern durch sein weiches Haar, bevor ihre Hände weiter glitten und seine Schultern berührten.

Sie ließ die Hände tiefer wandern, um seinen starken Rücken zu erkunden, als eine Welle pulsierender Erregung ihren ganzen Körper erfasste, weil er heftiger an der zarten Haut ihres Halses zu saugen begann. Stöhnend und zitternd suchte sie Halt, fasste wieder an seine starken Schultern, krallte die Finger tief in seine Muskeln.

Auch Drew keuchte nun und presste sich an sie.

Durch zwei Lagen Stoff konnte sie seine pulsierende Erektion fühlen und kam gleichzeitig mit ihm zu der Erkenntnis, dass sie noch nicht nackt war.

»Zieh dich aus, bitte!«, krächzte er flehentlich und strich ihr eine wirre Haarsträhne aus dem Gesicht. Atemlos kam sie seinem Wunsch nach und warf ihre Hose beiseite, doch noch bevor sie ihr Höschen loswerden konnte, hatte Drew bereits danach gegriffen und zog es ihr von den Beinen.

Jetzt lag sie völlig nackt vor ihm und wurde schlagartig verlegen. Sich komplett nackt einem Mann zu präsentieren, war schließlich ... Unruhig bewegte sie sich hin und her. Erst als Drew ihre Hüften mit seinen geschickten Händen umspannte, blieb sie liegen und starrte nervös und erregt zugleich zu ihm auf.

»Lieber Himmel! Darauf habe ich seit Tagen gewartet«, unterbrach er ihre Gedanken.

Er beugte sich über sie und betrachtete sie so ausgiebig, wie sie das eben noch bei ihm getan hatte. Seine Augen glänzten, und sie musste plötzlich an seinen ersten Abend im *Crab Inn* denken. Mit genau diesem Blick des Entzückens hatte er ihr Sandwich damals vertilgt.

»Drew«, flüsterte sie seinen Namen und streckte eine Hand nach ihm aus.

Sie wollte ihn berühren, ihn anfassen und ihn schmecken.

Doch er schüttelte beinahe grob den Kopf, stieß frustriert den Atem aus und stand auf.

Ungläubig beobachtete Brooke, wie er zu seiner Jeans lief, die mitten im Zimmer auf dem Fußboden lag. In der Annahme, er wolle sich wieder anziehen und verschwinden, öffnete sie protestierend den Mund, aber dann sah sie, wie er aus seinem Portemonnaie ein Kondom zog und es bedeutungsvoll in die Höhe hielt.

Vor Erleichterung hätte sie beinahe albern gekichert. Aber dazu hatte sie gar keine Zeit mehr, weil Drew blitzschnell wieder im Bett war und sie küsste, als hinge sein Leben davon ab. Er wollte das kleine Päckchen auf den Nachttisch gleiten lassen, aber Brooke hatte keine Geduld mehr. Sie zog es ihm aus den Fingern und riss es auf. Drew verstand ihr Signal und streifte sich den Schutz ohne ein weiteres Wort über.

Dann senkte er den Kopf, küsste sie und drang gleichzeitig in sie ein. Sein erster Stoß fuhr ihr wie ein Elektroschock durch den ganzen Körper und erreichte jedes Nervenende.

Mit einem heiseren Laut bäumte Brooke sich auf und presste beide Knie gegen seine Hüften. Sie biss ihm in die Schulter, schmeckte das Salz auf seiner Haut und meinte, Sterne zu sehen.

Atemlos klammerte sie sich an ihn und presste die Brüste an seine nackte Haut, während Drew immer wieder tief in sie eindrang und sie bei jedem Stoß zum Beben brachte.

Er stöhnte unsinnige Worte in ihr Ohr und suchte wieder ihren Mund, ließ ihr keine Zeit, zu Atem zu kommen, schlug ein beinah verzweifeltes Tempo an. Brooke erwiderte jeden seiner Stöße und klammerte sich an ihm fest, als das Verlangen immer stärker durch ihre Adern pulsierte und sie unaufhörlich einem gewaltigen Höhepunkt entgegentrieb. Die prickelnde Hitze, die in ihrer Mitte zusammenfloss, und das Gefühl, jeden Moment zerbersten zu müssen, wurden fast unerträglich. Mit einem letzten Stoß erreichte Drew den Gipfel der Lust und als sie tief in sich sein Zucken spürte, überschritt auch sie die Schwelle. Als sie seinen Namen schrie, wurde ihr klar, dass sie soeben den besten Sex ihres Lebens gehabt hatte.

8

Brooke warf einen Blick auf den schlafenden Drew und lächelte, bevor sie ihm vorsichtig eine blonde Strähne aus der Stirn strich.

Glücklicherweise schlief er tief und fest und erlaubte ihr daher, ihn ausführlich in seiner ganzen nackten Pracht zu betrachten. Entspannt lehnte sich Brooke gegen ihr Kissen und zog die Decke vorsichtig ein Stück nach oben, ganz darauf bedacht, ihn nicht zu wecken. Nach der wunderbaren Nacht, die sie beide miteinander verbracht hatten, hatte sie nun endlich Muße, ihn anzuschauen, ohne dass er sich gleich wieder auf sie stürzte.

Zwar hatte sie absolut nichts dagegen gehabt, dass sie sich in der vergangenen Nacht gleich mehrmals geliebt hatten, doch ihn jetzt zu beobachten, wie er seelenruhig neben ihr schlief, das friedliche Gesicht ihr zugewandt, eine Hand auf ihrem Schenkel … das hatte definitiv etwas für sich. Außerdem hatte es etwas für sich, morgens aufzuwachen und festzustellen, dass man eng an einen Mann gekuschelt im Bett lag und einen leichten Muskelkater hatte, der vom ausdauernden Sex mit ebendiesem Mann kam – mit dem Mann, der zudem für den Schwarm Schmetterlinge in ihrer Magengegend verantwortlich war. Auch jetzt machten sich die Schmetterlinge wieder bemerkbar, während sie Drew beobachtete und sich kaum von seinem schlafenden Gesicht oder dem verführerischen Duft losreißen konnte, den er verströmte.

Obwohl Brooke die halbe Nacht wach gewesen war und nun spürte, dass ihre Glieder wohlig müde waren, war sie vor zehn Minuten wach geworden und hatte nach einem kurzen Blick auf die Uhr festgestellt, dass es früh am Morgen war. Im Gegensatz zu Drew war sie hellwach und hätte eigentlich aufstehen müssen, um sich an die Arbeit zu machen. Stattdessen blieb sie liegen, wo sie war, und betrachtete ihn ausgiebig.

Federleicht berührte sie mit ihren Fingerspitzen die gewölbten Muskeln auf seinem Rücken und hielt den Atem an, als er einen Moment lang stockte und dann weiterschlief.

Lächelnd legte sie den Kopf schief und rückte näher, um jedes noch so winzige Detail in seinem Gesicht betrachten zu können. Seine Wärme übte eine geradezu magnetische Anziehungskraft auf sie aus. Vorsichtig schmiegte sie sich an ihn, betastete fasziniert die Muskeln seiner Schulter und fühlte sich ganz schwindelig, als ihr sein Geruch nach Salzkaramell in die Nase stieg. Neugierig glitt ihr Blick an ihm hinab und heftete sich auf seinen Po, der sich ihr in nackter Unschuld präsentierte.

Ohne es zu wollen, grinste sie breit.

Woher dieses überwältigende Glücksgefühl kam, das sie seit dem Aufwachen verspürte, wusste sie nicht. Als aufgeklärte Frau des 21. Jahrhunderts wusste Brooke, dass man fantastischen Sex mit Männern haben konnte, ohne dem irgendeine tiefere Bedeutung beizumessen. Sie selbst hatte zwar lediglich eine Beziehung hinter sich und außer mit Will mit keinem Mann geschlafen – wenn man von der letzten Nacht einmal absah –, aber das hieß nicht, dass sie weltfremd war und jetzt davon ausging, für immer und ewig mit Drew zusammen zu sein.

Dennoch ...

Mit einem Kloß im Hals betrachtete sie das kleine Muttermal auf seiner Schulter und konnte sich gerade noch davon abhalten, es zu küssen.

Tatsächlich fühlte es sich genau richtig an, hier mit Drew zu liegen. Und mit ihm zu schlafen, hatte sich nicht nur richtig, sondern fantastisch angefühlt.

Während sie seinen tiefen Atemzügen lauschte und sich unwillkürlich an ihn schmiegte, sagte sie sich, dass es sich mit Will nie so gut angefühlt hatte. Vielleicht hatte es auch daran gelegen, dass Will und sie zwei Teenager gewesen waren, als sie ein Paar wurden. Und als Erwachsene hatten sie sich einfach auseinandergelebt. Große Leidenschaft war tatsächlich niemals im Spiel gewesen. Anders als in der letzten Nacht mit Drew. Bei ihm fühlte sie sich verstanden. Und sie fühlte sich von ihm begehrt.

Himmel!

Brooke verdrehte die Augen, als ihr bewusst wurde, wie bescheuert ihre Gedanken waren. Da lag sie neben einem beinahe fremden Mann, den sie anfangs nicht einmal hatte leiden können, hatte großartigen Sex mit ihm gehabt und sinnierte nun darüber nach, wie wunderbar er im Vergleich zu ihrem Ex-Verlobten war. War sie eigentlich noch bei Trost? Drew Knight würde bald wieder verschwinden und wahrscheinlich keine Sekunde lang an sie denken, sobald er wieder in Boston war. Und was tat sie? Sie begann damit, Luftschlösser zu bauen und sich in ihn zu verlieben, dabei sollte sie doch am besten wissen, dass Naivität niemanden weiterbrachte.

Anstatt ihr Herz an einen Mann zu verlieren, der in wenigen Tagen weg sein würde, sollte sie lieber aufstehen und sich an die Arbeit machen – egal, wie verlockend er auch in ihrem Bett aussehen mochte.

Gerade als sie vorsichtig aus dem Bett klettern wollte, regte sich Drew, schlang einen Arm um ihre Mitte und zog sie an sich. Während er sein Gesicht an ihrem Hals vergrub und sein warmer Atem über ihre empfindliche Haut strich, konnte Brooke nicht anders, als ihre Finger durch sein blondes Haar fahren zu lassen.

»Morgen«, murmelte er schlaftrunken und legte ein Bein zwischen ihre Schenkel.

Augenblicklich fuhr ihr Magen Achterbahn. »Guten Morgen«, erwiderte sie leise.

Seine Antwort bestand aus einem Murmeln, das darauf schließen ließ, dass er wieder einschlief.

Brooke, die in seiner Umarmung gefangen war, musste ihn wohl oder übel wecken, was sie vorsichtig tat, indem sie über seine Schulter streichelte und in sein Ohr flüsterte: »Drew? Ich muss aufstehen …«

»Hm?« Er rückte noch näher an sie heran und schnaufte gegen ihren Hals. »Was?«

»Ich muss aufstehen«, wiederholte sie mit einem nachdrücklichen Flüstern, auch wenn sie viel lieber bei ihm im Bett geblieben wäre.

Das schien auch Drew zu denken, da er mit heiserer Stimme vorschlug: »Bleib liegen, Brooke. Es ist noch viel zu früh.«

Lächelnd biss sie sich auf die Unterlippe, streichelte seinen Nacken und drückte einen winzigen Kuss auf seine Schläfe. »Du kannst weiterschlafen, aber ich muss zu Lauren fahren.«

»Mist«, murmelte er und regte sich wieder neben ihr.

Urplötzlich hatte er sie in die Bettmitte manövriert und

beugte sich über sie, indem er sich auf seine Hände abstützte.

Mit klopfendem Herzen schaute Brooke in seine Augen, die im frühmorgendlichen Licht ihres Schlafzimmers hellgrün schimmerten, und schluckte schwer. Nicht nur seine Augen funkelten verdächtig, sondern auch seine Lippen hatten sich zu einem bedeutungsvollen Grinsen verzogen. Ihr wurde von Sekunde zu Sekunde wärmer.

»Ich … ich muss … muss zu Lauren«, stotterte sie mit staubtrockenem Mund und schwerem Atem. Zwar hatten sie die Nacht miteinander verbracht, aber ihm im hellen Tageslicht ins Gesicht zu schauen, während sie beide nackt waren, hatte eine Intimität, die ihr die Schamesröte ins Gesicht trieb.

Langsam beugte er den Kopf zu ihr und drückte ihr einen Kuss auf die Nasenspitze. »Möchtest du nicht viel lieber hier bei mir bleiben?«, raunte er verführerisch. Er zog eine Spur mit Küssen von ihrem Mundwinkel zu ihrem Ohrläppchen und begann, sanft zu saugen.

Brooke rollte vor lauter Wohlbehagen die Zehen ein und musste sich dazu zwingen, auch wirklich stark zu bleiben.

Ein leichtes Kopfschütteln und einen gequälten Laut später erklärte sie bedauernd: »Heute … heute haben wir wieder Gäste und … und ich muss noch so viel erledigen.«

»Das ist aber sehr schade«, flüsterte er in ihr Ohr und rieb sein Knie gegen ihren Oberschenkel.

Augenblicklich durchfuhr sie ein Stromschlag, den sie im ganzen Körper fühlen konnte.

»Drew«, raunte sie heiser, während sein Mund zu ihrem Hals kroch, den er mit zarten Bissen marterte.

Brooke sah beinahe Sternchen vor Augen, holte mühsam Luft und wollte ihm gerade die Arme um den Hals schlingen, als ihr Wecker ohrenbetäubend zu klingeln begann.

Ein Eimer kaltes Wasser hätte sich vermutlich nicht sehr viel schlimmer angefühlt.

Stöhnend ließ sich Drew neben sie fallen und legte einen Arm über seine Stirn. Brooke drehte sich kurz zur Seite, um den lästigen Wecker zum Schweigen zu bringen.

Dann lagen sie Seite an Seite auf ihrem Bett, starrten an die Decke und begannen beinahe gleichzeitig zu lachen, obwohl Brooke nicht einmal wusste, was so komisch war.

»Was findest du eigentlich so lustig?«, fragte Drew japsend.

»Ich?«, prustete Brooke. »Du lachst so heftig, dass das ganze Bett wackelt«, warf sie ihm vor und erntete ein noch viel ausgelasseneres Lachen. »Was bitte findest *du* denn so lustig?«

»Pure Verzweiflung«, antwortete er mit einem Ächzen, das nach einem Lachen und einem Stöhnen zugleich klang.

Grinsend drehte sie den Kopf ein Stück nach rechts und sah ihm direkt ins Gesicht.

»Denn eigentlich wollte ich das aus einem anderen Grund zum Wackeln bringen.«

Brooke schnaubte, musste gleichzeitig jedoch kichern. »Ein dümmerer Spruch fällt dir nicht ein, oder?«

Sein Schulterzucken wirkte jungenhaft, auch wenn der nackte Männerkörper es nicht tat.

»Wir Großstadtsnobs lieben dumme Sprüche.«

Brooke verdrehte die Augen und griff nach einem Kopfkissen, um es ihm mitten in das breit grinsende Gesicht zu werfen. Drew fing es auf, stopfte es hinter seinen Kopf und tätschelte ihr den Schenkel. Tatsächlich wirkte er wie ein Mann, der mit sich und der Welt vollkommen zufrieden war und von keinerlei Sorgen oder Selbstzweifeln geplagt wurde.

»Möchten der Herr heute noch aufstehen?«, wollte Brooke

wissen, ohne selbst Anstalten zu machen, endlich das Bett zu verlassen.

»Eigentlich hatte ich auf ein Frühstück gehofft.« Aus seinem Tätscheln war ein zärtliches Reiben geworden, das ihr den Atem raubte.

»Frühstück?«, brachte sie zittrig hervor und hätte sich am liebsten revanchiert.

»O ja«, erwiderte er ein wenig heiser und küsste sie auf die nackte Schulter. »Frühstück im Bett und dann …« Drew wackelte anzüglich mit den Augenbrauen.

Obwohl sie dieses Angebot super gerne angenommen hätte, wollte sie ihm nicht zeigen, dass ihr Herz bei seinen Worten kurz ausgesetzt hatte. Deswegen tat sie so, als wäre es völlig normal, mit einem nackten Mann im Bett aufzuwachen.

»Nichts *dann*«, wies sie ihn leichthin zurecht und streckte sich. »Ich muss unbedingt aufstehen und zu Lauren fahren.«

»Wirfst du mich etwa aus deinem Bett?«

Lässig tätschelte sie nun seinen Schenkel. »Bleib ruhig liegen«, entgegnete sie großzügig und ignorierte das Kribbeln in ihren Fingern. »Ich möchte schließlich nicht, dass du dich überarbeitest, du Großstadtsnob.«

»Den Großstadtsnob habe ich jetzt überhört.« Er drehte sich auf die Seite und erschreckte Brooke, als er eine Haarsträhne hinter ihr Ohr strich. Dann legte er ihr die Hand auf die Wange und beugte sich über sie, um sie zärtlich auf den Mund zu küssen.

Nach einer leidenschaftlichen Nacht hatte sie nicht mit einem Kuss gerechnet, der so sanft und liebevoll war. Sie hielt den Atem an, schloss die Augen und überließ sich ganz diesem Kuss, der etwas in ihr zum Klingen brachte.

»Fahr doch schnell zu Lauren und wir frühstücken danach zusammen«, schlug er vor.

»Frühstück?« Brooke blinzelte. Einen Augenblick lang wusste sie nicht, wovon er sprach, sein Kuss hatte alle anderen Gedanken aus ihrem Hirn verjagt.

Drew streichelte über ihre Wange und schaute sie weich an. »Ja! Ich mache uns beiden Frühstück, während du zu Lauren fährst.«

Wieder geriet ihr Herz in einen wilden Stakkatorhythmus, den sie sogar noch in den Fußsohlen spüren konnte. Ein gemeinsames Frühstück mit Drew klang fast zu schön, um wahr zu sein. Tatsächlich fühlte die Romantikerin in ihr ein aufgeregtes Prickeln im ganzen Körper, das sie schon sehr, sehr lange nicht mehr erlebt hatte.

Wenn Brooke nicht so sehr darauf erpicht gewesen wäre, möglichst schnell zurück zum *Crab Inn* zu fahren, hätte sie Lauren gerne in allen Einzelheiten von der letzten Nacht berichtet. Das Bedürfnis, mit ihrer besten Freundin über Drew zu reden und sie zu fragen, was sie nun tun sollte, war beinahe übermächtig. Doch da sie wusste, dass Lauren nicht eher ruhen würde, bis sie jede Kleinigkeit und jedes noch so winzige Detail wusste, hielt sich Brooke zurück. Zwar wäre Lauren schrecklich eingeschnappt, wenn sie später erfuhr, dass Brooke ihr nicht augenblicklich alles erzählt hatte. Doch der Wunsch, nicht allzu lange von Drew getrennt zu sein, war viel größer als ihr Bedürfnis, auf die Befindlichkeiten ihrer Freundin Rücksicht zu nehmen.

Natürlich hätte sie sich denken können, dass alle ihre Pläne vergeblich waren, denn leider verfügte Lauren über einen sechsten Sinn, was emotionalen Aufruhr betraf. Kaum hatte Lauren einen Blick auf sie geworfen, da runzelte sie die Stirn, musterte sie misstrauisch und rief sogleich in diesem hohen, nervtötenden Ton, den normalerweise Mitarbeiter von Coffeeshops an sich hatten: »O mein Gott! Du hattest Sex mit Drew!«

Unglücklicherweise waren Brookes Fähigkeiten im Bereich Pokerface gleich null. Das rächte sich auch diesmal. »Was? Woher weißt du das?«

Laurens Augen rundeten sich. »Es stimmt also! Ich will jedes Detail wissen, Brooke!«

Abwehrend schüttelte Brooke den Kopf. Gleichzeitig bemühte sie sich darum, ihre wirren Gedanken zu ordnen.

Krächzend stieß sie hervor: »Was? Auf gar keinen Fall!«

Ihre Freundin, die ihr in einem Bademantel die Tür geöffnet hatte, zog sie eilig in ihre Wohnung und warf die Tür hinter sich zu. Wie es schien, passierte in Laurens Leben nicht viel Aufregendes, da sie wie eine hypernervöse Brautmutter fiepte: »Erzähl mir alles! Wie ist es passiert? Wie oft habt ihr miteinander geschlafen? Wie sieht er nackt aus? War es gut?«

Brooke fühlte sich völlig überrollt. Vollends verwirrt war sie allerdings, als sie die kleine Bessie entdeckte, die auf ihrem Kinderstuhl saß und selig an einer Toastscheibe nagte, während sie dem Gespräch ihrer Mutter und ihrer Patentante lauschte. Brooke schluckte schwer und flüsterte angesichts der knapp Zweijährigen: »Lauren, wir sollten nicht vor Bessie über ... du weißt schon ... reden.«

»Ach was!« Ihre beste Freundin machte eine ungeduldige Handbewegung und dirigierte Brooke in die Küche, in der es schon wieder aussah, als wäre eine Bombe explodiert. Der neugierigen Hausherrin schien es nichts auszumachen, dass sich ihr Geschirr in der Spüle stapelte, da sie schnurstracks an die Kaffeemaschine trat und einen unbenutzten Kaffeebecher füllte, den sie Brooke gleich darauf in die Hand drückte. »Jetzt erzähl schon! Ich will alles wissen.«

Unbehaglich nippte Brooke an dem Kaffee. Offenbar hatte Lauren gerade eine Frühstückssendung angesehen, denn der Fernseher plärrte lautstark auf der Anrichte. Brooke bemühte sich, sowohl ihn als auch die Kulleraugen ihrer Patentochter zu ignorieren. Sie fragte noch einmal: »Wie zum Teufel konntest du wissen, dass Drew und ich Sex hatten?«

Lauren verdrehte kunstvoll die Augen und nahm sich einen Joghurt aus dem Kühlschrank. »Jeder Mensch, der auch nur *einen* Blick auf dich wirft, weiß, dass du heute Nacht Sex hattest, Brooke. Hast du dein Gesicht gesehen? Du glühst wie ein betrunkener Weihnachtsmann!«

Obwohl sie den Vergleich mit einem alkoholisierten Mann samt weißem Bart und dickem Bauch wenig schmeichelhaft fand, beschwerte sie sich nicht, sondern murmelte nur: »Es ist keine große Sache ...«

»Keine große Sache?!« Lauren sah sie an, als gehörte sie in die geschlossene Psychiatrie, und riss gleichzeitig den Deckel des Joghurtbechers ab. »Brooke Day hatte Sex mit einem scharfen Typen, den sie erst seit ein paar Tagen kennt – für mich klingt das nach einer verdammt großen Sache!«

Aufgebracht presste Brooke ihre Lippen aufeinander und zeigte auf das Kleinkind, das noch immer in genügsamer Ruhe an seinem Brot nagte und gleichzeitig mit großen Augen die Unterhaltung verfolgte.

»Geht es vielleicht noch lauter? Bessie kann sonst nicht jedes Wort hören!«

Ihre Freundin winkte ab und versenkte einen Löffel in dem Joghurt, um diesen anschließend mit der Effizienz eines Gabelstaplers in sich hineinzustopfen – sprich: Mehr als die Hälfte landete auf dem Frotteebademantel. Vor lauter Aufregung schien Lauren dies nicht einmal zu bemerken. »Bessie ist nicht mal zwei Jahre alt! Es wird sie nicht interessieren, wenn du mir jedes schmutzige Detail der letzten Nacht erzählst und davon berichtest, wie dein Drew nackt aussieht.«

»Erstens ist er nicht *mein* Drew und zweitens werde ich dir keine schmutzigen Details erzählen!«

Lauren grinste breit. »Ahhhh.«

Stirnrunzelnd hakte Brooke nach: »Was hat dieses *Ahhhh* zu bedeuten?«

Kaum zu glauben, aber wahr – das Grinsen wurde noch eine Spur breiter. »Du hast gerade zugegeben, dass es schmutzige Details *gab*, meine Liebe.«

Vermutlich glühte ihr Gesicht nun tatsächlich. Unwirsch schüttelte Brooke den Kopf und wies Lauren auf das Offensichtliche hin. »Du hast dich mit Joghurt bekleckert.«

»Lenk nicht ab!« Der Joghurtbecher landete im Müll und fabrizierte dabei kunstvolle rosafarbene Flecken auf der unteren Küchenfront. Am liebsten hätte Brooke sich einen Putzlappen geschnappt und die vernachlässigte Küche ihrer Freundin auf Vordermann gebracht.

»Ich lenke nicht ab«, widersprach Brooke. »Nur erzähle ich dir sicherlich nicht, wie die letzte Nacht war! *Ich* habe keine Zeit und *du* solltest schleunigst deine Wohnung putzen, bevor das Gesundheitsamt vor der Tür steht.«

Lauren verschränkte die Arme vor der Brust und fixierte Brooke amüsiert. »Für jemanden, der anscheinend eine tolle Nacht hinter sich hat, bist du aber ganz schön pingelig. Wie wäre es mit einer winzigen Information?«

»Himmel, Lauren«, stöhnte Brooke genervt. »Eigentlich wollte ich nur die Wäsche abholen ...«

»Wie sieht er nackt aus?«

Erinnerungsfetzen an den nackten Drew schwirrten ungebeten vor Brookes innerem Auge umher und ließen sie unweigerlich lächeln.

Ihre Freundin deutete das Lächeln ganz richtig, sie seufzte schwärmerisch. »O Mann! Ich kann es mir denken.«

»Kein Kommentar.«

»Willst du mich betteln sehen?«

Brooke verdrehte die Augen. »Du musst nicht betteln, sondern könntest mir einfach die Wäsche geben, damit ich wieder nach Hause fahren kann. Ich habe nämlich noch einiges zu tun.«

»Zum Beispiel heißen Sex?« Mit beiden Händen lehnte sich Lauren gegen ihre Arbeitsplatte. »Für heißen Sex würde ich dich auch stehen lassen und zusehen, dass ich so schnell wie möglich von hier wegkomme.«

»Ich liebe dich auch, Lauren«, versicherte Brooke ihr mit einem übertrieben freundlichen Lächeln. »Nur zu deiner Info: Manche Menschen müssen tatsächlich arbeiten.«

Naserümpfend widersprach ihre Freundin ihr. »Nichts für ungut, aber du solltest die Chance auf heißen Sex nutzen und das *Crab Inn* für heute dichtmachen.«

Zwar klang dieser Vorschlag ziemlich verführerisch, doch als verantwortungsbewusste Frau, die sie leider nun einmal war, konnte Brooke nicht anders, als den Kopf zu schütteln. »Das geht nicht, Lauren. Du weißt ...«

»Ja, ja ... ich weiß.« Nach einem raschen Blick auf die Küchenuhr hakte Lauren irritiert nach: »Dafür, dass du heute ziemlich früh hier bist, scheinst du es nicht abwarten zu können, wieder nach Hause zu kommen.«

Obwohl Brooke es Lauren eigentlich nicht hatte erzählen wollen, gab sie verlegen zu: »Drew wollte Frühstück machen.«

Der theatralische Laut, den Lauren ausstieß, war nicht auszuhalten, entschied Brooke und versenkte die Hände in ihrer Hosentasche. Gleichzeitig war ihr klar, dass das törichte Lächeln auf ihrem Gesicht ihre Worte Lügen strafte. »Wir sind nicht mehr auf der Highschool«, tadelte sie ihre Freundin, die sich wie ein mittelalterlicher Romeo ans Herz fasste. »Und du bist nicht mehr in der Theatergruppe, Lauren. Lass das!«

»Er macht euch Frühstück? Dann muss die letzte Nacht ja der pure Wahnsinn gewesen sein!«

»Du bist albern«, erwiderte sie und kicherte dabei, ohne es zu wollen.

»Und du bist verknallt.« Musste Lauren so zufrieden klingen?

Hastig unterdrückte Brooke den ersten Impuls, Lauren die Zunge herauszustrecken und alles abzustreiten. Stattdessen widersprach sie sehr viel gesetzter und ruhiger: »Ich bin nicht verknallt. Das war lediglich Sex.«

»Nur für den Fall, dass du es vergessen haben solltest: Du sprichst mit deiner besten Freundin.« Lauren zwinkerte ihr zu. »Du wusstest vor mir, dass ich schwanger war, und jetzt scheine ich vor dir zu wissen, dass du dich in Drew verliebt hast.«

Für ein solches Gespräch war sie viel zu übernächtigt, zu aufgeregt *und* zu hungrig, entschied Brooke und hoffte, dass Lauren ihr einfach die Wäsche geben und sie in Ruhe lassen würde.

»Könnten wir das nicht ein anderes Mal bereden, Lauren? Bitte?«

Leider war Lauren in Gedanken schon wieder einen Schritt weiter. »Falls du heißen Sex in der Restaurantküche geplant hast, sollte ich dich lieber vor dem Gesundheitsamt warnen.«

»Du solltest in einer Comedyshow auftreten«, ächzte Brooke. »Bekomme ich jetzt bitte meine Wäsche?«

Es war, als hätte Lauren sie gar nicht gehört. Stattdessen fragte ihre Freundin ernst: »Magst du ihn?«

»Wenn ich ihn nicht mögen würde, hätte ich nicht mit ihm geschlafen.«

»Das beantwortet meine Frage nicht, Brooke.«

Ungeduldig warf Brooke eine Hand in die Höhe. »Was willst du denn von mir hören? Drew ist ein toller Kerl, der hübsch anzusehen ist, fantastisch kochen kann und extrem nett ist. Außerdem setzt er sich in naher Zukunft in seinen Wagen und fährt zurück nach Boston – von daher erübrigt sich dieses Gespräch.«

»Willst du mir damit sagen, dass du ihn auf Abstand hältst, weil er sowieso bald nach Boston verschwindet?«

Brooke runzelte die Stirn und murrte: »Auf Abstand halten? Wir hatten Sex. So was nenne ich nicht auf Abstand halten.«

Lauren sah sie an, als zweifelte sie an ihrer Intelligenz. »Ich meinte emotionalen Abstand.«

Nach einigen Sekunden holte Brooke tief Luft und bemühte sich darum, mit fester Stimme zu reden, um ihre Freundin von ihren Worten zu überzeugen. »Das Ganze ist keine große Sache, Lauren. Drew ist lediglich ein Flirt.«

»Sagst du das, weil du das so meinst oder weil du dir seelischen Katzenjammer ersparen willst? Nach Will ...«

»Will hat damit nichts zu tun.«

»Schätzchen.« Lauren sah sie weich an, bevor sie sanft erklärte: »Ich weiß, dass Will kein Thema mehr für dich ist. Deswegen finde ich ja, dass es Zeit für jemand Neues ist.«

»So einfach ist das nicht.« Brooke schluckte schwer. »Auch wenn ich über den einen nicht mehr nachdenke, heißt das nicht automatisch, dass der andere ...« Sie ließ den Satz unvollständig.

»Dass der andere?«

Leichthin nickte sie. »Drew ist einfach ein toller Mann, mit dem ich viel Spaß habe und der bald wieder in Boston ist. Was gibt es da schon zu besprechen?«

»Und wenn er nicht zurück nach Boston ginge?«, bohrte Lauren nach. Wirklich, so lieb Brooke sie hatte, aber heute kostete Laurens Hartnäckigkeit sie den letzten Nerv.

»Er geht zurück nach Boston, Lauren«, entgegnete sie fest. »Daher ist das ganze Was-wäre-wenn müßig.«

Ihre Freundin nickte verständnisvoll. »Du willst nicht enttäuscht werden.«

Brooke seufzte. Natürlich wollte sie nicht enttäuscht werden. Und sie wollte nicht verletzt werden. Wenn sie sich jetzt in ihn verliebte, konnte es nur in einer Katastrophe enden. Drew lebte in der Stadt, sie lebte in Sunport. Sie beide passten ungefähr so gut zueinander wie ein schwerer Rotwein und ein Fischgericht.

Daher würde sie mit ihm Spaß haben, jedoch innerlich völlig unbeteiligt bleiben. Blöd war nur, dass allein der Gedanke an seine baldige Abreise ihr einen Knoten im Magen bescherte.

»Was soll ich denn tun, Lauren? Drew lebt in Boston und ist ein Stadtmensch. Es würde niemals gut gehen.«

Mit einem Schulterzucken gab Lauren zu bedenken: »Boston ist eine schöne Stadt. Du könntest dort …«

»Moment«, unterbrach Brooke sie rasch. »Bist du nicht ein wenig voreilig? Ich kenne den Mann erst seit ein paar Tagen! Du willst mir doch nicht im Ernst vorschlagen, seinetwegen nach Boston zu ziehen.«

»Du könntest ihn besuchen.«

»Und dann?« Brooke schüttelte den Kopf. »Ich lebe in Sunport, und ich muss ein Restaurant führen und mich um meine Mom kümmern. Drew dagegen hat seine eigene Firma in Boston. Wie soll das funktionieren?«

»Du könntest ruhig ein wenig kreativer werden. Wenn du ihn magst, wirst du sicherlich eine Lösung finden.«

Allein der Gedanke löste in ihr eine beunruhigende Flut von Gefühlen aus, die Brooke nicht näher ergründen wollte.

Anscheinend war Lauren aber noch nicht fertig, da sie leise und bedächtig einwarf: »Hast du einmal darüber nachgedacht, dass du zwar auf alle Menschen um dich herum Rücksicht nimmst, aber dich selbst darüber völlig vergisst?«

Irritiert schaute Brooke ihre Freundin an. »Was meinst du damit?«

Lauren seufzte. »Das *Crab Inn* ist zwar das Restaurant deiner Eltern, aber du reibst dich dafür auf, Brooke. Du hast deine Wohnung aufgegeben und deinen Job gekündigt, nur um für den Traum deines Dads zu schuften.«

Brooke erstarrte unwillkürlich, bevor sie aufgebracht entgegnete: »Meine Mom ist krank!«

»Ja«, antwortete Lauren weich. »Und seitdem du davon weißt, existiert nichts anderes mehr für dich. Es ist wunderbar, dass du dich um deine Eltern kümmerst und sie so sehr unterstützt, aber du darfst dein Leben nicht aufgeben, Brooke.«

»Das tue ich nicht«, widersprach sie.

»Das *Crab Inn* war der Traum deines Dads, aber nie deiner, oder?«

»Um ehrlich zu sein, weiß ich gar nicht, was mein Traum einmal war. Ich weiß nur, dass mir die Arbeit im Restaurant sehr viel mehr Spaß macht als mein alter Job als Journalistin.«

»Was passiert, wenn dein Dad das *Crab Inn* wieder übernimmt? Willst du dann dort mit ihm arbeiten? Glaubst du, dass das gut gehen wird?«

Allein die Vorstellung war ein regelrechtes Horrorszenario. Nie und nimmer könnte Brooke zusammen mit ihrem

Dad arbeiten, schließlich stritten sie sich über jede Kleinigkeit.

Ausweichend erwiderte sie: »Momentan wünsche ich mir nur, dass meine Mutter gesund wird. Wenn das geschafft ist, kann ich immer noch schauen, was ich mache. Bis dahin hat nichts anderes Bedeutung für mich.«

»Auch nicht ein umwerfender Mann, der mal eben seinen Urlaub über Bord wirft, um dir unter die Arme zu greifen?«

Wieder schluckte Brooke schwer und lenkte sich ab, indem sie Bessie das Köpfchen tätschelte und ihr einen Keks gab, nachdem die Kleine ihre Toastscheibe verdrückt hatte.

»Umwerfende Männer, die ihren Urlaub über Bord werfen, um anderen Menschen unter die Arme zu greifen, müssen einen Haken haben«, murmelte sie ruhig.

»Vielleicht solltest du nicht gleich vom Schlimmsten ausgehen, sondern dich darüber freuen, einen tollen Typen kennengelernt zu haben.«

Brooke fand nicht, dass Drew einfach nur ein toller Typ war. Er war sehr viel mehr als das. Die Erinnerung an den heutigen Morgen und den zärtlichen Kuss, den er ihr gegeben hatte, bevor sie mit wackeligen Knien und klopfendem Herzen in den Kleinlaster gestiegen war, hallte noch immer in ihr nach. Der vermeintliche Großstadtsnob, den sie anfangs für unerträglich arrogant gehalten hatte, hatte sich als regelrechter Traummann entpuppt. Wenn sie nicht aufpasste, wäre sie hemmungslos in ihn verliebt, bevor sie auch nur den täglichen Abwasch erledigen konnte.

»So viel Glück habe ich nicht«, entgegnete sie mit einem kleinen Lachen, als Bessie sie angrinste und freudig an ihrem Keks zu nagen begann. Während sie ihr Patenkind betrachtete, verriet sie ihrer besten Freundin: »Mach bitte kein großes Drama draus, Lauren. Natürlich finde ich Drew toll und mag ihn sehr, aber er wohnt nicht in Sunport. Also genieße ich es, ihn hier zu haben und neben ihm in der Küche zu stehen. Solange es eben so ist.«

»Und mit ihm zu schlafen.« Dies war keine Frage, sondern eine Feststellung.

Seufzend streichelte sie Bessie durch die babyweichen Locken. »Auch das. Wir schlafen miteinander, haben Spaß und ergänzen uns prima in der Küche.«

»Du könntest ihn auch bitten, bei dir zu bleiben und umzusatteln. Dann könntet ihr weiterhin nebeneinander in der Küche stehen.«

»Sicher«, erwiderte Brooke mit beißender Ironie. »Ein Manager mit eigener PR-Firma träumt vermutlich davon, seinen Job an den Nagel zu hängen und aufs Land zu ziehen, um dort in einer Küche zu stehen!«

»Wer weiß.« Ihre Freundin zuckte mit den Schultern. »Drew scheint sich mit dir in der Küche ziemlich wohlzufühlen.«

»Er hat Urlaub.« Brooke klaute der Kleinen einen Keks und biss genüsslich hinein. »Vermutlich brauchte er einen Tapetenwechsel. Kannst du dir etwa vorstellen, dass er sein Leben lang Zwiebeln schälen will?«

Lauren kicherte. »Ich kann mir sehr gut vorstellen, dass er dich aus deinen Klamotten schälen will.«

»Danke, du bist äußerst hilfreich«, gab Brooke kauend zurück. »Drew gehört in die Stadt und hinter einen Schreibtisch, um dort seine Firma zu leiten. Was will er denn in einem einfachen Restaurant wie dem *Crab Inn*?« Sie unterdrückte das sehnsüchtige Gefühl, das in ihr aufstieg, als sie darüber nachdachte, wie es sein könnte, wenn Drew tatsächlich bei ihr bliebe. So weit kam es noch, dass Lauren es schaffte, ihr Flausen in den Kopf zu setzen!

»Wie dem auch sei.« Sie straffte die Schultern und atmete tief durch. »Es ist nur ein Flirt – mehr steckt nicht dahinter.«

Als Lauren nicht reagierte, schaute Brooke auf und bemerkte, dass ihre beste Freundin fassungslos den Fernseher anstarrte. Der plötzlich verstummten Lauren klappte der Unterkiefer hinunter, während sie wie paralysiert den Bildschirm fixierte.

In der Annahme, dass ihre Freundin vermutlich höchstens durch den Ausbruch des Dritten Weltkriegs oder Nacktfotos von Jared Leto so aus dem Gleichgewicht zu bringen wäre, drehte Brooke sich alarmiert um. Und erstarrte.

Nur wenige Meter von ihr entfernt erblickte sie Drews Konterfei, das ihn hinter dem Herd eines Restaurants zeigte, bevor ein weiteres Foto von ihm eingeblendet wurde – ebenfalls in Kochmontur.

Wie erstarrt blieb Brooke an Ort und Stelle stehen, während Lauren nach der Fernbedienung griff und den Ton anschaltete.

Mit Andrew Knight wird es bald einen weiteren Star-Koch geben, der seine Gäste nicht nur mit kulinarischen Highlights verwöhnt, sondern sein geballtes Küchenwissen auch in einer eigenen TV-Show präsentieren wird. Ulysses Productions und Andrew Knights Management ließen in einer gemeinsamen Pressemitteilung verlauten, dass es in naher Zukunft zu einer Zusammenarbeit kommen wird. Näheres wurde noch nicht bekanntgegeben, doch angesichts der rasant wachsenden Popularität des preisgekrönten Kochs, der vor einigen Monaten sein erstes Restaurant in Boston eröffnet hat, gehen wir davon aus, dass die TV-Show zur bestmöglichen Sendezeit laufen wird.

Brooke starrte bewegungslos auf den Bildschirm, auf dem nun ein Bild von Drew zu sehen war, wie er grinsend in Jeans und lässigem T-Shirt vor dem Eingang eines ziemlich edel wirkenden Restaurants stand. Die Tatsache, dass über der Eingangstür ein Schild mit dem Namen *Knight's* zu sehen war und dass der blonde Mann das gleiche Grübchen zeigte wie der Mann, der im *Crab Inn* mit dem Frühstück auf sie wartete, ließ sie frösteln.

»War ... war das ...?«

Stumm nickte Brooke und ballte gleichzeitig die Hände zu Fäusten.

Als sie ohne die Wäsche aus Laurens Wohnung stürmte, rief ihre Freundin ihr besorgt hinterher: »Brooke, halt, nicht so schnell! Beruhige dich doch erst einmal.«

Doch Brooke dachte nicht im Traum daran, sich zu beruhigen.

9

Andrew stand summend im Gastraum des *Crab Inn* und betrachtete versonnen den gedeckten Frühstückstisch. Der verführerische Duft von French Toast, Kaffee und gebratenem Speck wehte aus der Küche herüber.

Wie konnte man eine Nacht wie die vergangene besser krönen als mit einem fürstlichen Frühstück, bei dessen Anblick ihm das Wasser im Mund zusammenlief? Ausdauernder Sex, eine heiße Dusche am Morgen und jetzt eine riesige Portion French Toast – für ihn klang das wie der Himmel auf Erden. Zwar wäre er nur allzu gern mit Brooke im Bett liegen geblieben und hätte auch mit einer Packung Cracker vorliebgenommen, aber als Ersatz für sein eigentliches Vorhaben war dieses Frühstück ganz passabel. Außerdem, vielleicht konnten sie danach dort weitermachen, wo sie letzte Nacht aufgehört hatten? Oder vielleicht sogar schon davor? Er lächelte.

Ein kurzer Blick auf die Uhr sagte ihm, dass Brooke nicht mehr lange brauchen konnte, um endlich zurückzukommen. Leider war sie manchmal ein bisschen zu verantwortungsbewusst, selbst für seinen Geschmack. Wäre es nach ihm gegangen, hätten sie das *Crab Inn* heute geschlossen und den ganzen Tag im Bett verbracht. Natürlich hatte er sich einen

Kommentar verkniffen und so getan, als wäre es für ihn völlig in Ordnung, dass sie zu ihrer Freundin fuhr, um die Wäsche für das Restaurant zu holen, doch Tatsache war, dass er sie am liebsten nicht aus den Augen gelassen hätte.

Während er einen Löffel schnurgerade positionierte, dachte er über die vergangenen Tage nach. Sein Leben in Boston und das *Knight's* schienen unglaublich weit weg zu sein, nicht ein einziges Mal war er auch nur versucht gewesen, sich bei Nick zu melden und zu fragen, wie es lief. Wieso auch? Schließlich hatte er hier in Sunport alle Hände voll zu tun – die Aufgabe, das *Crab Inn* wieder profitabel zu machen, war schließlich ganz schön aufreibend. Aber wem wollte er hier eigentlich etwas vormachen? Er hatte nebenher noch jede Menge Zeit gehabt, um sich über etwas, nein, über jemand endlos Gedanken zu machen: Brooke Day.

Da er kein besonders romantischer Typ war, war er über sich selbst überrascht. Es hatte in seinem Leben schon einige Frauen gegeben, mit denen er gerne geschlafen und anschließend gefrühstückt hatte, doch bei keiner von ihnen hatte es sich so intensiv angefühlt. Bei keiner von ihnen hatte er mit angehaltenem Atem darauf gewartet, dass sie ihm ein Lächeln schenkte. Bei keiner von ihnen hatte er sich dermaßen wohl und zufrieden gefühlt. Und bei keiner von ihnen hatte er zum ersten Mal das Gefühl gehabt, sich nicht verstellen zu müssen.

Andrew hatte keine Ahnung, was das hier mit Brooke war, aber nach unverbindlichem Sex sah es nicht mehr aus.

Da alle Fenster und Türen des Restaurants geöffnet waren, um den Geruch der frischen Farbe loszuwerden, konnte er gut hören, wie jemand auf den Parkplatz fuhr. Angesichts des knatternden Auspuffs war Andrew sicher, dass Brooke endlich den Weg nach Hause gefunden hatte.

Mit einem erwartungsvollen Lächeln drehte er sich um und wollte ihr entgegengehen, als sie wie eine Furie in den Gastraum stürmte.

Stirnrunzelnd legte er den Kopf schief. »Was …?«

Aufgebracht rief sie ihm entgegen: »Ein Koch?! Du bist ein Koch?! Du hast ein eigenes Restaurant?!«

Einen kurzen Moment stutzte er, holte dann tief Luft und sah ihr unschlüssig ins Gesicht. »Brooke …«

In einer Entfernung von einem knappen Meter blieb sie vor ihm stehen. Er konnte ihre Wut beinah körperlich spüren. »Streite es nicht ab! Ich weiß, dass es stimmt!«

»Woher?«

»Das tut doch gar nichts zur Sache!« Brooke funkelte ihn wütend an. »Du hast mich angelogen!«

»Ich habe dir lediglich meinen wahren Beruf verschwiegen.«

»Du hast mir erzählt, dass du eine PR-Firma hast«, zischte sie ihm zu und trat dicht an ihn heran, um den Zeigefinger in seine Brust zu stechen. »Eine PR-Firma! Und du hast mir gesagt, dass du Drew heißt!«

Seine Schultern sackten hinab. »Mein Name ist Drew … Andrew.«

»Aber du hast keine PR-Firma«, hielt sie ihm vor. »Du bist Koch und besitzt dein eigenes Restaurant! Wieso hast du mich angelogen? Du musst dich ja köstlich über mich amüsiert haben! Jedes Mal, wenn ich dich für einen Hobbykoch gehalten habe. Oder wenn ich mich wunderte, weil du so gut kochen kannst.«

Andrew schaute in ihr zorniges Gesicht, schluckte und versuchte es mit einem Witz. »Komm schon, Brooke, es war doch nicht böse gemeint.«

Als er nach ihrem Arm greifen wollte, wich sie wütend vor ihm zurück. »Wie war es denn gemeint?«

Hilflos hob er beide Hände. »Du missverstehst die Situation.«

»Tue ich das?«

»Ich bin nach Maine gekommen, um etwas Abstand von meiner Arbeit und von meinem Restaurant zu bekommen.«

»Das hat ja wunderbar funktioniert«, stieß sie sarkastisch hervor. »Wenn du Abstand brauchtest, verstehe ich erst recht nicht, weshalb du mir angeboten hast, im *Crab Inn* auszuhelfen!«

»Das hätte jeder getan, Brooke. Es war offensichtlich, dass du ein bisschen überfordert warst. Ich wollte dir nur helfen.«

Sie holte laut und vernehmlich Luft. »Was?! Ich war überfordert?!«

Er wollte ihr besänftigend eine Hand auf die Wange legen, doch Brooke funkelte ihn so mörderisch an, dass er es lieber sein ließ, bevor sie ihm noch im Affekt den Arm amputierte.

»Jetzt sei nicht eingeschnappt«, murmelte er ruhig. »Ich wollte dir wirklich nur helfen.«

»Ich bin eine solche Idiotin.« Nachdrücklich schüttelte sie den Kopf. »Und da halte ich dir auch noch Vorträge darüber, dass du mit der richtigen Ausbildung sogar das Zeug zum Profikoch hättest! Wieso bin ich nicht gleich stutzig geworden, als du mich wegen des Sandwiches ausgequetscht hast? Kein normaler Mensch denkt doch über den Unterschied von Honig und Ahornsirup nach.«

Während er ihr in die funkelnden Augen sah, ahnte er, dass das Frühstück heute wohl ausfallen würde. Aber das war wohl die Geringste seiner Sorgen, denn Brooke wirkte nicht so, als wäre sie in nächster Zeit zu besänftigen. Ein ungutes Gefühl machte sich in ihm breit. »Ist es wirklich so schlimm, dass ich dir nicht von Anfang an gesagt habe, was ich beruflich mache?«

Wieder blitzten ihre Augen auf. »Wir hatten letzte Nacht Sex!«

Unwillkürlich lächelte er. »Und wie …«

Die Frau mit den unbändigen Locken schien gegen sein Lächeln plötzlich immun zu sein. »Du hast dich für jemanden ausgegeben, der du nicht bist! Ich habe mit jemandem geschlafen, der gar nicht existiert.«

Obwohl Andrew wusste, dass er Brooke längst reinen Wein hätte einschenken müssen, fand er, dass sie langsam ziemlich übertrieb. Dementsprechend trocken klang seine Stimme. »Ich existiere sehr wohl.«

»Aber ich kenne dich überhaupt nicht!«

»Natürlich kennst du mich«, erwiderte er unwirsch und runzelte die Stirn. »Ich brauchte einfach Abstand, wollte mal ein paar Tage nicht ans Restaurant denken, deswegen habe ich diese kleine Notlüge erzählt. Abgesehen davon, weißt du ziemlich viel von mir. Wenn du nicht so ein Theater machen würdest, dann …«

»Ein Theater?«, unterbrach sie ihn ungläubig. »Du hast mich glauben lassen, dass du keinen Schimmer von der Gastronomie hast und einfach nur gerne kochst! Wieso hast du das getan? Um dich hinter meinem Rücken über das *Crab Inn* lustig zu machen?«

Seine Miene verfinsterte sich. »Du übertreibst nicht nur gewaltig, sondern stellst mich gerade wie ein richtiges Arschloch dar. Das habe ich nicht verdient, Brooke! Ohne mich wärst du die letzten Tage doch aufgeschmissen gewesen.«

»Bilde dir bloß nichts ein«, blaffte sie ihn an. »Deine Hilfe habe ich weiß Gott nicht nötig!«

Er zog eine Augenbraue in die Höhe. »Waren wir über diesen Punkt nicht schon hinweg? Du weißt genauso gut wie ich, dass das *Crab Inn* kaum Profit abwirft. Warum haben wir denn die Neueröffnung geplant, wenn hier alles so super läuft?«

Angesichts ihrer zusammengepressten Lippen erkannte er, dass er ihren Stolz verletzt hatte. Doch mittlerweile war Andrew selbst so aufgebracht, dass er nicht mehr rücksichtsvoll sein konnte.

»Deine Hilfe brauche und will ich nicht, Mr. Knight!«

Grimmig verschränkte er die Arme vor der Brust. »Langsam wird es lächerlich, Brooke. Komm mal wieder runter.«

»Nenn mich nicht lächerlich!«

Er schob das Kinn vor. »Denk doch mal dran, wie wir uns kennengelernt haben! Hätte ich dir da etwa sofort auf die Nase binden sollen, dass ich ein Restaurant in Boston besitze? Du hast mich doch sowieso für einen Großstadtsnob gehalten, der alles besser weiß.«

Ihre blauen Augen zogen sich zu Schlitzen zusammen. »Der erste Eindruck ist meistens richtig.«

»Verdammt, Brooke!« Er hätte sie am liebsten geschüttelt. »Was zum Teufel ist so schlimm daran, dass ich keine PR-Firma besitze, sondern Koch bin und ein eigenes Restaurant habe?«

»Du hast mich belogen«, erwiderte sie dumpf und schaute ihn eindringlich an. »Kannst du dir ansatzweise vorstellen, wie blöd ich mir vorkomme? Da erzähle ich dir, welche Schwierigkeiten wir mit dem *Crab Inn* haben, und rede stundenlang von meinen Existenzängsten ... Und die ganze Zeit über habe ich einen gefeierten Gastronom im Haus! Du musst mich für komplett bescheuert halten.«

»Nein«, entgegnete er rau, »ganz und gar nicht.«

»Und warum hast du dann nichts gesagt?«

Er konnte ihr nicht mehr in die Augen schauen. »Ich weiß es nicht.«

»Aber *ich* weiß es.« Ihre Stimme vibrierte, Andrew konnte nicht sagen, ob vor Wut oder weil sie so verletzt war. »Für dich war das Ganze doch ein tierischer Egotrip. Da zeig ich der Kleinen mal, wie es in der Gastronomie läuft. Wär doch gelacht, wenn ich Starkoch den heruntergekommenen Laden nicht zum Erfolg bringen kann. Und Lohn für deine Mühen muss natürlich auch sein, deswegen setzt du alles daran, mich ins Bett zu bekommen.«

»So ein Bullshit! Wir haben miteinander geschlafen, weil wir beide es wollten! Der Sex hatte überhaupt nichts mit deiner oder meiner Arbeit zu tun!«

»Und warum hast du hier geschuftet, anstatt Urlaub zu machen und auszuspannen? Wie kommt jemand dazu, einer völlig Fremden in ihrem Restaurant zu helfen?«

Auf diese Frage wusste er keine Antwort. Vielleicht hatte sie sogar ein bisschen recht mit ihrer Vermutung, es entsprach wirklich nicht seinem Wesen, vor einer Herausforderung zurückzuschrecken. Es hatte ihm einfach Spaß gemacht, ganz von vorn anzufangen. Ganz bestimmt hatte es etwas damit zu tun, dass ihm Brooke trotz – oder vielleicht gerade wegen – ihrer Zickigkeit so gut gefallen hatte. Und es war ihm schwergefallen, mit anzusehen, wie überfordert sie gewesen war. Nun ja, wenn er schonungslos ehrlich zu sich selbst war, hatte er aus dem Bauch heraus gehandelt und nicht großartig über seine Motive nachgedacht. Aber war das so schlimm?

Brooke hatte offenbar die Hoffnung aufgegeben, von ihm etwas Sinnvolles zu hören zu bekommen. Sie sah ihn nämlich jetzt an, als wäre er der Leibhaftige. Konnte er ihr sagen, dass er mit ihr geschlafen hatte, weil er auf dem besten Weg war, sich in sie zu verlieben? Schließlich machte sie den Eindruck, als würde sie am liebsten mit einer Geflügelschere auf ihn losgehen. Es erschien ihm sicherer, seine Gefühlswelt für sich zu behalten und von ihr nicht zu Frikassee verarbeitet zu werden.

Stattdessen spielte er den Lässigen. »Es war nicht böse gemeint, Brooke. Das *Crab Inn* ist ein tolles Restaurant und das Essen schmeckt fantastisch. Deshalb wollte ich dir lediglich unter die Arme greifen. Können wir das Ganze jetzt vergessen und frühstücken?« Schon in der nächsten Sekunde war ihm klar, was für ein dämlicher Vorschlag das gewesen war.

»Du glaubst doch nicht tatsächlich, dass ich mit dir nach allem, was passiert ist, jetzt noch frühstücken werde?«

Nein, das glaubte er nicht. Aber er hatte auch keine Lust, im Büßerhemd vor ihr zu knien. »Du machst aus einer Mücke einen Elefanten, Brooke. Es ist doch alles halb so schlimm.«

Wie ein Vulkan kurz vor der Explosion spie sie Feuer. »Halb so ...?«

»Himmelherrgott, wir hatten großartigen Sex und eine tolle Nacht. Wieso musst du das mit diesen lächerlichen Vorwürfen kaputt machen?«

Ihr blieb der Mund offen stehen, bevor sie heftig den Kopf schüttelte und anklagend auf ihn zeigte. »Deine Lügen haben alles kaputt gemacht!«

»Das nennst du Lügen? Gut, ich bin Koch und kein PR-Mensch. Gehöre ich deshalb ins Gefängnis oder willst du gleich die Todesstrafe beantragen?«

»Das ist nicht komisch, Drew!«

»Finde ich auch«, fuhr er sie an. »Ich habe göttliche French Toasts zubereitet, die längst kalt sein dürften!«

Wieder stach sie ihm mit dem Zeigefinger in die Brust. »*Göttliche* French Toasts? Du arroganter Mistkerl! Und was soll dieses ganze Gejammere von wegen Auszeit und so? Wo du doch bald eine eigene TV-Show hast!«

Er fuhr zusammen und starrte sie verwirrt an. »Was?«

»Deine TV-Show«, hielt sie ihm entgegen.

»Welche TV-Show? Ich habe keine eigene Sendung«, versicherte er ihr. »Ich arbeite nur in meinem Restaurant, mit dem Fernsehen habe ich nichts am Hut.«

Brooke kniff die Augen zusammen. »Und der Bericht im Frühstücksfernsehen war nur eine Fata Morgana? Die Produktionsfirma hat immerhin eine offizielle Erklärung abgegeben!«

»Ich habe keine Ahnung, wovon du sprichst, Brooke.«

»Tu doch nicht so unschuldig! Ich war bei Lauren, als im Frühstücksfernsehen Fotos von dir zu sehen waren. Es hieß, dass du in Kürze eine eigene TV-Show bekommen sollst.« Sie wedelte mit der Hand. »Und jetzt verstehe ich! Deshalb bist du hier in Maine! Du wolltest die heruntergekommensten Restaurants suchen, um dann im Fernsehen ein paar billige Gags zu bringen. Auf unsere Kosten, versteht sich.«

»Was?!« Verwirrt und gekränkt zugleich schaute er ihr ins Gesicht. »Wie kommst du bloß auf solche Gedanken?«

»Du …«

»Du tust mir unrecht«, unterbrach er sie düster. »Ich bin kein Arsch, ich wollte dir einfach nur helfen. Scheiße, Brooke«, er holte tief Luft, »glaubst du ernsthaft, ich geh mit dir ins Bett und führe dich danach vor?«

»Das ist es ja«, flüsterte sie zurück und erschien plötzlich nicht mehr wie die feuerspeiende Furie, die ihn einen Kopf kürzer machen wollte, sondern wie eine verletzliche und unsichere Frau, die Angst davor hatte, benutzt worden zu sein. »Ich weiß nicht mehr, was ich glauben soll. Wir hatten Sex und … und dann finde ich heraus, dass du mich die ganze Zeit belogen hast … War das alles nur ein Spiel für dich?«

»Nein, das war es nicht, Brooke«, wisperte er heiser und wollte ihr eine Hand auf die Wange legen, als sie zurückwich.

»Du solltest zurück nach Boston fahren, Drew.«

Ein Kloß bildete sich in seiner Kehle. Gleichzeitig unterdrückte er eine aufsteigende Regung, die sich verdächtig nach Panik anfühlte.

»Sei nicht albern«, widersprach er. »Ich kann das alles erklären.«

Einen Moment lang wirkten ihre Augen geradezu glasig. »Du musst dich um dein Restaurant kümmern und ich habe hier genug zu tun.«

»Und was ist mit unserem Sternenbannerfest? Du brauchst mich doch. Wir wollten ...«

Ihr Kopfschütteln unterbrach ihn. »Danke für deine Hilfe, aber ... den Rest schaffe ich auch alleine.«

Andrew blieb nichts anderes übrig, als ihr dabei zuzusehen, wie sie aus dem Restaurant stürzte. Hunger hatte er merkwürdigerweise keinen mehr.

»Was hätte ich denn tun sollen, Andrew? Du warst nicht da und die Produzenten wurden ungeduldig. Wenn du wenigstens an dein Handy gegangen wärst ...«

Andrew sah von dem Stapel Shirts auf, die fein säuberlich auf dem unbenutzten Bett vor ihm lagen und darauf warteten, in seine Reisetasche gepackt zu werden, und blickte sich niedergeschlagen in dem gemütlichen Zimmer um. Seine Tante schien einen sechsten Sinn dafür zu haben, ihn im ungünstigsten Moment anzurufen. Eigentlich hatte er in aller Ruhe packen, sich von diesem Zimmer verabschieden und noch einmal mit Brooke reden wollen, bevor ihn der Shuttleservice abholte. Aber dafür war es jetzt zu spät.

»Du weißt genau, warum ich nicht ans Handy gegangen bin, Daisy«, erwiderte er fest. Obwohl er immer nachsichtig mit seiner Tante gewesen war und sich ständig gesagt hatte, dass sie ihn lediglich unterstützen wollte, war er dieses Mal fuchsteufelswild über ihr eigenmächtiges Handeln. Schließlich hatte sie wissen müssen, dass er keine Lust auf eine TV-Show hatte. Und dazu noch hatte er sich ihretwegen so mit Brooke zerstritten. Okay, dass er Brooke nichts von seinem Beruf und seinem Restaurant erzählt hatte, war zwar nicht Daisys Schuld, aber besonders förderlich war es nicht gewesen, dass sie es aus dem Frühstücksfernsehen erfahren hatte.

»Natürlich respektiere ich deinen Wunsch nach einer Auszeit, Andrew, aber du musst verstehen, dass wir diese Chance nicht verstreichen lassen durften.«

»Daisy, ich habe niemals zugesagt, eine TV-Show zu machen! Ich wollte mich lediglich mit diesem Produzenten treffen, um dir einen Gefallen zu tun! Du weißt, dass ich Koch und kein Pausenclown bin. Ich will hinter einem Herd stehen, nicht vor der Kamera, verdammt noch mal!«

Am anderen Ende der Leitung herrschte Stille, bevor seine Tante entsetzt stotterte: »Andrew, ich ... ich hatte es so verstanden, dass ... dass du die TV-Show für eine gute Idee hältst.«

»Nein, ganz bestimmt nicht! Du hast nur mal wieder nicht richtig zugehört.« All der Frust, der Stress und die Unzufriedenheit, die in ihm während der letzten Monate aufgekommen und innerhalb weniger Tage gänzlich verschwunden waren, brachen aus ihm heraus. »Das *Knight's* macht einen Haufen Arbeit. Mein ganzes Leben fühlt sich nur noch nach Stress und Pflichten an! Und das Schlimmste ist: Ich habe überhaupt keine Lust mehr zu kochen. Wie soll ich in dieser Situation auch noch das Dauergegrinse in einer TV-Show bewältigen? Nein.« Abwehrend schüttelte er den Kopf. »Ich muss mich auf das Restaurant konzentrieren. Bei einer TV-Show mache ich ganz bestimmt nicht mit.«

Das resignierte Seufzen seiner Tante hätte ihm beinah ein schlechtes Gewissen verursacht. Aber nur beinah. »Komm doch erst einmal nach Boston, Andy. Dann sprechen wir darüber.«

Daisy konnte bis zum Tag des Jüngsten Gerichts warten, wenn sie tatsächlich dachte, dass er seine Meinung ändern würde. Kategorisch erklärte er: »Wenn ich mit dir über diese Show reden will, lasse ich es dich wissen. Mach dir aber keine allzu großen Hoffnungen. In der Zwischenzeit kannst du der Produktionsfirma sagen, dass ich nicht zur Verfügung stehe.«

Sie stockte und atmete scharf ein, was Andrew ihr nicht einmal verübeln konnte. So schonungslose Worte war sie von ihm nicht gewohnt. Andrew war es jedoch leid, den zurückhaltenden Neffen zu spielen. Es mochte unfair klingen, aber für die Befindlichkeiten seiner Tante hatte er momentan keinen Kopf. Er hatte eigene Probleme, die sich um die verletzte Frau drehten, die gerade allein in der Küche des *Crab Inn* stand und ihn rigoros zu ignorieren schien.

Was zum Teufel hatte er bloß verbrochen?

Er hatte ihr lediglich verschwiegen, dass er ein Küchenchef mit eigenem Restaurant war! Das war doch kein Kapitalverbrechen! Aber Brooke benahm sich, als hätte er ihr Restaurant abgefackelt. Und dann noch ihre grundlosen Verdächtigungen!

Bestimmt hat sie das nur gesagt, weil ihr selbst schon klar geworden war, wie albern sie sich aufführte, tröstete er sich.

»Soll ich dich abholen lassen?«, unterbrach Daisy kleinlaut seine Gedanken.

Andrew holte tief Luft und vertrieb fürs Erste alle Gedanken, die sich um Brooke drehten. »Nein, ich habe bereits einen Shuttleservice bestellt.«

Angesichts seines schroffen Tonfalles schien Daisy noch kleinlauter zu werden. »Und was passiert mit deinem Wagen?«

»Der wird mir gebracht, sobald er repariert ist«, entgegnete er knapp.

Kurz herrschte Stille, bis Daisy unsicher flüsterte: »Ruf mich bitte an, wenn du zurück in Boston bist, damit ich mir keine Sorgen machen muss.«

»Versprochen.«

Sobald er aufgelegt hatte, ließ er den Kopf in den Nacken fallen und warf das Handy aufs Bett.

Als er heute Morgen zusammen mit Brooke aufgewacht war, wäre er niemals auf die Idee gekommen, dass er kurze Zeit später seine Tasche packen und Sunport verlassen würde. Wenn er überhaupt an etwas anderes als an die letzte Nacht gedacht hatte, dann daran, was er heute in perfekter Harmonie mit ihr zusammen für die Gäste des *Crab Inn* kochen würde. Oder ob die nächste Nacht vielleicht noch großartiger werden würde als die vergangene.

Die Realität sah leider anders aus.

Achtlos stopfte er seine Kleidung in die Tasche und fragte sich, weshalb es ihm so viel ausmachte, im Streit von hier wegzugehen.

Nicht einmal zwei Wochen hatte er in Sunport verbracht. Er sollte vermutlich froh sein, dem Kleinstadtleben zu entkommen, bevor er anfing, sich zu langweilen. Als Städter war er immer davon ausgegangen, dass das Leben in einer Kleinstadt nicht viel zu bieten hatte außer Ruhe und frischer Luft. Wenn man einmal in den Genuss einer Großstadt gekommen war, in der es Aktivitäten zuhauf gab, musste man auf dem Land furchtbar einsam sein, oder? Tatsächlich hatte sich Andrew hier in Sunport nicht ein einziges Mal einsam gefühlt. In seinem modernen Loft mitten im Zentrum Bostons jedoch war er manchmal fast die Wände hochgegangen, weil er sich so allein vorgekommen war.

Andrew schimpfte sich einen Idioten, während er seine Tasche schloss und bemerkte, wie schwer es ihm fiel, das gemütlich eingerichtete Zimmer zu verlassen.

Wem machte er etwas vor?

Es fiel ihm schwer, Brooke zu verlassen.

Da sie sich jedoch weigerte, mit ihm zu sprechen, blieb ihm nichts anderes übrig, als die Segel zu streichen. Selbst wenn er sich sehnlich wünschte, nicht im Streit mit ihr zurück nach Boston zu fahren, konnte er an der jetzigen Situation nichts ändern.

Bedrückt verließ er das Zimmer und trottete den Flur entlang. Das Knarzen der alten Holzdielen, das er bis jetzt immer als ausgesprochen anheimelnd empfunden hatte, zerrte nun an seinen Nerven. Lustlos stieg er die Treppen hinab und blieb unschlüssig im Eingangsbereich des *Crab Inn* stehen. Sollte er nicht noch einen letzten Versuch unternehmen, mit Brooke zu reden?

Vor etwa einer Stunde hatte er ihr gesagt, dass er nach Boston fahren würde. Oder nein, er hatte es vielmehr ihrem Rücken erzählt, denn sie hatte weiter stur Kartoffeln geschält, ohne sich auch nur zu ihm umzudrehen. Das Gespräch war ziemlich einseitig und wenig befriedigend ausgefallen.

Er ließ sein Gepäck zu Boden fallen und versenkte die Hände in den Taschen seiner Jeans, bevor er den Gastraum betrat und mit einem unguten Gefühl im Magen die Küche anstrebte.

Normalerweise hatte die Hektik, die in Küchen herrschte, für ihn stets etwas Tröstliches an sich gehabt, doch heute machte ihn das Klappern der Töpfe zum ersten Mal nervös.

Brooke stand mit dem Profil zu ihm am Herd und schien

hochkonzentriert den Clam Chowder zu betrachten. Die Tatsache, dass sie die Suppe so verzückt anstarrte, als handelte es sich um den Heiligen Gral, sagte Andrew, dass sie ihn längst bemerkt haben musste.

Zwar verstand er den Wink mit dem Zaunpfahl, dass er sie in Ruhe lassen sollte, doch er würde ihr jetzt bestimmt nicht den Gefallen tun, den Schwanz einzuklemmen und winselnd davonzuschleichen.

Daher straffte er die Schultern und überwand die kurze Distanz zu ihr, um sich neben sie zu stellen und ebenso konzentriert die leise vor sich hinköchelnde Muschelsuppe anzustarren. Ihr aromatischer Duft ließ ihn jedoch völlig kalt.

»Mein Shuttle kommt gleich«, unterbrach er die Stille, in der nur das Brutzeln der verschiedenen Gerichte zu hören gewesen war. »Dann bist du mich los.«

Brooke gab ein undefinierbares Brummen von sich, das in ihm den Wunsch weckte, sie zu schütteln und gleichzeitig zu küssen.

So hatte er sich den Abschied von ihr nicht vorgestellt.

Mit einem frustrierten Seufzer stieß er den angehaltenen Atem aus. »Verdammt, Brooke! Könntest du wenigstens mit mir reden, auch wenn du sauer bist?«

»Was gibt es denn noch zu bereden?«, fragte sie in einem so hochnäsigen Tonfall, dass er sich an die grauenvolle Mathematiklehrerin seiner Privatschule erinnert fühlte.

Stirnrunzelnd schaute er auf ihre zerzausten Locken hinab und hätte am liebsten einen gotteslästerlichen Fluch von sich gegeben. Dass sie ihn noch immer nicht ansah, machte ihn wahnsinnig wütend.

»Wieso bist du bloß so stur?« Er schob das Kinn vor. »Würde es helfen, wenn ich dich in aller Form um Verzeihung dafür bitte, dass ich dir meinen Beruf verschwiegen habe?

Könnten wir uns dann wie zivilisierte Menschen miteinander unterhalten und uns voneinander verabschieden?«

Ohne ein Wort rührte sie die Suppe um. Andrew fühlte ein Grollen in seiner Brust aufsteigen.

»Brooke, verstehst du nicht, warum ich nicht gleich zu Anfang gesagt habe, dass ...«

Nun wirbelte sie doch zu ihm herum und zeigte mit dem Kochlöffel auf ihn. »Du hast *gar nichts* gesagt, Drew! Nein, schlimmer noch, du hast mich *wissentlich* angelogen. Obwohl ich dachte, dass wir zumindest Freunde geworden waren.«

In ihren stürmischen blauen Augen stand so viel Zorn, dass er beinahe einen Schritt zurück gemacht hätte.

Unsicher suchte er nach Worten. »Aber mein Job ist doch nicht so wichtig.«

»Wenn er nicht wichtig ist, verstehe ich nicht, warum du ihn mir verschwiegen hast!«

Das war ein gutes Argument, musste Andrew resigniert zugeben. Er zog die Hände aus den Hosentaschen, um sie verteidigend in die Höhe zu halten.

»Ich habe einen Fehler gemacht, Brooke. Aber du musst mir glauben, dass es nicht in böser Absicht passiert ist.«

Nachdenklich schaute sie ihn an, machte dabei eine skeptische Miene und musterte ihn ganz genau. Schließlich entspannte sie die Schultern und legte den Kochlöffel beiseite, um ihm die rechte Hand hinzuhalten.

Verwirrt fragte Andrew nach: »Was soll das?«

»Du wolltest dich verabschieden, oder nicht?« Emotionslos nickte sie ihm zu. »Also: Auf Wiedersehen, Andrew.«

Fassungslos und mit einem Anflug von Ärger betrachtete er erst ihr Gesicht und dann ihre Hand. Noch während er darüber nachdachte, was diese Geste zu bedeuten hatte, hupte draußen der Shuttleservice, der ihn zur nächsten Mietwagenfirma bringen würde.

»Dein Taxi ist da«, informierte Brooke ihn überflüssigerweise. »Wenn du dich verabschieden willst, solltest du dich beeilen.«

Noch immer hielt sie ihm die Hand hin, doch Andrew dachte nicht daran, ihre kühle Art einfach zu akzeptieren.

Daher wischte er ihre Hand beiseite, umfasste ihre Schultern mit beiden Händen und zog sie hart an sich, um ihr einen beinahe wütenden Kuss zu geben, auf den sie mit einem erschrockenen Laut reagierte.

Erst als sie sich an ihn schmiegte, hörte er auf. Sie zitterte ebenso wie er, der leidenschaftliche Kuss hatte sie nicht kaltgelassen. Ihre Wangen glühten, und ihre Augen wirkten verklärt, während sie am ganzen Körper bebte – und das nicht vor Wut.

Während der Shuttleservice ein zweites Mal hupte, starrten sie sich schweigend in die Augen.

Dann gab sich Andrew einen Ruck und deutete auf die Suppe: »Pass auf, dass sie nicht anbrennt.«

Ohne einen Blick zurück drehte er sich um und verließ die Küche des *Crab Inn.*

10

»Tisch drei bekommt zweimal das pochierte Rinderfilet an Spargelsalat, einmal die geschmorten Kalbsbäckchen mit Vanillekarotten und einmal die gebackene Jakobsmuschel an Spinatpüree«, rief Andrew laut und deutlich durch seine Küche, nachdem er die Bestellung von der Servicekraft entgegengenommen hatte.

»Äh, Chef«, erklang die Stimme seines Souschefs und Kumpels Nick neben ihm. »Das pochierte Rinderfilet servieren wir mit Vanillekarotten, die geschmorten Kalbsbäckchen mit Spinatpüree und die gebackenen Jakobsmuscheln an Spargelsalat.«

Irritiert runzelte Andrew die Stirn, blickte erneut auf die Bestellung und hob anschließend den Kopf. Während der schwarzhaarige Nick fröhlich grinste und guter Laune zu sein schien, wirkte das restliche Küchenpersonal verunsichert und starrte den Chef in stummer Faszination an. Offenbar war es die Faszination des Grauens.

Andrew konnte es ihnen nicht verübeln, immerhin war es nicht das erste Mal am heutigen Abend gewesen, dass er eine falsche Bestellung durchgesagt hatte. Er, der er normalerweise jedes seiner Gerichte im Schlaf aufsagen konnte, verhielt sich heute wie ein absoluter Anfänger in der Küche, der seine eigene Speisekarte nicht kannte.

Unwirsch wedelte er mit seiner rechten Hand in der Luft herum und spürte, dass sein Gesicht vor Verlegenheit zu glühen begann. »Ja, ja … das meinte ich auch.«

Nick, der jede noch so brenzlige Situation komisch fand und sich vermutlich selbst dann noch amüsieren würde, wenn er einer blutrünstigen Meute Löwen gegenüberstand, lachte fröhlich und rief dem Küchenpersonal zu: »Ihr habt den Chef gehört! Zweimal das pochierte Rinderfilet, einmal die geschmorten Kalbsbäckchen und einmal die gebackene Jakobsmuschel!«

Obwohl es eigentlich Andrews Job gewesen wäre, die Ansage zu machen, beschwerte er sich nicht bei seinem Souschef. Er war viel zu sehr damit beschäftigt, wie katastrophal sein erster Arbeitstag nach fast zwei Wochen war.

Gestern Abend war er völlig ausgelaugt nach Hause gekommen und hatte sich heute in aller Frühe auf den Weg ins *Knight's* gemacht. Die Lustlosigkeit, die ihn begleitet hatte, war mit dem Gefühl zu vergleichen, seinem Zahnarzt einen Besuch abzustatten. Leider hatte sich an dieser Lethargie auch nichts geändert, als er in seinem Restaurant angekommen war und entdeckt hatte, dass Nick bereits dabei gewesen war, die bestellten Waren in Empfang zu nehmen. Sein Souschef schien alles fabelhaft unter Kontrolle gehabt zu haben. Am liebsten hätte sich Andrew auf dem Absatz umgedreht.

Dann jedoch hatte er die Zähne zusammengebissen und das Ruder wieder übernommen.

Und seitdem schien alles schiefzugehen.

Andrew hatte dem Fischhändler Ware abgenommen, die er gar nicht bestellt hatte, dann hatte er eine Lieferung Rotwein angefordert, obwohl er noch genügend Flaschen des Amarone

Monte Lodoletta in seinem Weinkeller hatte, und anschließend hatte er nicht nur seine Assistentin angebrüllt, sondern eine Knolle von dem wertvollen weißen Alba-Trüffel fallen gelassen. Bereits ein Dutzend Mal heute hatte er seine Schürze ausziehen und aufgeben wollen. Er konnte sich kaum überwinden, seine eigenen Gerichte zu kochen.

Widerwillig rümpfte er die Nase, als er eine weitere Bestellung geschmorte Kalbsbäckchen und gebackene Jakobsmuscheln bekam. Der Anblick der minimalistischen Portionen auf den klinisch weißen Tellern verursachte ihm schon den ganzen Tag lang Magenschmerzen. Er liebte es, jeden Teller bis zur Perfektion anzurichten und ein richtiggehendes Kunstwerk aus einer Portion Fisch zu machen, aber heute fand er weder die Energie noch die Leidenschaft dafür. Die feinen Haute-Cuisine-Gerichte, die mit größter Sorgfalt zusammengestellt wurden, langweilten ihn plötzlich. Außerdem hatte er mit einem Mal nicht mehr die Geduld, minutenlang an einem Teller zu feilen und fein aufgeschlagenen Orangenschaum über einem Stück Dorade zu drapieren und anschließend mit der Pinzette akkurat geschnittene Kräuter auf dem Teller zu verteilen.

Der Gedanke, dass er heute Abend damit beschäftigt sein würde, eine neue Karte zusammenzustellen und diese morgen früh zusammen mit einer Weinkarte seiner Belegschaft zu präsentieren, ließ seine Stimmung noch tiefer sinken. Wie sollte er sich innovative Gerichte einfallen lassen, wenn er nicht einmal Lust hatte, überhaupt nur in seiner Küche zu stehen?

Eigentlich war er davon ausgegangen, dass er nach einer Auszeit und einem kleinen Urlaub wieder über die Energie und die Kreativität verfügen würde, die er früher ins *Knight's* gesteckt hatte. Jetzt musste er jedoch zu seinem Bedauern feststellen, dass dem nicht so war. Tatsächlich war es schlimmer als zuvor. In seiner Küche zu stehen und überkandidelte Gerichte zu kreieren, befriedigte ihn nicht mehr. Die Tatsache, dass das, wofür er lange Zeit sehr hart gearbeitet hatte, ihm keine Erfüllung schenkte, deprimierte ihn zutiefst.

Mit dem *Knight's* hatte er sich einen Traum erfüllen wollen – und gleichzeitig seinem Vater beweisen, dass er etwas aus seinem Leben machte. Aber es war wohl so eine Sache mit wahrgewordenen Träumen, denn glücklich machte das *Knight's* ihn nicht.

Für einen Moment blitzte das Bild eines leicht verwahrlosten Küstenrestaurants vor seinem inneren Auge auf, das ihm zwar auf dem ersten Blick wie der Drehort eines Films mit dem Titel *Das Kettensägenmassaker von Maine* erschienen war, in dem man jedoch fantastisches Essen und pure Gemütlichkeit geboten bekam. Allein der Gedanke ans *Crab Inn*, an den salzigen Meeresgeruch in der Nase und an den besten Blaubeerkuchen aller Zeiten schickte ein sehnsüchtiges Prickeln durch seinen Körper.

»Hey, Chef«, unterbrach Nick seine Gedanken und stieß ihn auffordernd in die Seite. »Sollen wir uns nach Feierabend ein Bier gönnen und über die neue Karte sprechen? Ich hätte da ein paar großartige Ideen.«

Nick gab wirklich nie auf. Er wusste genau, wie pingelig Andrew war, wenn es um die Auswahl der Gerichte ging. Da sich Nick jedoch sehr viel euphorischer anhörte, als sich Andrew fühlte, nickte er mit einem Brummen. Falls sein Souschef überrascht war, wie einfach er nachgegeben hatte, ließ er sich dennoch nichts anmerken, sondern begann ein Haselnussparfait an karamellisierten Feigen anzurichten. Der um wenige Jahre jüngere Koch, dem Andrew das *Knight's* in den vergangenen zwei Wochen anvertraut hatte, beugte sich liebevoll über den Dessertteller und arbeitete hochkonzentriert daran, ein kleines Meisterwerk zu erschaffen.

Mit Argusaugen verfolgte Andrew die gesamte Prozedur und musste mal wieder gestehen, dass Nick seine Sache richtig gut machte. Andrew wusste, dass sich unter seiner Kochjacke diverse Tattoos verbargen und sein Souschef auch nie einer Kneipenschlägerei aus dem Weg ging. Doch trotz seiner unbekümmerten Art schien Nick für seinen Job zu leben: Noch nie hatte Andrew ihn abgelenkt oder lustlos erlebt.

Seufzend lehnte er sich mit der Hüfte gegen die Arbeitsfläche und verschränkte die Arme vor der Brust. »Wir hatten noch gar keine Zeit, zu reden.«

»Zu reden?« Der Souschef arrangierte eine hauchdünne Orangenschale, die mit feinen Zuckerkristallen bestäubt war, um das Haselnussparfait und schenkte Andrew nicht einmal einen kurzen Blick. »Wieso bekomme ich ein schlechtes Gefühl, wenn du mit mir *reden* willst? Hast du meine Kündigung schon geschrieben?«

Andrew schnaubte abfällig. »Sei kein Arsch«, murrte er Nick an. »Du machst deine Sache verdammt gut. Weshalb sollte ich dich feuern?«

»Keine Ahnung. Wenn jemand mit mir *reden* will, dann bekomme ich Panik. Frauen wollen mit einem reden, wenn sie überfällig sind oder Schluss machen wollen. Und wenn dein Chef mit dir reden will, kommt eigentlich nur eine Kündigung infrage.«

Weil der Idiot dabei breit grinste, glaubte Andrew ihm kein Wort.

»Aber wenn dein Kumpel mit dir reden will«, fuhr Nick leise fort und schob den kunstvollen Teller über die Anrichte, »dann braucht er sicherlich jemanden, bei dem er sich auskotzen kann.«

Da Andrew nicht die Absicht hatte, vor der gesamten Küchenbelegschaft sein Seelenleben preiszugeben, erwiderte er nichts und ignorierte Nicks wissenden Blick. Stattdessen läutete er die Klingel, die den Servicekräften sagte, dass eine Bestellung fertig war, schlug Nick kurz auf die Schulter und machte anschließend eine Runde, um alle Posten zu kontrollieren.

Beim Saucier stellte er fest, dass die Rotweinreduktion köstlich schmeckte und ihn dennoch nicht vom Hocker riss, beim Potager musste er bekennen, dass die Tomatenconsommé wunderbar abgeschmeckt war und ihm trotzdem nicht mehr als ein müdes Lächeln abrang, beim Poissionnier probierte er gebeizten Lachs, der ihm auf der Zunge zerging und gleich darauf vergessen war, und beim Rôtisseur sah er zu, wie ein Lammkarree mit einem Schuss Cabernet Sauvignon abgelöscht wurde und ein himmlisches Aroma verströmte, nur um gleich darauf achtlos mit der Schulter zu zucken.

In seiner Nase konnte er noch immer dem Clam Chowder riechen, den ein gewisser Lockenkopf gestern zubereitet hatte, und auf seiner Zunge schmeckte er noch das Ahornmousse, an dem er sich im *Crab Inn* fast überfressen hatte.

Den ganzen Tag über hatte er sich lediglich an einigen Crackern bedient, und sein Magen knurrte vor Hunger. Doch beim Anblick seiner eigenen Gerichte verging ihm der Appetit. Stattdessen musste er an die Speisekarte des *Crab Inn* denken und hätte so ziemlich alles dafür gegeben, ein Sandwich mit Truthahn, Kürbis und Avocado zu essen – so wie an seinem ersten Abend in Maine, als Brooke ihn mit einem abendlichen Snack versorgt hatte.

Während der Rôtisseur davon schwärmte, dass die Qualität des irischen Lammes sehr viel besser war als die der neuseeländischen Lieferung, erlaubte sich Andrew zum ersten Mal seit dem gestrigen Mittag, an Brooke zu denken.

Mittlerweile nahm er ihr Verhalten richtig übel. Sie beide hatten sich großartig verstanden, in der Küche perfekt miteinander harmonisiert und viel Spaß zusammen gehabt. Nach ihrer anfänglichen Kratzbürstigkeit hatte sich die zierliche Frau mit den unbändigen Locken als jemand herausgestellt, der hart arbeiten konnte und einen weichen Kern besaß. Und die Nacht, die sie miteinander verbracht hatten, war ein wahres Feuerwerk gewesen.

Andrew hatte sich in ihrer Gegenwart unglaublich wohlgefühlt.

Außerdem war er sich ziemlich sicher, dass es ihr auch so gegangen war.

Sie war regelrecht aufgeblüht, als sie das Sternenbannerfest zum Unabhängigkeitstag geplant hatten, und es hatte ihm richtig Spaß gemacht, mit ihr Pläne zu schmieden. Aber da war noch etwas Anderes, etwas Tieferes, für Andrew etwas ganz Besonderes: Er hatte ihr vertraut. Bisher hatte er noch nie irgendeinem Menschen davon erzählt, wie hart es ihn traf, dass sein Vater ihn als eine Enttäuschung betrachtete.

Und da hatte sie nichts Besseres zu tun, als sich darüber aufzuregen, dass er ihr ein winziges Detail nicht ganz korrekt erzählt hatte – und dann auch noch zu glauben, er hätte wirklich vor, sie der Lächerlichkeit preiszugeben! Im Fernsehen! Kannte sie ihn wirklich so wenig?

»Chef? Ich bräuchte deine Hilfe.« Die Leiterin der Servicekräfte hatte den Kopf durch die Tür gesteckt.

Froh über die Ablenkung von seinen trüben Gedanken hob er den Kopf. »Was gibt es, Marah?«

»Der Bürgermeister ist gerade eingetroffen und beschwert sich, dass sein üblicher Tisch besetzt ist«, erklärte Marah und rümpfte die Nase. »*Sein* Tisch ist vor drei Monaten von einem Ehepaar reserviert worden, das heute seinen dreißigsten Hochzeitstag feiert. Könntest du kommen und mit ihm reden? Mit mir will er über dieses Problem nicht diskutieren, und er versteht nicht, warum ich das Ehepaar nicht woanders platziere.«

Heute blieb ihm auch wirklich nichts erspart! Der unsympathische Bürgermeister mit seinen Sonderwünschen! Verärgert marschierte er durch die Küche und vernahm Nicks ausgelassene Stimme: »Richte ihm schöne Grüße von mir aus, Chef. Irgendwie bin ich froh, dass du zurück bist, denn das bedeutet, dass ich mich nicht mehr mit ihm herumschlagen muss.«

Beinahe hätte Andrew Nick den Mittelfinger gezeigt. Wieder einmal.

»Ich weiß, dass du die Meermandeln auf Fenchel-Carpaccio nicht auf die Karte nehmen wolltest, Drew, aber wie wäre es, wenn du es trotzdem versuchen würdest?«

Andrew spreizte die Beine und legte sein Kinn auf die Brust, während er einen Schluck Bier aus der Flasche nahm.

Endlich war das Restaurant leer, die letzten Gäste waren schon vor einer guten Stunde gegangen, und gerade eben hatte sich der Putzdienst verabschiedet. Nur Nick und Andrew saßen noch im Gastraum an dem Tisch, den der beleibte Bürgermeister für seinen Privatbesitz hielt, genehmigten sich einen Feierabenddrink und beschäftigten sich mit der neuen Karte.

Das hieß, Nick beschäftigte sich mit neuen Kreationen. Andrew dagegen hatte nur seine Kochjacke geöffnet und starrte ins Leere. Der Arbeitstag hatte ihn geschlaucht und deprimiert. Und dass er sich auch noch um den Bürgermeister hatte kümmern müssen, der trotz seiner Proteste an einen anderen Tisch gesetzt wurde, hatte ihm wirklich den allerletzten Nerv geraubt. Niemand hatte ihm jemals gesagt, dass es zu der Aufgabe eines Küchenchefs gehörte, versnobte Politiker zu hätscheln.

»Wenn du willst, zaubere ich dir morgen das Carpaccio mit den Meermandeln und du ...«

»Schon gut, Nick«, er winkte ab und hob die Flasche ein weiteres Mal an die Lippen. »Wir setzen das Gericht auf die Karte.«

»Einfach so? Willst du das Gericht nicht erst mal probieren?«

Andrew schüttelte resigniert den Kopf. »Du weißt schon, was du tust.«

Als sein Souschef nichts erwiderte, hob Andrew den Blick. Sein Kumpel sah ihn an, als dächte er darüber nach, einen Exorzisten oder einen Psychiater zu rufen. Oder vielleicht beides.

»Was ist?«

Nick runzelte die Stirn und streckte die Beine von sich. Im Gegensatz zu Andrew hatte er seine Kochjacke längst abgestreift und saß in einem schlichten schwarzen T-Shirt vor ihm, das das exotische Tattoo auf seinem rechten Oberarm offenlegte. Für einen Koch, der bei Weinproben sogar die Jahrgänge bestimmen konnte, war Nick eine eher ungewöhnliche Erscheinung.

»Haben sie dir in Maine das Gehirn gewaschen? Drogen verabreicht?«

»Wie kommst du darauf?«

Sein Kumpel lachte bloß. »Ich rede immer noch mit Andrew Knight, richtig?«

»Sehr komisch«, brummte Andrew missgelaunt.

Nick schnalzte mit der Zunge. »Man wird ja wohl noch fragen dürfen, oder? Schließlich hattest du schon immer Probleme damit, wenn sich jemand in deine Arbeit eingemischt hat. Ich war schon total irritiert, als du mir die Leitung deines Restaurants übertragen hast. Das sieht dir gar nicht ähnlich, du Kontrollfreak.«

»Was hätte ich denn tun sollen, schließlich bin ich in den Urlaub gefahren!«

»Erholt hast du dich da aber nicht«, kommentierte Nick überflüssigerweise.

Andrew zuckte nur die Schultern.

»Du hast also wirklich nichts dagegen, dass wir die Meermandeln auf die Karte setzen? Ohne das Gericht vorher getestet zu haben?« Nick klang immer noch skeptisch.

»Mir fallen im Moment gar keine Gerichte ein, die wir auf die neue Karte setzen können, daher nehme ich deinen Vorschlag mit Kusshand an. Zufrieden?«

Bei diesen Worten setzte sich Nick kerzengerade auf und schaute seinen Chef alarmiert an.

»Dir fallen keine Gerichte ein? Ausgerechnet dir?«

Verlegen darüber, unter so etwas wie einer Kochblockade zu leiden, legte Andrew den Kopf schief und nickte knapp.

»Wieso? Ich meine, woher?«

»Woher soll ich das wissen?«, fuhr er Nick an. »Ich weiß nur, dass ich zurzeit einfach nicht in der Stimmung bin, mir Gedanken um eine neue Karte zu machen.«

»Verdammter Mist«, fluchte Nick. »Das klingt richtig beschissen.«

Andrew prostete ihm mit einem sarkastischen Lächeln zu und war merkwürdigerweise froh, dass nun wenigstens sein Souschef wusste, wo ihn der Schuh drückte.

Vermutlich wollte er eher sich selbst als nur Nick Mut zusprechen, als er leichthin erklärte: »Das vergeht sicher bald wieder. Es dauert nicht lange, und alles ist beim Alten.«

»Wenn du meinst.«

»Wenn ich das nicht meinen würde, könnte ich mir gleich die Pulsadern aufschneiden.«

»Das wäre ein bisschen zu radikal, meinst du nicht?« Sein Kumpel glättete das weiße Tischtuch und seufzte. »Vielleicht liegt deine Depression auch daran, dass du bald dem Showbusiness angehörst. Angeblich haben die doch alle Depressionen, oder?«

Andrews Miene verfinsterte sich, während er dabei zusah, wie Nick nur mit äußerster Mühe ein Lachen unterdrückte. Sehr deutlich und sehr grimmig erwiderte er: »Erstens habe ich keine Depression und zweitens werde ich mich nicht zum Hampelmann machen. Es wird keine TV-Show geben.«

»Das *Knight's* hat seit gestern zig Presseanfragen bekommen. Werden die Folgen eigentlich hier aufgenommen oder in einem Studio?«, fragte Nick unschuldig und tat so, als hätte er Andrews Einwand überhaupt nicht gehört.

Der knirschte mit den Zähnen. »Hier wird gar nichts gedreht.«

»Also doch in einem Studio?«

»Nick«, warnte er ihn. »Es reicht. Ich bin auf diese TV-Show nicht besonders gut zu sprechen.«

»Kann ich gar nicht verstehen, schließlich erzählt deine Tante immer, wie fotogen du bist.«

»Meine Tante hält dich auch für einen braven, lieben Jungen, also verstehst du sicher, dass ich ihrer Menschenkenntnis keinen großen Glauben schenke.«

Nick verschluckte sich beinahe vor lauter Lachen und warf dabei den Kopf in den Nacken. »Deine Tante erkennt eben meine wahren Qualitäten.«

Da Andrew auf seine Tante momentan nicht sonderlich gut

zu sprechen war, schwieg er lieber und nahm stattdessen noch einen Schluck von seinem Bier.

»Die TV-Show kann aber nicht der einzige Grund sein, weshalb du so mies drauf bist«, konstatierte Nick, nachdem er sich wieder einigermaßen beruhigt hatte.

»Wer sagt, dass ich mies drauf bin?«, brummte Andrew schlecht gelaunt.

»Also, bitte!« Naserümpfend verdrehte Nick die Augen. »Du hast Alice angebrüllt, und die zarte Maispoularde behandelt, als wärst du ein russischer Masseur. Das mit Alice könnte ich unter Umständen verstehen, aber die arme Maispoularde hatte dir rein gar nichts getan.«

Obwohl sich Andrew nicht daran erinnern konnte, mit einer Maispoularde oder irgendeinem anderen Geflügel jemals wie ein russischer Masseur umgegangen zu sein, stimmte es, dass er Alice gegenüber ziemlich laut geworden war. Schließlich hatte sie heute mal wieder mit ihrer permanenten Fragerei zu irgendeinem Presseauftritt ziemlich genervt.

»Kann ein Mann nicht auch mal schlechte Laune haben?«

»Und was ist mit den falschen Ansagen bei der Bestellung? Außerdem hättest du dir fast den Daumen abgesäbelt, weil du völlig in Gedanken warst.« Nick stöhnte auf. »Wenn ich raten müsste, würde ich auf Probleme mit Weibern tippen.«

Andrew starrte Nick fest in die Augen und musste mit ansehen, wie dieser sich an seinem Bier verschluckte und gleich darauf den Kopf schüttelte.

»Also doch! Es liegt an einer Frau!«

»Ich will nicht darüber reden.« Andrew stellte die Flasche neben sich auf den Tisch und verschränkte die Arme vor der Brust. In der Hoffnung, durch diese abweisende Körperhaltung genügend Autorität auszustrahlen, wartete er darauf, dass Nick den Wink mit dem Zaunpfahl verstand.

Vergeblich.

»Geht es etwa um Mia? Ist sie noch sauer, dass du diese Penisbilder nicht im *Knight's* ausstellen willst?«

O Gott! An seine Ex verschwendete er mittlerweile keinen einzigen Gedanken mehr, und die schaurigen Penisgemälde hatte er längst vergessen. Mia war sein geringstes Problem. Brooke dagegen ... Die Gedanken an Brooke würden ihn in der kommenden Nacht sicherlich keinen Schlaf finden lassen.

»Mia und diese Penisbilder sind mir so was von egal«, versicherte er Nick voller Inbrunst. Dummerweise war Nicks Neugierde nun erst recht geweckt.

»Um wen geht es denn dann? Hast du etwa in Maine eine Frau kennengelernt? Muss ja 'ne heiße Braut sein, wenn du jetzt wie ein Zombie durch das Restaurant läufst und ein Gesicht machst, als hätte McDonald's mindestens einen Michelinstern erhalten.«

»Ich laufe nicht wie ein Zombie durch die Gegend«, widersprach Andrew sofort.

»Mann, dich hat es ja erwischt!« Nick hob auffordernd eine Hand. »Wie heißt sie? Was macht sie? Wo hast du sie kennengelernt?«

»Willst du unter die Quizmaster gehen?« Andrew schüttelte den Kopf. »Was sollen die vielen Fragen?«

»Ich bin neugierig«, entgegnete Nick ungerührt. »Wenn es um die Weiber geht, warst du sonst immer total cool. Klar bin ich jetzt gespannt, wer dir so den Kopf verdreht hat.«

»Niemand hat mir den Kopf verdreht«, verteidigte sich Andrew vehement. »So ein Bullshit!«

»Je mehr du es leugnest, desto weniger glaube ich dir.«

Ungehalten stieß Andrew hervor: »Du schaust zu viel Oprah, Nick!«

»Kann sein«, gab sein Souschef gut gelaunt zu. »Aber ich wette um eine Flasche Dom Perignon, dass es dich einfach derbe erwischt hat.«

Es dauerte einen Augenblick, bis Andrew trocken erwiderte: »Ich wette nicht mit dir.«

»Ha!« Triumphierend kniff Nick die Augen zu. »Ich wusste es!«

Irgendein irrer Impuls brachte Andrew dazu, seinem Kumpel doch etwas zu erzählen: »Ihr Name ist Brooke, sie kann verdammt gut kochen und treibt einen Mann mit ihrer sturen Art in den Wahnsinn.«

»Oha.« Nick grinste breit, während Verstehen in seinen Augen aufblitzte. »Solche Frauen sind mir die liebsten.«

Andrew schenkte Nick nur einen langen Blick und griff nach seinem Bier. »Könnten wir jetzt bitte wieder über die Karte sprechen? Wenn du über Gefühle quatschen willst, kannst du ja meine Tante anrufen.«

Andrew rieb sich gähnend über seine Augen und schielte durch das verlassene Restaurant in Richtung Eingangstür. Sollte er sich ein Taxi bestellen für den Nachhauseweg? Zwar hatte er nur zwei Flaschen Bier über drei Stunden verteilt getrunken, aber schließlich wartete sein Auto noch immer in einer winzigen Werkstatt mitten in Maine darauf, repariert zu werden.

Mit einem schwachen Lächeln dachte er an Glen, der ihm versprochen hatte, den Geländewagen zu reparieren und ihm danach bringen zu lassen.

Schlagartig schlich sich auch Brooke ungefragt wieder in seine Gedanken.

Ein kurzer Blick auf die Uhr sagte ihm, dass es kurz vor

zwei Uhr nachts war. Zu dieser Zeit schlief sie schon tief und fest, dennoch zog er sein Handy aus der Tasche und kontrollierte mit angehaltenem Atem, ob eine Nachricht oder ein Anruf von ihr gekommen war.

Nichts.

Frustriert legte er das Handy auf den Tisch. Dabei fiel sein Blick auf die neue Speisekarte, die er mit Nick in den vergangenen zwei Stunden ausgearbeitet hatte und die größtenteils auf die Ideen seines Souschefs zurückging. Angesichts all der raffinierten, innovativen Gerichte fragte er sich niedergeschlagen, warum die Aussicht auf weitere Haute-Cuisine-Rezepte ihn plötzlich so sehr langweilte.

Sicher – all die Vorspeisen, Zwischengänge, Hauptgerichte und Desserts klangen köstlich und würden das *Knight's* sehr gut dastehen lassen. Dennoch spürte er einen schalen Geschmack auf der Zunge. Heute hatte er erfahren, wie lustlos er sich gefühlt hatte, als er seine eigenen Gerichte gekocht hatte. Anstelle von feinen kleinen Köstlichkeiten hätte er sehr viel lieber vernünftige Portionen deftiger Gerichte auf den Tisch gebracht.

Mehr noch ... es hatte ihm widerstrebt, französische Rezepte nachzukochen, wenn direkt vor seiner Nase diese großartige einheimische Küche serviert wurde.

Der Gedanke an saftige Crab Cakes, an würzigen Shepherd's Pie, an glasierten Truthahn mit Cranberry-Dip, an köstlichen Clam Chowder und geradezu göttlichen Blaubeerkuchen dagegen inspirierte Andrew. Diese Gerichte verfolgten ihn bis in den Schlaf. Getrüffeltes Risotto oder Fenchelcarpaccio mit Meermandeln dagegen regten seine Fantasie nicht mehr an.

Wenn er könnte, würde er liebend gern aus der guten, traditionellen Küche Neuenglands völlig neue Kompositionen machen, überlegte er sehnsüchtig und ließ seinen Blick über die ordentlich eingedeckten Tische seines Restaurants wandern. Die Hummersuppe, die im *Crab Inn* serviert wurde, würde sich beispielsweise fabelhaft dazu eignen, mit blanchierten Zuckerschoten und Grissini aus würzigem Cheddar abgewandelt zu werden. Aus dem delikaten Sandwich, das er an seinem ersten Abend in Sunport gegessen hatte, würde er ein Hauptgericht machen, indem er den Truthahn mit Ahornsirup glasierte und zusammen mit Kürbisgnocchi und einer Avocado-Limetten-Salsa servierte. Und welche Variationen er aus Brookes Blaubeerkuchen machen könnte!

Er würde ...

Abrupt setzte er sich auf, blinzelte und starrte auf die neue Speisekarte, die er mit Nick zusammengestellt hatte.

Wer zum Teufel konnte ihm schon vorschreiben, was er kochen sollte und was nicht? Immerhin war er sein eigener Chef!

Aufregung pulsierte durch seine Adern. Hastig sprang er auf und rannte in die Küche. Heute Nacht würde er nur wenig Schlaf bekommen, aber bei Gott, er würde dafür sorgen, dass es sich lohnte!

»Wieso ist Drew denn schon zurück nach Boston gefahren, wenn sein Auto noch nicht repariert ist? Ich habe heute Morgen Glen getroffen, und er sagte mir, dass die Ersatzteile erst morgen geliefert werden.«

Brooke knirschte mit den Zähnen und richtete den Blick erst auf ihr Schneidebrett, bevor sie so gelassen wie möglich erwiderte: »Ich glaube, er musste wegen seiner Firma zurück nach Boston, Mom. Dort gab es irgendwelche Probleme.«

»Wie schade«, seufzte ihre Mutter neben ihr und fuhr damit fort, Kartoffeln zu schälen. »Ich finde, dass er sich hier sehr gut gemacht hat. Und ein angenehmer Gesprächspartner war er auch. Es wäre unglaublich nett gewesen, mit ihm während der Küchenarbeit zu plaudern.«

Brooke gab dem übermenschlichen Drang nach, eine Grimasse zu schneiden. Immerhin konnte sie sicher sein, dass ihre Mom ihr Gesicht nicht sehen konnte, weil sie gerade die Crab Cakes wenden musste, die in gesalzener Butter gemächlich vor sich hin brieten.

Dass ihre Mom nicht müde wurde, an diesem Morgen über den wunderbaren, sympathischen, attraktiven, hilfsbereiten und humorvollen Drew zu reden und dabei wie die Vorsitzende seines Fanclubs zu klingen, brachte Brooke an den Rand ihrer Geduld. Wenn ihre Mom nicht erst gestern eine stundenlange Dialyse mitgemacht hätte, hätte Brooke ihr längst reinen Wein eingeschenkt und berichtet, dass der wunderbare, sympathische, attraktive, hilfsbereite und humorvolle Drew sehr viel mehr auf dem Kerbholz hatte, als sie dachte, und ihnen die ganze Zeit lediglich etwas vorgespielt hatte. Allerdings hatte sie selbst auch nicht gerade Lust, wie das Dummchen dazustehen, das sich vom Ritter in strahlender Rüstung hatte blenden lassen. Also hielt sie einfach den Mund.

Stattdessen stand sie mit ihrer Mutter in der Küche des *Crab Inn* und ließ ihre angestauten Aggressionen an den bedauernswerten Lebensmitteln aus. Vielleicht war es wirklich ganz gut, dass das Kartoffelpüree daran glauben musste, denn Brooke hatte keine Lust, die nächsten fünfundzwanzig Jahre in Gefängniskleidung zu verbringen, weil sie mit einem Fleischermesser auf Drew losgegangen war. Momentan konnte sie nicht dafür garantieren, wie sie auf ihn reagieren würde, wenn er plötzlich im *Crab Inn* auftauchen würde.

Ihr Gefühlsleben war gehörig durcheinandergeraten, nachdem sie eine sensationelle Nacht mit Drew verbracht hatte und anschließend erfahren musste, dass er gar nicht der war, für den er sich ausgegeben hatte. Die Vorstellung, wie er sie, ihre Sorgen und das *Crab Inn* belächelt hatte, während er selbst Küchenchef eines angesehenen Restaurants war, ließ ihr einen Schauer über den Rücken fahren.

Brooke kam sich nicht nur für dumm verkauft vor, sondern fühlte sich hinters Licht geführt und enttäuscht. Die Frage, ob er mit ihr geschlafen hatte, weil er sie wirklich gemocht hatte oder weil er es amüsant gefunden hatte, sie auch in dieser Hinsicht aufs Kreuz zu legen, ließ ihr keine Ruhe. Noch vor zwei Tagen hätte sie ihre Hand dafür ins Feuer gelegt, dass Drew sie nicht auf diese Weise hintergehen würde, sondern dass er wirklich etwas für sie empfand und nur deswegen mit ihr schlafen wollte, weil sie beide sich zueinander hingezogen fühlten.

Doch jetzt ...

Jetzt konnte sie nur daran denken, dass ein Mann es als Sieg auf ganzer Linie betrachten konnte, eine Frau ins Bett zu bekommen und ihr Gefühle vorzugaukeln, die es gar nicht gab. Sie konnte nur froh sein, dass er noch keine Kamera-Crew dabeigehabt hatte!

»Weißt du denn, wann Drew wiederkommt, Brooke?«

Auch dieses Mal blieb Brooke nichts anderes übrig, als mit den Zähnen zu knirschen. »Nein, das weiß ich nicht, Mom.«

»Aber ihr müsst doch miteinander geredet haben, als er sich verabschiedet hat«, hielt ihre Mutter ihr entgegen.

Als sie sich verabschiedet hatten, war Brooke zwischen unglaublicher Wut und extremer Verletzung hin- und hergerissen gewesen. Viele Worte waren nicht gefallen, weil sie Drew nicht hatte anhören wollen. Sein Kuss hatte sie dann vollends aus der Fassung gebracht. Wieso hatte er sie küssen müssen? Damit hatte er nur alles schlimmer gemacht.

»Was hat er denn gesagt, als er gegangen ist?«

Brooke gab vor, ihre völlige Konzentration den Crab Cakes zu widmen, und erwiderte nachlässig: »Der Morgen war sehr hektisch, Mom. Ich kann mich nicht genau erinnern, was Drew gesagt hat.«

»Das verstehe ich nicht«, murrte Sally Day frustriert. »Er muss dir doch gesagt haben, wann er wieder vorbeischaut? Wieso hast du nicht besser darauf geachtet, was er sagt?«

Der Vorwurf in der Stimme ihrer Mutter hätte sie vermutlich patzig reagieren lassen, wenn sie nicht in letzter Minute daran gedacht hätte, dass sie ihre Mom nicht aufregen wollte. Um der leidigen Diskussion endlich zu entkommen, log sie dreist: »Gut, Mom, wenn es dir so viel bedeutet, rufe ich ihn in den kommenden Tagen an und frage ihn, wann er wieder bei uns vorbeischauen will. Zufrieden?«

»Ich bin überhaupt nicht zufrieden«, seufzte ihre Mutter niedergeschlagen und holte völlig untypisch für sie die *Ich-möchte-Enkelkinder-haben-bevor-ich-sterbe*-Keule hervor. »Dieser junge Mann war wirklich nett. Warum hast du ihn nicht gebeten, noch eine Weile zu bleiben? Ihr beide habt euch doch so gut verstanden.«

Brooke starrte die saftigen Crab Cakes an und fragte sich, was sie in einem früheren Leben falsch gemacht hatte, dass sie jetzt dermaßen gequält wurde. Warum musste ihre Mom ausgerechnet bei diesem Idioten auf die Idee verfallen, er wäre perfektes Vater-Material für ihre Enkelkinder?

Entschlossen wischte sie sich die Hände an ihrer Schürze ab und drehte sich zu ihrer Mutter um, die mit verdrossener Miene Kartoffeln schälte.

»Kann es nicht sein, dass du ein wenig vorpreschst, Mom?

Drew war gerade einmal zwei Wochen hier und hat mir lediglich unter die Arme gegriffen. Du hörst dich jetzt an, als hättest du mit einer Hochzeit gerechnet.«

»Ich will damit nur sagen«, belehrte ihre Mom sie seufzend, »dass ihr beide euch anscheinend sehr gut verstanden habt. Und dass es eine Schande ist, dass Drew zurück nach Boston gefahren ist.«

Trotz ihrer Wut konnte sich Brooke ein kleines Lächeln nicht verkneifen. »Was hätte er denn tun sollen? Er hat schließlich ein eigenes Leben in Boston. Außerdem ist er einfach nur ein netter Bekannter, mehr nicht«, fügte sie rasch hinzu, damit ihre Mutter gar nicht auf die Idee kam, dass zwischen ihrer Tochter und dem netten Hausgast etwas gelaufen sein könnte. Vermutlich hätte sie das Aufgebot bestellt, wenn sie auch nur geahnt hätte, was tatsächlich passiert war.

Sally Day schnalzte mit der Zunge und zog eine Augenbraue bedeutungsvoll hoch. »Ich bin zwar keine zwanzig mehr, mein liebes Kind, aber blöd bin ich deshalb noch lange nicht.«

»Niemand hat gesagt, dass du blöd bist, Mom.« Brooke machte eine schwache Handbewegung. »Aber du kannst nicht davon ausgehen, dass sich zwei fremde Menschen innerhalb weniger Tage verlieben, nur weil du findest, dass sie ein schönes Paar abgeben würden. So einfach ist das nicht.«

»Wenn du Drew gesagt hättest, dass er noch ein paar Tage hätte bleiben sollen, dann wäre er auch geblieben«, argumentierte ihre Mutter stur.

Brooke senkte den Kopf und atmete schwer aus. »Wer sagt dir, dass ich ihn noch ein paar Tage länger hier haben wollte?«

»Also, bitte!« Ihre Mom schüttelte den Kopf, dass die Haare in alle Himmelsrichtungen flogen. »Blind bin ich auch nicht, und ich habe genau gesehen, wie du ihn angeschaut hast. Und umgekehrt.«

»Mom, du übertreibst.«

»Das tue ich nicht! Euch beide zu beobachten, wie ihr umeinandergeschlichen seid, war sehr aufschlussreich, mein Schatz.«

Allem Anschein nach hatte sich ihre Mutter auf die Vorstellung versteift, dass ihre Tochter und der sympathische PR-Manager aus Boston ein wunderbares Paar abgeben würden. Den Zahn wollte Brooke ihr so schnell wie möglich ziehen. Sonst würde ihre Mutter niemals Ruhe geben.

»Wie dem auch sei, Mom. Drew arbeitet und lebt in Boston. Ich jedoch lebe und arbeite hier in Sunport. Du kannst also die Hochzeitstorte wieder abbestellen«, ächzte sie feindseliger, als sie beabsichtigt hatte.

Ihre Mom schien zu stutzen und sah sie eingehend an. »Liebling, du klingst ungehalten.«

Brooke schob beide Hände in die Hosentaschen, damit ihre Mutter nicht sah, wie sie die Hände zu Fäusten ballte, und presste anschließend mühsam beherrscht hervor: »Ich bin lediglich ungehalten darüber, dass du nach gerade einmal zwei Wochen schon davon redest, dass Drew und ich ein Paar werden. Das werden wir nicht! Ich kenne den Mann nicht einmal richtig. Könnten wir jetzt bitte weiterarbeiten?«

»Aber …« Sally Day öffnete den Mund, schüttelte den Kopf und seufzte schwer. »Was hast du denn?«

»Was ich habe?« Zitternd vor Wut, Enttäuschung, Ärger und Verletzung holte sie Luft. »Manchmal weiß ich vor Arbeit nicht mehr, wo mir der Kopf steht. Und ich mache mir ständig Sorgen, dass wir pleitegehen oder du nicht mehr gesund wirst. Glaub mir, Mom, eine Beziehung ist so ungefähr das Letzte, worüber ich zurzeit nachdenke.«

Besorgt hakte ihre Mom sofort nach: »Geht es um Will?«

»Um Himmels willen! Es geht nicht um Will. Will hat mit Drew überhaupt nichts zu tun!«

»Aber warum wehrst du dich dann so sehr gegen die Vorstellung, dass ihr ein nettes Paar abgeben würdet?«

»Weil du zu voreilig bist und dir Gedanken über ungelegte Eier machst!« Brooke schluckte. »Will und ich haben vor einem Jahr Schluss gemacht, und kaum kommt ein fremder Mann in die Stadt, bist du außer Rand und Band und willst mich mit ihm verkuppeln. Auch wenn du es nicht glaubst, ich hätte selbst sehr gerne eine funktionierende Beziehung, aber momentan wüsste ich nicht, woher ich die Zeit für einen Mann hernehmen sollte! Nur wird dieses Dilemma nicht dadurch besser, dass du den Finger in die Wunde legst«, rief sie aufgebracht und hörte selbst, wie ungerecht sie klang.

Wie nicht anders zu erwarten, glänzten die Augen ihrer Mom verdächtig feucht. »Du sollst doch nicht meinetwegen auf eine Beziehung verzichten!«

»Das tue ich auch nicht, Mom«, widersprach Brooke eilig und hätte sich am liebsten in den Hintern getreten.

»Ach, Liebes …«

»Mom, hör auf«, unterbrach Brooke sie sanft. »Mir geht es gut.«

Es fehlte nicht viel, und ihre Mutter wäre in Tränen ausgebrochen. »Jetzt mache ich mir Vorwürfe, dass du und Drew …« Sie verstummte und blinzelte ihre Tochter vielsagend an.

»Bitte hör auf damit, die ganze Zeit über Drew zu reden, als wären wir ein Paar gewesen, Mom. Er war lediglich auf Urlaub hier und hat netterweise ein bisschen ausgeholfen. Mehr nicht«, entgegnete Brooke leichthin.

Ihre Mutter gab zu bedenken: »In unserer Gegend findet

man solche Männer leider nur sehr selten. Glen ist ja weniger nach deinem Geschmack.«

Stöhnend legte Brooke den Kopf in den Nacken. »Ist Glen denn nach *deinem* Geschmack?«

Die Antwort ihrer Mom bestand aus einem Prusten, das Brooke ein Lächeln auf die Lippen zauberte. Sobald sich ihre Blicke trafen, begannen beide fröhlich zu lachen. Es fehlte nicht viel und Brooke und ihre Mom wären in ein hysterisches Lachen ausgebrochen. Es dauerte einige Sekunden, bis sich beide wieder halbwegs beruhigt hatten.

Allein die Vorstellung, dass Glen ... o Gott!

Das Kichern ihrer Mom unterbrach ihre Gedanken.

»Apropos Glen – du könntest ihn fragen, wann Drew sein Auto abholen wird. Wenn er in der Gegend ist, könnte er ja vorbeikommen und zum Abendessen bleiben«, erwiderte ihre Mom listig, wie sie nun einmal war.

Brooke wollte ihrer Mom nicht den Spaß verderben und erwähnte daher nicht, dass Glen ihr schon erzählt hatte, Drew würde sein Auto abholen lassen. Außerdem erwähnte sie lieber erst recht nicht, dass ihr letztes Abendessen mit Drew damit geendet hatte, dass sie wie hormongesteuerte Teenager übereinander hergefallen waren.

Davon durfte ihre Mutter wirklich nichts erfahren.

So lässig wie möglich drehte sich Brooke wieder zu den Crab Cakes um, bevor diese anbrannten, und rief ihrer Mom gespielt gut gelaunt zu: »Vielleicht solltest du dir lieber ein paar Gedanken über ein schönes Abendessen mit Dad machen, anstatt ständig an einen Mann zu denken, der dein Sohn sein könnte.«

»So wird einem die Mutterliebe also gedankt?«

»Genau.« Brooke nickte. »Leg mal einen Zahn zu, Mom, und trödle nicht so mit den Kartoffeln herum.«

Während draußen wunderschönes Wetter herrschte, Touristen die Strände Maines unsicher machten und auf dem Meer diverse Ausflugsboote unterwegs waren, um Wale zu sichten, saß Brooke am frühen Morgen an einem großen Tisch im Gastraum und kümmerte sich um die Buchhaltung.

Eigentlich hätte sie längst am Herd stehen müssen, doch da ihre Mom heute wieder einen Dialysetermin hatte und Brooke mit der Buchhaltung im Rückstand war, hatte ihr Dad beschlossen, ausgerechnet an einem Freitag das *Crab Inn* zu schließen.

Für Brooke bedeutete dies zwar, dass sie endlich eine kleine Pause einlegen konnte und nicht das Gefühl hatte, sich in zwei Hälften teilen zu müssen; gleichzeitig machte sich angesichts der schlechten Zahlen jedoch ein sorgenvolles Gefühl in ihrem Magen breit. Der Ausfall dieses Tages konnte für die Bilanz des *Crab Inn* nichts Gutes bedeuten.

Besorgt fuhr sie sich durchs Haar und warf einen Blick aus dem Fenster, durch das man direkt aufs Meer schauen konnte. Ein Ausflugsboot schipperte gemächlich über die kleinen Wellen, und Brooke grübelte nach, wann sie zum letzten Mal an einem solchen Ausflug teilgenommen hatte. Das war sicher schon einige Jahre her.

Obwohl sie direkt an der Küste wohnte, war sie dieses Jahr nicht öfter am Strand oder auf dem Meer als jemand aus der Stadt. Es war unglaublich schade, dass sie ihren herrlichen Wohnort gerade nicht besser genießen konnte, aber wer ständig arbeitete und in Gedanken in der Restaurantküche stand, kam nicht dazu, am Strand spazieren zu gehen oder einen Trip aufs offene Meer zu buchen, um dort fünf Stunden lang nach Walen Ausschau zu halten und sich einen Sonnenbrand zu holen. Auf der Highschool war sie mit ihrer Schulklasse sehr oft auf dem Meer unterwegs gewesen, und es hatte Dutzende

Gelegenheiten gegeben, von einem Boot aus Wale, Delfine und Meeresschildkröten zu beobachten. Doch nach dem College hatte der Ernst des Lebens begonnen, und die Bootsfahrten waren deutlich weniger geworden. Das machte ihr nichts aus, allerdings fehlten ihr die Stunden, die sie früher immer am Meer verbracht hatte.

Brooke riss sich von dem Anblick des strahlenden Sonnenscheins und der funkelnden Wasseroberfläche los und rieb sich über die Stirn. Dann senkte sie den Kopf und starrte wieder auf die vielen Zahlen, die vor ihren Augen fast verschwammen. Bislang war sie zu der Erkenntnis gekommen, dass sie Mathe in der Schule aus gutem Grund gehasst hatte, dass Buchhaltung genauso viel Spaß machte, wie man allgemein sagte, und dass die Zahlen so deprimierend waren, dass sie sich am liebsten betrunken hätte, obwohl es nicht einmal elf Uhr war.

Das gleichmäßige Ticken der alten Großvateruhr, die ihr Dad zu ihrem absoluten Bedauern vor zwei Tagen repariert hatte, drang ihr Sekunde für Sekunde ins Ohr und nervte sie noch mehr als die deprimierenden Zahlen.

Unwirsch blätterte Brooke durch den Ausgabenstapel vor ihr und begann diesen zu nummerieren, während sie sich in Gedanken eine Notiz machte, beim nächsten Mal ihre Mom für die Buchhaltung zu engagieren. Sally besaß bei Weitem mehr Ruhe und Geduld dafür als sie selbst.

Kaum hatte sie damit begonnen, die einzelnen Posten in ihre Computertabelle einzutragen, fiel ihr ausgerechnet die Rechnung in die Hand, die ihr eine Zeitung gestellt hatte. Düster runzelte Brooke die Stirn.

Seit genau drei Tagen hatte sie es geschafft, nicht mehr jede Stunde an Drew zu denken, und jetzt bedrohte diese läppische Rechnung schon wieder ihren Seelenfrieden. Kaum dachte sie nämlich an die Zeitungsanzeige, die auf seinem Mist gewachsen war, dachte sie natürlich auch an Drew – von dem sie kein Sterbenswörtchen gehört hatte, seit er nach einem leidenschaftlichen und zornigen Kuss verschwunden war, um zurück nach Boston zu fahren.

Das hatte er wirklich wunderbar angestellt, überlegte sie sich missmutig und zerknüllte die Rechnung in ihrer Hand. Erst brachte er ihr Leben gehörig durcheinander, und in der nächsten Sekunde war er über alle Berge und ließ sie mit dem Chaos allein, das er zu verantworten hatte!

Er hatte sie nicht nur zu einer Teilrenovierung gedrängt, die noch lange nicht abgeschlossen war, und war nicht nur daran schuld, dass sich Brooke mit ihrem Dad wegen des Sternenbannerfests in den Haaren lag, sondern hatte sie auch mit seinem Charme dermaßen um den Finger gewickelt, dass sie nicht mehr wusste, wo ihr der Kopf stand.

Brooke schlief schlecht, war schlecht gelaunt, aß schlecht und konnte nur noch schlecht vorgeben, dass mit ihr alles in Ordnung war. Denn schließlich war gar nichts in Ordnung.

Drew hatte sich nicht bloß über sie lustig gemacht, sie angelogen und sah seinen Fehler nicht ein – nein, er ließ sie in dem Tohuwabohu, das er angerichtet hatte, völlig allein. Und als Krönung des Ganzen hatte er es auch noch geschafft, dass Brooke ihn vermisste.

Obwohl sie unglaublich wütend auf ihn war, sich ausgenutzt vorkam und vermuten musste, dass alles, was er getan hatte, unehrlich gewesen war, fehlte ihr dieser Mistkerl auch noch! Mittlerweile ging Brooke schwer davon aus, masochistisch angehaucht zu sein, weil sie sich in ihrem Elend geradezu suhlte.

Wenn sie sich im Badezimmer die Zähne putzte oder duschen wollte, fiel ihr augenblicklich ein, wie sie ihn nackt vor dem Waschbecken überrascht hatte.

Wenn sie in ihrem Kleinlaster saß, dachte sie an die Nacht, in der er das Auto gefahren hatte und sie sich zum ersten Mal geküsst hatten.

Wenn sie einkaufen ging, hatte sie sofort vor Augen, wie sie zusammen über den Markt geschlendert waren.

Wenn sie in der Küche stand, musste sie sich zusammenreißen, um nicht die Gerichte zu versalzen oder in der Pfanne anbrennen zu lassen, weil sie nicht aus dem Kopf bekam, wie es gewesen war, mit Drew dort Hand in Hand zu arbeiten.

Und wenn sie ihr Schlafzimmer betrat, musste sie unwillkürlich an die gemeinsame Nacht denken.

Obwohl sie immer geglaubt hatte, sie könne unangenehme Dinge ganz gut verdrängen, musste sie den Tatsachen ins Auge sehen: Drew Knight – Andrew Knight – ließ sie nicht kalt. Mehr als das. Egal, ob er sie die ganze Zeit belogen oder ihr vorgespielt hatte, jemand anderer zu sein, Brooke wusste, dass sie sich in ihn verliebt hatte.

Seit er vor nicht einmal einer Woche verschwunden war, grübelte Brooke wie besessen über ihn und sein Verhalten nach. Anfangs hatte er den Eindruck erweckt, nicht schnell genug das Weite suchen zu können, doch dann war er nicht nur in Sunport geblieben, sondern hatte seine gesamte Zeit damit verbracht, mit ihr in der Küche zu stehen, Pläne zu schmieden und ihr bei den anfallenden Renovierungen zu helfen.

Warum hatte er das getan?

Und warum hatte er ihr nicht einfach gesagt, dass er nicht Drew Knight war, der eine PR-Firma führte, sondern dass er Andrew Knight hieß, Küchenchef war und sein eigenes Restaurant besaß? Wenn sie das gewusst hätte, dann wäre sie anfangs auch nicht derart eingeschnappt gewesen, wenn er ihr Ratschläge gegeben hatte. Im Gegenteil, sie hätte sich vermutlich sogar darüber gefreut.

Warum? Warum? Warum?

Am liebsten hätte sie einfach zum Telefonhörer gegriffen, ihn angerufen und mit ihm gesprochen. Stattdessen schob sie die Buchhaltung von sich und stützte den linken Ellbogen auf der Tischplatte ab, um das Kinn in die Handfläche zu schmiegen und ratlos den Bildschirm des Laptops zu betrachten, auf dem nichts anderes als Zahlen zu sehen waren.

Unsicher tippte sich Brooke über die Wange und nagte auf ihrer Unterlippe herum.

Obwohl sie völlig allein im *Crab Inn* war, sah sie sich verstohlen um und stieß dann einen tiefen Seufzer aus, bevor sie nah an den Tisch rückte und Drews Namen in eine Suchmaschine im Internet eingab.

Während zahlreiche Suchergebnisse auf dem Bildschirm erschienen, schimpfte sich Brooke eine Idiotin, weil sie der Versuchung nicht hatte widerstehen können. Gleichzeitig verschlang sie den ersten Artikel, der bereits zwei Jahre alt war und davon sprach, welch glänzende Zukunft dem dreiunddreißigjährigen Andrew Knight als erstklassiger Küchenchef vorhergesagt wurde.

Brooke las weiter, wie Foodblogger von seinen Gerichten schwärmten, verfolgte interessiert, wie über die Eröffnung seines brandneuen Restaurants *Knight's* in Boston berichtet wurde, und studierte Bewertungen über Bewertungen angesehener Restaurantkritiker, die allesamt positiv waren.

Sogar einen eigenen Wikipedia-Eintrag besaß er.

Natürlich konnte Brooke auch hier nicht widerstehen, die betreffende Seite zu öffnen, und las mit angehaltenem Atem, dass Andrew als jüngstes Kind einer angesehenen Familie in Massachusetts geboren worden war, einen älteren Bruder sowie eine ältere Schwester hatte, die beide wie die Eltern Juristen waren, und dass Andrew nach der Highschool eine

Eliteuniversität besucht hatte, um Jura zu studieren. Das Studium hatte er mit vierundzwanzig Jahren jedoch abgebrochen, um in Kalifornien eine Kochlehre zu beginnen. Besonders hervorgehoben wurde, dass er der bislang jüngste Küchenchef in Los Angeles gewesen war und irgendeinen gastronomischen Nachwuchspreis erhalten hatte. Anschließend wurden alle seine Arbeitsplätze aufgelistet, die zeigten, in welchen noblen Gourmettempeln er bereits tätig gewesen war. Die meisten Namen sagten Brooke nichts, aber sie war sich ziemlich sicher, dass in keinem dieser Restaurants Eintöpfe oder Pommes Frites serviert wurden.

Bis auf die Tatsache, dass er sie in Bezug auf seinen Job angelogen hatte, stimmten alle Angaben mit seinen Erzählungen überein. Ein wenig tröstlich war diese Erkenntnis schon, sagte sich Brooke mit einem schwachen Lächeln und klickte eine Reihe Fotos an, die ihn bei verschiedenen Gelegenheiten zeigten. Meistens trug er seine Kochschürze, lächelte in die Kamera und zeigte dabei das Grübchen, das Brooke schon wieder ganz schwach machte.

Mehr noch als diese Portraits interessierte sie sich für die Fotos, die in seiner Küche geschossen worden waren und ihn zeigten, wie er sich hochkonzentriert über diverse Teller beugte. Der Anblick seiner eleganten Finger, die geschickt die fantasievollsten Kunstwerke erschufen, ärgerte Brooke geradezu, da sie trotz allem auf ihn reagierte. Anders waren das nervöse Zittern ihrer Finger und das Flattern in ihrer Magengegend nicht zu erklären.

Als sie gerade die Seite mit den Suchergebnissen schließen wollte, stach ihr ein Eintrag ins Auge, der erst wenige Stunden alt war. Der Titel ließ sie stocken. Obwohl Brooke ahnte, was jetzt kommen würde, klickte sie auf den Link. Mit angehaltenem Atem begann Brooke zu lesen.

Eine Revolution am Herd: Das Knight's *ist in Neuengland angekommen.*

Ungefähr ein Jahr lang besteht bereits das noble Restaurant Knight's, *in dem Besitzer und Küchenchef Andrew Knight exquisite Haute-Cuisine-Gerichte auf den Tisch bringt. Mit seinen bisherigen Kompositionen erfreute er nicht nur angesehene Restaurantkritiker, sondern auch eine wachsende Anzahl an treuen Gästen, die die Warteliste des attraktiven Gastronomen zum Bersten füllte. Mehrere Wochen bis hin zu mehreren Monaten muss man normalerweise warten, um im* Knight's *einen Tisch zu bekommen.*

Der neueste Coup des ambitionierten Küchenchefs, der in naher Zukunft zudem ein eigenes TV-Format erhalten wird, verspricht die Warteliste weiter anwachsen zu lassen.

Andrew Knight stellte am gestrigen Abend seine neue Speisekarte vor, die sich von seinen bisherigen Gerichten grundlegend unterschied. Allem Anschein nach wird im Knight's *ab sofort nicht mehr in der Tradition eines Bocuse oder Ducasse gekocht, sondern nach Art Neuenglands. Anstelle von Gänseleberterrinen, Kalbsbries und Soufflés präsentierte Andrew Knight Clam Chowder, Crab Cakes und Blaubeerkuchen, die wir in gutbürgerlichen Lokalen essen, wenn wir keinen Appetit, sondern Hunger haben.*

Der grundlegende Unterschied zum Knight's *ist jedoch, dass der Küchenchef – inspiriert von der Küche Neuenglands – die Regionalküche mit der Haute Cuisine verbindet. Alle Gerichte waren absolutes Sterneniveau, auch wenn ihre Namen nicht danach klangen.*

Der Autor dieses Artikels durfte eine perfekt abgestimmte Muschelsuppe sowie eine Krabbenpastete und einen Blaubeerkuchen essen. Letzterer wurde mit einem Klecks Sahne serviert, die subtile Noten von Mandeln, Vanille und Limone aufwies.

Auch wenn ich mich selten zu derartigen Begeisterungsstürmen hinreißen lasse, kann ich Ihnen nur ans Herz legen, sich auf die Warteliste setzen zu lassen. Bei meinem nächsten Besuch werde ich die Hummersuppe mit blanchierten Zuckerschoten und Cheddargebäck sowie den in Ahornsirup glasierten Truthahn mit Kürbisgnocchi und einer Avocado-Limetten-Salsa probieren. Wie mir der Küchenchef selbst verriet, inspirierte ihn ein einfaches Sandwich in einem rustikalen Gasthof zu diesem großartig klingenden Gericht.

»Ein einfaches Sandwich?!«

Brooke holte tief Luft und brüllte ihren armen und völlig unschuldigen Laptop an. »Ein *rustikaler* Gasthof!«

Fassungslos starrte sie auf den Bildschirm und konnte noch immer nicht begreifen, was sie soeben gelesen hatte.

Dieser Mistkerl hatte sie nicht nur angelogen, mit ihr geschlafen und sie hintergangen – nein! Er hatte auch noch ihre Rezepte geklaut und verkaufte sie nun für viel Geld in seinem Nobelrestaurant an andere arrogante Großstadtsnobs!

Außer sich vor Wut schlug Brooke auf die massive Tischplatte und nahm den scharfen Schmerz in ihren Fingern kaum wahr. Sie war so wütend, dass sie nur zu gerne in den Bildschirm hineingesprungen wäre. Und Drew hätte sie in der Luft zerreißen können.

Hier hatte sie ihre Antwort auf die Frage, warum er fast zwei Wochen bei ihr geblieben war und ihr so gerne ausgeholfen hatte. Der Mann, der sie skrupellos mit seinem Charme eingewickelt hatte, war lediglich auf der Suche nach neuen Ideen gewesen. Und sie hatte ihn sogar noch im Scherz gefragt, ob er ihr vielleicht die Rezepte klauen wollte! Wenn sie nur an sein selbstzufriedenes Gerede dachte!

Abrupt ballte sie die Fäuste, sprang auf und rannte aus dem Gastraum. Anschließend raste sie in die obere Etage, um ihre Tasche zu holen, und lief die Treppe so schnell wieder nach unten, dass sie beinahe gestrauchelt wäre. Als sie die Tür des *Crab Inn* abschließen wollte, zitterten ihre Finger so sehr, dass sie drei Versuche brauchte, um den vermaledeiten Schlüssel ins Schloss zu stecken.

In null Komma nichts war sie an ihrem Kleinlaster und warf sich hinter das Steuer, um mit halsbrecherischem Tempo zu Lauren zu fahren. Einzig die lästige rote Ampel, die genau an der winzigen Kreuzung zu Glens Werkstatt stand, hinderte Brooke daran, in Rekordzeit bei ihrer besten Freundin anzukommen.

Nervös und ungeduldig klopfte Brooke gegen das Lenkrad und ließ ihren Blick umherschweifen, bis sie wie zufällig den großen SUV bemerkte, der auf Glens kleinem Parkplatz stand. Angriffslustig kniff Brooke die Augen zusammen und legte den Rückwärtsgang ein, um mit quietschenden Reifen ein paar Meter zurückzufahren und dann die Einfahrt zu Glens Werkstatt zu nehmen.

Aufgeschreckt von dem Geräusch ihrer durchdrehenden Reifen, steckte Glen den Kopf aus seiner Werkstatt.

Brooke trat auf die Bremse und wirbelte dabei so viel Staub auf, dass Glen demonstrativ hustend mit einer Hand vor seinem Gesicht herumwedelte.

»Mann, Brooke, was soll das denn?«, schimpfte er, sobald sie die Tür ihres Kleinlasters öffnete und hinaussprang.

Sie warf die Tür hinter sich zu und stemmte die Hände in die Hüften. »Gib mir die Schlüssel des SUVs, Glen.«

»Was?« Er glotzte sie verständnislos an. »Was willst du denn mit dem SUV?«

»Was wohl?«, fuhr sie ihn an. »Ich will ihn fahren!«

Abwehrend trat Glen zurück. »Unmöglich! Ich kann dir nicht das Auto überlassen. Wie stellst du dir das vor?«

»Glen«, herrschte sie ihn an. »Die Schlüssel!«

Ihr Freund schniefte hoheitsvoll und hob das Kinn, als würde er auf einer Parade den Wagen mit der Blaubeerkönigin lenken. »Meine Kunden dürfen von mir eine einwandfreie Handhabung ihrer Autos erwarten. Daher kann ich dir nicht …«

»Unsinn!« Brooke schnaubte abfällig. »In Mr. Carmichaels Auto hast du sogar deinen Rausch ausgeschlafen, als es bei dir in der Werkstatt stand.«

Alarmiert rundeten sich seine Augen. »Verdammt, Brooke, darüber wolltest du doch kein Wort mehr verlieren!«

Ungeduldig machte sie eine rasche Handbewegung. »Tue ich ja auch nicht. Gib mir einfach die Schlüssel.«

»Das ist Drews Auto, Brooke«, widersprach Glen geradezu verzweifelt. »Ich habe es gestern endlich reparieren können. Morgen soll es abgeholt werden. Du kannst damit nicht einfach eine Spritztour machen!«

»Keine Sorge.« Sie klopfte ihm auf die Schulter. »Drew wird das Auto heute noch bekommen.«

Glen blinzelte verwirrt und drehte den Kopf von links nach rechts wie eine alte Eule. »Was? Wie? Ich verstehe nicht …«

Brooke nickte triumphierend. »Ich werde ihm das Auto höchstpersönlich vorbeibringen. Noch heute.«

11

»Natürlich wird der Hokkaido auch bei uns angebaut, aber ursprünglich stammt er aus Japan«, philosophierte Andrew und arrangierte hauchdünn geschnittene Kürbisscheiben auf einem Teller. Unter den wachsamen Augen seines Küchenpersonals träufelte er eine Mischung aus bestem Olivenöl, einem Spritzer Limone und gestoßenem schwarzem Hawaiisalz über die Kürbisstücke und seufzte zufrieden. »Der Hokkaido mag wunderbar aussehen und sehr süß und aromatisch schmecken, aber meiner Meinung nach geht nichts über unseren guten alten Butternut. Dieser Kürbis ist wie guter Rotwein: Er schmeckt im Alter immer besser. Außerdem steht er für die regionale Küche. Hier, probiert mal!«

Seine Küchenbrigade gehorchte anstandslos und probierte die kleinen Kürbisportionen.

Andrew war ganz in seinem Element und nickte lächelnd, als seine Leute auf den leckeren Kürbis durchweg mit einem anerkennenden Seufzen reagierten. Stolz beobachtete er, wie die Köche und Auszubildenden untereinander eine lebhafte Diskussion über die verschiedenen Kürbissorten begannen.

Gut gelaunt wandte er sich wieder dem Herd zu, auf dem

ein großer Topf mit Salzwasser köchelte, in dem die frischen Kürbisgnocchi gerade an die Oberfläche kamen.

Mit einer großen Kelle schöpfte er die kleinen Klöße aus dem sprudelnden Wasser, ließ sie einen Moment abtropfen und gab sie anschließend auf einen neuen Teller, um auch von diesen seine Mitarbeiter probieren zu lassen.

»Der Butternutkürbis zeichnet sich durch seine cremige Konsistenz und seinen nussigen Geschmack aus. Damit ist er perfekt für unseren Gnocchiteig, weil er zusammen mit den Kartoffeln im Teig einfach wunderbar schmeckt.«

Nick, der sich den kleinen Kloß aus Kartoffeln, Kürbis und Parmesan auf einmal in den Mund geschoben hatte und nun gierig auf den Rest schielte, war die Begeisterung in Person. »Wir könnten die Gnocchi im Herbst als Zwischengang anbieten! Mit einem Ragout aus Wild und Pfifferlingen.«

»Wie wäre es mit geklärter Butter und Salbei? Das wäre ein leichteres Gericht, das wir als Vorspeise anbieten könnten«, warf der Saucier ein, der sich vorbeugte und ein weiteres Klößchen vom Teller mopste.

»Wenn ich wählen müsste, würde ich vermutlich beide Gerichte nehmen«, ließ sich der Rôtisseur vernehmen, der sich geräuschvoll die Finger ableckte.

»Ich auch«, lachte der Souschef und pickte sich den letzten Gnocco vom Teller, um ihn sich mit einem Happs in den Rachen zu werfen.

Andrew hätte angesichts der allgemeinen Begeisterung beinahe laut gelacht und spürte ein übersprudelndes Glücksgefühl in der Brust, wie er es in seiner Küche schon lange nicht mehr gehabt hatte. In den letzten Nächten hatte er kaum geschlafen, sondern Nacht für Nacht an seinen Rezepten gefeilt und immer wieder neue Kompositionen ausprobiert, weil sein Kopf voll von Ideen für weitere Rezepte gewesen war. Sobald er sich ins Bett gelegt und die Augen geschlossen hatte, war ihm ein neuer Geistesblitz durch den Kopf geschossen. Meistens hatte er augenblicklich die Bettdecke zurückgeworfen und war in die Küche gerannt, um mitten in der Nacht ein neues Gericht auszuprobieren. Als er irgendwann so erschöpft gewesen war, dass er sich kaum mehr auf den Beinen halten konnte, war er dazu übergegangen, seine Ideen erst einmal zu Papier zu bringen.

Das Ergebnis dieses Ideenmarathons war ein dick gefülltes Notizbuch mit Speisen, die für die nächsten fünf Jahre reichen würden.

Auch jetzt schoss ihm eine weitere Idee durch den Kopf, als er den restlichen Kürbisteig betrachtete, der in einer Schüssel darauf wartete, zu Gnocchi verarbeitet zu werden.

Andächtig nickte er seinem Personal zu. »Im Herbst könnten wir aus den Gnocchi ein Dessert machen.«

Mit vollem Mund hakte Nick neugierig nach: »Ein Dessert, Chef? Das klingt interessant.«

»Anstelle eines gewöhnlichen Kürbispies servieren wir Kürbisgnocchi in einer süßen Creme aus Mascarpone, kandiertem Ingwer und einem Hauch Zimt.«

Allein der Gedanke ließ ihm das Wasser im Mund zusammenlaufen. Hätte er jetzt nicht allmählich die Einweisungen für das Abendgeschäft vornehmen und die Gerichte vorbereiten müssen, dann hätte er seine Idee sofort in die Tat umgesetzt. Auch wenn der Herbst noch weit entfernt war, konnte es Andrew kaum erwarten, dieses Gericht seinen Gästen zu präsentieren.

»O Mann«, ächzte sein Souschef mit bedauernder Miene. »Wie es scheint, sollten wir uns vorsorglich bei den Weight Watchers anmelden. Ich seh es schon kommen, dass ich dein bester Gast sein werde, Chef.«

Mit einem Lachen zeigte Andrew seinem Kumpel einen Vogel und drehte sich wieder der Arbeitsfläche zu, um diese penibel zu säubern.

In Gedanken war er bereits beim Tagesgeschäft, überlegte, wie sich die Ahornmousse noch ein bisschen perfekter anrichten ließe, und nahm sich ein Stück Papier, um aufzuzeichnen, wie der Dessertteller auszusehen hatte. Er schaute nicht auf, als seine Serviceleitung den Kopf zur Tür hineinsteckte und rief: »Chef, dein Typ wird vorne verlangt!«

Andrew winkte ab und arbeitete konzentriert an seiner Zeichnung weiter, die ihm und seinen Mitarbeitern später am Abend als Hilfe dienen sollte, um die Ahornmousse zusammen mit den Krokanttalern und den flambierten Früchten anzurichten.

»Jetzt nicht, Marah«, rief er in der Annahme, ein weiterer Blogger oder Journalist würde nach einem Interview zu seiner neuen Speisekarte fragen, und rümpfte die Nase, weil die Zeichnung noch nicht ganz seinen Vorstellungen entsprach.

»Der Chef arbeitet«, ließ sich Nick gleich in Andrews Nähe vernehmen und senkte seine Stimme zu einem vertraulichen Flüstern hinab. »Aber wenn du Lust hast, kann ich dir behilflich sein, Marah.«

Ohne hinzusehen, wusste er, dass Nick schon wieder seinen Charme spielen ließ, da er allem Anschein nach ein Auge auf Marah geworfen hatte. Andrew hätte ein guter Kumpel sein und seinem Souschef verklickern können, dass die Serviceleitung immun gegen seinen Charme war, da sie das eigene Geschlecht bevorzugte – doch erstens war es viel zu amüsant, Nick bei seinen Bemühungen zu beobachten, und zweitens war Andrew momentan zu sehr mit seinen Gerichten beschäftigt, als dass er im *Knight's* den Liebesengel hätte spielen können.

»Nein, danke«, wies Marah den dunkelhaarigen Nick kühl ab, bevor sie an Andrew gewandt meinte: »Okay, Chef. Ich werde sie bitten, sich später noch einmal bei dir zu melden.«

»Mach das«, brummte er geistesabwesend, vergaß die Störung und legte den Kopf schief, während er einen Teller zur Hand nahm und an diesem abmaß, wie er die Mousse am besten platzieren sollte.

Gerade als er überlegte, die Mousse in einer separaten Schale anzurichten, brach vor der Küchentür ein Tumult aus, der ihn verwirrt den Kopf heben ließ, bevor die Tür aufgestoßen wurde und ein ihm wohlbekannter, hellbrauner Lockenkopf in seine Küche hineinpolterte.

Andrew blieb der Mund offen stehen. Brooke. Hier, in seiner Küche.

Das Klappern von Töpfen und Pfannen sowie jedes Gespräch verstummte abrupt, während sie sich unheilverkündend umsah und wie eine winzige Version des Terminators jeden Anwesenden unerbittlich musterte. Es schien nur eine Frage der Zeit, bis sie denjenigen fand, den sie terminieren wollte.

Sehr viel schneller als Arnold Schwarzenegger im ersten Film der Terminator-Reihe hatte Brooke ihr Opfer ausgemacht, schenkte Andrew einen mörderischen Blick und zeigte mit dem Finger auf ihn.

»Du elendes Arschloch! Du hast meine Rezepte gestohlen, du verdammter Lügner! Und jetzt lässt du dich auch noch verleugnen!«

In der Küche wurde es mucksmäuschenstill. Allein die Geräusche diverser Küchenmaschinen waren zu hören. Alle Anwesenden schienen die Luft anzuhalten.

»Brooke«, brachte Andrew lediglich hervor. Er hatte sich noch immer nicht von dem Schrecken erholt, sie hier in seiner Küche zu sehen. »Was … was tust du denn hier?«

»Das fragst du?!«

»Chef, es tut mir leid«, beteuerte Marah, die aufgeschreckt hinter Brooke stehen geblieben war. »Ich habe ihr gesagt, dass du nicht …«

Mit einem abfälligen Schnauben unterbrach Brooke die Serviceleitung. »Mich kannst du nicht so einfach wegschicken, Drew Knight! Du wirst dir anhören, was ich dir zu sagen habe, du Bastard!«

»Chef, soll ich die Polizei rufen?«, wagte sich Marah vor und wirkte zum ersten Mal, seit Andrew sie kannte, absolut verunsichert.

»Wag es nicht, die Polizei zu rufen, Drew«, fuhr Brooke ihn an. Sie war ganz blass. »Wag es nicht oder …«

Kopfschüttelnd erwiderte er seiner Restaurantleitung: »Schon gut, Marah. Wir brauchen keine Polizei.«

Beinahe hätte Andrew seinem Souschef in den Hintern getreten, als dieser amüsiert einwarf: »Das Sondereinsatzkommando wäre die bessere Lösung.«

Sobald Brooke den Kopf zu Nick drehte, befürchtete Andrew ein Blutbad. Stattdessen musterte sie Nick für einen kurzen Moment, bevor sie mit grollender Stimme wissen wollte: »Sollen das etwa Crab Cakes werden?«

Andrew war mindestens ebenso verwirrt wie Nick, der in die Schale vor sich blickte und anschließend skeptisch nickte. »Jaaaaa, das werden Crab Cakes. Wieso?«

»Lassen Sie mich raten – Sie beträufeln die Brotkrumen mit Portwein und geben Orangensaft sowie Orangenschalen hinzu, richtig?«

»Genau.« Überrascht stimmte Nick ihr zu. »Woher wissen Sie das?«

Nick bekam keine Antwort, weil Brooke ihre Aufmerksamkeit nun allein auf Andrew richtete. »Ich fasse es nicht, dass du mein Rezept gestohlen hast«, brüllte sie und raufte sich ihr ohnehin zerzaustes Haar. »Du stiehlst meine Rezepte und verkaufst sie hier als deine Ideen?!«

Da er alle Augen auf sich gerichtet fühlte und Brookes Vorwurf nicht im Raum stehen lassen wollte, holte Andrew tief Luft, verschränkte die Arme vor der Brust und schlug vor: »Könnten wir in Ruhe miteinander reden, Brooke? Allein?«

»Ganz sicher nicht«, herrschte sie ihn an und griff in die Tasche ihrer zerknitterten Hose, bevor sie ihm schwungvoll einen Autoschlüssel entgegenpfefferte. Wenn er nicht schnell genug reagiert hätte, hätte der ihn mitten ins Gesicht getroffen. »Ich wollte dir lediglich dein Auto bringen und dir sagen, was ich von dir halte, du Schwein!« Wie eine Furie reckte sie das Kinn in die Höhe und zeigte ihm, dass sie keine Probleme damit hatte, vor fremden Menschen ihre dreckige Wäsche zu waschen. »Schläfst du des Öfteren mit Frauen, um an Rezeptideen heranzukommen? Oder war ich eine Ausnahme?«

Sein Nacken brannte, als er verlegenes Murmeln um sich herum hörte und Nick kurz vor einem Hustenanfall zu stehen schien. Außerdem verletzte ihn Brookes Vorwurf so sehr, dass er den Kopf senkte und sie nicht minder finster anfunkelte, bevor er auf sie zutrat und nach ihrem Arm greifen wollte.

»Fass mich nicht an«, befahl sie augenblicklich und fletschte die Zähne.

»Wir reden jetzt«, bestimmte er nachdrücklich und ergriff unerbittlich ihren Arm, um sie in Richtung Kühlkammer zu ziehen.

»Lass mich los, Drew!«, forderte sie aufgebracht und stolperte strampelnd hinter ihm her, während das gesamte Küchenpersonal die Szene beobachtete.

Als Andrew die Tür zur Kühlkammer aufstieß, hörte er

noch, wie Nick vergnügt rief: »Sag Bescheid, wenn du Hilfe brauchst, Chef!«

Andrew würdigte diesen Spinner keiner Antwort, sondern bugsierte die protestierende Brooke in die Kühlkammer. Entschlossen warf er die Tür hinter sich zu und positionierte sich davor, damit sie ihm auf keinen Fall entwischen konnte.

Für einen kurzen Moment sah sich Brooke in der dämmrigen Kühlkammer um, bevor sie ihn mit blitzenden Augen anstarrte und die Arme um ihren Oberkörper schlang. Zwar zitterte sie, aber Andrew ging davon aus, dass Wut und nicht die Kälte für ihr Zittern verantwortlich war.

»Willst du mich hier erfrieren lassen?«

So ruhig wie möglich erwiderte er: »Hier können wir unter vier Augen reden.«

»Mir macht es nichts aus, wenn dein Personal erfährt, wie du mich hintergangen hast!«

Zähneknirschend überhörte er ihren letzten Satz und dachte kurz darüber nach, wie albern es war, mit ihr in seiner Kühlkammer vor einem Regal mit vakuumierten Honigschinken zu streiten. Andererseits, es passte zu Brooke. »Mir wäre es lieber, wenn unser Privatleben unter uns bliebe.«

Augenblicklich holte sie tief Luft und zischte ihm zu: »Privatleben? Dass ich nicht lache! Du hast von Anfang an ein abgekartetes Spiel getrieben.«

Er fixierte sie und schüttelte den Kopf. »Das habe ich nicht.«

Als Antwort presste sie schweigend die Lippen aufeinander.

Nach einigen Sekunden holte Andrew tief Luft. »Was tust du hier in Boston?«

Sie warf den Kopf zurück. Ihr Haar war wirklich eine einzige Katastrophe, musste Andrew einräumen. Wie schaffte sie es nur, trotzdem so unwiderstehlich auszusehen? »Die Frage sollte eher lauten, was *du* hier tust, Drew!«

»Brooke.« Andrew fasste sich an die Stirn und seufzte schwer. »Können wir nicht in Ruhe miteinander reden?«

Ihr abfälliges Schnauben sagte ihm, dass sie nicht die Absicht hatte, sich zu beruhigen.

»Du möchtest in Ruhe mit mir reden? Das ist nicht dein Ernst!«

Andrew hob beide Hände. »Sobald du weniger aufgebracht bist, können wir …«

»Natürlich bin ich aufgebracht«, unterbrach sie ihn wütend. »Wer wäre an meiner Stelle nicht aufgebracht?«

»Und deshalb fährst du mal eben von Sunport nach Boston? In meinem Auto?«

»Falls es dich beruhigt: Dein blödes Auto hat keinen einzigen Kratzer abbekommen.«

»Mein blödes Auto ist mir scheißegal. Mich interessiert, was du hier tust, Brooke.«

»Was hast du denn gedacht, wie ich reagiere, wenn ich lese, dass du unsere Gerichte kopierst?«

»Ich habe nichts kopiert!«

»Ach nein?!« Brooke stellte sich auf die Zehenspitzen und kniff die Augen zusammen. »Das kannst du deiner Großmutter erzählen, die dir angeblich das Kochen beigebracht hat!«

Ein flaues Gefühl machte sich in seinem Magen breit. »Brooke …«

»Du hast mich angelogen!«, klagte sie und klang plötzlich unsicher. »Wieso hast du mich angelogen?«

Andrew stieß den angehaltenen Atem aus. »Brooke … ich habe dich nicht angelogen.«

Es war so, als hätte sie ihn überhaupt nicht gehört. Gleichzeitig nahm ihre Stimme einen heiseren Klang an. »Hast du überhaupt eine Ahnung, wie es sich anfühlt, herauszufinden, dass der Mann, mit dem man tagelang zusammengearbeitet hat, mit dem man gelacht hat, dem man vertraut hat, mit dem man *geschlafen* hat«, sie machte eine Pause, »dass dieser Mann einen nicht nur anlügt, sondern auch noch bestiehlt?«

Bevor er darüber nachdenken konnte, umfasste er ihre Schultern und drückte sie. »Verdammt, Brooke«, murmelte er rau. »Ich habe dich nicht angelogen und auch nicht bestohlen. Ich wollte dir nicht wehtun.«

Mit einem Knoten im Hals beobachtete er, wie sie seine Hände musterte, die ihre Schultern noch immer umfasst hielten.

»Natürlich hast du mich angelogen«, widersprach sie leise. »Du hättest mir nicht vorspielen dürfen, dass du eine PR-Firma hast. Und du hättest mir sagen müssen, dass du Küchenchef in deinem eigenen Restaurant bist.«

An ihrer Kehle konnte er sehen, dass sie mühsam schluckte. In diesem Moment hätte Andrew sie allzu gerne in den Arm genommen und getröstet, doch Brooke entwand sich seinem Griff, fuhr sich hastig durchs Haar und drehte ihm den Rücken zu.

Betroffen schaute Andrew auf den spiegelglatt polierten Fußboden der Kühlkammer und murmelte widerstrebend: »Ich hätte etwas sagen müssen, Brooke. Aber …«

»Aber?«

Unsicher fuhr er sich über die Lippen. »Seit ich dieses Restaurant eröffnet habe, hatte ich keine ruhige Minute mehr. Der Erfolg ist toll, aber … Plötzlich will jeder etwas von dir, beruft sich auf eine angebliche Freundschaft und benötigt Hilfe. Dann kam meine Tante auch noch mit dieser elenden TV-Show um die Ecke. *Deshalb* brauchte ich eine Auszeit.«

»Okay«, murmelte Brooke zurückhaltend. »Und was hat das damit zu tun, dass du mich angelogen hast?«

Andrew wartete so lange, bis sie die Lebensmittel vor sich ausgiebig studiert und sich wieder zu ihm umgedreht hatte, bis er ehrlich zugab: »Ein Blick aufs *Crab Inn* sagte mir, dass ihr Hilfe bitter nötig hattet. Es mag egoistisch klingen, aber ich dachte, dass es besser sei, dir nichts von meinem Job oder vom *Knight's* zu erzählen. Ich wollte einfach meine Ruhe haben.«

Ihre Augen schienen Löcher in seinen Kopf zu brennen. »Du hast recht: Es klingt egoistisch.«

Sein Magen sackte ins Bodenlose. »Brooke.«

»Als du mitbekommen hast, dass unser Essen nicht ganz so schlecht ist, kam dir in den Sinn, die Rezepte zu übernehmen, richtig? Also musstest du gezwungenermaßen vorgeben, uns helfen zu wollen. Ich verstehe schon ...«

»Du verstehst nichts«, wies er ihren Vorwurf heftig von sich. »So war das nicht!«

»Sehr schlau, Mr. Knight«, spottete sie, auch wenn er ihrer vibrierenden Stimme anhören konnte, wie nah ihr das alles ging. »War es einfach, mich aufs Kreuz zu legen?«

»Brooke!«

Ihr Kinn zitterte, als sie es hoheitsvoll anhob. »Es gibt eine Sache, die ich immer noch nicht verstehe, Drew. Warum hast du mit mir geschlafen? Die Rezepte kanntest du doch schon ...«

»Verdammt«, wütete er und stampfte mit dem Fuß auf dem Boden auf. »Hör auf damit! Wir haben miteinander geschlafen, weil wir beide es wollten, Brooke. Wieso redest du dir diesen Unsinn ein? Außerdem habe ich eure Rezepte nicht gestohlen«, verteidigte er sich. »Sie haben mich inspiriert, aber meine Gerichte sind meine eigenen Kompositionen!«

Fassungslos schüttelte sie den Kopf. »Schämst du dich nicht?«

»Wofür soll ich mich schämen, Brooke?«, fuhr er sie an und trat dicht vor sie. Er strich ihr eine wirre Strähne aus der Stirn und entgegnete mit einer Stimme, die vor angestauten Gefühlen heiser klang: »Ich habe eine Frau kennengelernt, die den fabelhaftesten Blaubeerkuchen der ganzen Welt macht und mit der ich geschlafen habe, weil ich nicht anders konnte. Dummerweise habe ich ihr nicht gesagt, dass ich ein eigenes Restaurant habe. Und jetzt stehe ich in einer eiskalten Kühlkammer und versuche, diesen ganzen Schlamassel zu beseitigen.«

Als Brooke ihm einen offenen Blick schenkte, gab es in seinem Inneren einen winzigen Funken Hoffnung, dass sie ihn verstehen würde. Doch sobald sich ihre Miene wieder verschloss, erlosch dieser Funke.

»Beinahe hätte ich dir geglaubt«, murmelte sie unglücklich und trat einen Schritt zurück. »Ich hätte dir wirklich glauben können, wenn du nicht plötzlich auf die Idee gekommen wärst, unsere Gerichte auf deine Speisekarte zu setzen.«

Um sich zu sammeln, schloss Andrew die Augen und atmete tief durch. Dann öffnete er die Augen wieder und schaute Brooke direkt an. »Tu mir den Gefallen und bleib zum Essen. Du wirst sehen, dass mich eure Gerichte lediglich inspiriert haben. Ich habe euch nicht bestohlen.«

»Ganz sicher bleibe ich nicht zum Essen«, schmetterte sie seinen Wunsch ab und schüttelte unnachgiebig den Kopf. »Willst du von mir so etwas wie Absolution? Die bekommst du nämlich nicht!«

Obwohl er es äußerst schwer fand, Brooke nicht einfach zu schütteln, bis sie endlich Vernunft annahm, behielt Andrew die Ruhe. »Das Essen im *Crab Inn* hat mir die Augen geöffnet,

Brooke. Ich möchte keine Haute Cuisine mehr kochen und habe endlich wieder eine Küche gefunden, die mich interessiert, die mich inspiriert und die mich irrsinnig glücklich macht. Aber gestohlen habe ich keines eurer Rezepte. Bleib zum Essen …«

»Was versprichst du dir davon, Andrew?« Ratlos legte sie den Kopf schief.

Das wusste er selbst nicht.

Andrew wusste nur, dass er sie nicht einfach gehen lassen konnte. Nicht so, wenn sie immer noch glaubte, er hätte sie hintergangen und sie nur wegen irgendwelcher Rezepte ins Bett gezerrt! Er hatte mit ihr geschlafen, weil er es nicht mehr hatte aushalten können, ihr nicht so nah wie möglich zu sein, und weil sein Herz zu rasen begann, wenn er sie nur ansah.

Auch jetzt dröhnte ihm der Herzschlag bis in die Fußsohlen und seine Fingerspitzen kribbelten vor lauter Verlangen, sie zu berühren.

Brooke jedoch wirkte so unnahbar wie eine Eisskulptur und sah ihn an, als könnte sie seinen Anblick kaum ertragen. Seine Befürchtung, sie würde jeden Moment verschwinden und nie wieder zurückkommen, machte ihn fast panisch.

Er hätte ihr zu gern gesagt, dass er sich in sie verliebt hatte.

Er hätte ihr zu gern gesagt, dass er sie nicht verlieren wollte.

Doch der Gedanke, dass sie ihm womöglich vorwerfen würde, ihr aus lauter Berechnung eine Liebeserklärung zu machen, hielt ihn zurück.

»Ich dachte, du …« Brooke stockte und schüttelte rasch den Kopf.

Andrew hob den Kopf. »Du dachtest, ich … *was?*«

»Schon gut«, murmelte sie und strich ihr lockiges Haar zurück.

»Brooke, verdammt«, stieß er frustriert hervor. »Wir müssen dieses Missverständnis aus der Welt schaffen.«

»Wofür?« Ihre Augen schimmerten verdächtig feucht.

»Wie meinst du das?«

»Hast du dich hier mal umgesehen?« Sie machte eine vage Handbewegung und fuhr mit zittriger Stimme fort: »Deine Küche, dein Restaurant ... das ist alles so ...«

Ungeduldig zuckte er mit der Schulter. »So?«

»So nobel«, stieß sie heiser hervor. »Jetzt verstehe ich, weshalb du dich über das *Crab Inn* lustig gemacht hast.«

Scharf atmete er ein. »Ich habe mich *nicht* über das *Crab Inn* lustig gemacht!« Er betonte jedes Wort einzeln.

»Doch, das hast du«, widersprach Brooke gebrochen.

Andrew bemerkte, dass ihm die Situation vollkommen entglitten war. Er hatte keine Ahnung, wie er das alles wieder einrenken sollte. Daher bat er sie ein weiteres Mal geradezu flehentlich: »Könntest du bitte zum Essen bleiben, Brooke?«

»Nein«, flüsterte sie und senkte den Kopf, um bedrückt auf den Boden zu sehen. Die wild gewordene Furie, die noch vor wenigen Minuten in seine Küche gestürmt war, war längst verschwunden. »Ich nehme den Bus zurück nach Sunport.«

Er stieß frustriert den Atem aus. »Das ist eine Fahrt von vier Stunden, Brooke. Bleib hier und ruh dich aus.«

»Ich muss wieder zurück«, widersprach sie ihm ruhig.

Andrew rieb sich über sein Gesicht. »Dann lass mich dich wenigstens fahren.«

»Du wirst hier gebraucht.«

»Brooke ...«

»Hör auf.« Sie wich ihm aus, als er eine Hand nach ihr ausstreckte, und schüttelte abwehrend den Kopf. Ihre feuchten Augen und der verletzte Ausdruck ihres Gesichts trafen ihn bis ins Herz.

Wortlos verfolgte er, wie sie sich mit der Zunge über den Mund fuhr und nervös die Hände rang. »Es gibt nichts mehr zu sagen. Ich … ich fahre zurück. Viel Erfolg, Drew.«

Obwohl er ihren Namen flüsterte, blieb sie nicht stehen, sondern drängte sich an ihm vorbei und verließ die Kühlkammer.

Eigentlich wollte er ihr nachlaufen, doch seine Beine gehorchten ihm nicht mehr.

Also blieb ihm nichts anderes übrig, als sich mit dem Rücken gegen die Tür zu lehnen und die letzten Minuten Revue passieren zu lassen. Wie man es drehte und wendete – er hatte es gehörig versiebt, dabei wusste er nicht einmal, was Brooke von ihm erwartete. Und er wusste nicht, was er falsch gemacht hatte.

Sie irrte sich, wenn sie dachte, dass er sich über das *Crab Inn* lustig gemacht hatte. Nichts lag ihm ferner, er hatte allergrößten Respekt vor dieser Frau und dem, was sie tat.

Andrew schloss stöhnend die Augen und ignorierte die Kälte der Kühlkammer, die ihm eine gehörige Gänsehaut verursachte. Warum wollte sie ihm auch kein Wort glauben, verdammt? Warum verstand sie nicht, wie wundervoll sie war? Und warum dachte sie einerseits, er hätte ihre Ideen geklaut, und andererseits, sie und ihre Rezepte wären überhaupt nichts wert? Höchste Zeit, dass sie mal endlich kapierte, wie wenig das stimmte. Er zückte sein Handy, um seine Tante anzurufen.

Kaum nahm sie den Anruf an, seufzte er: »Daisy? Ich brauche deine Hilfe.«

Dank der Klimaanlage, die trotz der milden Temperaturen im Inneren des Busses auf Hochtouren lief, fröstelte Brooke und schlang die Arme um sich. Gleichzeitig versuchte sie, es sich in ihrem Sitz einigermaßen gemütlich zu machen, was leider unmöglich war, weil eine strickende ältere Dame neben ihr saß und sie mit ihrem Ellbogen ständig anstieß.

Ein Reisebus, in dem jeder Sitz belegt war und in dem die Gerüche von diversen Snacks, Mottenkugeln und übermäßigem Deodorantgebrauch in der Luft lagen, war generell keine angenehme Art zu reisen. Wenn dann auch noch über vier Stunden Fahrt auf einen warteten und man sich nicht einmal mit einer Zeitung oder einem Buch von seinen grauenhaften Gedanken ablenken konnte, wurden diese vier Stunden der reinste Horror.

Bereits nach nur zwanzig Minuten auf ihrem schrecklich unbequemen Sitz glaubte Brooke, dass ihr Hintern eingeschlafen war, und sie befürchtete schlimmste Schmerzen, sobald wieder Blut in diesem Körperteil fließen würde.

So weit es möglich war, rutschte sie hin und her, fand eine halbwegs bequeme Position und lehnte sich anschließend nach rechts gegen die Wand des Busses. Jetzt wurde sie zwar nicht mehr alle drei Sekunden von einem Ellbogen traktiert, spürte dafür jedoch jedes Schlagloch, durch das der Busfahrer seine Fahrgäste manövrierte.

Anscheinend war diese Busfahrt ein weiteres Ungemach an einem Tag, den Brooke gerne aus ihrem Gedächtnis gelöscht hätte – angefangen bei der deprimierenden Buchhaltung über die Entdeckung im Internet und die dreieinhalbstündige Fahrt nach Boston bis hin zu ihrem Gespräch mit Drew, dessen Ausgang ihr den Rest gegeben hatte.

Dumpf starrte sie auf die Rückseite der Sitzlehne vor sich, die mit rotem Stoff bezogen war, der sicherlich bessere Zeiten gesehen hatte. Während das Innere dieses Busses nicht nur altbacken, sondern auch ziemlich ungepflegt wirkte, erinnerte sie sich allzu gut, wie schick und richtiggehend elegant Drews Restaurant ausgesehen hatte.

Im ersten Augenblick war sie angesichts der vermutlich sauteuren Einrichtung im *Knight's* wie versteinert gewesen. Edler Fußboden, perfekt aufeinander abgestimmte Möbel, strahlend weiße Tischdecken und bestes Geschirr sowie eine piekfeine Bar hatten Brooke vor Ehrfurcht erstarren lassen. Als sie dann auch noch gesehen hatte, über wie viel Personal Drew verfügte und wie seine riesige Küche ausgestattet war, wäre sie beinahe geflohen. Was hatte er bei ihnen im *Crab Inn* zu suchen gehabt, wenn ein solches Restaurant in Boston auf ihn wartete?

Das *Crab Inn* und das *Knight's* waren nicht miteinander zu vergleichen.

So einfach war das.

Während Brooke im Empfangsbereich des edlen Restaurants gestanden und mit offenem Mund die Kristalllüster betrachtet hatte, war ihr wieder eingefallen, wie abfällig Drew das *Crab Inn* am ersten Abend gemustert hatte. Damals war sie wütend gewesen und hatte Drew für einen arroganten Aufschneider gehalten.

Doch in seinem Restaurant hatte sie sein Verhalten verstanden, hatte das *Crab Inn* mit seinen Augen gesehen.

In diesem Moment war sich Brooke furchtbar dumm vorgekommen.

Und furchtbar klein.

Andrew Knight mochte nicht unbedingt ein überheblicher Großstadtsnob sein, aber er war sicherlich kein Mann, der sich in eine Frau wie sie verlieben würde. Zu ihm passte keine Frau, die in einer Kleinstadt lebte, einen alten Kleinlaster fuhr, Kartoffeln schälte und ihre Freizeit damit verbrachte, die Buchhaltung ihrer Eltern zu machen. Wie hatte Brooke auch nur eine

Sekunde denken können, dass aus ihr und Drew ein Paar werden könnte? Heute war sie eines Besseren belehrt worden. Trotzdem, es wäre ihr lieber gewesen, wenn sie zu dieser Erkenntnis nicht mitten in seiner großartigen und eindrucksvollen Restaurantküche gekommen wäre. Zuerst hatte sie sich wie eine Furie benommen und Drew vor der versammelten Mannschaft heruntergeputzt. In der Kühlkammer, allein mit ihm, war sie dann so verwirrt gewesen, dass sie beinahe in Tränen ausgebrochen wäre.

Vor einer Woche waren sie und Drew noch das eingespielte Küchenteam gewesen, das umeinander geschlichen war, während es zwischen ihnen wie in einem überheizten Elektrizitätswerk geknistert hatte. Vor genau einer Woche hatte sich Brooke gefragt, wie sich ein Kuss von ihm anfühlen mochte, und hatte viel zu oft daran gedacht, wie er nackt ausgesehen hatte. Jetzt saß sie in einem vollen Bus in Richtung Maine und hatte nur das Bild von ihm vor Augen, wie er siegessicher und unerreichbar in seiner High-Tech-Küche gestanden hatte.

So viel hatte sich verändert. Es fühlte sich an wie eine Million Jahre.

Zittrig holte sie Luft und starrte aus dem Fenster nach draußen, wo unendlich lange Häuserfronten den Highway säumten, der aus der Bostoner Innenstadt herausführte. Entschlossen kniff sie die Augen zusammen und presste die Lippen aufeinander.

Es brachte nichts, über Drew nachzudenken. Sie hatte ihm gesagt, was sie ihm hatte sagen wollen, und sein SUV war wieder in seinem Besitz.

Erledigt. Abgehakt.

Brooke konnte mit dieser Episode abschließen und sich wieder darauf konzentrieren, das *Crab Inn* nach vorne zu bringen.

Warum nur tat jeder Atemzug dermaßen weh? Der verdammte Kloß in ihrem Hals wollte nicht weichen und wurde sogar noch größer, als sich das Handy in ihrer Hosentasche meldete.

In der verrückten Annahme, es könnte Drew sein, der ihr eine Nachricht hinterlassen hatte, starrte Brooke das Telefon in ihrer Hand misstrauisch an und hörte nur zögernd ihre Mobilbox ab. Zu ihrer Enttäuschung und Erleichterung zugleich war es nicht Drew, der ihr eine besorgte Nachricht hinterlassen hatte, sondern Lauren.

»Glen hat mir gesagt, dass du mit Drews Auto nach Boston gefahren bist. Um Himmels willen, Brooke, was ist passiert? Ich mach mir Sorgen. Mach bitte keinen Unsinn und fahr bloß vorsichtig! Ruf mich sofort an, sobald du diese Nachricht hörst, sonst verständige ich die Polizei, verstanden?!«

Unter Tränen drückte Brooke die Rückruftaste und hörte keine drei Sekunden später Laurens aufgeregte Stimme.

»Brooke! Wo bist du denn? Weißt du, was ich mir für Sorgen gemacht habe?«

»Hallo«, flüsterte sie zittrig.

»Brooke?« Das klang tatsächlich besorgt. »Wo bist du?«

Das Schniefen, das Brooke von sich gab, musste so erbärmlich klingen, dass sogar die strickende Großmutter neben ihr kurz innehielt.

Brooke war es einerlei, ob ihre Sitznachbarin hören konnte, was sie Lauren zu sagen hatte. »Ich … ich sitze in einem Bus und bin auf dem Weg nach Hause.« Sie schluckte hart. »Drew … Drew hat sein Auto wieder.«

»Ja, das hat Glen erwähnt.« Lauren schien tief Luft zu holen, bevor sie verwirrt fragte: »Wieso zum Teufel bringst du ihm das Auto bis nach Boston? Bei unserem letzten Gespräch wolltest du ihn noch kastrieren!«

»Gott, Lauren«, wisperte Brooke unter Tränen und presste sich die linke Hand gegen die Stirn. »Du hättest sein Restaurant sehen sollen! Es ... es war unglaublich. Was wollte er nur bei uns im *Crab Inn*, wenn ihm dieses Luxusrestaurant gehört?«

Ihre beste Freundin schwieg und murmelte einige Augenblicke später ruhig: »Wo soll ich dich abholen?«

Wieder schniefte Brooke. »Das musst du nicht. Ich ... ich sitze schon im Bus.«

»Du klingst völlig durcheinander, Süße. Was ist passiert?«

Was sollte schon passiert sein, abgesehen davon, dass Brooke absolut niedergeschmettert war, weil sie erkannt hatte, dass Drew und sie nicht in der gleichen Liga spielten? Und weil sie spürte, dass ihr Herz gebrochen war – zum ersten Mal in ihrem Leben.

»Nichts«, entgegnete sie leise und wischte sich eine Träne ab.

»Es muss doch etwas passiert sein, wenn du so aufgelöst bist! Hat er was zu dir gesagt? Hat er dich beleidigt?«

»Nein, hat er nicht. Drew hat mich nicht beleidigt.«

»Brooke!«

»Bitte, Lauren«, wisperte sie. »Ich will jetzt nicht mit dir darüber reden.«

Lauren stieß einen frustrierten Laut aus. »Ich hole dich vom Busbahnhof ab. Wann bist du da?«

Kopfschüttelnd wehrte Brooke ab: »Nein, ich ... ich rufe meinen Vater an, damit er mich abholt.«

»Aber ...«

Brooke ließ ihre Freundin nicht zu Wort kommen. »Sei mir nicht böse, aber ... ich will heute Abend einfach nur noch schlafen.«

Erst nach einer Weile gab Lauren ein widerstrebendes

Brummen von sich. »Gut, von mir aus. Aber du musst mir spätestens morgen erzählen, was passiert ist, Brooke!«

»Mache ich«, versprach sie erschöpft.

»Und falls ich irgendjemanden in der Zwischenzeit um die Ecke bringen soll, sagst du mir bitte Bescheid.«

Unter Tränen lächelte Brooke und verabschiedete sich von ihrer Freundin, um dann aufzulegen und verdutzt das Taschentuch zu betrachten, das ihre Sitznachbarin ihr wortlos reichte.

»Danke, dass du mich abholst, Dad.«

»Nichts zu danken«, erwiderte ihr Vater knapp. Schweigend lenkte er dann sein Auto vom Parkplatz des Busbahnhofs, den Brooke nach einer fast fünfstündigen Fahrt endlich erreicht hatte. Der Bus war natürlich in einen ausgewachsenen Stau geraten, wie hätte es auch anders sein können.

Mittlerweile war Brooke hundemüde und am Rande ihrer Belastbarkeit. Sie wollte einfach nur noch in ihr Bett. Hunger hatte sie keinen, obwohl ihre letzte Mahlzeit ein spartanisches Frühstück um sieben Uhr morgens gewesen war. Erschöpft ließ sie den Kopf gegen die Sitzlehne sinken. Nur noch knappe zwanzig Minuten Autofahrt und sie konnte in ihr Bett fallen, um dort zu vergessen, was in den vergangenen Stunden passiert war.

»Willst du mir sagen, was du in Boston gemacht hast? Oder soll ich deiner Mom das Verhör überlassen?«

Resigniert rieb sich Brooke über die Augen und unterdrückte ein Gähnen. »Mom wird mich so oder so verhören, du kennst sie doch.« Da sie keine Lust hatte, mit ihrem Vater über Drew zu reden, und ihm die Geschichte mit den »inspirierten« Rezepten nicht beichten wollte, hielt sie es für klüger, das

Thema zu wechseln. Sie verstand es selbst nicht, aber sie wollte nicht, dass ihre Eltern schlecht von Drew dachten. »Ich bin mit der Buchhaltung in Rückstand. Mal sehen, wann ich ein bisschen Zeit finde, um das nachzuholen.«

Als ihr Dad nicht sofort antwortete, warf Brooke ihm einen neugierigen Blick zu und bemerkte misstrauisch, wie er verbissen das Lenkrad umklammerte und starr durch die Windschutzscheibe nach vorne sah.

»Dad?« Brooke holte tief Luft und flüsterte ängstlich: »Ist etwas passiert? Ist Mom etwa …?«

»Deine Mom sitzt daheim vor dem Fernseher und schaut eine sehr seltsame TV-Show, in der zwanzig Frauen sich wie Prostituierte anziehen, um so um einen Junggesellen herumzuspringen. Ihr geht es gut«, beruhigte er sie schnell.

Doch Brooke ließ sich nicht täuschen. Zwar mochte die Stimme ihres Vaters geradezu gelassen klingen, aber seine Körperhaltung und die heruntergezogenen Mundwinkel sprachen eine völlig andere Sprache. Hier stimmte irgendwas nicht.

Noch während Brooke den ergrauten Lockenkopf ihres Dads musterte und nachdenklich den Mund verzog, begann er zurückhaltend zu murmeln: »Deine Mutter weiß es noch nicht, Brooke, und so soll es erst einmal bleiben, bis alles unter Dach und Fach ist. Aber mit dir muss ich über eine wichtige Entscheidung sprechen.«

»Okay …«, entgegnete Brooke vorsichtig und drehte sich im Autositz zu ihrem Dad um. Gleichzeitig schlang sie schützend die Arme um ihren Oberkörper. Ein Instinkt sagte ihr, dass ihr das bevorstehende Gespräch nicht gefallen würde.

Der Gesichtsausdruck ihres Dads gab ihr recht. Tatsächlich sah er aus wie ein Mann, dem gerade mitgeteilt worden war, dass sein letztes Stündchen nicht mehr allzu fern war.

»Man hat mir ein Angebot für das *Crab Inn* gemacht, Brooke.«

»Das ist ja nichts Neues.« Brooke zuckte zusammen. Ihre Mom hatte ihr das im Vertrauen erzählt, hatte sie sich nun verplappert? Schnell schob sie ein unbekümmertes »Oder?« hinterher. Doch ihr Dad tat so, als hätte er sie gar nicht gehört.

»Ein Investor interessiert sich für das Land und möchte dort ein Ausflugslokal bauen lassen«, erklärte er tonlos. »Er hat mich bereits vor einem halben Jahr kontaktiert und jetzt letzte Woche wieder. Und ich denke, dass ich sein Angebot annehmen werde.«

Brooke riss die Augen auf. »Dad!«

Ihr Vater biss die Zähne zusammen. »Was soll ich denn tun, Brooke?«

»Das kann doch nicht dein Ernst sein!«

»Mit dem Geld wäre ich die gröbsten Sorgen los. Wir könnten problemlos die Arztrechnungen deiner Mom bezahlen. Und du ...« Er stockte und sah unsicher zu ihr hinüber, bevor er den Blick wieder auf die Straße richtete.

»Was ist mit mir?«

»Du müsstest nicht mehr wie eine Wahnsinnige im *Crab Inn* schuften und könntest endlich wieder dein eigenes Leben führen.«

Sie spürte, dass sie die ganze Zeit die Luft angehalten hatte. Jetzt schnaufte sie einmal kräftig und setzte sich auf, um so ruhig wie möglich zu entgegnen: »Dad, meinetwegen darfst du dein Restaurant nicht aufgeben und das Land verkaufen!«

»Ich will nicht, dass meine Tochter ihr eigenes Leben auf Eis legt, nur um uns zu unterstützen.«

»Aber das ist doch selbstverständlich«, widersprach sie aufgeregt. »Ihr seid meine Eltern! Natürlich helfe ich euch, Dad.«

»Brooke.« Ihr Dad klang mühsam beherrscht. »Du bist unser Kind. Wir müssten *dich* unterstützen und nicht umgekehrt.«

Brooke presste die Lippen aufeinander.

»Wenn wir das *Crab Inn* los sind, können ...«

»Dad, wie redest du denn von unserem Restaurant?« In dem Gefühl, dass ihr komplettes Leben innerhalb eines kurzen Tages den Bach hinunterging, schüttelte sie fassungslos den Kopf. »Das *Crab Inn* war dein Traum, und jetzt erzählst du mir, du willst es los sein?«

Er seufzte schwer. »Hier geht es nicht um Träume, mein Kind, sondern um die Realität. Die Krankheit deiner Mom hat alle Rücklagen aufgefressen, wir brauchen dringend Geld. Und das *Crab Inn* wirft einfach nicht genug ab, das weißt du selbst. Wenn wir es verkaufen, hätten wir sogar ein gewisses Polster, bis es Sally wieder besser geht.«

Hartnäckig widersprach sie: »Wir brauchen mehr Gäste, Dad. Mit unserer Werbung und dem Sternenbannerfest könnten wir neue Gäste anlocken.«

»Ja, aber um welchen Preis?«

»Was meinst du damit?«

Finster erwiderte er: »Selbst wenn unser Einkommen durch neue Gäste steigen würde, müsstest du immer noch im Restaurant arbeiten. Und das ist bestimmt nicht der Weg, den du einschlagen wolltest.«

»Dad ...«

»Ich denke doch nur daran, was das Beste für dich ist«, verteidigte sich ihr Vater.

Ein warmes Gefühl stieg in ihr hoch. Und sie erwiderte weich: »Um mich musst du dir keine Sorgen machen. Das *Crab Inn* ist schließlich auch ein Teil von mir. Ich möchte, dass es läuft.«

»Wir können ins *Crab Inn* kein weiteres Geld investieren, Brooke, wir sind so gut wie pleite.« Wieder schüttelte er den Kopf und schien fest entschlossen, seinen Plan in die Tat umzusetzen. »Mit dem Verkauf wären wir wieder liquide. Wir müssten nicht jeden Monat rechnen, um über die Runden zu kommen. Du könntest in deinen alten Job zurück und müsstest nicht mehr in einem winzigen Zimmer über der Gaststätte hausen. Willst du das denn nicht?«

So gefühlvoll kannte Brooke ihren Dad gar nicht.

Gleichzeitig musste sie hart schlucken, denn wenn er davon sprach, dass sie ihren alten Job wieder annehmen und in ihr altes Leben zurückkönnte, zeigte er damit nur eins: Er hatte keine Ahnung. So einfach war das nicht. Selbst wenn sie nicht alle Brücken hinter sich abgebrochen hätte, sie war froh drum, dass sie es getan hatte. In den letzten Monaten hatte sich ihr komplettes Leben allein um das *Crab Inn* gedreht: Trotz all der Sorgen war sie im Restaurant ihrer Eltern glücklich gewesen und arbeitete gern dort. Der Gedanke, dass es abgerissen würde und dass dort irgendeine Filiale einer x-beliebigen Restaurantkette entstehen könnte, machte sie ganz verrückt. Mindestens ebenso verrückt machte sie allerdings der Gedanke, dass ihr Dad das nicht wusste. Dass er tatsächlich glaubte, sie würde sich lediglich für ihre Familie aufopfern – anstatt endlich zu wissen, wohin sie gehörte. Nicht in eine Zeitungsredaktion, sondern ins *Crab Inn*.

Daher klang ihre Stimme völlig überdreht, als sie ihrem Dad vorhielt: »Du hasst diese Touristenlokale! Und jetzt willst du an genau so einen Konzern das Land verkaufen?«

»Von wollen kann keine Rede sein«, brummte er missmutig. »Was denkst denn du, wie ich mich fühle, wenn sich meine eigene Tochter Tag für Tag in meinem Restaurant abmüht, damit wir über die Runden kommen?«

»Das *Crab Inn* ist nicht nur dein Restaurant, Dad, sondern gehört auch Mom und mir«, hielt Brooke ihm vor. »Ich arbeite gerne dort und stecke alle meine Energien hinein, weil ich das will. Du kannst es nicht verkaufen, und dann müssen wir alle zusehen, wie es abgerissen wird!«

Sein Kopf sackte ein Stück nach vorne. »Versteh doch, Brooke. Deine Mutter ist krank und muss ständig ins Krankenhaus. Ich bin nicht mehr der Jüngste und möchte halbwegs sorgenfrei in Rente gehen.«

»Aber deshalb kannst du doch nicht das Restaurant verkaufen!«, wehrte Brooke ab.

»Es ist ein gutes Angebot, Brooke«, erwiderte ihr Vater mürrisch. »Wenn ich es an diesen Investor verkaufe, können wir das Haus halten und müssen uns keine allzu großen Sorgen mehr machen.«

Fassungslos schüttelte Brooke den Kopf. »Noch vor Kurzem hast du dich gegen jede meiner Ideen mit Händen und Füßen gewehrt, Dad. Du hattest immer etwas dagegen einzuwenden, dass ich mehr Touristen zu uns locken wollte. Und jetzt erzählst du mir plötzlich, dass es es dir lieber ist, wir verkaufen das *Crab Inn* einfach? Ich verstehe das nicht.«

»Ich kann doch nicht guten Gewissens zusehen, wie meine Tochter …«

Mit lauter Stimme protestierte Brooke. »Dad, lass mich da bitte raus! Ich bin erwachsen und kann meine eigenen Entscheidungen treffen.«

Nach einem winzigen Augenblick widersprach ihr Dad düster: »Dein Leben lang wolltest du Journalistin werden, Brooke. Es war nie die Rede davon, dass du das *Crab Inn* einmal übernimmst – und daraus habe ich dir auch nie einen Vorwurf gemacht. Warum pochst du jetzt so darauf, das Restaurant zu behalten?«

Brooke fuhr sich über die Lippen und drehte den Kopf nach rechts, um aus dem Autofenster in die dunkle Nacht zu schauen. Da sie nicht wusste, was sie hätte erwidern sollen, schwieg sie.

Den restlichen Weg bis zum *Crab Inn* sagte keiner von ihnen ein Wort.

12

Brooke trat gerade auf den Parkplatz des *Crab Inn*, um die letzten Einkäufe aus dem Kleinlaster zu holen, als ein SUV den Weg zum Restaurant entlangkam. Er kam ihr ziemlich bekannt vor. Das konnte doch nicht …?

Für einen kurzen Moment blieb ihr das Herz stehen. In einer Mischung aus Hoffnung, Verärgerung und Misstrauen beobachtete sie, wie der SUV direkt neben dem Kleinlaster parkte, und hörte eine Sekunde später, wie der Motor abgestellt wurde.

Sie beschloss, dass das Gemüse noch ein paar Minuten im Auto bleiben konnte, und schlug die Tür ihres Wagens zu. Abwehrend verschränkte sie die Arme vor der Brust und ging betont gemäßigten Schritts um ihr Auto herum, um Drew dabei zu beobachten, wie er aus seinem Geländewagen stieg und grüßend die Hand hob.

»Guten Morgen, Brooke.«

Ihre Antwort bestand aus einem undefinierbaren Geräusch, das überdecken sollte, wie verwirrt sie war, ihn hier zu sehen.

Obwohl sie eine abweisende Miene aufgesetzt hatte, hüpfte ihr Magen vor Aufregung auf und ab. Drew blieb in lässigen

Jeans, Sneakers und einem dünnen Kapuzenpullover vor ihr stehen. Seine Augen funkelten im Sonnenschein dieses klaren Montagmorgens hellgrün, seine blonden Haare waren ungewöhnlich zerzaust. Fast hätte sie die Hand gehoben, um ihm eine vorwitzige Strähne aus der Stirn zu wischen.

Trotzdem schenkte sie ihm einen unfreundlichen Blick. »Was willst du denn hier?«

Räuspernd und in keiner Weise eingeschüchtert grinste er und nickte über das Dach des SUVs hinweg zu dem Mann, den Brooke erst jetzt bemerkte und der mit einem Handy am Ohr aus dem Auto stieg.

Verwirrt beobachtete Brooke, wie der kahlköpfige Mann, der nicht viel größer war als sie selbst, das Telefonat beendete und schwer seufzte, bevor er um den Wagen herumkam und ihr wie selbstverständlich die Hand hinhielt.

»Hallöchen. Sie müssen Brooke sein, nicht wahr? Ich bin Stuart. Drew hat mir auf dem Weg von Boston hierher Ihretwegen beinahe ein Ohr abgekaut.« Er legte den Kopf schief und hielt ihre Hand in seiner fest. »Wie ich hörte, gibt es bei Ihnen das beste Essen von ganz Maine. Meine Grandma kam aus Augusta und hat mich regelmäßig mit Clam Chowder und Shepherd's Pie versorgt. Und Drew verspricht mir jetzt, dass Ihre Gerichte genauso gut, wenn nicht sogar noch besser schmecken.«

Sprachlos zwinkerte Brooke angesichts der Euphorie des völlig fremden Mannes, der ihre Hand noch immer nicht losgelassen hatte. Fragend drehte sie den Kopf in Drews Richtung und räusperte sich bedeutungsvoll: »Drew?«

Sehr viel ruhiger als der aufgedrehte Mann namens Stuart entgegnete er: »Stuart ist Regisseur.«

Ihre Augenbrauen wanderten bis zum Anschlag nach oben. »Und das interessiert mich … *weil?*«

Drew verzog seine Lippen zu einem schwachen Lächeln, während er zögernd die Hände hob. »Weil wir hier im *Crab Inn* gern die erste Folge der neuen TV-Show drehen würden – mit dir.«

Abrupt entzog sie dem Regisseur die Hand, der sich trotzdem fröhlich hin und her wiegte und gleichmütig fragte: »Sollen wir das Ganze bei einem Kaffee besprechen?«

Brooke hätte lieber einen Schnaps getrunken. Der heiße Kaffee wäre allerdings geeigneter, um ihn Drew über den Kopf zu gießen, sagte sie sich und meinte zuckersüß: »Aber gern. Kommen Sie doch schon einmal herein.«

Wenige Minuten später fand sie sich im Gastraum des *Crab Inn* mit den beiden Männern wieder und nippte an einem schwarzen Kaffee, während sie noch überlegte, wer der größere Idiot war, sie oder Drew. Sie hätte gleich wissen müssen, dass er nichts Gutes im Schilde führen konnte, wenn er hier am Ruhetag auftauchte. Sobald sie seinen SUV bemerkt hatte, hätte sie Lunte riechen müssen. Aber glaubte er wirklich, er könne ihr Honig ums Maul schmieren, wenn er hier mit irgendwelchen Regisseuren auftauchte? Und warum hatte sie die beiden überhaupt reingelassen, ja, sie sogar freiwillig eingeladen?

Diesen Aussetzer konnte sie wirklich nur der Tatsache zuschreiben, dass sie in Drew verliebt sein musste. Anders war so viel Dummheit nicht zu entschuldigen. Sie fragte sich, was Drews Entschuldigung wohl sein mochte.

»Wir haben uns das folgendermaßen vorgestellt: Sie werden mit Drew zusammen in Ihrer Küche stehen und einige Ihrer wunderbaren Gerichte kochen, während Sie beide dem Publikum erklären, was dieses Gericht ausmacht, woher es stammt, warum es so beliebt ist und wie man es am besten zubereiten kann.«

Brooke brauchte einen Moment, um zu begreifen, was Stuart ihr da vorschlug. Sie sollte tatsächlich vor laufenden Kameras mit Drew kochen? Für eine Fernsehshow? Das konnte nicht sein, das fantasierte sie nur.

Kopfschüttelnd wehrte sie ab. »Ausgeschlossen! Da mache ich nicht mit. Ich kann an keiner TV-Show teilnehmen.«

Stuart schaute sie irritiert an. »Aber warum denn nicht, meine Liebe?«

Aufgeregt fuchtelte sie mit beiden Händen herum. »Weil ich schüchtern bin und ...«

Drews lautes »Pfff« brachte sie aus dem Konzept: »Was ist denn gerade so komisch?!«

»Schüchtern?« Seine Schultern zuckten vor unterdrücktem Lachen. »Seit wann bist du denn bitte schüchtern?«

Beinahe hätte sie gefaucht, zwang sich jedoch dazu, würdevoll zu erwidern: »Es ist schließlich etwas völlig anderes, vor einer Kamera zu stehen als ... als ...«

»Als was?«, hakte Drew belustigt nach.

Sie stand kurz davor, ihm tatsächlich ihren heißen Kaffee über den Kopf zu gießen, und öffnete den Mund, um ihm eine Abfuhr zu erteilen, die sich gewaschen hatte, als Stuart sie tröstend unterbrach. »Darum müssen Sie sich keine Sorgen machen«, rief er fröhlich und tätschelte ihr die Hand. Der Mann, der eindeutig schwul war, hatte keinerlei Berührungsängste. Da er tatsächlich unglaublich nett und sympathisch war, fiel es Brooke wirklich schwer, ihm einen Korb zu geben.

Deswegen widersprach sie nur schwach: »Ich wüsste überhaupt nicht, was ich vor der Kamera tun sollte.«

Drew mischte sich sofort ein: »Da sind wir schon zu zweit. Zusammen kriegen wir das hin, Brooke.«

Sie ignorierte ihn und sah stattdessen Stuart an. »Ich bin ja nicht einmal eine richtige Köchin!«

Stuart schnalzte mit der Zunge. »Ihre Qualifikation steht außer Frage, meine Liebe. Darum müssen Sie sich nun wirklich keine Sorgen machen.«

»Aber …«

»Du schmeißt das *Crab Inn* völlig allein«, argumentierte Drew gelassen. »Wer das schafft, sollte doch vor einer TV-Show nicht davonlaufen.«

Ihre Augen zogen sich zu Schlitzen zusammen. Auch wenn sie Skrupel hatte, Stuart eine Absage zu erteilen, fiel es ihr bei Drew weitaus weniger schwer. »Diese TV-Show ist doch rein deine Idee, Drew! Und überhaupt …« Ihre Stimme nahm einen abfälligen Klang an. »Was haben das *Crab Inn* und ich mit deiner TV-Show zu tun? Warum sollte ich mitmachen und euch erlauben, hier bei uns zu drehen?«

»Weil es die beste Werbung ist, die du bekommen kannst«, entgegnete der nervige Typ mit dem magnetischen Blick schlicht.

Sie wusste, dass er recht hatte und dass es einem wirtschaftlichen Selbstmord gleichkam, dieses fantastische Angebot abzulehnen. Danach hätte selbst ihr Dad keinen Grund mehr, das *Crab Inn* zu verkaufen. Doch Drew hier zu haben war nicht gut für ihren Seelenfrieden.

Nur, durfte das eine Rolle spielen? Wenn er ihr die Gelegenheit, das *Crab Inn* zu retten, quasi auf dem Silbertablett präsentierte? Wäre es dann nicht ihre Pflicht, die Zähne zusammenzubeißen und die Nähe zu Drew zu ertragen? Gleichzeitig drängte sich die Frage auf, warum *er* das tat. Was hatte *er* davon, im *Crab Inn* mit ihr seine Sendung zu drehen?

Stuart schien zwischen ihnen vermitteln zu wollen, da er schwärmerisch hervorhob: »Ich liebe Ihr Restaurant, Brooke. Unsere Zuschauer werden ganz begeistert sein und sich Hals über Kopf in diesen urigen Charme verlieben. Nach der Show werden Sie sich vor Gästen nicht mehr retten können.«

Ihr rechtes Augenlid begann zu zucken, denn die Aussicht auf neue Gäste, die in Scharen ins *Crab Inn* strömen würden, war verlockender als zwei Jahre kostenlose Erdbeermilch.

»Außerdem haben Sie mein Versprechen, dass wir Sie und Drew im besten Licht präsentieren werden. Sie bekommen das Material, bevor es gesendet wird. Einen Vertrag werden wir natürlich auch aufsetzen und Ihnen ein Honorar bezahlen. Dies wird keine Show, in der Restaurants aufs Übelste getestet und vorgeführt werden. Uns geht es um das Ambiente Ihres Restaurants und um den Charme traditioneller amerikanischer Küche.«

Brooke holte tief Luft. »Wenn es Ihnen um die Küche und das Ambiente geht, muss ich nicht zwangsläufig vor der Kamera stehen«, machte sie einen neuen Versuch, sich herauszureden. »Wieso wollen Sie das überhaupt?«, fragte sie Stuart.

Lächelnd nickte er Drew zu. »Weil *er* das so will.«

Verwirrt und betroffen zugleich schaute Brooke zu Drew hinüber. Er zuckte mit den Schultern, hielt lässig ihrem Blick stand und nahm einen Schluck aus seiner Kaffeetasse.

Mit dieser Information konnte Brooke überhaupt nichts anfangen, und sie rätselte noch darüber nach, wie sie sich verhalten sollte, als Stuarts Handy klingelte und der Regisseur wie von der Tarantel gestochen aufsprang, sich mit einer Geste entschuldigte und nach draußen eilte.

Drew und Brooke ließ er allein zurück.

Da ihr eine Frage auf den Nägeln brannte, rutschte sie kurz auf ihrem Stuhl hin und her, bevor sie die Schultern straffte. »Hast du mir nicht gesagt, du willst diese TV-Show nicht machen?« Ihre Stimme troff vor Ironie.

Sein Blick war absolut offen, als er gestand: »Ja, das habe ich gesagt, und es war mein voller Ernst.«

»Und warum sitzt du dann hier? Mit einem Regisseur im Schlepptau, während wir darüber reden, wie diese Folge aussehen soll?« Ihrer Empörung machte sie Luft, indem sie ein wenig damenhaftes Schnauben von sich gab.

Er schluckte. »Ich mache das deinetwegen, Brooke.«

Sie zuckte zurück. »Was?«

»Du hast richtig gehört.« Seine Hände umspannten die Tasse fester. »Du hast mir ziemlich viele Sachen an den Kopf geknallt – einschließlich des Vorwurfs, dass ich mich über das *Crab Inn* lustig gemacht hätte. Das habe ich nicht. Niemals.«

Sie runzelte die Stirn. »Aber ...«

»Damit du mir glaubst, habe ich dieser TV-Show unter der Bedingung zugestimmt, dass sie die erste Folge in deinem Restaurant drehen und du an meiner Seite zu sehen bist.« Er seufzte und lächelte schwach. »Immerhin bist du diejenige gewesen, die mich dazu gebracht hat, die Küche Neuenglands auszuprobieren.«

Brooke hatte das Gefühl, von einem Lastwagen überrollt zu werden.

Fassungslos lehnte sie sich auf ihrem Stuhl zurück. Der Wunsch, ihm zu glauben, wurde von Sekunde zu Sekunde größer. Doch die Furcht, noch einmal enttäuscht zu werden, ließ sich nicht so schnell vertreiben.

»Denkst du wirklich, dass ich dir so einfach glauben kann, Drew?«

Niedergeschlagen schüttelte er den Kopf. »Nein, natürlich nicht, aber ich hoffe, dass du irgendwann meine ehrlichen Absichten erkennst. Die Fernsehshow sollte ein guter Anfang sein.«

Eine Fernsehshow.

Sie schluckte und senkte den Kopf. Nachdenklich betrachtete sie die uralte Tischplatte, konzentrierte sich auf das Muster des Holzes und sagte sich, dass sie verrückt sein musste. Wahnsinnig. Durchgedreht. Nicht mehr Herr ihrer Sinne.

Sie nickte. »Okay, ich mache mit.« Um ihm zu verdeutlichen, dass es hier um ihr Restaurant und nicht um ihn ging, hob sie den Kopf und fixierte ihn streng. »Das *Crab Inn* braucht mehr Gäste. Allein deshalb mache ich mit.«

Einen kurzen Augenblick blitzte Enttäuschung in seiner Miene auf, bevor er stoisch nickte. »Okay.«

»Wann wollt ihr drehen?«

Drew grinste schwach. »Heute.«

»Heute!« Brooke fuhr auf und dachte daran, dass sie schrecklich aussah, zum Friseur musste, nichts zum Anziehen hatte und generell Vorbereitungszeit brauchte. Kopfschüttelnd wehrte sie ab: »Das geht nicht! Nicht heute!«

»Wieso nicht? Ihr habt doch Ruhetag?«

Sie schnappte wie ein Fisch auf dem Trockenen nach Luft. Ihre Gründe gingen ihn schließlich nichts an. Also schob sie das Restaurant vor. »Weil ich die Küche erst einmal von Grund auf putzen und den Gastraum herrichten müsste! Weil ...«

»Brooke, bei dir kann man vom Boden essen«, warf er ein und machte eine wegwerfende Geste mit der Hand, die sie normalerweise aufgebracht hätte, wenn sein Kompliment sie nicht dermaßen erfreut hätte.

Mit beiden Händen fuhr sie sich über das Gesicht. »Was tust du mir hier an?«

»Ich wusste, dass dir meine Idee gefallen würde«, lautete seine Antwort.

Allzu gerne hätte sie ihm gehörig die Meinung gesagt, aber in diesem Moment kam Stuart wieder in den Gastraum und fragte herzlich: »Wie ist der Stand der Dinge?«

»Brooke macht mit«, antwortete Drew an ihrer Stelle. »Sie ist restlos begeistert.«

Darauf erwiderte sie nichts, sondern schenkte Drew stattdessen einen Blick, der Mord und Verdammnis versprach.

»Mir wurde gerade gesagt, dass man nicht vergessen soll, das Mikrofon auszustellen, wenn man aufs Klo geht. Das könnte sonst peinlich werden. Ich dachte, ich warne dich lieber vor.«

Mit zitternden Knien stand Brooke mitten in ihrer Küche, die in den letzten drei Stunden zu einem Filmstudio umfunktioniert worden war, und fummelte mit ebenfalls zitternden Fingern an dem Mikrofon herum, das der Tontechniker vor einigen Minuten am Kragen ihrer Kochjacke angebracht hatte.

Ihre Sorge war nicht, dass das Aufnahmeteam gegebenenfalls hören konnte, wie sie pinkelte, sondern dass sie sich in Kürze vor den Augen aller Anwesenden übergeben musste. Am Rande eines Nervenzusammenbruchs fragte sie sich, warum sie so etwas machte. Wenn sie ins Fernsehen wollte, hätte sie sich ein nuttiges Kleid anziehen und bei einer dieser Castingsendungen teilnehmen sollen, die ihre Mom so gerne sah – dann hätte wenigstens die was davon. Dafür musste sie nicht mit ihrer Kochjacke bekleidet in der Küche des *Crab Inn* stehen und sich bis auf die Knochen blamieren.

»Du hättest mich lieber vorwarnen sollen, dass du mit mir eine Kochshow drehen willst«, erwiderte sie in der Absicht, ihn abzukanzeln. Allerdings merkte sie selbst, dass ihre zittrige Stimme einen eher bemitleidenswerten Eindruck machte.

Drew seufzte leise. »Wenn du es nicht machen willst, Brooke, dann lassen wir es lieber.«

»Das sagst du mir jetzt?«, fragte sie scherzhaft und schnitt eine Grimasse. Ihre Finger gehorchten ihr immer noch nicht. Vor Drew wollte sie nicht wie ein nervöses und bemitleidenswertes Wrack dastehen. Warum konnte sie nicht gelassen, extrem cool und professionell erscheinen? Wie er?

»Lass mich mal«, murmelte er und schob ihre Finger zur Seite, um das Mikrofon an ihrem Kragen zu richten.

Brooke hielt den Atem an und blieb still stehen, während seine eleganten Finger, die sie bei so vielen Gelegenheiten beobachtet hatte, das Mikrofon befestigten und mit den Knöcheln über ihr Kinn streiften. Die Berührung jagte ein Prickeln über ihre Haut.

Sie fühlte seine Augen auf ihrem Gesicht ruhen und senkte absichtlich den Blick, um ihn nicht anschauen zu müssen. Stattdessen fixierte sie seinen Hals direkt vor ihrer Nase.

Dieser Tag würde eine Katastrophe werden, sagte sie sich. Sie konnte fühlen, wie ihr Magen fröhlich Achterbahn fuhr.

»Nervös?«

Sie schluckte die aufsteigende Magensäure hinunter und reagierte auf seine Frage mit einer Gegenfrage. »Und du?«

»Ich mache mir gleich in die Hose«, erwiderte er inbrünstig und zog langsam seine Hände zurück.

Brooke ignorierte das leere Gefühl, das in ihr hochkam, als sie die Berührung seiner Finger nicht mehr spürte, und entgegnete schwach: »Wirklich?«

»Hmm. Wie wäre es mit einem Aufmunterungskuss?«

Augenblicklich fuhr ihr Kopf in die Höhe und sie maß ihn kritisch. Ihr Herz begann in einem raketenartigen Tempo zu schlagen.

»Untersteh dich«, warnte sie ihn und wäre doch beinahe dahingeschmolzen, als sein Grübchen sichtbar wurde.

Glücklicherweise unterbrach der Kameramann ihr Geplänkel, weil er mit ihnen eine Lichtprobe machen wollte. Es folgten diverse Anweisungen, erste Aufnahmen aus unterschiedlichen Perspektiven, Testfotos, Standbilder und schließlich eine Einweisung des Regisseurs, während die Visagistin damit beschäftigt war, Drew und Brooke noch einmal abzupudern.

Brooke kam sich vor wie in einem Film, während sie neben Drew stand und den Impuls unterdrücken musste, nach seiner Hand zu greifen. Die vielen Anweisungen des Regisseurs, wo sie hinsehen sollte und dass sie ihnen nicht den Rücken zudrehen sollte, verschwammen hinter ihrer Stirn zu einem riesigen Kuddelmuddel. Vor lauter Aufregung war ihr ganz schlecht. Ganz sicher würde sie sich bereits in der ersten Szene den Daumen amputieren, ohnmächtig werden und die Küche vollbluten. Oder sie würde sich blamieren, weil ihr Kopf wie leergefegt war und ihr die einfachsten Rezepte nicht mehr einfielen. Oder sie würde die halbe Zeit nur dumm grinsend in die Kamera starren und sähe dabei mindestens so debil aus wie Glen. Oder …

Bevor sie das Ganze doch noch absagen konnte, klatschte Stuart in die Hände, worauf das Team, das aus drei Kameramännern, zwei Tontechnikern, einem Produktionsleiter, Stuart, der Visagistin und gefühlten zehn Assistenten bestand, in alle Himmelsrichtungen flitzte.

Brooke blieb gar keine Zeit, um über irgendetwas nachzudenken, da der Produktionsleiter sie und Drew auf ihre Plätze hinter die eigens aufgebaute Kücheninsel schob.

Im Licht der grellen Scheinwerfer begann sie zu schwitzen und näherte sich unwillkürlich Drew, obwohl der doch die Schuld an diesem Fiasko hier trug.

»Die Kameras laufen«, verkündete Stuart fröhlich. »Fangt an und seid ganz natürlich. Viel Spaß!«

Ganz natürlich? Spaß? Für Brooke sah Spaß völlig anders aus, dachte sie panisch, als sie mit einem eingefrorenen Lächeln in die Kamera sah und keine Ahnung hatte, was sie nun tun sollte.

Glücklicherweise wusste wenigstens Drew, wie er beginnen sollte.

»Hallo zusammen. Mein Name ist Drew Knight und neben mir sehen Sie Brooke Day, die Küchenchefin des *Crab Inn*, in dem wir uns hier befinden. Heute können Sie uns über die Schulter schauen, wenn wir ein typisches Drei-Gänge-Menü der Küche Neuenglands zubereiten. Falls Sie sich fragen, wo wir uns hier genau befinden, freue ich mich, Ihnen das *Crab Inn* näher vorzustellen, das mit Abstand beste Restaurant in ganz Maine. Es liegt nur wenige Minuten von Sunport entfernt und darf sich über eine fantastische Lage direkt am Meer freuen. Deshalb können Sie sich heute auch auf eine aromatische Hummersuppe und auf eine großartige Krabbenpastete gefasst machen, beides selbstverständlich aus fangfrischen Meerestieren. Zum Dessert wird es zwar keinen Fisch, jedoch ein typisch amerikanisches Gericht geben – nämlich einen Blaubeerkuchen aus einem Teig aus Maismehl und mit Pekannüssen garniert. Ich schwöre Ihnen, dass Ihnen spätestens beim Anblick dieses Kuchens das Wasser im Mund zusammenläuft und Ihr nächster Ausflug Sie nach Maine zum *Crab Inn* führen wird.« Endlich holte er Luft und wandte sich an Brooke, um mit größter Liebenswürdigkeit zu fragen: »Warum rede eigentlich nur ich, Brooke? Immerhin ist das hier deine Küche und wir kochen deine Gerichte.«

Ohne nachzudenken, drehte sie ihm das Gesicht zu und erwiderte mit beißendem Humor: »Und warum tust du so, als wäre es etwas Neues, dass nur du redest? Eigentlich kenne ich das von dir nicht anders, Drew.«

Erschrocken blinzelte sie, als sie bemerkte, was sie gerade vor laufenden Kameras vom Stapel gelassen hatte. Schon wollte sie Stuart bitten, die Aufnahme zu stoppen, als Drew ihr aufmunternd zuzwinkerte und beim Lächeln sein Grübchen präsentierte.

»Nun gut, Chefin. Sag du mir einfach, womit ich anfangen soll. Währenddessen könntest du unseren Zuschauern erklären, was die Küche Neuenglands ausmacht.«

Jetzt hatte sie den Salat. Eigentlich hatte sie gehofft, sich im Hintergrund halten zu können, während Drew den Showmaster gab.

Lässig nickte sie jedoch, schaute in die Kamera und trat Drew unbemerkt von allen anderen auf den Fuß.

Leider schien Drew diesen tätlichen Angriff kommentieren zu wollen, da er sie empört fragte: »Hast du mir gerade etwa auf den Fuß getreten?«

Brooke nickte freundlich, sah weiterhin in die Kamera und lächelte breit. »Ja, das habe ich. Mach dich bitte nützlich und beginn schon einmal damit, die Zutaten für die Hummersuppe vorzubereiten. Diese sollte nämlich mindestens zwei Stunden ziehen, um ihren vollen Geschmack zu entfalten. Und wenn du damit fertig bist, kannst du dich um den Teig für den Kuchen kümmern.«

»Und was machst du in der Zwischenzeit?«

Mit einem zuckersüßen Lächeln erklärte sie in die Kamera: »Ich mache das, was Küchenchefs so tun – ich schwinge große Reden und mache mich wichtig.« Sie schenkte ihm einen auffordernden Blick. »Die Hummersuppe wartet, Drew.«

»Jawohl, Chefin.« Er deutete einen Salut an und begann damit, die Zutaten wie Fenchel, Staudensellerie, Zwiebeln, Tomaten und Weißwein auf der Kücheninsel bereitzulegen, während Brooke tief Luft holte, um ihre zittrigen Nerven zu beruhigen.

Anschließend erläuterte sie den Zuschauern die Besonderheiten ihrer Hummersuppe. Drew stand schweigend neben ihr und führte jeden Handgriff aus, den sie ihm auftrug.

Das Verarbeiten des Hummers übernahm sie jedoch selbst und brach die einzelnen Teile des Krustentieres unter den wachsamen Augen ihres aktuellen Souschefs aus. Dass er so dicht neben ihr stand, machte sie noch nervöser als die Kameras. Glücklicherweise unterlief ihr kein einziger Fauxpas, als sie das zarte Hummerfleisch aus den Scheren löste: sie wäre vor Scham gestorben, wenn Teile der roten Hummerschale durch die Küche geflogen wären.

»Gelernt ist gelernt«, kommentierte Drew. »Allerdings macht es mich ein wenig nervös, wenn eine Frau dermaßen effizient einen Hummer zerlegen kann.«

Brooke spürte, dass ihre Wangen erröteten. Möglichst gelassen erwiderte sie: »Mein Großvater war Hummerfischer, das liegt mir im Blut.« Frech blinzelte sie zu ihm hoch und schaute ihm direkt in die grünen Augen. »Wie sieht es mit einem Großstadtsnob wie dir aus? Traust du dich denn, einen Hummer auszunehmen?«

Sein Gesicht begann zu glühen. Vor Freude? Sie wusste es nicht, weil er gelassen erwiderte: »Willst du es mich wirklich versuchen lassen?«

»Klar.« Brooke zuckte mit den Schultern und schob den zweiten gekochten Hummer zu ihm hinüber. »Wenn du es vermasselst, wäre es nicht schlimm, schließlich haben wir ja noch das Fleisch vom ersten Hummer.«

»Vielen Dank«, gab er mit einem ironischen Ächzen zurück und verdrehte kunstvoll die Augen. »Das Vertrauen, das du mir schenkst, ehrt mich wirklich!«

Das Bedürfnis, ihn zu necken, wurde immer größer, weshalb sie belustigt zuschaute, wie er den bedauernswerten Hummer auseinandernahm. »Außerdem darfst du dich ein wenig beeilen«, merkte sie an, während er sich mit der ersten Schere abmühte. »Unsere Zuschauer haben nicht ewig Zeit und wollen sicher nicht verhungern.«

Als er die Nase rümpfte, hätte Brooke am liebsten laut aufgelacht. »Du bist ganz schön autoritär«, klagte er.

»In meiner Küche herrschen Zucht und Ordnung.« Auch sie rümpfte die Nase, grinste dabei jedoch breit. »Hier reicht es nicht, einfach nur hübsch und charmant zu sein, Mr. Knight.«

Selbstverständlich fuhr sein Kopf sofort zu ihr herum. Verdutzt wollte er wissen: »Heißt das, dass du mich für hübsch und charmant hältst, Miss Day?«

Brooke gab keine Antwort, sondern deutete nur auf den Hummer. »Du beeilst dich besser, sonst ist die Sendung gleich zu Ende. Und denk dran, den Kuchenteig musst du auch noch zubereiten.«

»Bist du sicher, dass wir nicht noch beim Aufräumen helfen sollen?«

Drew schüttelte den Kopf, lächelte Stuart an und nickte zu einem der Autos der Produktionsfirma hinüber: »Es ist ja nicht mehr viel zu tun. Den Rest machen Brooke und ich gleich zusammen. Fahrt ihr lieber los, damit ihr nicht erst mitten in der Nacht in Boston ankommt. Es war ein langer Tag.«

Der sympathische Regisseur nickte erschöpft und fuhr sich mit einer Hand über das Gesicht. »Das ist nett von euch. Dann warte ich jetzt nur noch, bis das restliche Equipment verstaut ist. Morgen bringe ich das Material in die Redaktion und setze mich in den nächsten Tagen dran. Ich schätze, dass die Außenaufnahmen reichen, aber eventuell müssten wir noch einmal zurückkommen, falls etwas fehlt. An nur einem Tag hat man leider nicht so viel Zeit, wie man normalerweise für eine einstündige Sendung braucht.«

Da Drew seit dem Dreh unverschämt gute Laune hatte, nickte er nur fröhlich. »Ich schätze, dass es Brooke nichts ausmachen wird, wenn ihr noch mal vorbeischaut. Seit du dir nach dem Essen die Finger abgeleckt und sie gebeten hast, dich zu heiraten, könnte sie dir sowieso keine Bitte abschlagen.«

Stuart seufzte bedauernd. »Du kannst ihr ausrichten, dass ich es niemals zuvor bedauert habe, schwul zu sein – bis ich ihren Kuchen essen durfte. Er alleine ist es wert, noch einmal über meine sexuelle Orientierung nachzudenken.«

Drew grinste. Er mochte den Regisseur. Vielleicht auch deswegen, weil der glücklicherweise keine Bedrohung darstellte, was seine Ansprüche auf Brooke anging. Sein Grinsen vertiefte sich, als er daran dachte, mit welcher Leichtigkeit sie ihren ersten Fernsehdreh gepackt hatte.

Stuart deutete sein Grinsen ganz richtig, da er plötzlich ernst versicherte: »Du kannst ihr ausrichten, dass sie heute wunderbar war. Ihr beide wart wunderbar und unglaublich witzig. Manchmal hatte ich Sorge, dass wir den Dreh abbrechen müssten, weil das Team kurz vor einem Lachanfall stand. Die Produzenten werden begeistert sein.«

Drew glaubte sofort, dass das keine leeren Worte waren. Immerhin hatte auch er den Spaß seines Lebens gehabt, obwohl Brooke ihn ständig gefoppt hatte. Außerdem waren zwischen ihnen die Funken geflogen – und wie!

Eines war sicher: Eine langweilige Kochshow würde es nie werden.

»Also kann ich davon ausgehen, dass sie das senden werden?«

»Ich bin mir da sogar sehr sicher«, erwiderte Stuart mit einem Zwinkern und gab einem Mitglied seines Teams ein Zeichen, den Rest der Ausrüstung in den größeren Wagen zu packen. »Und danach bestellen sie bestimmt eine komplette Serie. Beinahe sehe ich es schon vor mir: Knight and Day – das neue Traumpaar am Kochshow-Himmel!«

»Knight and Day?« Drew verschluckte sich beinahe an einem Lachen. »Das klingt ...«

»Genial«, unterbrach Stuart ihn mit einem seligen Ausdruck im Gesicht, bevor er bedeutungsvoll mit der Zunge schnalzte. »Sag mir Bescheid, wenn ich eure Hochzeit filmen soll.«

Drew schob das Kinn vor und deutete mit dem Daumen hinter sich. »Die Interstate ist um diese Zeit ziemlich überfüllt. Ihr solltet lieber losfahren.«

Glücklicherweise verstand Stuart den Wink mit dem Zaunpfahl und sammelte sein Team ein, das sich nach einem kurzen Abschied auf die Autos verteilte und davonbrauste.

Drew fuhr sich ebenfalls erschöpft durchs Haar und drehte sich zum *Crab Inn* um. In den letzten Minuten hatte er Brooke aus den Augen verloren, jetzt wollte er sich auf die Suche nach ihr machen. Sein Handy klingelte.

Entnervt angelte er es aus seiner Hosentasche und ließ den Kopf in den Nacken fallen, als er Daisys Nummer sah.

Trotzdem, da sie es auf die Schnelle geschafft hatte, diesen Dreh zu organisieren, und er ihr zu verdanken hatte, dass er seine Idee hatte umsetzen können, schuldete er ihr was. Er nahm den Anruf an. In der nächsten Sekunde drang ihre aufgeregte Stimme durch den Hörer.

»Und? Wie ist es gelaufen? Hat Brooke zugestimmt? War der Regisseur so nett, wie man es uns zugesagt hatte?«

Nachdem Drew kurz durchgeatmet hatte, betrachtete er den Himmel über sich, der am sommerlichen Abend eine Färbung im schönsten Rosa angenommen hatte. Wenn er zum Meer schaute, verschwand der Horizont bereits in einem dämmrigen Licht, doch in der entgegengesetzten Richtung waren noch einige Sonnenstrahlen zu sehen. Dazwischen glühte ein rosafarbener Schein auf, der sich wie eine gemütliche Decke über das Land legte.

»Sag jetzt bitte nicht, dass es nicht geklappt hat, Andrew!«

»Alles hat wunderbar geklappt«, erwiderte er mit einem ehrlichen Lächeln. »Brooke musste zwar erst mal überredet werden, aber die Aufnahmen sind toll geworden. Der Regisseur ist sich absolut sicher, dass die Produzenten es lieben.«

Seine Tante stieß einen triumphierenden Laut aus. »Habe ich es dir nicht gesagt? Diese Show wird großartig! Und du hast dich so sehr dagegen gewehrt«, tadelte sie, wenn auch nicht allzu streng. »Sei nur froh, dass du es nicht im Nachhinein bereuen musstest! Zum Glück bist du noch zur Vernunft gekommen.«

Drew sagte ihr nicht, dass er der dusseligen TV-Show nur zugestimmt hatte, weil er Brooke etwas beweisen wollte. Wenn es nach ihm ginge, würde er sich noch heute mit Füßen und Händen gegen sein Engagement in einer Kochsendung wehren. Er hatte lediglich ein Zeichen setzen wollen, dass Brooke mit ihren Vorwürfen unrecht hatte. Nur ihretwegen hatte er sich auf diese Show eingelassen.

In seinen bisherigen fünfunddreißig Jahren hatte er niemals eine ernsthafte Beziehung geführt und sich nun nach nur zwei Wochen Hals über Kopf in eine Frau verliebt, für die er sich freiwillig zum Clown machte. Ihm war es wichtiger, Brooke zufrieden und glücklich zu sehen, als mit einem Michelin-Stern ausgezeichnet zu werden. Sobald diese lockenköpfige Frau in sein Leben gestolpert war und ihn einen Großstadtsnob geschimpft hatte, hatten sich seine Prioritäten verschoben.

Langsam senkte er wieder den Kopf und nahm am Strand eine Gestalt wahr, die sich an den Rand der Dünen setzte und aufs Meer starrte. Angesichts der zierlichen Gestalt und der wilden Locken wusste er sofort, dass es Brooke war.

»Hör zu, Daisy«, murmelte er mit einem Kloß im Hals. »Ich muss jetzt Schluss machen. Danke noch einmal für die Organisation des Drehs. Ich melde mich morgen oder so.«

Die Erwiderung seiner Tante unterbrach er, indem er einfach auflegte. Anschließend holte er tief Luft, atmete die salzige Meeresluft ein und machte sich langsam auf den Weg zum Strand.

Sie schien ihn sofort zu bemerken, als er die steilen Holzstufen hinunterkletterte, und beobachtete ihn, wie er durch den Sand zu ihr watete.

Drew sagte nichts, als er sich neben sie in den Sand setzte, so nah, dass sich ihre Hüften berührten.

Anstatt sie anzusehen, schaute er aufs Meer hinaus und beobachtete die kleinen Wellen, die gemächlich an den Strand schlugen.

Normalerweise war er nie um ein Wort verlegen, doch hier und jetzt klebte ihm nicht nur die Zunge am Gaumen – er wusste auch nicht, wie er Brooke sagen sollte, dass er sie bei sich haben und nicht mehr verlieren wollte.

Zu seinem Glück musste er sich jedoch keine Gedanken darum machen, wie er ein Gespräch anfangen sollte, da sie den

Kopf gegen seinen Oberarm schmiegte und flüsterte: »Bist du böse auf mich?«

Als er den Kopf in ihre Richtung drehte, bemerkte er nicht nur, dass sein Herz wie wild schlug, sondern auch, wie ihn ihre Locken am Kinn kitzelten.

»Böse? Wieso sollte ich böse auf dich sein?«

Sie sah ihm direkt in die Augen und brachte ihn mit diesem unendlich offenen Blick beinahe um.

»Ich habe dich vor laufender Kamera einen Großstadtsnob genannt. Sogar mehrmals.«

Drew glaubte, verrückt zu werden, wenn er sie nicht berührte. Also streckte er seine rechte Hand aus und legte sie auf Brookes Wange, die zart errötet war. Mit einer Stimme, die selbst in seinen Ohren wahnsinnig heiser klang, versicherte er ihr: »Du weißt doch, dass ich es liebe, wenn du mich einen Großstadtsnob nennst.«

»Weiß ich das?«, murmelte sie zurückhaltend, schmiegte ihre Wange jedoch in seine Hand. »Woher soll ich das wissen? Du hast nie etwas gesagt.«

Seine Brust hob und senkte sich nervös, während er nach den passenden Worten suchte.

»Brooke ...« Er schluckte. »Es tut mir leid.«

Ihre Stimme war nur ein Hauch. »Was tut dir leid?«

Drew atmete tief ein und strich mit seinem Daumen über ihre Wange. Es war ihm egal, dass sich seine Gefühle in seinen Augen spiegelten. »Ich hätte dir von Anfang an die Wahrheit sagen sollen. Und ich hätte nicht einfach gehen sollen. Was die Gerichte betrifft – es war nie meine Absicht, dich zu verletzen oder zu bestehlen. Außerdem ...« Er fuhr sich mit der Zunge über die Lippen und forschte in ihrem Blick. »Außerdem bin ich nicht hier bei dir im *Crab Inn* geblieben, um nach geeigneten Drehorten zu fahnden, und ich habe auch nicht mit dir geschlafen, weil ich deine Rezepte stehlen wollte.«

Ihre Mundwinkel kräuselten sich minimal. »Das habe ich mittlerweile begriffen.«

Da er mit seiner Beichte noch nicht fertig war, blieb er ernst und legte ihr seinen freien Arm um den Rücken. »Brooke«, begann er, »ich wollte meine Zeit hier bei dir verbringen und dich unterstützen, weil ich einfach nicht anders konnte. Verstehst du?«

»Nicht wirklich«, flüsterte sie und sah ihn unverwandt an.

Schwer atmend senkte Drew den Kopf, bis sich ihre Nasen berührten. Trotz der Befürchtung, sich vor Brooke lächerlich zu machen, gestand er leise: »Ich würde es nicht ertragen, dass *du* auf *mich* böse bist und mich nie wiedersehen willst.«

»Drew …«

»Brooke, ich liebe dich«, flüsterte er angespannt.

Es dauerte eine Ewigkeit, bis sie reagierte. Das Warten machte Drew ganz verrückt. Als sie sich jedoch an ihn schmiegte und einen Arm um seine Hüfte schlang, setzte sein Herz für einen Moment vor Glückseligkeit aus.

»Das ist gut«, flüsterte sie und rieb ihre Nase an seiner.

Mit einem Kloß im Hals fragte er leise: »Tatsächlich?«

»O ja.« Brookes Augen wanderten langsam zu seinem Mund. Ein sanftes Lächeln breitete sich auf ihrem Gesicht aus, als sie wisperte: »Könntest du das vielleicht wiederholen, wenn wir im Bett liegen und du mir deinen Apfelkuchen servierst? Ich sterbe nämlich vor Hunger.«

Seine Hand verirrte sich in ihre Haare. »Abgemacht«, erwiderte er glücklich und flüsterte an ihren Lippen: »Und du schuldest mir noch eine Portion French Toast.«

»Die bekommst du«, versprach sie und kuschelte sich an ihn. »Möchtest du über Nacht bleiben?«

Mit beiden Händen umfasste er ihr Gesicht und schüttelte den Kopf. »Nein.«

Überrascht rundeten sich ihre Augen.

Drew lächelte zärtlich. »Ich möchte für immer bleiben.«

13

»Für dieses Jahr haben wir bereits mehr Anmeldungen als im letzten Jahr«, erklärte Brooke stolz und legte ihrer Mom ein Stück Blaubeerkuchen auf den Teller. »Außerdem sponsern die Zeitung und die Bank das Sternenbannerfest, sodass das Feuerwerk ziemlich groß ausfallen wird und wir sogar eine Live-Band engagieren können.«

»Eine Live-Band?«, brummte ihr Dad, während er einen sehnsüchtigen Blick auf ein weiteres Stück Kuchen warf, wie Brooke belustigt bemerkte.

Auch Drew schien die Nöte ihres Vaters zu bemerken, da er ihm zuzwinkerte und anschließend die Kuchenplatte über den Küchentisch schob, damit sich Angus Day bedienen konnte. Ihr Dad nutzte das sofort und lud sich ein besonders großes Stück Blaubeerkuchen auf den Teller, obwohl Brookes Mom missmutig die Stirn runzelte.

Seit ihre Eltern vor zwei Monaten eine Reise durch Europa unternommen und in London ein Paar kennengelernt hatten, das sich durch gesunde Ernährung und Sport fit hielt, war ihre Mutter zum Gesundheitsfan geworden. Während sie aufblühte, zum Yoga ging und vor Kurzem eine Seniorenlaufgruppe gegründet hatte, litt Brookes Dad darunter, auf seine heiß geliebten Steaks verzichten zu müssen und sich jeden Morgen auf einer Yogamatte wiederzufinden. Jedenfalls hatte er das vor einigen Tagen Drew verraten, als die beiden zusammen zum Angeln gegangen waren. Er hatte ihm sogar anvertraut, wie knapp er davor stand, seine Yogamatte zu verbrennen und daheim in Streik zu treten, wenn er nicht endlich etwas Ordentliches auf den Tisch bekam. Vermutlich war das auch der Grund dafür, warum er heute Abend so heißhungrig über das Essen hergefallen war, das Drew und sie ihren Eltern serviert hatten. Wenn sie nicht aufpasste, säße ihr Dad bald jeden Abend bei ihr und Drew im neuen Haus und würde ihnen den Kühlschrank leer futtern. Besser wäre es sicherlich, ihrer Mom zu verklickern, dass sie ihren Gesundheitstrip ein wenig zu forsch anging.

»Die Live-Band wird dir gefallen, Angus.« Drew rutschte mit seinem Stuhl näher zu Brooke und legte ihr wie beiläufig eine Hand auf den Rücken. Sie fühlte sich wundervoll warm an.

»Wieso? Was spielt sie denn?«

»Countrymusik«, erwiderte Drew an ihren Dad gewandt und streichelte gleichzeitig ihren Rücken. »Du hast mir doch erzählt, dass du als Teenager Johnny Cash live gesehen hast. Diese Band spielt auch seine Lieder – und das ziemlich gut.«

»Drew und ich waren begeistert«, stimmte Brooke zu und lehnte sich ein Stück zurück, um der Hand an ihrem Rücken noch näher zu sein. Gleichzeitig aß sie ein Stück von dem Blaubeerkuchen, den er gebacken hatte. Rücksichtsvoll, wie Drew nun einmal war, hatte er heute die Zubereitung des kompletten Abendessens auf sich genommen, damit Brooke ein langes Bad in ihrem nigelnagelneuen Badezimmer hatte nehmen können.

So ganz hatte sie sich noch nicht an das schnuckelige Haus

gewöhnt, das jetzt am Waldrand nur wenige Minuten vom *Crab Inn* stand und das sie beide erst vor einem Monat bezogen hatten. Daran, dass das *Crab Inn* mittlerweile nicht mehr *Crab Inn*, sondern »Knight and Day« hieß und von Grund auf renoviert worden war, hatte sie sich auch noch nicht recht gewöhnen können.

In den letzten zwölf Monaten war so viel passiert, dass ihr manchmal regelrecht schwindelig war.

»Braucht ihr überhaupt ein Sternenbannerfest? Ich meine, das *Knight and Day* läuft doch so gut, dass ihr auf Extra-Einnahmen verzichten könntet, oder?«

»Die Organisation ist zwar ziemlich aufwändig, Mom, aber Drew und ich denken, dass es sich auf lange Sicht lohnen wird, es jedes Jahr zum Unabhängigkeitstag zu veranstalten.«

»Wir hatten im letzten Jahr bereits eine wahnsinnig tolle Resonanz, Sally. Außerdem war es ungemein unterhaltsam, deine Tochter angeheitert zu erleben.« Drew lächelte Brookes Mom charmant an, die daraufhin wie Butter in heißer Sonne dahinschmolz, wie Brooke mit einem Grinsen registrierte. Manchmal glaubte sie, dass ihre Mutter regelrecht in ihn verknallt war, so sehr himmelte sie ihn an. Leider genoss Drew es zunehmend, von der Mutter seiner Freundin verhätschelt zu werden, was bewirkte, dass er in ihrer Gegenwart mehr Charme versprühte als Glen Duftspray in einem gebrauchten Chevy.

»Ich war nicht angeheitert«, verteidigte sich Brooke entschieden und schob sich den letzten Bissen Blaubeerkuchen in den Mund.

»Und ob!« Drews Hand wanderte aufwärts und rieb über ihren Oberarm, während er sich zu ihr beugte, um ihr einen Kuss aufs Ohr zu drücken. »Du warst ziemlich angeheitert, Brooke.«

Kopfschüttelnd kaute Brooke weiter und murmelte mit vollem Mund: »Deine Erinnerung spielt dir einen Streich.«

Völlig ungeniert erwiderte Drew ausgerechnet vor ihren Eltern: »Schatz, ich musste dich ins Bett tragen und dich ausziehen, weil du so voll warst wie ein Seemann auf Landgang.«

Obwohl Drew und sie seit über einem Jahr ein Paar waren, fast genauso lange zusammen wohnten und mittlerweile gemeinsam ein Haus besaßen sowie ein Restaurant betrieben, trieben ihr solche Kommentare in Gegenwart ihrer Eltern die Röte in die Wangen. Sie wollte gar nicht wissen, was Drew ihrem Dad erzählte, wenn die beiden allein zusammen unterwegs waren.

»Ich sage doch, du hast dich geirrt. Wenn ich betrunken war wie ein Seemann auf Landgang, kann man das wohl kaum als ›angeheitert‹ bezeichnen«, warf sie gespielt griesgrämig ein und sah ihn von der Seite an. Die Tatsache, dass er bester Laune war und in seinem dunkelblauen Poloshirt zum Anbeißen aussah, ließ ihre Mundwinkel zucken. »Außerdem hast du mich absichtlich betrunken gemacht. In diesem Jahr werde ich keinen Schluck Alkohol anrühren, das verspreche ich dir.«

Mit einem Räuspern unterbrach ihre Mom das Geplänkel. Ihre Miene verhieß nichts Gutes, denn das hysterische Funkeln in ihren Augen erinnerte Brooke fatal an den Abend ihres Abschlussballs, als sie mit einem scheußlichen Kleid inklusive Puffärmeln das Haus verlassen hatte.

»Du trinkst keinen Alkohol, Liebling? Heißt das, dass du …?«

»Nein«, zischte Brooke und trat Drew gleichzeitig auf den Fuß, weil er begonnen hatte, mit ihr unter dem rustikalen Tisch in ihrer Küche zu füßeln. »Nein, Mom, das heißt es nicht!«

Diese Grundsatzdiskussion fand leider mindestens einmal im Monat statt. Beinahe hätte man danach seine Uhr stellen können. »Mom, wie oft habe ich dir schon gesagt, dass Drew und ich momentan zu viel um die Ohren haben? Wir führen ein Restaurant, haben ein Haus gebaut und überlegen gerade, ob Drew eine weitere Staffel seiner TV-Show drehen soll. Gönn uns eine Pause.«

Nachdem ihre Mutter vor zehn Monaten operiert worden war und anschließend problemlos und vor allem äußerst schnell genesen war, legte sie mittlerweile eine erstaunliche Energie an den Tag. Sie plante Reisen, hielt ihren Mann auf Trab, trat ständig irgendwelchen Gruppen bei und trieb ihre Tochter mit ihrem Wunsch in den Wahnsinn, eine Hochzeit auszurichten und Großmutter zu werden.

Eigentlich war Brooke davon ausgegangen, dass es ihr Vater sein würde, der sie und Drew verrückt machen würde, nachdem er das *Crab Inn* an sie abgetreten hatte. Doch er war extrem genügsam und redete ihnen nie in ihr Restaurant hinein. Seine Frau dagegen betonte bei jeder sich bietenden Gelegenheit, wie gerne sie ein Enkelkind verwöhnen wollte. Oder auch zwei.

Am liebsten hätte Brooke ihr einen Vogel gezeigt.

Zwar konnte sie sich durchaus vorstellen, irgendwann mit Drew Kinder zu haben, aber momentan war das *Knight and Day* ihr gemeinsames Baby. Dort standen sie zusammen in der Küche, planten miteinander jede Kleinigkeit und hatten eine gemeinsame finanzielle Verpflichtung, die vermutlich mehr aussagte als ein normaler Trauschein.

Es war ein großer Schritt gewesen, das *Crab Inn* aufzugeben und mit dem *Knight and Day* ein völlig neues Restaurant zu eröffnen. Drew hatte dafür das *Knight's* verkaufen und aus Boston wegziehen müssen. Auch wenn er nicht den Eindruck machte, diese Entscheidung schweren Herzens getroffen zu haben, wusste Brooke, dass es für ihn sicher nicht leicht gewesen war, das *Knight's* einfach aufzugeben. Monate harter Arbeit und großer Unsicherheiten lagen hinter ihnen.

Ihr Restaurant lief zwar großartig und war in aller Munde, besonders seit die TV-Show vor drei Monaten angelaufen war, doch Brooke wollte sich in keine Diskussion verwickeln lassen, die etwas mit Hochzeitstorten oder Wickeltischen zu tun hatte.

»Debbie Murphy hat mich erst gestern im Buchclub darauf angesprochen, dass halb Sunport darüber redet, warum ihr nicht längst verheiratet seid. Wo ihr doch schon so lange zusammen wohnt und ein gemeinsames Restaurant habt.«

»Hmpf.« Brooke zog die Augenbrauen zusammen. »Ich dachte, dass man in einem Buchclub liest und nicht über seine Mitmenschen lästert.«

Ihr Dad warf ihr einen ironischen Blick zu und tat sich schnell ein drittes Stück Blaubeerkuchen auf den Teller. Allem Anschein nach nutzte er die Gunst der Stunde, eine Kaloriensünde zu begehen, solange seine Frau mit anderen Dingen beschäftigt war.

»Niemand lästert«, widersprach ihre Mutter empört. »In einer Kleinstadt kann man nun einmal nichts geheim halten.«

»Und das ist vermutlich der Grund, weshalb Bewohner von Kleinstädten regelmäßig durchknallen und Amok laufen«, gab Brooke mit Grabesstimme zu bedenken. »Weil dort nichts geheim bleibt.«

»Geheim?« Drew sah fröhlich zwischen ihnen hin und her und legte Brooke den Arm um die Schulter. »Spricht deine Mom über unsere geheimen Sexpraktiken oder geht es um etwas Offizielles?«

»Drew«, herrschte Brooke ihn peinlich berührt an. »Das ist nicht hilfreich!«

»Ich weiß.« Er drückte ihr einen Kuss auf die Wange. »Deshalb bist du ja auch so verrückt nach mir.«

»Die Betonung liegt auf *verrückt*«, murmelte sie geistesabwesend und spürte trotz allem einen ganzen Schwarm Schmetterlinge in ihrem Magen flattern.

Obwohl sie seit über einem Jahr ein Paar waren, schmolz sie noch immer bei jeder seiner Berührungen dahin, vermisste ihn schon nach wenigen Minuten Trennung und dachte pausenlos an ihn. Selbstverständlich hatte es in den vergangenen Monaten einige Gelegenheiten gegeben, in denen sie sich wie Besessene gestritten hatten, aber nicht ein einziges Mal wäre einer von ihnen auf den Gedanken gekommen, sich trennen zu wollen.

Bei Drew war sich Brooke vollkommen sicher, mit ihm alt werden zu wollen.

»In dieser Stadt wird *nur* gelästert, Sally.« Angus Day wischte sich mit seiner Serviette über den Mund und nickte Drew zu. »Es war richtig, in der Nähe des Restaurants zu bauen und nicht direkt in der Stadt, Junge. Hier hast du wenigstens ein bisschen Ruhe vor den Lästermäulern.«

Brookes Mom schnappte nach Luft. »Angus!«

»Danke, Angus«, echote Drew voller Vergnügen. »Ich werde dran denken, falls Brooke irgendwann plant, wieder nach Sunport zu ziehen.«

»Nur über meine Leiche verlasse ich dieses Haus«, schwor sie und griff nach Drews Hand. »Der Bau hat uns viel zu viele Nerven gekostet. Das mache ich kein zweites Mal durch.«

»Wie romantisch«, säuselte der Mann neben ihr. »Also kann ich davon ausgehen, dass du mich nur wegen des Hauses nicht verlässt?«

Sie sah ihn belustigt an und fixierte seine Nasenspitze. »Nicht nur wegen des Hauses, schließlich kannst du ziemlich gut kochen. Das sollte man nicht außer Acht lachen.«

»Eure Tochter und ihre Liebeserklärungen«, schwärmte Drew an ihre Eltern gerichtet, die ihnen am Tisch gegenübersaßen. »Mir wird jedes Mal richtig warm ums Herz.«

Brooke hob seine Hand an die Lippen und drückte ihm einen Kuss auf den Handrücken, bevor sie in die Runde fragte: »Möchte jemand noch einen Kaffee?«

»Ein Tee wäre mir lieber, Schatz«, erwiderte ihre Mom augenblicklich. »Am liebsten ein grüner.«

Ihr Dad dagegen benahm sich plötzlich äußerst merkwürdig und starrte Drew bedeutungsvoll an. »Drew, wolltest du mir nicht noch etwas zeigen? Draußen?«

Wie es schien, hatte Drew im ersten Moment überhaupt keine Ahnung, wovon der ältere Mann sprach, bis er verstehend seufzte. »Ach jaaa. Genau! Draußen. Sollen wir kurz raus, Angus?«

Mehr Ansporn benötigte ihr Dad nicht, da er abrupt aufsprang, entschuldigend die Hände hob und mit hastigen Schritten nach draußen eilte.

Brooke konnte sich keinen Reim darauf machen und legte lediglich den Kopf in den Nacken, um Drew fragend zu mustern, als er ebenfalls aufstand. Grinsend und ohne einen weiteren Kommentar beugte er sich zu ihr herab, um ihr einen Kuss auf die Stirn zu drücken.

Kaum war er wie ihr Dad verschwunden, drehte sie sich irritiert zu ihrer Mom um und hob ahnungslos die Schultern.

»Weißt du, was das gerade eben war?«

Die Begeisterung ihrer Mom hielt sich in Grenzen, als sie resigniert seufzte: »Sicher will dein Vater draußen eine Zigarre rauchen und braucht Gesellschaft.«

»Eine Zigarre?«

Ihre Mom nickte düster. »Dein Dad glaubt, ich würde es nicht bemerken, dass er im Gartenhäuschen seine Zigarren raucht und sich anschließend mit Raumspray einnebelt.«

Die Vorstellung, dass ihr Dad heimlich in seinem Gartenhäuschen rauchte und sich mit Raumspray besprühte, damit seine dem Gesundheitswahn verfallene Frau ihn nicht erwischte, ließ Brooke fröhlich kichern.

»Warum sagst du ihm nicht, dass du ihn durchschaut hast?«

Nachlässig zuckte Sally mit den Schultern. »Wieso sollte ich ihm den Spaß verderben?«

»Wie es aussieht, weiß Drew Bescheid«, mutmaßte Brooke und fand es ganz wunderbar, dass sich ihr Vater und Drew so gut verstanden – selbst wenn sie Geheimnisse vor ihnen hatten. Zu seinen eigenen Eltern hatte Drew nur sporadischen Kontakt. Erst ein einziges Mal war Brooke seiner Familie begegnet, als sie zum Geburtstag seiner Mutter gefahren waren. Seine elitäre Familie war nicht wirklich Brookes Fall gewesen. Tante Daisy hingegen hatte sie gerne um sich und freute sich, wenn Drews Tante bei ihnen vorbeischaute, was relativ häufig der Fall war.

Die anderen Familienmitglieder machten sich rar. Zwar war Drews Schwester zur Eröffnung des *Knight and Day* gekommen, aber dass seine restliche Familie durch Abwesenheit geglänzt hatte, war ihm an die Nieren gegangen. Er hatte es vor ihr verbergen wollen, doch sie hatte seine gespielte Unbekümmertheit mühelos durchschaut. Brooke tat es noch heute in der Seele weh, wenn sie an seine Enttäuschung dachte. Daher war sie extrem glücklich darüber, mit welcher Hingabe ihre Mom ihn verwöhnte und mit welcher Begeisterung ihr Dad seine Zeit mit ihm verbrachte.

Es gefiel ihr schon sehr, dass sich ihr Freund so blendend mit ihren Eltern verstand.

»Natürlich weiß Drew Bescheid. Dein Dad und er sind wie Pech und Schwefel.« Das Seufzen, das aus dem Mund ihrer Mutter kam, war eine Mischung aus Stolz und Frustration. »Da wir jetzt alleine sind, Brooke, könnten wir uns vielleicht mal ernsthaft über eure Pläne unterhalten.«

»Pläne?« Brooke spielte die Arglose und griff nach ihrer Gabel, um damit eine einsame Blaubeere aufzuspießen, die sich noch auf ihrem Teller befand.

»Ja, Pläne«, wiederholte ihre Mom bedeutungsvoll. »Ihr beide seid schon seit über einem Jahr ein Paar. Wäre es nicht an der Zeit, um über eine Heirat und Kinder nachzudenken?«

Obwohl die Blaubeere köstlich schmeckte, verzog Brooke das Gesicht, als hätte sie in eine Zitrone gebissen.

»Herrje, Mom. Musst du mich mit diesen Fragen traktieren? Reicht es nicht, dass ich zugesagt habe, dich in der nächsten Woche zu deinem Pilateskurs zu begleiten?«

»Das ist nicht witzig, Brooke.«

»Finde ich auch«, maulte sie. »Pilates ist nämlich wirklich nicht mein Ding.«

»Könntest du bitte ernst bleiben?«

Brooke hob beide Hände in die Höhe. »Mom, ich bin vollkommen ernst. Und könntest du bitte darüber nachdenken, dass ich wunschlos glücklich bin? Mit dem Restaurant läuft es gut, Drew und ich sind gerade in ein tolles Haus gezogen und führen eine großartige Beziehung. Uns fehlt es an nichts. Aber falls wir wider Erwarten heiraten und Kinder bekommen, wirst du die Erste sein, die davon erfährt. Versprochen.«

Ihre Mom schien mit dieser Antwort nicht sehr glücklich zu sein. Doch sie hielt sich wenigstens so lange zurück, bis

Brookes Dad und Drew zurückkamen und einen durchdringenden Geruch von Raumspray mit ins Haus brachten.

Kurze Zeit später verabschiedeten sich ihre Eltern. Drew und Brooke begannen gemeinsam aufzuräumen.

»Hat mein Dad dir schon wieder die Ohren vollgejammert, dass Mom kaum noch Fleisch auf den Tisch bringt?«

Drew stand neben ihr an der Spüle und nahm das gespülte Geschirr in Empfang, um es abzutrocknen. Spielerisch stieß er sie mit der Hüfte an und murmelte belustigt: »Angus ist ein bisschen überfordert, dass Sally derart aktiv ist. Unter uns: Er hat mir von ihrem Sexleben berichtet ...«

Vor Schreck fiel Brooke eine Tasse aus der Hand, die zurück in die Spüle plumpste und eine Wasserfontäne produzierte, die einen halben Meter in die Höhe spritzte.

»Drew!« Entsetzt schüttelte sie den Kopf. »Erschreck mich nicht so!«

Amüsiert lachte er auf und fischte die Tasse einhändig aus dem Spülwasser. »Was hast du denn? Ist es dir peinlich, dass deine Eltern noch miteinander schlafen?«

Seiner Belustigung auf ihre Kosten konnte Brooke nichts abgewinnen. Daher sah sie ihn mit finsterer Miene an und brummte: »Es sind meine Eltern! Ich möchte mir keine Gedanken darüber machen, wie ihr Sexleben aussieht.«

Er stellte die saubere Tasse beiseite und begann einen der Teller abzutrocknen. »Ich für meine Person finde es sehr beruhigend, wenn Menschen im Alter deiner Eltern ein so ausgefülltes Sexleben haben.« Er grinste sie schelmisch an. »Das macht Hoffnung auf später.«

Nachdenklich forschte sie in seinem Blick und wollte misstrauisch wissen. »Wenn du dich mit meinem Dad über *sein* Sexleben unterhältst, würde mich brennend interessieren, ob ihr euch auch über *unser* Sexleben unterhaltet.«

Seine Miene wirkte entsetzt, bevor er tadelnd mit der Zunge schnalzte. »Für wie pervers hältst du mich, Brooke? Er ist immerhin dein Vater!«

Seine Empörung war richtiggehend putzig.

»Ach so.« Brooke reichte ihm einen weiteren Teller und sah zu, wie er auch diesen abtrocknete. »Na ja, woher soll ich wissen, wie eure Männerrituale aussehen, sobald ihr allein seid? Du erzählst mir ja auch nicht, dass Dad Zigarren raucht und sich anschließend mit Raumspray einparfümiert.«

Drew begann fröhlich zu glucksen. »Woher weißt du das denn? Angus hat solche Panik, dass er erwischt wird.«

Grinsend zuckte Brooke mit den Schultern, streckte ihm die Zunge heraus und verriet: »Meine Mom hat es mir erzählt.«

Sein Lachen war ansteckend. »Wenn Sally es längst weiß, investiert Angus für nichts und wieder nichts ein halbes Vermögen in Raumspray. Vielleicht sollte ich ihm das mal stecken.«

»Bei der Gelegenheit könntest du ihn auch gleich bitten, Mom nächste Woche zum Pilateskurs zu begleiten, damit ich das nicht tun muss«, bat sie. »Ihr wart nur für ein paar Minuten draußen, trotzdem musste sie mich mal wieder mit ihren peinlichen Fragen nerven. Nicht auszudenken, wie es wird, wenn wir zusammen eine Stunde lang im Auto sitzen!«

»Peinliche Fragen?«

Brooke schnitt eine Grimasse und imitierte die Stimme ihrer Mom. »*Wollt ihr nicht heiraten? Wann setzt ihr Nachwuchs in die Welt? Wie sehen eure Pläne aus?*«

Interessiert legte Drew den Kopf schief. »Und was hast du geantwortet?«

»Was wohl?« Irritiert rümpfte sie die Nase. »Ich habe gesagt, dass sie die Erste sein wird, die Bescheid bekommt, wenn wir heiraten und Kinder bekommen.«

»Aha.«

»Himmel«, stöhnte Brooke und ließ das Wasser aus der Spüle ablaufen. »Beim nächsten Mal komme ich mit euch nach draußen, selbst wenn das bedeutet, widerlichen Zigarrenrauch, Raumspray und pikante Details aus dem Sexleben meiner Eltern ertragen zu müssen.« Sie wrang den Spüllappen aus und begann, vereinzelte Wasserflecken von der Armatur zu wischen.

Als Drew nicht antwortete, schaute Brooke neugierig auf. Sie warf den Lappen auf die Arbeitsfläche aus Granit, über die sie mit ihm eine etwa zweiwöchige Diskussion geführt hatte, weil sie sich über das Material nicht einig werden konnten, und stemmte die Hände in die Hüften. »Was ist?«

Seine Miene drückte pures Vergnügen aus. »Deine Mom scheint unbedingt zu wollen, dass wir heiraten.«

Sie hatte keinen blassen Schimmer, worauf er hinauswollte. Also beschäftigte sie sich lieber wieder mit sinnvollen Dingen, griff erneut nach dem Lappen und putzte voller Inbrunst über ihre geliebte Keramikspüle. »Meine Mom scheint auch unbedingt zu wollen, dass mein Dad grünen Tee trinkt und Golf spielt. Manchmal bekommt man nicht das, was man will.«

»Und du? Willst *du* denn heiraten?«

Nie zuvor war ihr aufgefallen, wie faszinierend Spüllappen sein konnten. Hochkonzentriert starrte sie auf die gelben Fasern, während Drew neben ihr auf eine Antwort wartete.

Ihre trockene Kehle machte sich bemerkbar, als Brooke mühsam schluckte und gespielt unbekümmert fragte: »Mhh … willst du denn?«

»Das war nicht die Frage«, erwiderte Drew versonnen.

Vorsichtig schielte Brooke in seine Richtung und biss sich

auf die Unterlippe. Die Tatsache, dass seine Augen plötzlich funkelten und er lässig das Handtuch über seine Schulter warf, bevor er sich gänzlich zu ihr drehte, machte sie nervös, aufgeregt und panisch zugleich.

»Drew …«

»Leg mal bitte kurz den Spüllappen weg«, forderte er sie gut gelaunt auf und nahm ihre rechte Hand.

Mit großen Augen beobachtete Brooke, wie er grinsend vor ihr stand, ihre Hand küsste und diese anschließend auf die Stelle legte, unter der sein Herz schlug.

»Miss Day, würden Sie mir die Ehre erweisen, die Frau eines Großstadtsnobs zu werden?«

Da er diesen Antrag mit einem prustenden Laut krönte, brach es misstrauisch aus ihr heraus: »Ist das dein Ernst?«

»Mein völliger Ernst«, versprach er und nickte nachdrücklich.

Brooke holte tief Luft und wisperte nervös: »Wirklich?«

Seine Hand verirrte sich in ihre Locken. Dieses Mal prustete er nicht vor Lachen, sondern sah sie mit so viel Ernsthaftigkeit an, dass ihr schwindelig wurde. »Ganz wirklich. Brooke, möchtest du mich heiraten?«

Sehr langsam begann sie zu lächeln und nickte zärtlich.

Der darauffolgende Kuss ließ sie völlig vergessen, dass sie noch immer den Spüllappen in der Hand hielt – oder dass ein Geschirrtuch über Drews Schulter lag.

Mein Dank gilt

meiner Mutter, die mich als Kind in der Küche immer das kochen ließ, was ich wollte, und mir zu jedem Weihnachten mindestens ein Buch schenkte

meinem Vater für die kulinarische Affinität und das Wissen über Grappasorten

meiner Schwester für unzählige Dessertvariationen, ohne die ich höchstwahrscheinlich über meinem Schreibtisch verhungert wäre

meinem »Onkel« Riccardo, der mir Einblicke in seine Restaurantküche gewährte, obwohl ich vermutlich ständig im Weg stand

Julia für unzählige Kochsessions, auch wenn sie mich vom Schreiben abhielten

der großartigen Agentur Copywrite, ohne die ich nicht sein will und ohne die meine Arbeit bei weitem nicht so viel Spaß machen würde. Georg, Caterina und Lisa, ihr seid der Wahnsinn! Seit Georg mich eine Gefahr nannte und trotzdem unter Vertrag nahm, bin ich euch restlos verfallen

Lisa Volpp fürs Aufmuntern, Kümmern, stundenlange Telefonate und vor allem für ihren unerschütterlichen Glauben

Felix Rudloff, der von Anfang an Feuer und Flamme für dieses Projekt war und mich mit seiner Begeisterung augenblicklich ansteckte

Mario Giordano für die fruchtbaren Gespräche und seine ganze Kreativität

meiner wunderbaren Lektorin Bettina Steinhage, die den Roman nicht nur liebevoll gehegt und gepflegt hat, mich an die Hand nahm und immer eine Lösung parat hatte, sondern auch meine Spaghetti mit Fleischklößchen lobte – das erfreut jedes Autorenherz

dem gesamten Verlag Bastei Lübbe, der unglaubliche Arbeit leistet und mich auf so liebenswerte Art willkommen geheißen hat. Ohne dieses tolle Team wäre das Buch niemals zustande gekommen

und zuletzt all meinen Leserinnen und Lesern, die mich in den vergangenen Jahren so wunderbar unterstützt haben, dass ich mich jeden Tag auf meine Arbeit freuen kann.

Ein hinreißend schöner Roman über einen Mann, eine Frau und die wirklich wichtigen Fragen im Leben.

Charlotte Lucas
DEIN PERFEKTES JAHR
Roman
576 Seiten
ISBN 978-3-431-03961-0

Was ist der Sinn deines Lebens? Falls Jonathan Grief jemals die Antwort auf diese Frage wusste, hat er sie schon lange vergessen. Was ist der Sinn deines Lebens? Für Hannah Marx ist die Sache klar. Das Gute sehen. Die Zeit voll auskosten. Das Hier und Jetzt genießen. Und vielleicht auch so spontane Dinge tun, wie barfuß über eine Blumenwiese zu laufen. Doch manchmal stellt das Schicksal alles infrage, woran du glaubst …

Bastei Lübbe

Frank Derrick ist 81. Und er wurde gerade von einem Milchwagen überfahren.

J.B. Morrison
WIE FRANK DERRICK
MIT 81 JAHREN DAS
GLÜCK KENNENLERNTE
Roman
Aus dem Englischen
von Karin Meddekis
288 Seiten
ISBN 978-3-7857-2538-2

Mit über achtzig Jahren ist es manchmal schwer, jeden Tag die Stunden totzuschlagen. Wie soll das erst werden, wenn man mit gebrochenem Arm und Fuß ans Haus gefesselt ist? Frank Derrick hat die schlimmsten Befürchtungen. Doch was zuerst wie eine mittelschwere Katastrophe aussieht, entpuppt sich als wahrer Glücksfall: Denn seine Pflegekraft Kelly wirbelt Franks Leben ordentlich durcheinander. Und schon bald wird ihm klar, dass es die kleinen Abenteuer des Alltags sind, die das Leben zu einem großen Wunder machen – egal, wie alt man ist.

Bastei Lübbe